명탐정 브라운 신부의
미스터리 사건 12

초판 1쇄 발행 2023년 12월 11일

지은이 길버트 키스 체스터턴
옮긴이 박시운
펴낸이 김형호
펴낸곳 아름다운날
편집책임 조종순
북디자인 Design이즈

출판등록 1999년 11월 22일
주소 (05220) 서울시 강동구 아리수로 72길 66-19
전화 02) 3142-8420
팩스 02) 3143-4154
e-mail arumbooks@gmail.com
ISBN 979-11-6709-025-6 (03840)

명탐정 브라운 신부의
미스터리 사건 12

길버트 키스 체스터턴 지음

박시운 옮김

아름다운날

명탐정 브라운 신부의
미스터리 사건 12

푸른 십자가

은은히 빛나는 아침 하늘과 초록색을 띠는 바다 사이로 배가 천천히 해리지로 들어오더니 개미떼처럼 많은 사람들을 부둣가에 쏟아놓았다. 이 승객들 속에는 이제부터 우리가 뒤쫓아 갈 어떤 인물도 들어있는데, 아직까진 쉽게 눈에 들어오지 않는다.

사실 본인도 그러기를 바랐을 것이다. 하지만 화려한 외출복 차림으로 꾸민 모습은 공무원처럼 생긴 그의 딱딱한 얼굴에 도무지 어울리지 않아 조금 어색해 보인다. 그는 밝은 회색의 슬림하고 짧은 재킷에 안에는 흰색 조끼를 받쳐 입고, 역시 회색빛이 감도는 군청색 리본이 달린 은빛 밀짚모자를 쓰고 있었다.

좀 마르고 갸름한 그의 얼굴은 모자 색깔과는 대조적으로 가무잡잡한 편이며, 그야말로 엘리자베스 왕조 시대의 높은 주름 칼라가 어울릴 법한 스페인 식의 짧은 턱수염을 기르고 있었다. 그러고는 한가한 듯이 여유 있는 모습으로 담배를 피우고 있었다.

겉모습으로만 봐선 그 회색 재킷 속에 총알이 장전된 권총이 감춰져있고 흰 조끼 속에는 경찰수첩이 들어있으며, 밀짚모자 안으로 유럽에서도 손꼽히는 그 예리한 두뇌가 숨어 있다는 것을 나타내는 것이라곤 아무것도 없었다.

이 인물은 바로 파리 경찰청의 주임 경감으로, 온 세상에 그 이름을 떨치고 있는 발랑탱 탐정이다. 그는 지금 금세기에 들어 가장 큰 거물을 잡기 위해 브뤼셀에서 막 런던으로 가고 있는 중이다

플랑보는 영국에 잠입해 있었다. 3개국 경찰의 공조 하에 그 대담한 범인의 뒤를 쫓아 벨기에 간트(Gant)에서 브뤼셀까지 가까스로 추적하고, 다시 브뤼셀에서 네덜란드의 후크까지 뒤쫓았다. 추측컨대, 아마도 플랑보는 현재 런던에서 열리고 있는 가톨릭 성체대회의 한창 어수선하고 혼란한 틈을 타서 그곳으로 들어올 것 같았다. 그는 분명 이 대회의 주최 측 말단 직원이나 관리로 위장해 여행을 하려고 계획했을 것이다. 물론 발랑탱이 그걸 확신하고 있는 것은 아니었다. 플랑보에 관해서는 그 누구도 어떤 확신을 가질 수가 없었다.

이 범죄계의 거물이 세상을 계속 떠들썩하게 뒤흔들다가 갑

자기 사라진 지도 벌써 여러 해가 지났다. 그 뒤로 이 지상에는 그야말로 평화가 찾아왔는데, 롤랑(8세기에 그리스도교 나라들을 지키기 위해 사라센인과 싸운 용사)이 죽은 후 그랬다는 말과도 같았다. 그러나 플랑보가 활약했던 전성시대(물론 그가 악명을 떨치던 시대라는 뜻)에는 그 또한 독일 황제 못지않게 군림했던 국제적인 인물이었다. 그는 매일 어처구니없는 범죄를 저지르는 바람에 앞서 저지른 범죄가 흐지부지 묻히곤 했는데, 아침 신문에 그의 범죄 사실이 대문짝만하게 보도되지 않는 날이 하루도 없을 정도였다.

그는 키가 매우 크고 건장한 체격에 힘이 좋은 가스코뉴 태생의 사나이로서, 그가 얼마나 대담하게 힘을 잘 쓰는지 마치 무용담 같은 소문이 터무니없이 널리 퍼져있었다.

이를테면 예심판사를 쓰러뜨려 물구나무를 서게 했더니 그의 머리가 잘 돌아갔다느니, 두 팔로 경관을 한 사람씩 잡은 채 리볼리 거리를 뛰었다느니, 하는 이야기들이었다.

그의 거짓말 같은 무용담이 발휘되는 것은 대충 이런 식으로, 거기서 진지함은 찾아볼 수 없었다. 하지만 어떤 폭력적인 참상도 결코 벌어지지 않았다. 그를 설명하자면 이렇다.

그가 주로 하는 범죄는 교묘하게 해치우는 절도 행각인데, 규모가 제법 큰 것들이었다. 그는 절도를 할 때마다 매번 새로운 수법을 사용했으며, 그 하나하나가 모두 나름대로 한 편의 이야기가 될 만한 것들뿐이었다.

런던에서 그 거대한 티롤 유유회사를 경영한 것도 바로 그였는데, 이 회사는 낙농업이나 젖소는커녕 한 대의 배달차도 없고 한 방울의 우유도 없으면서 수천 명이나 되는 단골손님을 갖고 있었다고 한다. 그는 다른 집 문 앞에 놓인 작은 우유병을 자신의 단골손님 집 문 앞으로 옮겨놓는다는 간단한 수법으로 이들 수천 명의 손님을 처리해왔던 것이다. 또 오는 편지마다 검열을 하기 위해 몰수당하고 있던 어떤 묘령의 부인과 신기한 방법으로 비밀리에 편지 왕래를 계속했던 것도 그였다. 현미경용 슬라이드에 아주 자그마한 글씨로 통신문을 복사한다는 특출한 방법을 썼던 것이다.

그러나 바보 같은 단순함이 특징인 범죄 실험도 적지 않았다. 이를테면 언젠가 그는 한 여행자를 함정에 빠뜨리기 위해 일부러 한밤중에 도시 한 구역 안의 문패를 모두 떼어버렸다고 한다. 또 휴대용 우편함을 발명해 한적한 교외의 길모퉁이에다 그것을 세워놓고는 누군가 이 고장 사정을 잘 모르는 사람이 그 안에 우편환을 집어넣지나 않을까 하고 기다렸다는 것도 사실인 듯하다. 끝으로, 그가 놀라운 곡예사라는 것도 널리 알려져 있었다. 그 엄청나게 큰 몸집에 어울리지 않게 메뚜기도 무색할 만큼 이리 뛰고 저리 뛰며, 마치 원숭이처럼 나무 꼭대기에 모습을 감출 수도 있었다. 그러므로 과연 정평 있는 발랑탱도 플랑보를 찾아 나서면서 이미, 비록 그를 발견했다고 해도 그것만으로 이번 모험이 끝나지는 않을 것이라는 각오는 충분히 되어 있었다.

그러나 어떻게 해야 플랑보를 찾아낼 수 있을까? 이 점에 대해서는 발랑탱의 생각이 아직 정해져 있지 않았다.

플랑보의 변장술이 아무리 뛰어나다 할지라도 한 가지 특징만은 도저히 감출 수 없었다. 그것은 눈에 띄게 큰 그의 키였다. 만약 발랑탱이 늘씬하게 키가 큰 사과 파는 여자나 키다리 근위병이나 또는 상당한 정도로 키가 큰 공작부인에게 재빨리 시선이 쏠렸다면 바로 당장 플랑보를 잡아버렸을지도 모른다. 하지만 그가 탄 열차 안에는 어디를 둘러봐도 변장한 플랑보라고 생각될만한 인물은 보이지 않았다.

배를 탔던 손님들은 이미 혐의가 풀렸으며, 부두나 중간 역에서 올라타 일행에 속한 승객들은 분명 여섯 명밖에 없었다. 종점까지 가는 키 작은 철도원 한 명, 두 정거장 지나서 올라탄 자그마한 키의 채소밭 주인 세 명, 웨섹스의 작은 마을에서 탄 아주 자그마한 미망인 한 명, 그리고 역시 웨섹스의 한 외딴 마을에서 올라탄 작달막한 키의 로마 가톨릭 신부 한 명이었다. 이 마지막 인물에 이르렀을 때 발랑탱도 두 손을 들고 하마터면 웃음을 터뜨릴 뻔했다.

이 작은 체구의 신부는 동부지방의 전형적인 얼간이처럼 생긴 데다, 얼굴은 노퍽의 명물인 경단처럼 동글 동글하고 멍청해 보였으며, 눈은 구름 낀 바다처럼 흐리멍덩해 보였다. 그는 갈색 종이꾸러미를 대여섯 개 가지고 있었는데, 그걸 제대로 정돈할 줄도 모르는 멍청이 같았다. 마치 구덩이에서 쫓겨난 두더지들처럼 세상 물정을 모르는 얼간이들이 떼거지로 성체대회에 참가하기 위해 여기저기 낙후된 촌구석에서 몰려들 게 뻔했다. 발랑탱은 프랑스 사람 특유의 엄격한 회의주의자로서, 이 신부에게 애정이라곤 전혀 들지 않았다. 그러나 불쌍하게 여기는 마음 정도야 못 가질 것도 없었으며, 하물며 이 신부라면 누구의 마음에나 연민의 정을 불러일으켰을 것이다.

신부는 낡아빠진 큰 우산을 들고 있었는데, 그것이 자꾸만 바닥으로 넘어졌다. 그는 왕복 차표 중 어떤 것이 갈 때 사용하는 것인지도 모르는 것 같았다. 게다가 열차 안의 승객들을 둘러보면서 그는 이 갈색 종이꾸러미 가운데 어느 하나에 '파란 보석이 달린' 진짜 은으로 된 물건이 들어 있으니 아주 조심해야 한다고 어리벙벙한 태도로 설명했다.

웨섹스 스타일의 멍청함과 경건한 분위기의 순박함이 묘하게 뒤섞여 있는 신부의 모습에서 프랑스인 발랑탱은 알 수 없는 흥미를 내내 느끼고 있었다. 잠시 후 신부는 종이꾸러미를 가까스로 끌어안고 스트랫퍼드 역에서 내렸다. 그러고는 잊어버리고 놓고 간 우산을 가지러 곧 되돌아왔다.

발랑탱도 그때는 호탕한 태도로, 은제품을 조심해야 하는 건 당연하지만 무턱대고 그렇게 말하는 것은 오히려 위험을 자초하는 일이라며 한 마디 주의를 해주기까지 했다. 그러나 발랑탱은 누구에게 말을 하고 있을 때라도 시선은 항상 다른 사람을 찾느라 번뜩이고 있었다. 부자건 가난뱅이건, 남자건 여자건, 어쨌든 키가 6피트는 충분히 되는 인물이 여기에 있지 않을까 하고 끊임없이 눈길을 이리저리 돌리고 있었다. 플랑보는 6피트에서 4인치가 더 큰 거구였기 때문이다.

그러나 리버풀 거리에 내렸을 때 그는 적어도 지금까지는 범인을 놓치지 않았다는 확고한 자신을 가지고 있었다. 그리고는 곧장 런던 경시청으로 가서 자신의 직책을 밝히고 만약의 경우에 지원을 받을 수 있도록 수배를 해놓았다. 일을 마친 다음 그는 또 새 담배에 불을 붙여 물고 런던 거리로 나와 오랜 산책을 시작했다.

빅토리아 역 맞은편 거리와 광장을 한참 돌아다니던 그는 갑자기 걸음을 멈추고 그 자리에 섰다. 그곳은 고풍스러운 분위기와 런던 특유의 느낌이 있는 광장인데 예상 밖으로 조용한 기운이 꽉 차 있었다. 주위의 높고 넓은 집들은 호화로운 것 같기도 하고, 한편으로는 완전히 비어있는 집 같기도 했다. 한가운데에 있는 네모 형태의 자그마한 언덕은 태평양의 푸른 외딴섬처럼 조용했고, 광장을 둘러싸고 있는 집들 가운데 오직 한 집만이 다른 집보다 유난히 높아 마치 홀의 한 단 정도가 더 있는 것 같은 모습이었다.

이 근처 집들은 런던에서 흔히 볼 수 있는 평범한 풍경이긴 하나 그 중 한 가지, 즉 양쪽에 즐비하게 늘어선 식당가에서 길을 잃고 잘못 들어온 것처럼 수많은 레스토랑 때문에 균형이 깨져 있었다. 아무튼 이 집은 관상용 나무 화분들이 놓여있고 레몬과 같은 노란빛과 흰빛의 줄무늬가 있는 긴 블라인드가 달려있어 이상하게 매력을 풍기고 있었다. 그리고 이 집만이 특별히 큰길보다 높은 곳에 서 있어서 런던에서 흔히 볼 수 있는 건축양식으로 돌층계를 올라가야 현관에 이를 수 있었다. 그것은 마치 비상용 계단이 2층 창문까지 닿아있는 것처럼 보였다. 발랑탱은 그 노란색과 흰색의 블라인드 앞에 멈춰 선 채 담배를 피면서 한참이나 그걸 바라보았다.

기적에 관해 가장 믿기 어려운 점은 그것이 현실에서 일어난다는 것이다. 하늘에 떠돌던 몇 조각의 구름이 한데 뭉쳐, 무엇을 노려보고 있는 사람의 눈 모양이 되는 수가 실제로 있다. 착잡한 마음을 안고 여행을 하다보면 눈앞에 있는 한 그루의 나무가 틀림없는 '?'의 형태를 띠며 서 있는 경우도 있다. 이 두 가지는 나 자신이 직접 근래 며칠 동안 목격한 것들이다.

넬슨은 분명히 승리를 거둔 순간에 쓰러졌고, 윌리엄이라는 사나이는 정말 우연한 일로 윌리엄슨(윌리엄의 아들이라는 뜻)이라는 이름의 사나이를 살해했다. 마치 어린이를 죽인 것 같은 이야기다. 다시 말해서 인생에는, 산문적인 것에만 의지하고 사는 인간으로서는 영원히 알 수 없을 것 같은 장난기어린 우연의 일치라는 요소가 있다. 포의 역설에 능숙하게 표현되어 있는 것처럼 사물을 꿰뚫어보는 뛰어난 지혜는 뜻하지 않은 우연에 기대어야만 하는 것이다.

아리스티드 발랑탱은 전형적인 프랑스 사람이다. 프랑스 사람의 지성은 정말 순수하다고 할 수 있다. 이를테면 그는 '생각하는 기계'가 아닌 것이다. 이런 단어는 근대적인 운명론이나 유물론에서 나온 멍청한 헛소리에 불과한 것이다. 기계는 생각할 수가 없기 때문에 그저 기계인 것이다. 이와 반대로 발랑탱은 생각하는 인간이고 동시에 극히 평범한 인간이기도 했다. 얼핏 보기에 마술처럼 보이지만, 그의 모든 눈부신 성공은 사실 알고 보면 하나하나 착실히 쌓아올린 논리와 명석하고 상식적인 프랑스식 사고에 의해 획득한 것이었다.

프랑스인은 역설이나 궤변을 늘어놓는 대신 누구나 다 알고 있는 상식을 가지고 끝까지 실행하는 사람들이다. 프랑스 혁명이 그 좋은 예다. 그러나 발랑탱은 인간의 이성(理性)을 잘 이해했기 때문에 이성의 한계도 잘 알고 있었다. 자동차에 대해 아무것도 모르는 자들만이 가솔린 없이도 차가 굴러간다고 말한다. 그런 식으로, 이성에 대해 아무것도 모르는 사람만이 논의할 여지가 없는 확고한 원칙도 없이 추리를 하자고 헛소리를 하는 것이다. 지금 발랑탱은 자신이 확신하고 있는 원칙이란 아무것도 없었다.

플랑보는 해리지에 없었다. 만약 그가 런던에 있다 하더라도 아래쪽 윔블던 광장에서 어슬렁거리는 키다리 부랑자로 변장해 있을지, 아니면 위쪽 메트로폴 호텔 연회장의 꺽다리 사회자로 둔갑을 해있을지 도무지 알 수 없는 노릇이다. 이렇게 곰곰이 생각에 골몰해있는 발랑탱은 이럴 때면 그 나름의 독특한 해법과 방법을 취하곤 했다.

이런 경우 그는 뜻밖의 우연에 기대를 걸어보는 것이다. 합리적인 맥락의 실마리를 더듬어 갈 수 없는 이런 경우, 그는 냉정하고 신중하게 차라리 불합리한 맥락을 따라가 보는 것이었다. 은행이나 경찰서나 집회소 같은 갈 만한 장소로 찾아가는 대신 일부러 전혀 예측할 수 없는 엉뚱한 장소를 골라서 돌아다니는 식이었다. 빈집인 줄 뻔히 알면서 문을 두드려 보고, 막다른 골목에도 들어가 보며, 쓰레기가 꽉 차있는 막힌 길도 샅샅이 다 살펴볼 뿐 아니라, 길을 삥 돌아 어차피 그 길로 나오게 되는 활 모양의 좁은 길들도 모조리 돌아다녔다.

그는 이런 미친 방법을 나름 매우 논리적으로 변명했다. 즉 어떤 단서가 한 가지라도 있는 경우라면 이런 방법은 도저히 말도 안 되는 바보 같은 짓이지만, 전혀 아무런 단서도 없는 경우에는 이런 식이야말로 가장 좋은 방책이라 할 수 있다는 것이다. 왜냐하면 어떤 색다른 것이 있어 추적자의 눈길을 끌었다면 쫓기고 있는 자 역시 그것에 눈길이 끌릴 가능성이 있기 때문이다. 어차피 어디서부터라도 손을 써야 한다면 상대 인물이 걸음을 멈출 만한 장소에서부터 시작을 하는 것이 가장 좋을 것이다, 라는 것이 그의 생각이었다.

이 가게로 올라가는 돌층계와, 얼핏 보기에 조용하고 색다른 식당의 분위기가 묘하게도 탐정의 로맨틱한 공상을 부추겨, 그에게 어디 한 번 내친 김에 부딪쳐 보리라는 생각을 갖게 했다. 그는 돌층계를 올라가 창가에 자리 잡고 앉아 블랙커피를 주문했다.

오전도 거의 다 지나고 있었지만 그는 아직 아침 식사를 하지 않았다. 다른 손님들이 먹다 남긴 접시들이 식탁 위에 그대로 널려져 있었다. 발랑탱도 그제야 커피에 계란을 넣어달라고 추가로 주문을 했다. 그런 다음 흰 설탕을 커피에 넣기 시작했는데, 머릿속은 플랑보의 일로 가득 차 있었다.

플랑보의 도주 방법이 생각났던 것이다. 한번은 손톱 깎는 가위를 이용해서 도망쳤다. 또 한 번은 불난 집을 이용해 살짝 추적자를 따돌린 일도 있었으며, 우표를 붙이지 않은 편지의 요금을 지불해야 한다는 구실로 도망친 일도 있었다… 그리고 또 세상을 파멸시킬지도 모르는 혜성을 보라고 모든 사람에게 망원경을 들여다보게 해놓고 감쪽같이 사라진 적도 있었다…

발랑탱은 자신의 두뇌도 이 범인의 두뇌 못지않다고 생각하고 있었으며, 사실 그것은 옳은 생각이었으나 반면 자신의 불리한 점도 충분히 알고 있었다.

"범인이 창조적인 예술가라면 탐정은 비평가에 지나지 않지"

그는 씁쓸한 웃음을 머금으며 말했다. 그리고는 커피 잔을 천천히 입까지 들어 올렸다가 별안간 다시 내렸다. 생각해보니 커피에 소금을 넣고 말았던 것이다.

은빛 가루가 들어있는 그릇을 내려다보았다. 그것이 설탕그릇이라는 것은 샴페인 병에 샴페인이 들어있는 것과 마찬가지로 의심할 나위없는 사실이었다. 어째서 이 가게는 설탕그릇에 소금을 담아두는지 이상하다는 생각이 들었다. 소금그릇이 따로 있나 하고 주위를 살펴보니 하나 가득 든 소금그릇이 두 개나 있었다. 어쩌면 저 소금그릇에 들어있는 가루는 그냥 조미료가 아닐지도 모른다는 생각이 들었다. 그는 그것을 핥아보았다. 설탕이 맞았다.

다시 흥미를 느낀 그는 이렇듯 설탕을 소금그릇에 담고 소금을 설탕그릇에 담아두는 기이한 예술적 취미의 징후가 또 다른 곳에도 있지 않을까 하고 식당 안을 둘러보았다. 흰 벽지를 바른 벽 한쪽에 뭔가 시커먼 액체가 튄 얼룩이 묻어있는 것 말고는 어디나 말끔히 정돈된 활발한 여느 가게와 다름없었다. 그는 벨을 눌러 종업원을 불렀다.

아직 이른 시간이라 머리가 부스스하고 잠이 덜 깬 듯한 종업원이 허둥지둥 나타났다. 탐정은 – 비교적 단순한 유머라면 이해하지 못할 것도 없었으므로 – 종업원에게 그 설탕을 좀 맛보고 과연 그 설탕 맛이 호텔의 명성에 어울리는지 확인해 보라고 말했다. 그러자 종업원은 별안간 하품을 하더니 잠이 확 깨어버린 듯 했다.

"이 식당은 아침마다 손님에게 이렇게 헷갈리는 장난을 하나?"

발랑탱이 물었다.

"장난도 좋긴 한데, 소금과 설탕을 바꿔치기하는 일만 계속하면서도 용케 싫증을 느끼지 않는군."

이 빈정거리는 말의 의미를 알아차린 종업원이 좀 더듬거리면서 말했다.

"저희는 절대 의도적으로 그렇게 하지 않았습니다. 뭔가 실수가 있었을 겁니다."

그리고 설탕 그릇을 집어 들고 살펴보더니 다시 소금 그릇을 집어 들고 들여다보았다. 하지만 그의 얼굴은 더 당황하는 빛을 띨 뿐이었다. 그러더니 느닷없이 "잠깐 실례합니다." 하고 말하고는 허둥지둥 안으로 들어갔다가 곧 식당 주인을 데리고 다시 돌아왔다. 주인도 설탕 그릇을 살펴보고 다시 소금 그릇을 찬찬히 들여다보았다. 그러나 그 역시 매우 난처한 표정만 지을 뿐이었다.

그때 갑자기 종업원이 빠른 어조로 말했다. 한꺼번에 튀어나오는 단어들로 말이 꼬였지만 더듬거리며 열심히 설명했다.

"제가 생각하기에 이건 그 두 신부가 한 짓이 아닌가 생각되거든요."

"무슨 말인가, 그 두 신부라니?"

"벽에 수프를 끼얹은 두 신부 말입니다."

종업원이 대답했다.

"벽에 수프를 끼얹었다고?"

발랑탱은 종업원의 말을 그대로 되받았는데, 이건 틀림없이 이탈리아식의 비유적인 말일 거라고 그는 생각했다.

"그렇습니다. 저 벽지에 끼얹었어요."

종업원은 흥분한 어조로 대답하며 하얀 벽지에 묻은 시커먼 얼룩을 손가락으로 가리켰다.

발랑탱이 의아해하며 뭔가 묻고 싶은 표정으로 주인의 얼굴을 쳐다보자, 주인은 종업원의 말에 응수를 하며 설명을 덧붙였다.

"그렇습니다. 정말 그렇습니다. 하지만 이 설탕과 소금이 바뀐 게 그 일과 연관된 건 아닐 거예요. 오늘 아침 일찍 가게를 열기도 전에 두 신부가 함께 들어와서 수프를 드셨습니다. 두 분 다 아주 점잖고 훌륭한 분이셨어요. 한 분은 계산을 끝내고 밖으로 나가셨는데, 다른 한 분은 둔하게 꾸물거리면서 소지품을 챙겨 나가는 데 한참이 걸리더군요. 그러다가 결국 나가시긴 했는데, 다만 가게를 나가기 바로 직전에 절반쯤 드신 수프 그릇을 집어 들어 벽에다 철썩 끼얹었답니다. 저는 그때 안에 들어가 있었고 이 종업원도 역시 안에 있었습니다. 그래서 제가 허둥지둥 뛰어나갔을 때는 벽에 수프가 잔뜩 묻어있을 뿐 가게 안에는 아무도 없었습니다. 뭐 이렇다 할 피해는 없습니다만, 저는 너무 화가 나서 그 두 신부를 붙잡으려고 거리로 뛰어나갔는데 도저히 따라갈 수 없을 정도로 멀리 가버렸어요. 그 두 신부가 모퉁이를 돌아 카스테아즈 거리로 꺾어져 가는 모습을 본 것이 고작이었습니다."

탐정은 이미 모자를 쓰고 스틱을 든 채 일어나 있었다. 지금처럼 머릿속이 캄캄할 때는 처음에 눈에 띄었던 색다른 지표를 따르는 수밖에 별도리가 없다고 그는 속으로 마음먹고 있었다. 과연 이 지표는 분명히 색다른 데가 있었다. 발랑탱은 계산을 끝내고 유리문을 밀치며 밖으로 뛰쳐나와서는 곧 모퉁이를 돌아 다른 거리로 들어갔다.

이토록 흥분된 순간에도 그의 시선이 냉정하고 재빨랐던 것은 다행스런 일이었다. 어떤 가게 앞을 지나칠 때 뭔가 흘끗 그의 눈길을 끄는 것이 있었다. 그는 얼른 그것을 확인하러 되돌아왔다.

그 가게는 보통 흔한 과일상점으로, 품명과 가격이 알기 쉽게 적힌 물건들이 잘 진열되어 있었다. 그 중에서도 특히 눈에 띄는 두 칸에는 오렌지와 호두가 각각 수북이 쌓여 있었다. 호두더미 위에 두꺼운 종이가 놓여있는데, 거기에는 파란 분필로 굵게 '최상품 오렌지, 두 개 1펜스'라고 씌어 있었다. 한편 오렌지 위에도 역시 읽기 쉽게 뚜렷한 글씨로 '최상품 브라질 산 호두, 1근에 4펜스' 라고 쓴 종이가 놓여있었다.

이 두 장의 종이를 바라보면서 발랑탱은 전에도 한 번 이런 지극히 수고스러운 유머를 어디선가 본 적이 있다는 생각이 들었다. 그것도 아주 최근의 일이었다. 그는, 왠지 불안한 표정으로 큰길 쪽을 두리번거리고 있는 붉은 얼굴의 과일상점 주인에게 다가가, 가격표가 잘못 놓여있다고 말해주었다. 주인은 대꾸 한 마디도 없이 얼른 양쪽의 카드를 바꿔 놓았다. 탐정은 점잖게 스틱에 몸을 기대선 채 가게 안의 분위기를 힐끗 살펴보았다.

"좀 묘한 질문일 수 있는데요, 미안하지만 확인해볼 게 있고 또 생각나는 게 있어서 뭐 좀 물어보고 싶군요."

붉은 얼굴의 가게 주인은 무슨 헛소리를 하냐는 듯한 눈초리로 그를 노려보았다. 그러든지 말든지 발랑탱은 스틱을 들고 휘휘 흔들면서 유쾌한 표정으로 이야기를 계속했다.

"대체 어떻게 된 일인가요? 휴일에 어슬렁어슬렁 나타난 시골

뜨기 신부의 모자처럼 과일상점의 가격표가 바뀌어 있으니 말이죠. 좀 더 쉽게 말해서, 오렌지의 가격표가 붙은 호두가 크고 작은 두 신부를 연상하게 하는 것은 어떤 신비로운 연상 작용과 관련이 있는 것 같은데요?"

가게 주인의 눈이 마치 달팽이 눈처럼 머리에서 튀어나왔다. 순간 그는 이 미지의 사나이에게 덤벼들려는 기세까지 내보였다. 하지만 그냥 화를 억누르며 간신히 말했다.

"당신이 그들과 어떤 관계가 있는지 나로선 알 수 없지만, 만약 그들의 친구라면 말 좀 전해주시오. 앞으로 한 번만 더 가게의 사과를 뒤집어엎는다면 신부건 뭐건 그들의 썩어빠진 머리통을 두들겨 주겠다고 말이오!"

"그래요?"

탐정은 어느 정도 동정하는 어조로 말했다.

"사과를 뒤엎었다고요?"

"엎은 것은 그 중 한 사람이었어요."

흥분한 가게 주인이 말했다.

"사과가 이 큰길로 몽땅 굴러갔단 말이에요. 그 정신 나간 놈을 붙잡으려고 했지만 우선 사과부터 줍다 보니까 그놈을 놓치고 말았지 뭡니까."

"그 신부들은 어디로 갔어요?"

발랑탱이 물었다.

"저 왼쪽 두 번째 길로 들어가서 사거리를 건너 가버렸어요."

가게 주인이 곧바로 대답했다.

"고맙습니다."

발랑탱은 그 말을 끝내기가 무섭게 요정처럼 사라져 버렸다. 두 번째 길의 사거리를 건너간 곳에 경관 한 사람이 서 있는 게 보였다. 그는 경관에게 다가가 물었다.

"긴급 사태요, 경관. 혹시 모자 쓴 신부 두 명 봤어요?"

경관이 그 말을 듣고 큰소리로 웃기 시작했다.

"봤죠. 그 중 한 사람은 취한 것 같던데요. 길 한복판에 버티고 서서 두리번거리고 있더라고요…"

발랑탱이 고함을 치듯 물었다.

"어디로 가던가요?"

"저기서 나오는 노란색 버스에 탔습니다. 햄스테드 행 버스죠."

경관이 대답했다.

발랑탱은 그제야 자신의 명함을 내보이며 말했다.

"자, 함께 추적할 경관을 두 명 불러주세요."

그는 말을 끝내기가 무섭게 재빨리 길을 건너갔다. 둔해 보이는 경관도 탐정의 기세에 휩쓸려 의외로 민첩하게 그의 명령을 따랐다.

1분 조금 더 지났을 때 반대쪽 보도에서 기다리고 있던 이

프랑스 탐정에게로 경감 하나와 사복형사 한 사람이 다가왔다.

경감이 먼저 거드름을 피우는 태도로 빙그레 웃으며 물었다.

"그런데 대체 여기서 뭘 하라는 겁니까?"

발랑탱은 다짜고짜 스틱을 들어 흔들면서 말했다.

"저 버스를 타고 가면서 얘기해드릴게요"

그는 도망치는 토끼처럼 죽어라고 뛰어 사람과 자동차의 물결 사이로 헤치고 들어갔다. 세 명 모두 숨을 헐떡거리면서 노란색 버스에 올라타고는 2층석에 가 털썩 주저앉았다.

경감이 투덜거렸다.

"택시로 가면 네 배나 빠를 텐데."

"옳은 말이에요. 우리가 갈 곳을 확실히 안다면 말이죠."

지휘관이 태연스럽게 대답했다.

"그럼 대체 어디로 가실 건가요?"

경감이 어리둥절한 표정으로 물었다.

발랑탱은 눈살을 찌푸리며 담배에 불을 붙였다. 그러고는 잠시 후 입을 열었다.

"상대가 무슨 일을 저지를지 알고 있을 때는 먼저 앞질러 가는 것이 가장 좋지만, 상대가 무슨 일을 저지를지 모를 때는 뒤를 쫓는 겁니다. 그리고 상대가 건들건들 돌아다닐 때는 이쪽에서도 그래야 해요. 상대가 걸음을 멈추면 나도 멈추고 상대와 마찬가지로 천천히 걸어가는 거죠. 그렇게 하면 상대의 눈에 띄는 것은 우리 눈에도 보이게 마련이라 상대가 하는 행동과 똑같은 행동을 취할 수도 있어요. 지금 우리가 할 수 있는 일은 눈을 크게 뜨고 무슨 색다른 일이 없나 찾아내는 것뿐입니다."

"색다른 일이란 게 어떤 거죠?"경감이 물었다.

"어떤 거라도 좋아요. 색다르기만 하면."

발랑탱은 그렇게만 대답하고 입을 다물어버렸다.

노란색 버스는 런던 북부 지역을 벌써 몇 시간째 타고 돌아다닌다는 느낌이 들 정도로 오랜 시간을 느릿느릿 기어가고 있었다.

이 명탐정은 더 이상 설명을 하려고 하지 않았기 때문에 부하가 된 그들은 입 밖으로 말을 내어 할 수는 없었지만 속으로는 점점 더 이 탐정의 용건에 대해 의구심을 품기 시작했다. 그리고 역시 입을 다물고는 있었지만 점심을 먹었으면 하는 욕구도 더해가고 있었다. 점심시간이 벌써 오래전에 지났는데도 런던 북부 교외의 길고 긴 길은 마치 악마의 망원경처럼 앞으로 뻗어있을 뿐 도대체 멈출 줄을 몰랐던 것이다.

세상 끝까지 온 것만 같았다. 그러나 가만히 보니 아직도 겨우 투프넬 공원 입구에 접어들었을 뿐이었다. 길고 긴 여행이었다. 지저분한 술집들과 황량한 잡목림이 나타나자 이제 런던을 벗어나는구나 생각하고 있을 때쯤 곧 또다시 마술처럼 변화한 거리와 화려한 호텔들이 나타나곤 했다. 마치 서로 맞붙은 비숫비슷한 거리를 열세 군데쯤 지나가는 것 같았다.

길가에 벌써 겨울날 초저녁의 어둠이 깔리기 시작하는 데도 파리의 탐정은 여전히 아무 말도 없이 앉아 버스 옆을 스치고 지나가는 집들만 열심히 지켜보고 있었다. 캠던 타운을 지날 무렵부터 두 경관은 꾸벅꾸벅 졸기 시작했다.

갑자기 발랑탱이 벌떡 일어나더니 두 사람의 어깨를 두드리며 버스기사에게 큰소리로 차를 멈추라고 말했다. 그들은 깜짝 놀라 번쩍 눈을 떴다.

왜 내려야 하는지도 모른 채 두 경관은 구르듯이 계단을 내려 밖으로 나왔다. 그리고 무슨 일인가 하고 주위를 두리번거리자 발랑탱이 자신만만한 태도로 왼쪽 가게의 창문을 손가락으로 가리켰다. 커다란 창문인데, 번쩍거리고 호화로운 호텔의 출입문 바로 옆에 붙어 있었다. 아마도 훌륭한 식당인 듯 그곳엔 '레스토랑'이라는 표시가 박혀있었다.

이 창문은 호텔 정면에 나있는 다른 창문과 마찬가지로 무늬가 들어있는 반투명 유리인데, 어떻게 된 일인지 마치 얼음 속에 별이 들어있는 것처럼 유리 한쪽에 커다란 구멍 하나가 휑하니 뚫려 있었다.

"드디어 실마리가 잡혔군. 저 깨진 창문이에요."

발랑탱이 스틱을 휘두르면서 말했다.

"창문이 어쨌다는 거죠? 이런 것이 범행과 관계가 있다니, 무슨 증거라도 있습니까?"

경감이 물었다.

너무 화가 난 발랑탱은 자기도 모르게 대나무 스틱을 꺾어버릴 뻔 했다. 그리고는 소리쳤다.

"증거라고! 참 놀랍군요! 경감은 증거를 찾는 모양이군요! 그야 물론 십중팔구는 그들과 전혀 관계가 없을지도 모르죠. 하지만 이거 외엔 별도리도 없어요. 아무리 엉뚱한 것일지라도 어쨌든 우리는 하나의 가능성을 추구하든가 아니면 집에 가서 자든가 둘 중 하나거든요."

이윽고 그는 형사들을 거느리고 식당 문을 힘차게 열며 안으로 들어갔다. 세 사람은 구석의 작은 식탁에 둘러앉아 늦은 점심을 먹으며 별 모양으로 깨진 유리 창문을 바라보았다. 그러나 아직 그 깨진 유리창은 아무런 실마리를 제공해주지 못했다.

"창문이 깨졌군요."

발랑탱이 계산을 하면서 종업원에게 말했다.

"그렇습니다."

종업원은 아래를 내려다본 채 부지런히 돈을 세면서 대답했다. 그 돈 위에 발랑탱이 팁을 듬뿍 놓아주자 종업원은 조심스러워하면서도 눈에 띄게 활기를 띠며 고개를 들었다.

"아 네, 정말로 그렇습니다. 정말 이상한 일이었어요."

종업원은 새삼스럽게 대답했다.

"그래요? 무슨 일이 있었나요?"

탐정은 아무렇지도 않은 듯 호기심을 보이며 물었다.

"실은 검정색 옷을 입은 신부 두 분이 오셨습니다. 요즘 거리에서 흔히 볼 수 있는 외국인 신부들인데요. 싸고 간단한 점심 식사를 하고나서는 한 분이 계산을 하고 먼저 나갔어요. 그리고 다른 한 분도 막 나가려고 하는데, 그때 제가 받은 돈을 보니까 계산서보다 세 배나 많은 금액이더라고요. 그래서 밖으로 막 나가려는 그 분한테 제가 말했죠. '선생님, 돈이 너무 많은데요.' 하고 말이죠. 그런데 그 사람이 아주 침착한 태도로 이렇게만 대답을 하지 뭡니까? '아 그래요?' 그래서 제가 '보세요, 틀림없어요.' 하고 말하면서 그 분한테 보여주려고 계산서를 막 집어 들었어요. 그랬는데 너무 놀라운 게……"

"어떻게 됐다는 거죠?"

경관 한 명이 끼어들었다.

"그게 글쎄, 전 틀림없이 계산서에 4실링이라고 적었는데, 그때 다시 보니까 마치 페인트로 쓴 것처럼 뚜렷한 글씨로 14실링이라고 적혀있지 않겠습니까?"

"음, 과연, 그래서 그 다음엔 어떻게 됐어요?"

발랑탱은 천천히 몸을 움직이면서 상기된 눈빛으로 물었다.

"밖으로 막 나가려던 그 신부가 얼굴빛 하나 안 변하면서 이렇게 말하는 거예요. '자네의 계산을 혼란스럽게 만들어서 안

됐네만, 그것은 유리창 값으로 받아두도록 하게' 하지 뭡니까? '무슨 창문 말씀이신가요?' 하고 제가 물었죠. 그분이 다짜고짜 이렇게 말하더라고요. '이제부터 내가 깨트릴 창문이지' 하고 말이죠. 그러고는 들고 있던 우산으로 저렇게 유리를 깨뜨려버리지 뭡니까?"

이 말을 듣고 있던 사람들이 동시에 깜짝 놀라며 소리를 질렀다. 경감은 목소리를 낮추며 중얼거렸다.

"우리가 쫓고 있는 자가 정신병원에서 도망쳐 나온 환자인가 보네"

종업원은 자기도 말하면서 더 흥이 났는지 아주 재미있다는 듯이 이 황당한 이야기를 계속했다.

"순간 저는 어이가 없어 멍하니 그냥 쳐다만 보고 있을 수밖에 없었어요. 그 사람은 곧바로 밖으로 나가더니 마침 저 모퉁이에서 함께 왔던 사람을 만나더군요. 그러더니 같이 저기 바로크 거리를 쏜살같이 달아나버리는 거예요. 제가 카운터를 돌아나와 얼른 밖으로 나가 쫓아가봤는데 결국 붙잡지는 못했습니다."

"바로크 거리라고 했죠?"

탐정은 말하기가 무섭게 그 수상한 신부들 못지않은 재빠른 동작으로 밖으로 뛰쳐나가 바로크 길로 내달렸다. 경관들도 뒤를 따라 달렸다. 그들은 이윽고 벽돌 건물이 늘어선 터널 같은 거리를 빠져나가고 있었다. 불빛은커녕 창문도 거의 보이지 않는 거리의 집들은 어느 곳이나 어느 집이나 다 무표정한 분위기를 띠고 있는 것 같았다. 불빛이 희미하게 보이는 거리도 마찬가지였다. 런던에서 오래 살아 그런 풍경에 익숙한 경관조차도 저녁 어스름이 점점 더 짙어지고 있는 거리에서는 가야 할 방향을 정확히 알 수 없을 정도였다. 그래도 경감은 이대로 계속 가면 결국 햄스테드 히스로 나갈 것 같다는 짐작이 들었다.

그때 갑자기 한 집의 창문에서 가스등 불빛이, 어둑하고 푸르스름해 보이는 저녁 공기를 가르며 마치 조그마한 전구처럼 부옇게 떠올랐다. 발랑탱은 순간 그 묘한 색깔의 싸구려 과자 집 앞에서 우뚝 걸음을 멈추고 섰다. 그리고 잠깐 망설인 다음 안으로 들어갔다. 그는 아주 냉정한 표정으로 그 가게의 현란한 빛깔에 둘러싸인 채 상당히 신중하게 물건을 고르는 척 하며 초콜릿 시가를 열세 개나 샀다. 당장 시가에 불붙일 준비를 하고 있는 듯했지만 그럴 필요는 없었다.

가게의 빼빼 마른 중년 여인이 아까부터 발랑탱의 점잖은 풍채를 살피듯 하며 기계적으로 바라보고 있었다. 그런데 그의 등 뒤 출입문 근처에 푸른 제복 차림의 경감 한 명이 떡 버티고 서 있는 것을 보자 순간 정신이 퍼뜩 든 모양이었다.

"혹시 만약 그 꾸러미 일로 오신 거라면 그건 이미 보내버렸거든요."

그 여인이 말했다.

"꾸러미라고요?"

발랑탱은 그녀의 말을 되받아 물었다.

이번에는 그녀가 의아한 표정을 지었다.

"아까 그 분이 잊고 가신 꾸러미 말이죠. 그 신부님이 잊고 가신…."

"좀 무리한 부탁이지만, 무슨 일이 있었는지 얘기를 좀 자세히 해주시죠."

발랑탱은 이쯤에서 비로소 자신의 관심을 노골적으로 드러내며 여인에게 다그쳤다.

그녀는 도무지 알 수 없다는 표정으로 말을 하기 시작했다.

"글쎄요. 30분쯤 전에 그 신부님들이 와서 박하과자를 사고 잠시 얘기를 나누다가 히스 들판 쪽으로 가셨는데요. 그런데 곧바로 그 중 한 신부가 허둥지둥 되돌아오더니 '제가 꾸러미를 놓고 가지 않았나요?' 하고 말하는 거예요. 그래서 제가 여기저기를 찾아봤는데 아무것도 보이지 않더라고요. 그러자 그분이 '없으면 됐어요. 하지만 만약 나중에라도 나타나면 이 주소로 좀 보내주세요.' 하면서 주소를 적은 종이쪽지하고 제가 수고하는 수고비로 1실링을 놓고 가셨습니다. 그런데 이게 또 어찌된 일일까요? 아무리 찾아도 안 보이던 것이 다시 찾아보니까 정말로 누런 종이꾸러미 하나가 있는 거예요. 그래서 그 꾸러미를 적어준 주소로 보내드렸죠. 주소는 지금 기억이 안 나는데, 웨스트민스터 부근이었어요. 꾸러미가 상당히 중요한 물건처럼 보였기 때문에 저는 경찰관께서 그 일로 오신 줄 알았습니다."

"네, 맞습니다."

발랑탱은 솔직하게 말했다.

"햄스테드 히스가 여기서 가까운가요?"

"이 길을 죽 따라가 15분 정도면 히스가 가득히 펼쳐진 곳이 나옵니다."

여인의 말이 끝나자마자 발랑탱은 가게에서 뛰쳐나가 뒤도 돌아보지 않고 달리기 시작했다. 함께 간 경관들도 내키지 않는 마음으로 다리를 끌다시피 하며 마지못해 탐정을 따라갔다. 그들이 누비듯이 빠져나간 길은 매우 좁고 그림자로 어둡게 덮여 있었다. 그래서 갑자기 휑한 들판과 탁 트인 하늘 아래로 나왔을 때 저녁 하늘이 아직도 밝게 펼쳐져 있는 것을 보고 모두들 놀랐다.

공작의 깃털처럼 초록빛을 띤 하늘이 머리 위에 둥그렇게 천장 모양으로 펼쳐져 있고, 거무스름한 나무와 진한 보랏빛 노을이 맞닿은 곳에서는 하늘이 금빛으로 빛나고 있었다. 훤하게 밝은 초록빛 하늘에서 벌써 수정 같은 별이 하나 둘 반짝이기 시작했다.

낮의 빛이라고는 햄스테드 저쪽 끝과 '건강한 골짜기'라고 불리는 이름난 우묵한 지대에 남아있는 황금빛 광채뿐이었다. 휴일을 이용해 이 부근을 산책하는 사람들도 아직 남아 있었으며, 여러 쌍의 커플들이 벤치 이곳저곳에 아무렇게나 퍼질러 앉아있었다. 먼 곳 여기저기서는 그네를 타는 여자아이들이 아직도 야릇한 괴성을 지르고 있었다. 빛나던 하늘이 점차 어두워지면서 인간의 숭고함과 비속함을 모두 덮어버리는 것 같았다.

비탈에 서서 골짜기 저쪽을 바라보던 발랑탱의 눈에 마침내 그가 찾고 있던 것이 들어왔다. 그 부근에 흩어져 있는 시커먼 사람들의 무리 속에서 떨어지지 않으려 하는 한 쌍의 사람 모습이 유난히 검게 보였다. 그들은 성직자의 옷차림을 하고 있었다. 둘 다 체격이 작아 보였는데, 발랑탱은 그 중 한 사람이 다른 사람에 비해 유난히 더 작다는 걸 알아차렸다.

그중 큰 남자는 학자처럼 등이 구부정했으며 동작이 유별나 보이지는 않았지만, 얼핏 보기에도 키가 6피트는 충분히 넘어 보였다. 발랑탱은 이를 악물고 초조한 듯이 스틱을 빙빙 휘두르면서 계속 앞으로 걸어 나갔다.

그들과 거리가 꽤 좁혀져 두 개의 검은 그림자가 거대한 현미경을 들여다보았을 때처럼 눈앞에 확대되었을 때 그는 또 한 가지 사실을 알게 되었다. 무척 놀라운 일이었지만 한편으론 어느 정도 예상했던 일이기도 했다.

키 큰 신부가 누구인가는 그만두고라도 작은 쪽 신부의 정체는 이미 의심할 여지가 없었던 것이다. 해리지에서부터 같은 열차를 타고 왔던 그 웨섹스의 땅딸막한 교구 신부, 그가 갖고 있던 누런 종이꾸러미에 대해 발랑탱이 주의를 주었던 바로 그 사나이가 아닌가.

여기까지는 모든 일이 의심할 여지없이 합리적으로 들어맞는다. 웨섹스의 브라운 신부라는 인물이 성체 대회에 모이는 외국인 신부들에게 보이기 위해 꽤 값비싼 유물인 사파이어를 박은 은십자가를 갖고 올라오기로 되어 있다는 것을 발랑탱은 오늘 아침에 들어서 알고 있었다. 그런데 그 유물이야말로 바로 그 '파란 보석이 달린 진짜 은제품'이며, 브라운 신부라는 열차에 탔던 그 얼간이였던 것이다.

발랑탱도 이만큼 알아냈으니 플랑보가 이것을 알아냈다고 해도 이상할 것은 없다. 플랑보는 뭐든지 알아내는 재주를 가지고 있기 때문이다. 또 사파이어가 박힌 십자가 이야기를 플랑보가 들었다면 그것을 훔쳐야겠다고 생각하는 것도 그에겐 지극히 당연한 일일 것이다. 모든 자연의 이치 중에서도 이토록 자연스러운 일은 없을 것이다.

그리고 무엇보다도 분명히 말할 수 있는 것은, 그 우산과 종이꾸러미를 든 사나이만큼 얼빠진 자를 상대하는 일이라면 플랑보는 얼마든지 쉽게 목적한 물건을 가로챌 수 있을 것이라는 사실이다. 이 작은 사나이는 어느 누구든 목에 끈을 매어 북극 끝까지라도 끌고 갈 수 있을만한 인물이었다. 그러므로 플랑보와 같은 연기자가 신부로 변장을 하고 그 작은 사나이를 햄스테드 히스까지 끌고 오는 데 성공했다 하더라도 조금도 놀랄 일은 아니었다.

여기까지는 이 범죄가 더 말할 것도 없이 명확해 보였다. 그리고 한편 어쩔 수 없는 신부의 무력함이 딱해 보이기도 했고, 또 한편으로는 이런 호인을 상대로 범죄를 저지를 만큼 보잘 것 없는 처지가 되어버린 플랑보가 경멸스럽지 않을 수 없었다.

그러나 이런 추리에 이르는 동안 일어난 모든 사건과 이만한 수확으로까지 이끌어준 모든 일을 생각해보면 과연 정평 있는 발랑탱도 앞뒤가 딱 들어맞는 이유를 아직까지는 발견하지 못하고 골치가 아플 뿐이었다.

대체 이 웨섹스의 신부한테서 파란 은십자가를 훔치는 일과 벽지에 수프를 끼얹은 일이 무슨 관계가 있단 말인가? 발랑탱의 추적도 마침내 최종점에 다다르고 있는데, 지금까지 일어났던 일들이 도무지 납득되지 않는 것이었다.

그가 실수를 저지르는 경우는 - 그런 일은 좀처럼 없었지만 - 대개 단서를 잡았으면서도 뻔히 범인을 놓치는 경우인데, 지금의 상황은 반대로 범인을 잡았으면서도 여전히 단서를 잡을 수 없는 것이다.

그들이 쫓고 있는 두 인물은 푸른 언덕의 거대한 지평선을 검은 파리처럼 기어 올라가고 있었다. 이야기에 열중하느라 어디로 향하고 있는지도 별로 신경 쓰지 않는 것 같았다. 그들이 가는 곳은 아무래도 히스 가운데서도 비교적 인기척이 없는 쓸쓸한 고지대인 듯했다. 그들 뒤로 가까이 다가갈수록 추적자들은 사슴을 쫓는 사냥꾼처럼 베어 낸 나무 그루터기 그늘에 웅크리고 앉기도 하고, 깊은 풀숲 속에 엎드려 천천히 나아가기도 했다. 극히 조심을 한 덕분에 사냥꾼들은 두 인물이 작은 목소리로 주고받는 이야기가 들릴 만큼 가까운 거리까지 접근할 수 있었다. 그러나 마치 어린아이들이 말하듯 높은 목소리로 여러 번 되풀이하는 '이성(理性)'이라는 단어 외에는 한 마디도 알아들을 수 없었다.

가는 도중 땅바닥에 뜻하지 않은 웅덩이가 있거나 깊은 풀숲이 울창하게 우거져 있어서 탐정들은 쫓다가 두 사람의 모습을 놓치는 경우도 있었다. 또 잃어버린 오솔길을 찾지 못해 10분 동안이나 쩔쩔매기도 했는데, 그 오솔길은 원형극장처럼 여유 있게 펼쳐지는 황량한 저녁의 경치를 한눈에 내려다볼 수 있는 큼직한 돔 모양의 언덕을 둘러싸고 있었다.

이 탁 트인 조망에서 버림받은 듯 조용한 곳의 한 그루 나무 밑에 낡아서 금방 부서질 것 같은 나무 벤치가 하나 놓여 있었다. 그 벤치에 두 신부가 앉아 여전히 진지한 말투로 이야기를 주고받고 있었다.

찬연한 초록빛과 노란 광채가 저물어가는 지평선 부근에 아직도 사라지지 않고 남아 있었다. 그러나 머리 위의 둥근 천장은 공작의 깃털과 같은 초록빛에서 파란빛으로 점차 변해가고, 별들은 더욱 더 뚜렷하고 단단한 보석처럼 빛나기 시작했다.

발랑탱은 뒤에서 따라오는 동료를 말없이 손짓으로 부르며 나뭇가지가 퍼진 큰 나무 그늘까지 가까스로 기어가서, 숨을 죽이고 그 자리에 가만히 서 있었다. 그제야 그 기묘한 신부들의 이야기 소리가 들려왔다.

1분 넘게 귀를 기울이고 있던 발랑탱은 갑자기 의심스러운 생각에 사로잡히기 시작했다. 어쩌면 자기가 영국의 경찰관을 둘씩이나 밤의 히스 언덕까지 끌고 온 것은 결국 우거진 엉겅퀴 숲속에서 무화과를 찾는 것과도 같이 미친 짓을 하기 위해서였단 말인가 – 하는 생각이 엄습해왔던 것이다. 왜냐하면 지금 두 신부는 어느 모로 봐도 신부답게 경건한 태도로 학식과 여유를 가지고 신학 중에서도 가장 초속적(超俗的)인 어려운 문제를 논하고 있었기 때문이다. 웨섹스의 키 작은 신부는 그 동그란 얼굴을 들어 점차로 빛이 강해지는 별을 보면서 아주 소박하게 지껄이고 있었고, 키 큰 신부는 자기로서는 별을 쳐다볼 가치도 없다는 듯이 고개를 푹 숙이고 이야기하고 있었다. 그러나 이토록 순수하게 성직자다운 대화는, 이탈리아의 '흰 수도원'이나

'스페인의 검은 대수도원'을 찾는다 해도 들을 수 없을 것이다.

맨 처음 그의 귀에 들려온 것은 브라운 신부가 지껄이고 있던 말의 끝부분이었는데, 그것은 "......중세 사람들이 하늘을 불멸이라고 한 것은 이런 의미였어요." 라는 것이었다.

키 큰 신부는 여전히 고개를 숙인 채 끄덕이더니 이렇게 대꾸했다.

"그렇죠. 요즘 신앙심 없는 사람들은 자신의 이성에만 호소를 하겠죠. 그러나 누구든 이 무한한 우주를 바라보면 우리의 머리 위 어디엔가 이성이 전혀 불합리한 우주가 없지도 않다는 걸 느끼게 될 겁니다."

"아닙니다."

브라운 신부가 반론했다.

"이성은 언제나 합리적인 것이에요. 지옥에 가장 가까운 변방에서나, 저주받은 세계의 끝조차도 이성이란 합리적인 것이죠. 이성을 폄하했다고 해서 세상 사람들은 교회를 비난하지만 실은 그 반대입니다. 지상에서 오직 하나 교회만이 이성을 참으로 지고한 것으로 여기고, 지상에서 오직 하나 교회만이 하느님 또한 이성에 속박되어 있다고 주장하고 있어요."

키 큰 신부는 엄격하고 긴장된 얼굴로 별이 반짝이는 하늘을 쳐다보며 말했다.

"그런데 저 무한한 우주 속에 어떤......?"

그때 앉은 채로 갑자기 뒤를 돌아다보며 작은 신부가 말했다.

"그건 다만 물리학적으로 무한하다는 것일 뿐 진리의 법칙에서 달아날 수 있다는 의미의 무한은 아니죠."

나무 그늘에 숨어있던 발랑탱은 이를 갈며 손톱을 질겅질겅 씹고 있었다. 그의 귀에는, 이상한 탐정한테 끌려와 엉뚱한 그의 육감만 믿고 멀리 여기까지 왔더니 두 신부가 멀쩡하게 형이상학적 논쟁만 잘 하고 있구만, 하고 투덜거리는 영국인 형사들의 빈정거리는 소리가 들리는 듯했다.

마음이 초조해진 발랑탱은 키다리 신부의 열성어린 대답을 미처 놓치고, 다시 귀를 기울였을 때에는 브라운 신부가 이야기를 하고 있었다.

"이성과 정의감은 가장 멀리 있고 가장 고독한 별까지도 사로잡지요. 저 헤아릴 수 없이 많은 별을 보세요. 마치 다이아몬드나 사파이어처럼 보이지 않습니까? 물론 비상식적인 식물학이나 지질학을 상상하시는 것은 당신의 자유입니다. 브릴리언트형의 잎사귀를 가진 금강석 숲을 머리에 그리고, 달은 하나의 푸른 달, 한 덩어리의 거대한 사파이어라고 생각하는 것도 좋아요. 그러나 천문학에 대한 그런 착각을 가지고도 행위의 이성과 정의에 약간의 변화라도 가져올 수 있다고 공상하는 것은 어리석은 짓이죠. 오팔의 평원 위에도, 진주의 벼랑 아래에도 '그대 도둑질 하지 말라'는 표식은 역시나 서있거든요."

발랑탱은 큰 실수를 했다는 걸 깨닫고는 잔뜩 낙담해 거북하게 웅크리고 있던 몸을 일으켜 슬그머니 그 자리에서 떠나려 했다. 그러나 무뚝뚝하게 입을 다물고 있는 키다리 신부의 모습이 어쩐지 마음에 걸려 그가 말을 할 때까지 기다려 보았다. 한참 후 키다리는 겨우 입을 열었는데, 여전히 고개를 숙이고 두 손을 무릎에 놓은 채 이렇게만 말할 뿐이었다.

"아니오, 역시 나는 지구 이외의 다른 세상이 인간의 이성을 초월한 높은 곳에 오지나 않을까 하고 생각해요. 하늘의 신비는 헤아릴 수 없는 것이며, 나로서는 다만 머리를 숙일 뿐이죠."

그리고는 여전히 고개를 숙인 채 태도도 목소리도 전혀 바꾸지 않고 덧붙여 말했다.

"자, 이제 됐으니 갖고 있는 사파이어 십자가를 내놓으시지. 여기엔 우리 둘뿐이니까 내가 마음만 먹으면 당신 하나쯤은 짚으로 만든 인형처럼 갈기갈기 찢어줄 수도 있소."

목소리나 태도가 조금도 변하지 않았기 때문에 이 의표를 찌른 말 한 마디에서 한층 더 기묘한 폭압이 느껴졌다. 그러나 성스런 보물을 지키고 있는 키 작은 신부는 겨우 목만 조금 움직일 뿐이었다. 그는 여전히 얼빠져 보이는 얼굴을 들어 하늘의 별을 쳐다보고 있는 것 같았다. 어쩌면 상대가 한 말의 뜻을 이해하지 못했는지도 모른다. 아니면 알았기 때문에 두려워 돌처럼 굳어버린 것일까?

"알겠지?"

키다리 신부는 여전히 낮은 목소리로 조금도 자세를 흩뜨리지 않고 말했다.

"내가 바로 플랑보요."

그리고 잠깐 사이를 두었다가 덧붙였다.

"자아, 그 십자가를 내놓으시오!"

"그건 안 돼요."

땅딸보 신부가 대답했다. 퉁명스러운 말투였지만 매우 기묘하게 울렸다.

플랑보는 갑자기 신부로 위장한 이제까지의 태도를 싹 내팽개쳤다. 정체를 드러낸 이 큰 도둑은 거드름을 피우며 벤치에 앉아 낮은 소리이기는 하지만 한동안 낄낄대며 웃었다. 그러더니 고함을 질렀다.

"안 되겠군! 내놓기 싫다는 말이군, 이 건방진 신부 놈. 주기 싫은 모양이야, 이 홀아비 난쟁이 놈이 말이야! 왜 나한테 줄 수 없는지 그 이유를 가르쳐줄까? 별것도 아니야. 내가 벌써 이미 내 윗주머니에 그걸 넣어두었거든. 그 때문이라고."

어둡기는 했지만 얼핏 보기에 웨섹스에서 온 작은 남자는 눈앞이 아찔한 듯 상대방을 쳐다보며 겁먹은 표정이 되었다. 그렇지만 용기를 내어 되물었다.

"하… 그랬단 말이죠?"

플랑보는 재미있어서 죽겠다는 듯이 환성을 질렀다.

"이거 참, 정말 당신은 마치 희극에 나오는 어릿광대 같군."

그러면서 큰소리로 덧붙였다.

"그렇지, 이 멍청한 양반아. 틀림없다니까. 나는 진짜 꾸러미와 똑같은 가짜를 만들 수가 있거든. 그래서 지금 당신이 가지고 있는 것은 가짜 보석이고 진짜는 내가 갖고 있단 말이지. 낡은 방법이지만 브라운 신부님, 아주 낡은 수법이지만 말이죠."

"그렇군."

브라운 신부는 여전히 모호한 태도로 머리카락을 쓸어 올리고 있었다.

"그렇소, 그 수법은 나도 전에 들은 적이 있어요."

범죄계의 거물은 갑자기 흥미를 느낀 듯 시골의 땅딸보 신부에게로 바짝 다가갔다.

"아니, 그런 말을 들은 적이 있다고? 당신 같은 주제에 어디서 들었소?"

"으음, 물론 말한 사람의 이름을 밝힐 수는 없어요."

작은 남자는 담담하게 말했다.

"그는 이미 죄를 뉘우쳤으니까요. 2년 동안이나 누런 종이꾸러미를 바꿔치는 것만으로 호화롭게 먹고 산 사나이지요. 당신이 좀 수상하다는 생각이 들었을 때 바로 그 사나이 생각이 나더군요."

"나를 수상하게 여겼다고?"

범죄자는 어이가 없다는 듯 되물었다.

"내가 이 히스 한가운데 조용한 곳까지 끌고 왔다는 것만으로 나를 수상하게 여길만한 머리가 당신에게 정말로 있었단 말이오?"

"아니."

변명이라도 하듯 브라운이 말했다.

"실은 처음에 당신을 만났을 때부터 의심했었소. 거기 그 소맷부리가 좀 불룩하게 튀어나와 있었으니까요. 당신 같은 사람은 거기에 스파이크가 달린 팔찌를 끼고 있을 것 아니오?"

"대체 어디서 스파이크가 달린 팔찌 이야기를 들었소?"

플랑보가 소리쳤다.

"그거야 내가 잘 아는 신자한테서 들었지요!"

브라운 신부는 약간 황당한 표정으로 눈살을 찌푸리며 말했다.

"내가 하틀풀에서 보좌신부로 있을 때 스파이크 달린 팔찌를 낀 신자가 세 사람 있었지요. 그래서 처음부터 당신을 수상하다고 생각했던 거요. 아시겠소? 나는 무엇보다도 그 십자가가 무사히 목적지까지 닿을 수 있도록 신중한 수단을 강구했소. 그런데 마침 당신이 내 꾸러미를 슬쩍 바꿔치는 것을 보게 됐던 거요. 그래요, 아시겠소? 나는 그것을 또 다시 바꿔서 결국 진짜를 거기에 놓고 온 거요."

"거기에 놓고 왔다고?"

플랑보가 되물었다. 의기양양했던 그의 말투는 이제 사라지고 없었다.

"아시겠소? 이렇게 된 거요."

작은 신부는 여전히 담담한 어조로 말했다.

"아까 그 과자 가게로 일부러 다시 가서 내가 꾸러미를 놓고 가지 않았느냐고 종업원에게 물었어요. 그러면서 만약 나중에 꾸러미를 찾으면 좀 보내달라고 주소를 남겨두고 왔소. 사실 놓고 온 꾸러미 따위는 없었소. 잊기는커녕 그 과자 가게를 다시 나올 때 바로 그때 꾸러미를 그곳에 놓고 온 것이오. 그랬더니 그 과자 가게 직원이 그 귀중한 꾸러미를 들고 나를 뒤쫓아 오지 않고 내 부탁대로 웨스트민스터에 있는 내 친구 집으로 직접 보내준 거요."

여기까지 말한 다음, 신부는 조금 슬픈 듯한 말투로 덧붙였다.

"이 방법도 역시 하틀풀에 있는 사나이한테서 배운 것이오. 그 자가 역에서 여자 핸드백을 가로챘는데 바로 이 수법을 썼던 거죠. 물론 지금 그는 수도원에 있소. 정말 알기 싫어도 여러 가지를 알게 되지요."

그리고는 아까처럼 아주 미안하다는 듯이 머리를 긁적였다.

"신부 노릇도 힘들다오. 별의별 사람이 다 와서 이런 이야기를 들려주니 말이오."

플랑보는 안주머니에서 누런 종이꾸러미를 힘들게 끄집어내더니 북북 찢어버렸다. 속에는 종이와 납으로 만든 막대기가 몇 개 들어있을 뿐이었다. 그는 허풍스런 몸짓을 해보이며 자리에서 벌떡 일어섰다.

"믿어지지가 않구먼. 당신 같은 얼빠진 자가 그런 재치 있는 흉내를 낸다는 게 정말 믿을 수가 없어. 당신 아직도 그거 가지고 있을 거야. 좋게 말할 때 내놓지 않으면 여기엔 우리 둘뿐이니까 내가 힘으로 뺏을 수도 있어!"

브라운 신부도 일어서며 느긋하게 말했다.

"아니오. 힘으로도 빼앗지 못해요. 그건 이미 나한테 없으니까. 그리고 여기엔 우리 말고도 다른 사람들이 있으니까요."

플랑보는 한 걸음 더 바짝 다가오려다 흠칫 하며 멈춰 섰다.

"저 나무 뒤를 보시오."

브라운 신부가 손가락으로 가리키며 말했다.

"체격이 듬직한 형사 두 명하고 그리고 요즘 가장 잘 나가는 명탐정 한 분이 잠복해 계시오. 저 세 사람이 어떻게 여기까지 왔는지 알고 싶소? 어려울 건 없지. 내가 데리고 온 거니까 말이오! 어떻게 데려왔느냐고? 궁금하다면 알려드리지! 아시겠소? 우리도 범죄자들 속에서 사는 이상 이런 것쯤은 충분히 알고 있어야 하지 않겠소! 하기야 나도 당신이 도둑일 거라는 확신은 없었다오. 같은 성직에 있는 분께 오명을 입히면 큰일이니까요. 그래서 나는 당신의 정체를 알아내기 위해 테스트를 좀 해보았지요. 보통 사람들은 자신의 커피에 소금이 들어갔다면 대개 떠들어대기 마련이지요. 그런데 떠들어대지 않고 있다면 그런 경우엔 조용히 있어야만 할 어떤 이유가 있을 거요. 내가 소금과 설탕을 슬쩍 바꾸어 놓았는데도 당신은 아무 말이 없었소. 또 계산서가 실제보다 3배나 많게 써있다면 대부분 사람들은 가만있지 않지요. 그런데도 아무 말도 않고 3배나 되는 돈을 조용히 지불한다는 것은 남의 눈에 띄지 않게 그 자리를 떠나야 할 무슨 분명한 이유가 있었기 때문이 아니겠어요? 게다가 난 당신의 계산서를 바꿔 썼소. 그런데도 당신은 군말 없이 그 돈을 지불했지요."

주변 공기는 플랑보가 당장 사나운 호랑이처럼 덤벼들기를 기다리는 것 같았다. 그러나 그는 무슨 주문에라도 걸린 것처럼 꼼짝도 하지 못했다. 극도의 호기심에 사로잡혀 자신을 잊고 있었던 것이다.

"아시겠소?"

브라운 신부는 더듬거리기는 하나 의미가 또렷한 말로 이야기를 계속했다.

"당신이 경찰 때문에 단서를 남기지 않으려 한다면, 누군가가 남겨야만 해요. 이건 당연한 일이에요. 그래서 나는 어디에 들를 때마다 나중에 우리의 이야기를 하루 종일 화제에 올릴 만한 짓을 뭐든지 저지르려고 했던 거죠. 물론 아주 나쁜 짓은 할 생각이 없었어요. 기껏해야 벽을 더럽힌다든가, 사과를 뒤엎어 놓는다든가, 유리창을 깨트리는 정도였지만, 덕분에 십자가를 구할 수 있었지. 그리고 십자가는 앞으로도 계속 지켜질 거요. 지금쯤은 웨스트민스터에 이미 도착했겠죠. 어째서 당신은 그걸 '당나귀의 휘파람'으로 막지 않았는지 좀 납득이 가지 않는군요."

"무엇으로 막는다고?"

플랑보가 물었다.

"그런 말을 들은 적이 없다면 다행스런 일이네요."

신부는 얼굴을 찡그리며 말했다.

"옳지 않은 일이니까요. 그래요. 당신은 '휘파람'을 불 정도로 나쁜 사나이는 아니지. 그렇게 했다면 비록 이쪽에 '형사'가 있었다 할지라도 대항할 수는 없었을 거요."

"대체 무슨 이야기를 하는 거요?"

상대가 물었다.

"하, '형사'라고 말하면 알 거라고 생각했는데."

브라운 신부는 기쁜 듯이 놀라운 어투로 말했다.

"흐음, 당신 아직도 그렇게 나쁜 길로 들어서지는 않았군!"

"당신은 어쩌면 이렇게 무시무시한 일을 샅샅이 알고 있소?"

플랑보가 외쳤다.

브라운 신부의 순진하고 귀여운 동그란 얼굴에 살짝 미소가 떠올랐다.

"뭘요, 마누라도 없는 홀아비 얼간이라서 그렇겠지요."

그가 대답했다.

"다른 사람이 실제로 저지른 죄를 듣는 것밖에는 아무 할 일이 없는 사나이가 인간의 악에 대해 아무것도 모를 수가 있겠소? 뭐 그건 그렇다 치고, 솔직히 말해서 내 직업의 또 다른 면으로 봐도 당신이 신부가 아니라는 건 명백히 알 수 있었지."

"그게 뭐요?"

어이없는 표정으로 도둑이 물었다.

"당신이 이성을 공격했기 때문이지. 그것은 옳지 못한 신학이에요."

그러면서 신부가 자신의 소지품을 집으려고 돌아서는 순간 세 명의 형사가 어두컴컴한 나무 그늘 아래에서 불쑥 나타났다. 플랑보는 예술가이며 스포츠맨이었다. 그는 한 걸음 뒤로 물러서더니 발랑탱에게 깍듯이 머리를 숙였다.

"나한테는 머리 안 숙여도 돼. 자아, 함께 우리의 선생께 인사드리세."

카랑카랑한 목소리로 발랑탱이 말했다.

발랑탱과 플랑보 두 사람은 경의를 표하듯 모자를 벗고 한 동안 서 있었다. 웨섹스의 작은 신부는 그 동안에도 눈만 깜박일 뿐 계속 우산을 찾고 있었다.

비밀의 정원

　파리 경찰청의 주임경감인 아리스티드 발랑탱은 귀가시간이 늦어지는 바람에 그가 초대한 손님들 몇몇이 그보다 먼저 도착하기 시작했다. 그들이 기분 상하지 않게 정성껏 모시고 있는 사람은 주인의 심복인 하인 이반이었다. 이 노인은 얼굴에 상처 자국이 있고 안색도 반백의 턱수염과 거의 차이가 없을 정도로 창백해 보였다. 그는 언제나 무기를 줄줄이 걸어놓은 정문 쪽에 테이블을 놓고 그 앞에 앉아 있었다.

　발랑탱의 저택은 이 집 주인을 닮았는지 좀 색다른 데가 있어서 유명하기도 했다. 오래된 건물의 높은 담을 따라 키 큰 포플러 나무가 센 강 위를 뒤덮을 듯이 서있었다. 그런데 더 특이한 점은 – 방범 면에서는 그 점이 안전하기도 했지만 – 정문 외에 외부로 통하는 문이 하나도 없다는 것이었다. 더욱이나 그 정문엔 언제나 이반이 앉아있고 무기들이 엄중하게 지키고 있는 셈이었다.

넓은 정원은 손질이 잘 되어 있었으며, 건물 내부에서 정원으로 나가는 문은 몇 군데 있었지만 정원에서 밖으로 통하는 길은 하나도 눈에 띄지 않았다. 정원은 평평하고 발을 붙일 만한 곳이라고는 전혀 없는 높은 담으로 완전히 둘러싸여 있으며, 담 꼭대기에는 기어오르는 도둑을 막기 위해 특별한 방범장치가 되어 있었다. 수많은 범죄자들한테서 악담과 저주의 폭언을 듣고 사는 주임경감에게는 이 주택이 정말로 나쁘지 않은 곳이었다.

이반이 손님들한테 이미 양해를 구했지만, 주인한테서 좀 전에 예정보다 10분쯤 늦어지겠다는 전화가 걸려왔다. 사형집행이라든지 몇 가지 불쾌한 일의 마지막 검토를 하느라 시간이 걸렸던 것이다.

발랑탱은 이런 일들이 정말 지긋지긋했지만, 의무사항들을 절대 아무렇게나 해치우는 적은 없었다. 죄를 추궁하는 데는 대충 넘어가지 않아도 형벌을 내릴 때는 그도 너그러움을 발휘하는 경향이 있었다. 그는 프랑스뿐 아니라 유럽 전역에 걸쳐 경찰제도의 전문가로서 큰 영향력을 발휘했는데, 그 효과는 형판결의 경감이라든지 형무소의 정화 문제에서 훌륭한 결실을 보게 되었다. 그는 위대한 프랑스의 인도주의적 자유사상가 중

한 사람이며, 이런 사람들의 유일한 결점은 자비라는 것을 정의보다도 한층 더 스산한 것으로 바꾸어 버리는 데 있다.

이윽고 발랑탱은 검은 정장에 빨간 장미를 꽂고(유감스럽게도 검은 구레나룻에 희끗희끗 은빛으로 빛나는 것이 보이기는 했지만) 더할 나위 없이 점잖은 차림으로 귀가를 했다. 그는 집안에 들어서자 곧장 뒤편 정원 쪽을 향하고 있는 서재로 갔다. 그런데 정원으로 나있는 문이 열려있는 걸 보고는 서류가방을 적당한 곳에 넣고 조심스럽게 잠근 다음 잠시 밖의 정원을 바라보았다.

맑은 하늘의 싸늘한 반달이 폭풍의 전조를 품고 있는 구름에 둘러싸여 있었다. 치밀한 과학자다운 탐정이지만 오늘 밤 발랑탱의 표정은 어딘지 우수에 잠겨있는 듯 했다. 어쩌면 그와 같은 과학자 기질의 사나이는 평생 처음 닥친 무시무시한 난제 앞에서 뭔가 심령적인 예감을 느끼는 법인지도 모른다. 그러나 그는 늦게 귀가했기 때문에 손님들이 거의 다 도착해 있으리라 생각하고 곧 이 초자연적 감정에서 빠져나와 정신을 차렸다.

발랑탱은 객실로 들어서며 얼핏 방안을 휘둘러보고는 오늘 밤의 주빈이 아직 보이지 않는 것을 확인했다. 주빈만 빼놓고 오늘 밤의 작은 파티에 초대한 사람들은 모두 모여 있었다. 가터 훈장의 파란 리본을 단 갤러웨이 경 – 이 사나이는 영국대사인데 얼굴이 사과처럼 붉고 성질이 까다로운 노인이다 – 도 와 있고, 가냘픈 갤러웨이 부인의 거만한 얼굴도 은빛 머리칼 아래로 슬쩍 드러나 보였다. 부인의 딸인 마거릿 그레엄은 머리가 구릿빛이었으며, 창백하고 아름다운 얼굴은 어딘지 장난기 어린 작은 요정을 연상케 했다. 그리고 풍만한 몸매와 검은 눈동자의 몽 생 미셸 공작부인 또한 자신처럼 풍만한 체격을 하고 검은 눈동자를 가진 두 딸을 데리고 와 있었다. 안경 쓰고 갈색 턱수염을 기른 프랑스 과학자의 전형 같은 시몬 박사의 이마에는, 언제나 거만한 태도로 계속 눈썹을 치켜 올리는 버릇 때문에 생긴 주름이 여러 개나 패어있었다.

에식스 주 콥홀 출신의 브라운 신부도 보였다. 발랑탱은 이 신부와 최근에 알게 된 사이였다. 그리고 또 한 사람, 다른 어떤 손님보다도 발랑탱의 관심을 끈 인물은 군복 차림의 키가 후리후리한 사나이였다. 그 사나이는 갤러웨이 가족에게 인사를 했는데도 그들이 별로 친근하게 받아주지 않자, 이번에는 이 파티의 주인공인 발랑탱에게 존경하는 마음을 표현하고자 막 앞으로 나오고 있었다.

이 사나이는 다름 아닌 프랑스 외인부대 사령관인 오브라이언 대령이었다. 그는 깡마른 체격에 당당하고 반듯한 자세, 검은색 머리칼과 파란 눈, 그리고 말쑥하게 면도를 한 모습이었다.

그의 태도에는 현명한 패퇴의 결정으로 승리를 쟁취한 그 유명한 연대 사령관에게서 볼 수 있는 위풍당당함이 있는 반면, 어딘지 모르게 서글퍼 보이는 분위기도 감돌고 있었다.

그는 아일랜드의 명문 태생으로 소년시절에 갤러웨이 집안과 알게 되었던 것이다. 그러나 엄청난 빚에 쫓기는 신세가 된 후 고향을 떠나 지금은 군인 신분으로 위세 좋게 돌아다니고 있어서인지 영국식 예절에서는 완전히 해방되어 있는 것 같았다. 이런 그가 대사 가족에게 인사를 하자 갤러웨이 부부는 별로 달갑지 않은 태도로 허리를 굽혔고, 마거릿은 대담하게도 외면하고 말았다.

이 사람들이 서로 사이가 좋지 않은 것은 옛날부터 어떤 연유가 있어서겠지만, 그들을 초대한 명성 높은 주인공 입장에서는 그들 사이에 대해 아무런 관심도 갖고 있지 않았다. 적어도 발랑탱에게 있어서 오늘 밤의 주빈이라고 할 만한 사람은 아직 그 자리에 나타나지 않았다.

발랑탱이 어떤 특별한 이유로 기다리고 있는 주빈은 세계적으로 유명한 인물로서, 발랑탱이 명성 있는 탐정으로 미국 전역을 돌아다니며 큰 성공을 거뒀을 때 친해진 사람이었다. 억만장자인 줄리어스 K. 브레인이 바로 그 사람인데, 군소 종교단체에 상식을 넘는 거액의 기부를 하는 바람에 영미 신문들이 농담반 진담반 식으로 왁자지껄 떠들어댄 위인이었다.

브레인 씨가 무신론자인지 모르몬교도인지 아니면 크리스천 사이언스 신자인지는 전혀 짐작할 수 없지만, 어느 정도는 지적인 인물이라 여겨지며, 상식을 뛰어넘는 큰돈을 쓰는 데 주저하지 않는 것만은 확실했다. 그가 즐기는 도락 중 하나로 아메리카에 셰익스피어가 나타나기를 기다리는 것이 있는데, 아무리 참을성을 필요로 하는 게 낚시질이라고 해도 이 정도의 느긋함에는 당해낼 수가 없을 것이다.

그는 또 월터 휘트먼의 찬미자이지만 휘트먼보다는 펜실베니아 주 패리스 출신의 루크 P. 테너 쪽이 더 '진보적'이라고 생각하고 있었다. 그는 자기가 '진보적'이라고 생각하는 것이면 뭐든지 좋아했다. 그는 발랑탱도 '진보적'인 사나이라고 생각하고 있었는데, 그건 터무니없는 착각이었다.

이윽고 줄리어스 K. 브레인이 당당한 모습으로 나타나자 객실에는 한순간 저녁식사를 알리는 벨소리가 일으키는 그 긴장된 분위기로 꽉 찼다. 그에게는 그 존재가 그곳에 있다는 것이 없을 때나 마찬가지로 크나큰 자리를 차지한다는 뛰어난 자질이 있었는데, 이것은 누구나 지니고 있는 자질은 아닌 것이다. 그는 키 못지않게 전후좌우로 뚱뚱하고 우람한 몸을 검정색 야회복으로 완전히 감싸고, 장식품은 줄 달린 시계든 반지든 어떠한 것도 몸에 지니고 있지 않았다. 흰 머리카락을 독일인처럼 말쑥하게 뒤로 넘겨 빗고 통통히 살찐 불그레한 얼굴은 입술 밑으로 검은 턱수염을 수북이 기르고 있었기 때문에 원래의 동안은 온데간데없고 마치 연극 무대의 메피스토펠레스처럼 잔인한 분위기를 띠고 있었다.

그러나 객실에서는 언제까지나 이 유명한 미국의 부호에게 놀라운 눈길을 보내고 있지만은 않았다. 그의 지각은 이미 요리를 준비하는 쪽에 큰 부담을 주는 심각한 문제가 되어 있었기 때문에 갤러웨이 부인은 그의 팔을 잡고 서둘러 식당으로 끌고 갔다.

한 가지 점만 아니라면 갤러웨이 가족은 매우 상냥하고 온후한 사람들이었다. 마거릿이 모험가인 오브라이언 사령관과 팔짱을 끼거나 하지 않는 한 그녀의 아버지는 매우 만족해했다. 그녀도 그런 짓은 하지 않고 얌전하게 시몬박사를 따라 식당으로 들어갔다. 그런데도 늙은 갤러웨이 경은 공연히 신경을 곤두세우고 있었다. 마침내 잎담배가 나오고 어느 정도 젊은 축에 끼는 세 남자 – 즉 시몬박사와 브라운 신부, 그리고 외국 군복을 입은 달갑지 않은 망명자 오브라이언 – 가 숙녀들 사이에 끼어들거나 부인들과 함께 어울리며 온실에서 담배를 피우기 위해 한 사람 한 사람 밖으로 나가기 시작했다. 그러자 이 영국 외교관인 갤러웨이 경은 그야말로 외교관답지 못한 태도를 보이고 말았다. 그는 불량스러워 보이는 오브라이언이 어떻게 해서든 마거릿에게 접근할까봐 불안해 안절부절못하고 있었다. 갤러웨이 경은 그것이 어떠한 방법으로 이루어질지 상상할 기운도 없었다.

갤러웨이 경은 지금 온갖 종교를 믿고 있는 백발의 미국인 브레인과, 아무 종교도 믿지 않는 백발이 섞인 프랑스인 발랑탱과 함께 자리에 앉아 커피를 마시고 있었다. 두 사람은 열심히 입씨름을 벌이고 있었으나 어느 쪽도 경의 흥미를 끌지는 못했다.

한참이 지나 이 '진보적'인 입씨름도 서서히 맥이 빠지기 시작하자, 갤러웨이 경도 응접실을 찾아보려고 자리에서 일어났다. 그는 긴 복도에서 방향을 잃고 7,8분 정도 헤매게 되었다. 그러다 가까스로 박사의 설득하는 듯한 높은 목소리와 신부의 귀찮은 듯한 목소리에 이어 모든 사람이 웃는 소리가 들려오는 곳에 이르렀다.

경은 저 사람들도 아마 '과학과 종교'에 관해 이야기하고 있을 것이라 생각하며 넌더리를 냈다. 그러나 객실 문을 연 순간 경이 본 것은 오직 하나, 거기에 와있지 않은 사람이 누구인가 하는 것이었다. 오브라이언 사령관의 모습이 아무 데도 보이지 않고, 마거릿 또한 보이지 않았던 것이다.

경은 식당에서 나올 때와 같이 참을 수 없다는 태도로 이번에는 응접실에서 뛰쳐나와 복도를 쾅쾅 구르며 걸었다. 평생 역경에서 헤어날 것 같지 않은 그 아일랜드 계 알제리 인에게서 딸을 보호해야 한다는 생각이 머리에 달라붙어서 미칠 것만 같았다. 그는 집 뒤편에 있는 발랑탱의 서재를 향해 걸어갔는데, 놀랍게도 거기서 마주친 사람은 다른 아닌 딸 마거릿이었다.

그녀는 창백한 얼굴에 비웃는 듯한 표정을 하고 눈 깜짝할 사이에 지나쳐 갔다. 아무래도 이상했다. 이건 두 번째 수수께 끼였다. 지금까지 딸이 오브라이언과 함께 있었다면 오브라이 언은 어디에 있는 것일까? 만약 오브라이언과 함께 있지 않았 다면 딸은 지금까지 어디에 있었을까? 노인에게 흔히 있기 쉬운 격렬한 불안감에 사로잡힌 갤러웨이 경은 집 뒤편의 어두운 쪽 으로 더듬더듬 걸어갔다. 그러다 우연히 정원을 향해 활짝 열려 있던 부엌문에 부딪쳤다.

칼날처럼 가느다란 초승달이 어느덧 폭풍우가 남기고 간 구 름조각을 흔적도 없이 쫓아버리고 말았다. 은백색의 달빛으로 정원 곳곳이 희미한 윤곽을 드러내고 있는 가운데 마침 푸른 옷을 입은 키 큰 사람 하나가 잔디밭을 가로질러 서재 쪽으로 성큼성큼 걸어오고 있었다. 칼라에 달려있는 휘장이 달빛에 번 쩍 하고 빛나는 것을 보니 오브라이언 사령관이 분명했다.

오브라이언은 프랑스식 창문을 통해 집안으로 사라졌다. 갤 러웨이 경은 미움과 놀라움이 섞인 일종의 형용할 수 없는 복 잡한 감정으로 그 자리에 가만히 서있었다. 마치 무대의 배경처 럼 느껴지는 이 은빛 정원이 뭔가 경의 감정을 세심하게 억누르 며 우롱하고 있는 것 같았다. 이런 강압적 다정함과 경의 세속 적 권위의식이 그 순간 서로 충돌해 필사적으로 싸우기 시작했 던 것이다.

젊은 아일랜드 인이 활발하게 성큼성큼 걷는 걸음걸이는 나이로 볼 때 아버지 정도 되는 갤러웨이에게 연적과도 같은 경쟁심을 불러일으키며 화를 돋게 했다. 달빛은 그의 분노를 더욱 부채질했다. 마술에 걸린 것처럼, 중세의 순정시인이 사랑을 속삭이던 정원, 마치 와토가 묘사한 옛날이야기 속의 정원으로 끌려들어간 것 같은 생각이 들었다. 어리석기 짝이 없는 이 야릇한 기분을 떨쳐내기 위해서라도 그는 이야기 상대가 필요했다. 그래서 과감하게 적의 뒤를 쫓아가봤다.

순간 그는 풀숲에 가려진 나무뿌리나 돌 같은 것에 걸려 넘어질 뻔했다. 대뜸 화를 내며 발밑을 내려다보던 그는 가려다 말고 찬찬히 그곳을 살펴보았다. 그러다 뜻밖의 광경을 목격했다. 달빛이 드리운 높은 포플러 나무 아래에 펼쳐진 이상한 광경. 그 광경을 보며, 다른 사람도 아닌 하필 영국의 외교관이 그 점잖은 나이에 정신없이 뛰어다니면서 큰소리로 고함을 질러댔다.

갤러웨이 경의 목쉰 고함소리가 들리자 서재 문 쪽에서 창백한 얼굴 하나가 쑥 나왔다. 경이 처음으로 똑똑히 입 밖에 낸 말을 듣고 시몬 박사의 안경이 번쩍 빛나며 걱정스러운 얼굴이 되었다.

"풀숲에 시체가… 피투성이 시체가…"

갤러웨이 경은 계속 소리쳤다. 오브라이언에 대한 일은 그의 머리에서 완전히 사라져버렸다.

경이 용기를 내어 자기가 본 상황을 헐떡거리며 이야기하자 박사가 말했다.

"당장 발랑탱에게 알립시다. 마침 그가 있어서 다행이네요."

그런데 이 말이 채 끝나기도 전에 당사자인 발랑탱이 고함소리를 듣고 무슨 일인가 의아해 하며 서재로 들어왔다. 탐정답게 시시각각 변하는 그의 표정을 관찰하고 있으면 재미있다는 말이 절로 나오게 된다. 그가 서재에 온 건 손님을 초대한 주인으로서, 그리고 신사로서 손님이나 하인에게 무슨 일이 생기지나 않았나 하는 걱정스러운 마음에서였다.

그런데 피비린내 나는 사건이라는 말을 듣는 순간 그는 생기가 돌며 정확하고 민첩하게 일을 처리하기 시작했다. 아무리 끔찍한 돌발사건이라 해도 그런 일이야말로 바로 그가 할 일이었기 때문이다. 모두들 급히 정원으로 뛰어나가자 발랑탱이 말했다.

"나는 미스터리에 싸인 수많은 사건을 찾아 온 세계를 돌아다녔지만, 우리 집 뒤뜰에서 이런 사건을 본다는 건 정말 기가 막히는군요. 하여튼 현장이 어딘가요?"

센 강에서 안개가 자욱이 몰려오기 시작했다. 짙은 안개 속에서 잔디밭을 건너가기는 쉬운 일이 아니었다. 겁에 질린 갤러웨이 경이 탐정을 안내해 깊은 풀숲에 가려진 시체를 찾아냈다. 큰 키에 어깨가 넓은 사나이였다.

얼굴을 땅에 묻고 엎드려 있기 때문에 눈에 보이는 것은 딱 벌어진 어깨를 싸고 있는 검은 옷과 머리 꼭대기에 갈색 머리카락이 젖은 해초처럼 찰싹 붙어있는 커다란 대머리뿐이었다. 엎드린 얼굴 쪽에서 한 줄기 시뻘건 피가 뱀처럼 흘러나와 있었다.

시몬박사가 묘하게 낮은 목소리로 말했다.

"아무튼 우리 동료는 아니오."

"잘 조사해보세요, 선생님. 아직도 맥박이 뛰고 있을지 모르니까요."

발랑탱이 퉁명스럽게 말을 던졌다.

박사가 시체 옆에 웅크리고 앉으며 말했다.

"아직 몸이 식지는 않았지만 완전히 죽어있는 것 같습니다. 자, 몸을 들어 올리게 좀 도와주세요."

그들이 힘을 합쳐 시체를 조심스럽게 땅에서 1인치쯤 들어 올렸을 때, 정말로 죽어있나 살아있나 하는 의문 같은 건 순식간에 사라져버렸다. 끔찍스런 광경이 눈앞에 나타났던 것이다. 시체의 머리가 목에서 완전히 절단된 채 굴러 떨어졌다. 발랑탱도 충격을 받은 듯했다.

"분명히 고릴라처럼 힘이 센 놈일 거예요."

그는 내뱉듯이 중얼거렸다.

시몬 박사는 해부를 많이 해서 수술에 익숙하면서도 막상 그 머리를 집어 들었을 때는 그도 몸이 덜덜 떨렸다. 목과 턱 부근에 깊은 칼자국이 나있었지만 얼굴엔 거의 상처가 없었다. 가늘고 뾰족한 코와 부은 듯 두꺼운 눈꺼풀을 한 누르스름한 얼굴은 포악한 로마 황제에다 중국 황제의 모습을 조금 섞어놓은 것 같았다. 주변에 서있는 사람들은 전혀 본 적이 없는 그 낯선 얼굴을 완전히 냉정한 타인의 눈초리로 바라보았다.

시체는 특별히 눈에 띄는 점은 없었지만 흰색 셔츠의 가슴 부근에 핏자국이 선명하게 나있었다. 시몬 박사의 말대로 이 남자는 그들이 아는 사람은 아니었지만, 오늘 밤 파티에 참석하러 왔을 거라고 해도 이상할 것은 없었다.

발랑탱은 팔을 짚고 엎드려 시체 주위로 20야드 정도의 풀숲을 탐정 특유의 세심한 주의를 기울이며 샅샅이 점검했다. 시몬박사는 서투른 솜씨로 그를 도왔고, 영국대사도 겉으로는 탐정을 돕는 체 했다.

그렇게 했지만 결국 그들이 얻은 성과는, 매우 짧게 꺾었거나 자른 것으로 보이는 나뭇가지가 몇 개 있었을 뿐 아무것도 없었다. 발랑탱은 한동안 그것을 세밀히 조사하더니 곧 멀리 집어 던져 버렸다.

"나뭇가지 몇 개라…."

발랑탱이 무거운 어조로 말했다.

"나뭇가지와 머리가 잘린 낯선 남자의 시체 하나라… 잔디밭에서 발견된 건 이게 전부란 말이지."

한동안 소름이 끼칠 정도의 침묵이 계속되었다. 이때 마음이 약해진 갤러웨이 경이 날카로운 소리로 외쳤다.

"누구야, 거기 있는 사람? 그 담장 옆에 있는 사람 누구야?"

머리가 유난히 크고 몸집이 작은 사람의 그림자가 건들건들 이쪽으로 오는 것이 달빛에 희미하게 보였다. 한순간 귀신인 줄 알았던 그 사람은 알고 보니 응접실에 남아있던 그 몸집 작은 신부였다.

"여러분, 이 정원에는 문이 하나도 없군요."

그가 조심스럽게 말했다.

발랑탱은 불쾌한 듯 시커먼 눈썹을 씰룩거렸는데, 이런 습관은 그가 종교인 복장을 볼 때마다 늘 하는 버릇이었다. 그래도 그는 공정한 사나이였기 때문에 신부의 말이 타당하다는 것을 부인하지는 않았다.

"그렇습니다."

그가 말했다.

"이 남자가 왜 여기서 살해되었는지를 조사하기 전에, 이 남자가 어떻게 여기로 들어왔는지 생각해볼 필요가 있을 것 같습니다. 여러분, 잘 들어주십시오. 만약 내 지위나 임무를 떠나서 할 수 있다면 이중 몇몇 분들은 이 사건에서 제외시키고 싶습니다만, 괜찮겠습니까? 아무튼 모두 유명하신 신사숙녀들인데다 영국대사도 와계시기 때문에 만약 이걸 범죄로 봐야 한다면 그에 따르는 조사를 해야만 합니다. 그러나 확실해질 때까지는 제가 직접 조용히 조사할 수 있습니다. 나는 경찰 주임이고 이 방면에서는 전문가로 알아주니까 비밀리에 끝낼 수도 있습니다. 어떻게든지 여기에 와주신 여러분의 결백을 증명한 다음 경관을 불러 범인 수사를 하도록 할 생각입니다. 자 여러분, 내일 정오까지는 어느 한 분도 여기를 떠나지 말아주십시오. 자신의 명예가 걸린 문제입니다. 침실은 충분히 있으니까요. 시몬 박사님, 현관에 있는 하인 이반을 아시죠? 그 사람이라면 믿을 수 있습니다. 그에게 가서 뒷일은 다른 하인에게 맡기고 당장 이리로 와달라고 좀 얘기해주십시오. 갤러웨이 경, 당신이 하시는 게 가장 좋겠습니다. 부인들께 가셔서 이 사건에 대해 얘기해주고 불안해하지 말라고 좀 말씀해주세요. 부인들께서도 여기서 주무셔야 할 테니까요. 브라운 신부와 저는 여기서 시체를 지키고 있겠습니다."

발랑탱의 권위 있는 지시는 진군하는 나팔처럼 모두를 얌전히 움직이게 했다. 시몬박사는 현관으로 가서 명탐정의 개인 비서 이반을 불러냈다. 응접실에 파견된 갤러웨이 경은 정원에서 발견된 끔찍스러운 사건에 대해 부드럽게 잘 설명했다. 따라서 부인들은 이미 한 번 놀랐던 터라 정원으로 갔을 때는 모두 감정이 가라앉아 있었다. 한편 선량한 신부와 무신론자는 달빛을 받으며 조용히 시체의 머리맡과 발치에서 지키고 서있었다. 그것은 얼핏 보기에 죽음에 대한 두 개의 철학을 상징하는 이미지와도 같았다.

상처 자국과 수염이 있는 이반 노인은 놀란 듯 급히 뛰어나오더니 충성스런 강아지처럼 잔디밭을 가로질러 발랑탱에게로 왔다. 빛이라곤 없는 이반의 얼굴은 정원에서 일어난 살인사건으로 오히려 생기가 가득해졌다. 그는 자기가 시신을 살펴보고 싶다며 주인에게 부탁할 정도였다. 그의 열성은 정말 이상했다.

"아아, 보고 싶으면 보게, 이반."

발랑탱은 약간 불쾌해하며 말했다.

"그런데 오래 볼 수는 없네. 이제 안으로 들어가서 사건을 검토해봐야 하니까."

이반은 머리를 쳐들다가 다시 아래를 보았다. 그리고는 신음하듯이 말했다.

"이런, 이건, 아니 그렇지 않아. 이런 어이없는 일이. 이 남자를 아세요, 주인님?"

"아니, 안으로 들어가는 게 좋겠군."

발랑탱이 내키지 않는 어조로 말했다.

두 사람은 시체를 서재로 운반해 소파에 올려놓고 함께 응접실로 향했다.

경찰 주임은 망설이듯 천천히 책상 앞에 앉았는데, 눈빛이 법정의 재판관처럼 냉엄했다. 그는 앞에 있는 종이쪽지에 몇 자 갈겨쓰더니 서둘러 말했다.

"여러분, 다 모이셨습니까?"

"브레인 씨가 아직…."

몽 생 미셸 공작부인이 주위를 둘러보며 말했다.

"없는 것 같군."

갤러웨이 경이 귀에 거슬리는 쉰 목소리로 말했다.

"게다가 닐 오브라이언 씨도 보이지 않는군요. 나는 시체가 아직도 따뜻할 무렵에 그 사나이가 정원을 걷고 있는 것을 보았소만."

"이반, 오브라이언 사령관과 브레인 씨를 찾아서 모셔오게나."

주임이 말했다.

"브레인 씨는 식당에서 잎담배를 피우고 계시네. 오브라이언 사령관은 아마 온실이라도 산책하시는 모양이지. 분명히 알 수는 없지만."

충실한 조수인 이반이 방에서 뛰어나가자 누구 한 사람 몸을 움직일 사이도, 말을 할 틈도 없는 사이에 발랑탱이 그 군대식 어조로 재빠르게 설명을 계속해나갔다.

"여기 계시는 분들께서 다 아시는 바와 같이, 정원에서 머리가 완전히 잘린 남자 시체가 발견됐습니다. 시몬 박사께서 검시를 하셨습니다. 어떻습니까, 박사님? 그렇게 사람의 목을 자르는 건 어려운 일입니까? 아니면 아주 잘 드는 칼만 있으면 되는 걸까요?"

"칼 같은 것으로는 절대로 불가능하다고 봅니다."

얼굴이 창백한 박사가 말했다.

"그렇게 할 수 있는 도구나 흉기 중에 뭔가 생각나는 거 없습니까?"

발랑탱이 다시 물었다.

"쉽게 구할 수 있는 도구는 전혀 생각나지 않는데요."

박사는 매우 난처한지 이맛살을 찡그리며 말했다.

"목을 단번에 잘라낸다는 게, 그게, 겨우 잘라내기도 쉽지 않은데, 그것도 절단된 곳이 깨끗하니 말이죠. 가능한 도구라면 작두나 옛날에 목을 자르던 망나니가 쓰던 칼이나 아니면 두 손으로 쓰는 검 정도겠죠."

"하지만 이상해요."

공작부인이 히스테릭하게 큰소리로 말했다.

"이 부근에는 두 손으로 쓰는 검이나 작두 같은 건 없거든요."

발랑탱은 계속 종이쪽지에 재빨리 메모를 하고 있었다. 그리고 쓰면서 서둘러 물었다.

"그럼 프랑스 기병대가 쓰는 긴 군도도 가능할까요?"

그때 나지막이 문을 노크하는 소리가 들렸다. 그 소리는 왠지 '멕베스'에 나오는 노크소리처럼 일순간 피를 얼어붙게 했다. 몹시 긴장된 침묵이 한동안 흐른 뒤 시몬 박사가 가까스로 입을 열었다.

"군도라, 그렇죠. 가능할 것 같습니다."

"고맙습니다. 들어오게, 이반."

발랑탱이 말했다.

충직한 하인 이반이 정원을 산책하고 있던 오브라이언 사령관을 어렵사리 찾아내 함께 들어왔다. 아일랜드 태생인 사령관은 매우 흥분한 표정으로 적개심을 드러내며 문 앞에 멈춰 서서 고함을 쳤다.

"대체 내가 어쨌다는 거죠?"

"자 앉으시죠."

발랑탱이 부드러운 어조로 말했다.

"그런데, 잠깐, 검을 차지 않으셨군요! 어디에 두셨습니까?"

"도서실 테이블 위에,"

오브라이언은 말하다가 몹시 당황하면서 고향 사투리가 심하게 튀어나와 버렸다.

"얼매나 거추장스럽던지. 아참, 그렇소. 그것이……"

"이반, 도서실에 가서 사령관님의 군도를 좀 가져오게."

발랑탱의 말이 채 끝나기도 전에 이반은 벌써 떠나고 없었다.

"갤러웨이 경께서 시체를 발견하기 직전에 정원에서 집안으로 들어가는 당신을 보셨다고 하는데요. 정원에서 뭘 하셨습니까?"

사령관은 무관심한 태도로 의자에 앉았다.

"그냥 달구경을 좀 하고 있었어요. 대자연과 함께 대화를 하면서요."

그의 말투에는 아일랜드 억양이 그대로 묻어났다.

무거운 침묵이 한동안 그들을 에워쌌다. 잠시 후 또 다시 그 스산한 노크소리가 울리고, 이반이 철제로 된 검 케이스를 들고 안으로 들어왔다. 그런데 케이스 안엔 칼이 들어있지 않았다.

"이것밖에 없었습니다."

이반이 말했다.

"테이블 위에 놓아두게."

발랑탱은 얼굴도 들지 않고 말했다.

실내에 가득 차있는 침묵은, 유죄가 선고된 살인자의 피고석을 덮친 것처럼 냉혹하기만 했다. 공작부인의 높은 목소리도 깊게 가라앉아 있는 침묵 속에 완전히 묻히고 말았다. 갤러웨이 경도 그 쌓이고 쌓인 증오심이 완전한 배출구를 찾아나간 듯 지금은 마음이 많이 가라앉아 있었다.

이때 전혀 예상치 않은 방향에서 목소리가 들려왔다.

"제가 얘기해도 되겠습니까?"

활동적인 여성이 공식석상에서 말할 때 내는 그 조심스러우면서도 카랑카랑한 목소리로 마거릿이 말을 꺼냈다.

"오브라이언 씨가 계속 침묵하실 것 같아, 제가 저분이 정원에서 무엇을 하셨는지 말씀드리는 게 낫겠어요. 저분은 정원에서 저한테 청혼을 하셨어요. 전 거절했지만요. 부모님을 생각해 청혼을 받아들일 수는 없지만 존경하고 있다고 말씀드렸죠. 그랬더니 저분은 좀 화가 나신 것 같았어요. 제 존경심은 아무래도 상관없다고 생각하셨겠죠. 하지만,"

여기서 그녀는 살짝 웃음기를 내비쳤다.

"지금은 그래도 좀 마음이 풀리시지 않았을까 싶은데요. 왜냐하면 저는 여전히 오브라이언 씨를 존경하고 있고, 절대로 그런 이상한 짓을 하실 분이 아니라고 제가 맹세코 말씀드릴 수 있으니까요."

갤러웨이 경이 딸 옆으로 다가가 위협하듯 말했다.

"가만히 있어라, 매기."

그는 나지막이 말한 줄 알았겠지만 실제로는 큰소리로 고함치듯 말했다. "아니 너는 왜 저 남자를 감싸는 거냐? 대체 칼은 어디에 있는데? 괘씸한 기병의 군도 말이다."

그는 딸이 자신을 뚫어지게 노려보자 그 눈길을 피해서 자기도 모르게 입을 다물었다. 정말로 그 눈초리에는 독기가 어려

있었고, 그 자리에 있는 모든 사람들의 시선은 일제히 그녀에게로 집중되었다.

"답답하시네요!"

그녀는 조심스러운 태도를 집어던지고 낮은 목소리로 말했다.

"아버지는 대체 무슨 증거를 찾으려고 그러세요? 이분은 저와 함께 계셨기 때문에 결백하다고요. 결백하지 않다 하더라도 저와 함께 있었다는 사실은 변함이 없어요. 이분이 정원에서 정말로 사람을 죽였다면, 그것을 본 – 적어도 알고 있는 – 사람이 누구겠어요? 아버지는 닐이 너무 미우니까 자기 딸까지도 함께…"

그때 갤러웨이 부인이 큰 한숨소리를 냈지만, 다른 사람들은 그대로 앉은 채 과거 연인들 사이에 존재했던 삼각관계의 악령과 같은 비극의 일면을 생생히 엿볼 수 있었다. 그들은 자부심에 찬 스코틀랜드 귀족에게 어울리는 하얀 얼굴과 그 애인인 아일랜드 난봉꾼을 한 쌍의 초상화처럼 바라보고 있었다. 긴 침묵 속에서 그들은 살해된 남편들과 배신의 독을 먹인 여자들을 둘러싼 옛날이야기들을 떠올리고 있었을 것이다. 소름 돋는 침묵을 깨고 누군가가 말했다.

"굉장히 긴 잎담배 같군요?"

갑자기 엉뚱한 말이 튀어나왔기 때문에 모두들 누가 그런 말을 했나 하고 주위를 둘러보았다.

"그러니까,"

작은 몸집의 브라운 신부가 방구석에서 말을 하고 있었다.

"그러니까 브레인 씨의 잎담배 말이죠, 스틱 정도나 되는 것 같은데요."

무척 엉뚱한 이야기였지만, 머리를 쳐든 발랑탱의 얼굴에는 초조함과 동시에 동의하는 빛이 나타났다.

"정말입니다."

그가 날카로운 어조로 말했다.

"이반, 다시 브레인 씨가 뭘 하고 계시는지 보고 오게나. 그리고 곧 이리로 모셔오게."

잠시도 지체 않고 하인이 방에서 뛰어나가자 발랑탱은 완전히 달라진 열의를 보이며 마거릿에게 말했다.

"마거릿, 당신이 체면 차리느라 망설이지 않고 대령이 했던 행동을 설명해주신 것은 아주 고맙고 훌륭하다고 생각합니다. 그러나 아직 분명치 않은 점이 있습니다. 갤러웨이 경께선 서재에서 응접실로 가는 당신을 만났다고 하셨는데, 그 몇 분 뒤에 정원으로 나갔다가 거기서 걷고 있는 사령관을 보셨다고 했거든요."

"이 점을 잊으시면 안 돼요."

마거릿은 조롱 섞인 어조로 대답했다.

"제가 저분의 청혼을 거절했기 때문에 같이 팔짱을 끼고 돌아오지는 않았다는 거죠. 저분은 아무래도 신사니까 혼자 남아서 좀 거닐지 않았겠어요. 그래서 살인 혐의를 받고 있는 거예요."

"그 얼마 안 된 사이에,"

발랑탱은 무거운 어조로 말했다.

"그가 정말로…"

말을 이어가려는 순간 또다시 노크소리가 나고 문이 열리면서 이반이 흉터 있는 얼굴을 내밀었다.

"말씀 중에 죄송합니다만, 주인님, 브레인 씨가 떠나고 안 계십니다."

"뭐라고?"

발랑탱이 외치면서 의자에서 벌떡 일어났다.

"떠나셨습니다. 도망치신 것 같은데요. 아예 안 계십니다."

이반은 유머를 섞어 프랑스어로 말했다.

"모자와 코트도 함께 없어졌습니다. 그래서 제가 그분이 남긴 흔적이 없을까 하고 집 밖으로 뛰어나갔거든요. 그랬더니 이게 웬일입니까? 그냥 흔적이 아니라 아주 커다란 흔적 하나를 발견했지 뭡니까?"

"무슨 말을 하는 건가?"

"제가 보여드리겠습니다."

이렇게 말하고 하인은 일단 나갔다가 다시 들어왔는데, 그의 손 안엔 날카로운 칼날에 피가 묻어있는 기병용 군도가 번쩍거리며 놓여 있었다. 방에 있던 사람들 모두 벼락이라도 맞은 것처럼 그것을 바라보았다. 그러나 그런 일을 많이 겪은 이반은 조금도 동요하지 않고 침착하게 이야기를 계속했다.

"제가 파리 가도를 50야드쯤 갔는데, 거기 수풀 속에 이게 있었습니다. 그러니까 존경하는 브레인님께서 도망치다가 던져버린 그 장소에서 발견된 겁니다."

실내는 다시 조용해졌다. 지금까지의 침묵과는 다른 새로운 분위기였다. 발랑탱은 군도를 집어 들고 살펴보더니 한참 생각에 몰두했다. 그러다 얼마 후 얼굴을 들고는 오브라이언에게로 가서 말했다.

"대령님, 당신은 경찰이 조사를 할 때 이 무기를 요구하면 언제든 내어줄 거라고 믿습니다. 그러니 그때까지 이 군도를 보관하고 계시지요."

대령은 발랑탱이 건네는 칼을 받자마자 칼집에 찰칵 하고 집어넣었다. 이 군인다운 멋진 행동을 보고 있던 사람들이 박수를 치며 감탄했다.

닐 오브라이언에게 있어 발랑탱의 그런 결단은 실제로 하나의 전기가 되어주었다. 아침 햇빛을 받으며 또다시 그 신비로운 정원을 산책하게 되더라도 여느 때와 같은 비극적이고 공허한 기분은 더 이상 사라지고 없었다. 게다가 그는 행복해질 이유가 많은 남자였다.

갤러웨이 경은 신사였기 때문에 그에게 감사하다는 뜻을 표했고, 마거릿도 숙녀로서 이상적인 자세, 즉 여성으로서 아침식사 전에 함께 정원을 거니는 걸 봐선 분명 감사하다는 뜻 이상의 마음을 전한 것 같았다. 파티에 참석했던 사람들은 이제 완전히 마음을 놓고 평화로운 기분을 갖게 되었다. 죽음의 수수께끼는 아직 풀리지 않고 남아 있었지만 혐의에 대한 무거운 짐은 풀려 그다지 친하지 않았던 수상한 백만장자와 함께 멀리 파리까지 날아가 버렸기 때문이다. 악마는 집 밖으로 집어던져졌다. 아니, 악마가 자기 스스로를 쫓아낸 것이다.

그러나 여전히 수수께끼는 풀리지 않았다. 오브라이언은 정원 벤치에 앉아있는 시몬 박사에게로 다가갔다. 지극히 과학적인 정신을 가지고 있는 이 의사는 곧 그 수수께끼를 화제로 삼았다. 그러나 그보다는 즐거운 생각에 더 빠져있는 오브라이언에게서 별로 유익한 얘기꺼리를 끌어내지는 못했다.

"저는 별로 흥미가 없는데요."

아일랜드 인은 솔직하게 말했다.

"게다가 이제는 어느 정도 명백해진 것 같거든요. 브레인 씨가 무슨 이유인지는 모르지만 그 낯선 남자를 미워했던 것만은 확실합니다. 아무튼 그를 정원으로 유인해서 내 군도로 찔러 죽인 게 밝혀졌으니까요. 그리고 그 군도를 파리로 도망치다가 도중에 버린 것이죠. 그건 그렇다 치고 이반에게 들은 애긴데, 그 살해된 사람 주머니에 미국 지폐가 들어있었다고 하던데요. 그럼 그 남자하고 브레인이 같은 고향이니까 사건은 그렇게 결론이 난 거나 다름없지 않겠어요? 어려울 건 아무것도 없는 것 같은데요."

"아니, 이해 안 되는 의문이 다섯 가지나 있어요."

박사가 나지막이 말했다.

"마치 담 안쪽에 또 높은 담이 있는 것과도 같아요. 그러나 오해하지는 마세요. 나도 분명히 브레인이 한 짓이라고 생각하니까요. 그가 도망친 걸 보면 확실한 것 같아요. 근데 문제는, 그가 왜 그런 방법을 썼느냐 하는 것이죠. 첫째 의문은, 사람을 죽이는 데 왜 그렇게 큰 군도를 썼는지 모르겠어요. 사실 포켓 나이프로도 가능했을 텐데 말이죠. 그러면 다시 주머니에 넣어버리면 될 거 아니에요. 두 번째는, 어떻게 아무 소리도 안 들리고 비명소리조차 안 들렸나 하는 점입니다. 상대가 큰 군도를 치켜들고 다가오는데 그걸 가만히 보고만 있을 사람이 있을까요? 세 번째 의문은, 어젯밤에 하인이 밤새도록 현관을 지키고 있어서 쥐새끼 한 마리도 들어올 틈이 없었을 텐데, 어떻게 그 죽은 남자는 정원에 들어올 수 있었을까요? 네 번째로 어려운 점은, 그런 상황에서 브레인 씨는 어떻게 정원을 빠져나갈 수 있었을까요?"

"그럼 다섯 번째 문제는 뭔가요?"

오브라이언이 저쪽 오솔길에서 천천히 올라오고 있는 영국인 신부를 쳐다보며 박사에게 물었다.

"이건 대수롭지 않은 일일 수도 있는데, 나로선 도무지 이해가 안 되는 수수께끼에요. 그러니까 맨 처음에 목이 절단된 것을 봤을 때는 범인이 그걸 한 칼에 잘랐다고 생각했거든요. 그런데 조사를 해가는 도중에 알게 됐지만, 목이 잘린 단면을 보니까 뭔가로 베인 상처가 많이 나왔더군요. 그러니까 그 상처는 결국 머리가 절단된 다음에 난 것이죠. 이게 무슨 의미일까요? 브레인이 시체를 난도질할 만큼 그렇게 상대를 증오했다는 것일까요? 달빛 아래서 말이죠."

"너무 끔찍스러워요!"

오브라이언이 진저리를 치며 말했다.

영국인 신부는 두 사람이 이야기를 주고받는 동안 바로 옆까지 다가왔지만, 워낙 내성적인 성격이라 그들의 대화가 끝나기를 기다리고 있었다. 그러다 기회가 오자 약간 망설이는 듯하며 끼어들었다.

"방해를 해서 죄송합니다만, 당신들에게 새 소식을 전하라는 부탁을 받았기 때문에…"

"새 소식이라고요?"

시몬 박사가 약간 찡그린 표정을 하며 안경 너머로 신부를 보면서 되물었다.

"네, 유감스럽게도 또 살인 사건이 났습니다."

브라운 신부는 태연한 얼굴로 말했다.

시몬박사와 오브라이언이 동시에 벌떡 일어나는 바람에 벤치가 건들건들하며 흔들렸다. 신부는 무심한 눈길로 정원의 꽃을 바라보며 말을 이어갔다.

"전과 마찬가지로 또 끔찍하게 목이 잘렸어요. 브레인이 파리로 도망친 길에서 불과 몇 야드밖에 안 떨어진 강에서 피투성이 목이 발견됐다고 하네요. 그러니까 그것도 브레인이…."

"대체 이게 무슨 일이야!"

오브라이언이 큰소리로 외쳤다.

"브레인이 미치광이 편집증 환자란 말인가요?"

"미국식 복수라는 것이 있죠."

신부는 태연히 말하면서 계속 이어갔다.

"모두들 도서실로 와달라고 합니다."

외인부대 대령인 오브라이언은 이제 혐오감조차 느끼며 두 사람을 따라 검시장으로 향했다. 그는 군인이지만 이토록 살벌한 살인사건은 도저히 견딜 수가 없었다. 어처구니없는 이런 절단 소동이 도대체 어디까지 가야 끝날 것인가? 목이 잘리는 사건이 계속 두 번씩이나 일어나다니… '이런 경우에' 하고 그는 괴로운 듯이 혼잣말을 했다. '하지만 세 사람이 모인다고 해서 지혜가 더 낫다 – 한 사람의 머리보다도 두 사람의 머리가 훨씬 낫다 – 고 할 수는 없다.' 속으로 이런 생각을 하며 서재 한가운데까지 왔을 때, 순간 우연의 일치라고 하기엔 너무나 놀라운 일에 그는 하마터면 발이 걸려 넘어질 뻔 했다. 발랑탱의 책상 위에 컬러 사진이 하나 놓여 있는데, 피투성이가 된 채 잘려 있는 세 번째 머리사진이었던 것이다.

가뜩이나 그 사진의 머리는 바로 발랑탱 자신의 것이었다. 자세히 보니 '단두대'라는 극우 성향의 신문인데, 이 신문은 매주 정적 중 한 사람을 선택해 처형 직후 단말마의 모습을 가상으로 꾸며 게재하고 있었다. 발랑탱이 선택된 것은 그가 반교권주의자로서 이름이 많이 알려져 있기 때문이었다.

그러나 오브라이언은 죄에 있어서도 일종의 순결함을 지킨다는 아일랜드 남자였으므로, 프랑스 지식인에게서 보이는 이런 황당한 잔인성에 속이 메슥거렸다. 그는 고딕식 교회의 기괴한 모습에서부터 신문의 저열한 만화에 이르기까지 전체적인 파리 그 자체를 느끼고 있었다. 저 프랑스 혁명의 굉장한 멋을 떠올려 봐도 파리 전체가 위로는 노트르담 대성당의 그 수많은 마귀 모양의 홈통에서부터 아래로는 발랑탱의 책상 위에 놓여 있는 피비린내 나는 스케치에 이르기까지 하나의 추악한 에너지 덩어리로 생각되었다.

도서실은 좁고 길쭉한 모양으로 천장이 낮고 어두컴컴했다. 낮게 드리워진 블라인드 밑으로 스며드는 짧은 햇살에는 아직 아침의 붉은빛이 남아있었다. 발랑탱과 하인 이반이 좀 비스듬히 기운 기다란 테이블 안쪽에 서서 세 사람을 기다리고 있었는데, 그 위에 놓여있는 시체가 어두컴컴한 속에서 터무니없이 크게 보였다. 정원에서 발견된 사나이의 시커먼 큰 몸통과 누런 얼굴이 어젯밤과 거의 같은 모습으로 앞쪽에 놓여있고, 오늘 아침에 강가 갈대 사이에서 건져 올린 제2의 목이 물을 뚝뚝 떨어트리면서 그 옆에 놓여 있었다. 발랑탱의 부하들이 아직 강물 속에 떠있으리라고 생각되는 이 목에서 떨어져나간 제2의 몸을 찾고 있는 중이었다.

　브라운 신부는 오브라이언과 같은 감상 따위는 전혀 없는 듯 제2의 머리 옆으로 다가가 눈을 깜빡거리며 세밀히 관찰했다. 그 머리는 물에 흠뻑 젖은 긴 걸레와 흡사했으며, 수평으로 스며드는 아침 햇살에 백발 머리카락이 불타는 것 같은 은빛으로 빛나고 있었다. 추하게 보랏빛을 띤 얼굴은 상습 범죄자의 얼굴 그 자체로, 물속을 여기저기 떠돌아다니는 사이에 나무며 돌에 심하게 부딪친 흔적이 뚜렷이 나타나 있었다.

　"굿모닝, 오브라이언 사령관."

　발랑탱이 유난히 다정하게 말했다.

　"브레인 씨가 새로 시도한 대학살 실험에 대해 들으셨죠?"

브라운 신부는 여전히 백발이 성성한 시체의 머리를 바짝 위에서 내려다보며 고개도 들지 않고 말했다.

"분명히 이 머리도 브레인 씨가 잘라낸 것 같군요."

"그러게요. 그렇게 보는 것이 타당하겠죠."

주머니에 손을 넣은 채 발랑탱이 말했다.

"앞의 경우와 같은 수법으로 살해됐고, 또 앞의 그 머리가 발견된 곳에서 몇 야드 떨어진 장소에서 발견됐으니까요. 게다가 브레인이 들고 간 것으로 알고 있는 흉기로 뎅강 잘려져 있으니 말입니다."

"그렇군요. 말씀하신대로입니다."

브라운 신부는 솔직하게 말했다.

"그런데 나는 아직도 그 사람이 이 목을 자를 수 있었을까 의심이 되거든요."

"왜죠?"

시몬 박사는 상식을 벗어난 그의 말이 이상해 눈을 크게 뜨고 물었다.

"바로 그겁니다, 박사님. 대체 자신의 목을 절단할 수 있는 사람이 있을까요?"

신부는 눈을 깜박거리면서 올려다보고 말했다.

오브라이언은 뭔가 상식적인 세상이 깨지는 소리가 들리는 것 같았다. 시몬 박사가 벌떡 일어나더니 직접 확인하려고 달려가 시체의 젖은 머리카락을 걷어 올렸다.

"글쎄, 그 머리는 브레인 씨가 틀림없습니다."

신부가 조용히 말했다.

"그 사람의 왼쪽 귀에 작은 칼자국이 분명히 있었거든요."

경찰 주임은 그때까지 눈을 반짝이며 신부가 하는 행동을 그냥 지켜보고만 있었는데, 그 순간 날카로운 어조로 입을 열었다.

"그 사람을 잘 아시는 것 같군요, 브라운 신부님."

"알고말고요. 요 몇 주일 동안 그 사람을 자주 만났으니까요. 우리 성당에 들어오려고 했었죠."

신부가 선뜻 대답했다.

그때 발랑탱의 눈이 광기가 난 것처럼 반짝였다. 그는 두 손을 꽉 쥐고 성큼성큼 신부에게로 다가가 괘씸하다는 듯 냉소를 머금으며 큰소리로 말했다.

"그러면 아마 그는 모든 재산을 당신의 성당에 헌납하려고 생각했겠군요."

"그랬을지도 모르죠. 있을 법한 일입니다."

브라운 신부는 여전히 차분하게 대답했다.

발랑탱이 불쾌한 웃음을 지으며 고함치듯 말했다.

"그렇다면 그 남자에 대해 많이 아시겠군요. 생활 방식이라든지 등등...."

그때 오브라이언 사령관이 발랑탱의 팔을 가만히 잡으며 말했다.

"그런 쓸데없는 의심은 그만두세요. 그러다가 더 많은 군도가 날뛸지 모르니까요."

발랑탱은 신부의 침착하고 조용한 눈길을 보자 평소의 자기 자신으로 되돌아갔다. 그러면서 재빠른 어조로 말했다.

"됐습니다. 개인적인 의견은 나중에 듣기로 하고요. 우선 여러분은 약속대로 계속 자리를 지켜주시기 바랍니다. 자세한 사항에 대해 알고 싶으신 게 있으면 이반이 뭐든지 설명해드릴 겁니다. 저는 즉시 일에 착수해 관계 당국에 보고서를 제출해야 합니다. 이 정도 된 이상 이 사건을 덮어둘 수는 없으니까요. 또 다른 소식이 들어오면 그때 말씀드리기로 하고, 저는 서재에서 뭘 좀 써야겠어요."

경찰 주임은 곧바로 방에서 나가버렸다.

그러자 시몬 박사가 물었다.

"또 무슨 새로운 소식이 있나, 이반?"

"네, 선생님. 한 가지 더 있습니다."

잿빛의 주름진 얼굴로 이반이 말했다.

"이건 나름대로 상당히 중요한 일인데요, 어젯밤 잔디밭에서 발견된 그 늙은이가 저기 있잖습니까?"

그는 누런 얼굴의 커다랗고 검은 시체를 손가락으로 가리키며 말했다. 그는 허식적인 경의조차도 표현하지 않았다.

"아무튼 저 남자의 정체를 알았습니다."

"정말로? 어떤 사람인데?"

박사가 놀라며 외쳤다.

"이름은 아놀드 베커라고 하는데요."

명탐정의 조수가 설명을 이어갔다.

"가명을 여러 개 쓰던 남자였습니다. 여기저기 떠돌아다니는 난봉꾼인데, 최근엔 미국에 있었다고 하더군요. 그곳에서 아마도 브레인의 원한을 산 것 같습니다. 우리랑 별로 관계가 없던 것은 저 남자가 활동하던 무대가 주로 독일로 한정되어 있었기 때문이라고 합니다. 물론 독일 경찰에도 이미 연락을 해놨습니다만, 정말 놀라운 건 저 사람한테 루이스 베커라는 쌍둥이가 있었는데요. 그 남자는 우리도 잘 알고 있는 사람이었는데, 바로 어제 그를 단두대 신문이 선택해 처형했다고 합니다. 이거 참, 여담이 되어버렸습니다만, 선생님, 잔디밭에 쓰러져 있는 저 남자를 봤을 때 저는 평생 한 번도 그렇게 놀란 적은 없었는데요. 제가 만약 루이스 베커가 단두대에 게재된 것을 직접 보지 않았더라면 잔디밭에 쓰러져 있는 사람이 루이스 베커라고 단언했을 겁니다. 물론 저는 즉시 독일에 있는 쌍둥이를 생각해냈기 때문에 단서를 추적하다 보니…"

이반은 여기서 설명을 중단했는데, 더 이상 아무도 그의 이야기를 듣는 사람이 없었기 때문이었다. 그건 당연했다. 대령도 박사도 다 브라운 신부만을 뚫어지게 쳐다보고 있었던 것이다. 신부는 이미 벌떡 일어나 심한 발작이라도 난 것처럼 관자놀이를 꽉 누르고 서있었다.

"좀 가만히 있어요. 아무 말도 마세요!"

신부가 큰소리로 말했다.

"잠깐만 아무 말도 하지 마세요. 반쯤 알 것 같네요. 신이시여, 저에게 힘을 주옵소서. 앞으로 한 단계만 머리가 비약하면 모든 것이 딱 들어맞겠는데, 제발 저에게 도움을! 어떤 때는 굉장히 머리가 잘 돌아가는데, 토마스 아퀴나스의 책도 어느 부분이든 척척 다 해석할 수 있었던 시절도 있었는데, 내 머리가 깨지든지, 아니면 모든 것이 밝혀지든지… 절반까지는 갔는데 나머지 절반을 지금 알 수가 없거든요."

신부는 머리를 두 손으로 감싸 쥐고 깊은 생각에 잠겨 있는지 아니면 기도를 드리고 있는지, 몸이 굳어져 버린 것처럼 미동도 없이 서 있었다. 나머지 세 사람은 돌아버릴 것 같은 24시간의 마지막 기이한 상황 속에서 어이없어 하며 신부를 바라보고 있을 뿐이었다.

브라운 신부는 마침내 두 손을 내리고 다시 생기 넘치는 진지한 얼굴로 사람들을 쳐다보았다 그리고는 한숨을 크게 내쉬었다.

"자, 그럼 빨리 얘기를 나누고 결론을 내리기로 할까요? 그렇게 하는 게 진상을 충분히 납득할 수 있는 지름길일 겁니다."

그는 시몬 박사를 쳐다보았다.

"박사님은 머리가 비상하시더군요. 오늘 아침에 박사님이 이 사건에 대해 설명한 다섯 가지 어려운 점을 들었습니다만, 지금 다시 한 번 그 문제를 좀 말씀해주시겠어요? 그러면 제가 대답을 해드리지요."

시몬 박사는 의문과 놀라움으로 하마터면 코에 건 안경을 떨어트릴 뻔했으나 곧 신부의 말에 대답을 했다.

"그래요? 그럼 다시 설명해드리죠. 첫째 질문은, 단검으로도 사람을 죽일 수 있는데, 왜 불편하게 큰 군도를 써야 했을까, 하는 것이었어요."

"단검으로는 목을 싹둑 잘라낼 수가 없기 때문이죠."

브라운 신부가 조용히 말했다.

"이 살인에서는 머리를 반드시 절단할 필요가 있었거든요."

"왜죠?"

흥미를 느낀 오브라이언이 불쑥 물었다.

"다음으로 어려운 점은 뭐였죠?"

브라운 신부가 물었다.

"그런데 왜 살해된 남자는 소리를 지르거나 반항을 하지 않았을까요?" 박사가 말했다.

"정원에서 군도를 휘두르면서 다가오는 사람을 봤다면, 그게 보통 일은 아니지 않겠어요?"

"나뭇가지입니다."

신부는 음산한 어조로 말하고는 살인현장이 내려다보이는 창문 쪽을 바라보았다.

"여러분들은 지금 나뭇가지가 의미하고 있는 것을 모르고 계십니다. 그 나뭇가지가 왜 잔디밭의 그런 장소에 있었을까요? 자 보세요. 저 부근에는 나무가 없지 않습니까? 저건 손으로 꺾은 게 아니라 칼로 벤 것입니다. 살인자는 군도로 재주를 부렸거나 어떻게 해서 상대방의 주의를 딴 데로 돌려놨어요. '공중으로 튀어나온 나뭇가지는 이렇게 벤다.' 하고 말하면서 말이죠. 상대방이 나뭇가지가 얼마나 날카롭게 베어졌나 하고 보려고 허리를 구부린 순간 소리도 없이 단칼에 목을 뎅겅 잘라버린 겁니다."

박사가 천천히 말했다.

"과연 그 생각은 매우 훌륭하십니다. 지당하십니다. 하지만 지금부터 하는 두 가지 질문에는 누구나 말문이 꽉 막힐 겁니다."

신부는 여전히 비판적인 눈길을 창문 밖으로 던진 채 다음 말을 기다리며 서있었다.

"이 정원은 쥐새끼 한 마리 못 들어오게 철저히 지켜지고 있는 요새나 다름없다는 거 알고 계시죠? 그런데 어떻게 낯선 사람이 정원으로 들어올 수 있었을까요?"

박사가 물었다.

"절대로 정원에 낯선 사람은 없었습니다."

모두 한동안 조용히 있다가 갑자기 어린애 웃음소리 같은 폭소가 터져 나왔다. 그 소리가 긴장된 분위기를 풀어주었는데, 브라운 신부의 그 말이 너무나 어이없었기 때문이다.

"허어, 참! 그럼 우리가 어젯밤에 덩치 큰 시체를 소파까지 옮겨간 적이 없었다는 거네요? 저 남자가 정원에 들어오지 않았다는 얘기 아닙니까?"

"정원에 들어왔다고요?"

브라운 신부는 깊은 생각에 잠긴 표정으로 물었다.

"아니, 절대로 들어오지 않았습니다."

"지금 농담하는 겁니까?"

시몬 박사가 한탄하듯이 소리쳤다.

"정원에 들어왔느냐, 안 들어왔느냐 둘 중 하나에요."

"그렇게만 말할 수는 없습니다."

신부는 빙긋이 웃으며 말했다.

"다음 질문은 뭡니까, 박사님?"

"신부님, 아무래도 컨디션이 좋지 못하신 것 같군요."

시몬 박사가 날카로운 어조로 말했다.

"하지만 원하시면 다음 질문을 말씀드리죠. 브레인은 어떻게 정원에서 나갈 수 있었을까요?"

"그는 정원에서 나가지 않았습니다."

이번에도 창밖을 바라보며 신부가 대답했다.

"정원에서 나가지 않았다고요?"

시몬박사가 잔뜩 짜증 섞인 어조로 말했다.

"완전히 나간 건 아니라고 할 수 있어요."

브라운 신부의 대답이었다.

옳고 그름을 분명하게 가리는 프랑스식 논리에 맞게 시몬은 두 주먹을 불끈 쥐고 소리쳤다.

"정원에서 나갔든가 아니면 안 나갔든가 둘 중의 하나가 아니라는 겁니까?"

"언제나 그렇다고 할 수는 없지요."

브라운 신부가 말했다.

시몬 박사는 자리에서 벌떡 일어나며 소리를 치다시피 말했다.

"이런 말도 안 되는 이야기로 시간 낭비를 하고 싶지 않군요. 사람이 담 안쪽에 있는지 바깥쪽에 있는지도 구별할 수 없다면 더 이상 당신을 번거롭게 해드리고 싶지 않습니다."

"시몬 박사님."

신부의 목소리는 조용했다.

"이제까지 계속 즐겁게 해왔으니까 우정을 생각해서라도 참으시고, 자 다섯 번째 의문을 들려주시죠."

시몬은 신경질적으로 문 옆에 놓여있는 의자에 주저앉으며 무뚝뚝하게 말했다.

"머리와 어깨에 난 칼자국이 이상했습니다. 죽은 뒤에 난 것 같았어요."

"그렇습니다."

눈썹 하나 까딱하지 않고 신부가 말했다.

"당신께서 저지른 그 단순한 착각, 정말로 당신이 그것을 믿도록 하기 위해 그 머리는 붙여졌습니다. 다시 말해서 그 머리가 그 몸체에 붙어있던 것이라고 믿게 하고 싶었겠지요."

갖가지 괴물을 만들어내는 뇌의 활동이 게일 사람인 오브라이언을 극도로 자극하고 있었다. 그는, 인간의 부자연한 공상이 만들어낸 반인반수와 인어가 함께 뒤섞인, 괴상한 모습을 바로 가까이 현실에서 보는 것 같은 혼란을 느끼기 시작했다. 옛 조상의 목소리가 귓가에서 속삭이는 것 같았다.

'두 가지 색깔의 열매가 여는 나무 가까이에는 가지 마라. 두 개의 머리를 가진 사람이 죽은 정원에는 문 앞에도 가지 마라.' 라고 하는 소리가 들리는 듯 했다. 아일랜드 인의 마음속에 이처럼 한심한 옛날이야기가 떠올랐다가 곧 사라지긴 했지만, 프랑스 사람을 닮아가는 이 남자 또한 다른 사람들과 마찬가지로 끈질긴 의심을 품고 이 요상한 신부를 믿을 수 없어 하며 지켜보고 있었다.

브라운 신부는 마침내 이쪽으로 돌아서서 창문에 등을 대고 섰는데, 얼굴은 어둠 속에 있어서 잘 보이지 않았다. 그러나 어둠 속에서도 그의 얼굴이 몹시 창백하다는 것을 알아볼 수는 있었다. 신부는 이 세상에 게일 사람의 영혼 따위는 존재하지 않는 것처럼 매우 합리적으로 이야기를 이어갔다.

"여러분, 여러분께서 정원에서 발견하신 것은 얼굴도 본 적이 없는 베커의 시체가 아니었습니다. 결코 정원에서 낯선 사람의 시체가 발견된 것은 아니었어요. 시몬 박사의 합리주의를 전제하고 감히 말씀드리는데, 베커는 일부밖에는 보이지 않았다고 단언할 수 있습니다. 자 보세요."

신부는 커다란 수수께끼에 싸여있는 시커먼 시체를 가리켰다.

"여러분은 한 번도 저 남자를 보신 적이 없을 겁니다. 그럼, 이 남자는 보신 적이 있나요?"

그는 재빨리 낯선 남자의 누런 대머리를 치우고 그 자리에 백발 머리를 갖다놓았다. 그러자 거기에 완전히 한 몸이 된 틀림없는 줄리어스 K. 브레인이 누워있는 것이었다.

브라운 신부는 다시 조용히 말을 이었다.

"살인범은 상대방의 목을 자른 다음 군도를 담 밖으로 집어던져버렸어요. 그런데 놈이 머리가 좋아서 군도만 버리는 바보 같은 짓은 하지 않았던 거죠. 머리도 함께 내던졌어요. 그런 다음에 다른 사람의 머리를 시체에 붙여놓았던 겁니다. 그걸 보고 당신들은 범인이 비공식적인 검시 심문을 할 때 주장했던 것처럼 그대로 믿고 고지식하게 다른 사람이라고 생각해버린 거죠."

"다른 사람의 머리를?"

오브라이언이 도대체 모르겠다는 표정으로 말했다.

"다른 사람이라면, 누구의 머리인가요? 정원 풀숲에 사람의 머리 같은 것이 생겨날 리는 없을 텐데요."

"그렇습니다."

브라운 신부는 쉰 목소리로 말하면서 자신의 신발을 내려다보았다.

"사람의 머리가 생겨나는 장소라면 딱 한 군데 있죠. 바로 단두대의 바구니 속입니다. 경찰 주임 아리스티드 발랑탱은 이 살인사건이 생기기 한 시간쯤 전에 그 바구니 옆에 입회하고 있었어요.

자, 여러분. 여러분들이 나를 때려 갈기갈기 찢어지기 전에 내 이야기를 잠깐만 더 들어보세요. 논쟁하는 일이라면 완전히 푹 빠져버리는 사람을 성실한 사람이라고 한다면 발랑탱은 분명 성실한 사람입니다. 그러나 이 사람의 차디찬 잿빛 눈에 광기가 어려 있는 것을 알아보신 분은 아마 없을 겁니다. 이 사람은 본인이 말하는 이른바 십자가의 미신을 깨뜨리기 위해서라면 무슨 일이든 하는 사람입니다. 그래서 싸우게 됐는데, 이기고 싶었지만 그만 결국 살인을 범하게 된 겁니다.

브레인의 거액의 재산은 이제까지 아주 많은 단체에 골고루 뿌려졌기 때문에 어떤 특정 세력에 변화를 가져오는 일은 없었습니다. 그런데 브레인이 싫증을 잘 내는 회의적인 사람들이 흔히 그렇듯이 우리 성당에 깊이 관계하고 있다는 소문을 발랑탱이 듣게 되었어요. 그때부터 상황이 확 달라졌던 거죠. 브레인은 돈 없고 투쟁만 일삼는 성당에 자금을 쏟아 넣을 것이고, 단두대를 비롯해 여섯 개나 되는 극우파 신문을 지지할 거라고 그는 생각했던 겁니다. 그래서 양 세력의 투쟁은 당장이라도 균형을 잃을 것 같은 위태로운 상황에 있다고 믿었던 거죠.

발랑탱은 위기감을 느끼고는 이성을 잃어버릴 정도로 견딜 수 없게 되자 그만 이 억만장자를 없앨 결심을 하게 됐던 겁니다. 그리고는 위대한 탐정이 죄를 범하는 데 있어 가장 어울리는 방법을 골라 실행에 옮기게 됐던 거죠. 그는 범죄학 연구에 필요하다는 핑계를 대고 베커의 절단된 머리를 들고 나왔어요. 그걸 공무용 가방에 담아 집으로 가지고 돌아왔던 거죠. 갤러웨이 경이 중간까지 들으신 그 진보적인 최종 논쟁을 그는 브레인과 벌였는데, 그것도 실패했기 때문에 이번에는 달아날 길도 없는 정원으로 브레인을 끌어내서 나뭇가지와 군도로 펜싱 기술을 설명하는 척 하며 결국…"

이반이 펄쩍 뛰며 소리를 질렀다.

"아니, 미친 거 아냐! 당장 주인어른한테 끌고 가야겠구
먼…."

"왜 이러나? 그러지 않아도 지금 주인을 만나러 갈 생각이
오. 그 사람에게 참회할 기회를 줘야 하거든요. 다른 일도 좀 있
고…."

모두들 불쌍한 브라운 신부를 인질이나 제물처럼 등 뒤에서
몰아대며 쥐죽은 듯 조용한 발랑탱의 서재로 우르르 몰려 들어
갔다.

위대한 탐정 발랑탱은 책상 앞에 꼼짝도 않고 앉아 있었다.
손님들이 소란을 떨며 다가오는데도 듣지 못하는 것 같았다.
갑자기 모두 걸음을 멈춰 섰다. 굳어있는 것처럼 미동도 않고
앉아있는 발랑탱의 뒷모습에 문득 시몬박사가 불안을 느끼며
급히 앞쪽으로 달려갔다.

그의 손을 잠깐 만져보고 얼핏 책상 위를 보기만 해도 충분
히 알 수 있었다. 발랑탱의 팔꿈치 가까이에 환약이 담긴 작은
병이 놓여있고, 그는 의자에 앉은 채 죽어 있었다. 이미 눈을 감
은 자살자의 얼굴에는 카르타고를 반드시 멸망시켜야 한다고
외친 용장 카토의 긍지가 나타나 있었다.

기묘한 발걸음 소리

만일 독자 여러분이 '12명의 참된 어부들' 클럽의 한 회원이 1년에 한 번 있는 만찬회에 참석하려고 버논 호텔에 들어가는 것을 보게 된다면, 그가 외투를 벗을 때 알게 되겠지만 그 회원의 야회복은 검정색이 아니라 초록색이라는 것을 알게 될 것이다. 그리고 만약 여러분이 그 인물에게 말을 걸 만큼 적극적인 성격이어서 그 회원에게 왜 초록색이냐고 묻는다면, 그는 아마도 호텔 종업원과 혼동되지 않도록 하기 위해서라고 대답할 것이다. 그러면 여러분은 더 이상 아무 말도 하지 못하고 싱겁게 물러나게 될 것이다. 그러나 그것으로는 여전히 풀리지 않는 수수께끼와 들을 만한 가치가 있는 이야기를 듣지 못하고 돌아오게 되는 셈이다.

가령 여러분이 - 이것 역시 있을 것 같지 않은 가정이지만 -

브라운 신부라는 이름의 온화하고 부지런하며 키가 땅딸막한 신부를 만나 신부의 일생 중에서 최상의 행운이 무엇이었냐고 묻는다면, 신부는 틀림없이 '최상의 행운은 버논 호텔에서 있었던 일이겠지요. 그때는 복도의 발소리를 들으면서 어떤 범죄를 미연에 방지했고, 그래서 한 사람의 영혼까지도 구했으니까요' 하고 대답할 것이다. 신부는 그 무렵의 대담하고 놀라운 자신의 추리력을 조금은 자랑스럽게 생각하고 있으므로 그 사건에 대해 얘기해줄지도 모른다. 그러나 여러분이 '12명의 참된 어부들' 모임을 바로 옆에서 볼 수 있을 정도로 사교계에 들어설 가능성은 우선 없을 것이고, 그렇다고 빈민굴이나 범죄자들 사이에 끼어있는 브라운 신부를 만나게 될 정도로 타락할 것 같지도 않고 보면, 필자가 말해주지 않는 한 이 이야기는 영원토록 여러분의 귀에 들어가지 않을 것이다.

'12명의 참된 어부들' 모임이 1년에 한 번씩 만찬회를 베풀고 있는 이 버논 호텔은 편집광처럼 예의범절에 대해 요란을 떠는 과두정치 사회에서나 존재할 수 있는 그런 시설이었다. 그것은 이 사회의 특산인 '배타적' 영리 사업이었다. 그것은 즉 손님을 끌어당기는 대신 글자 그대로 손님을 쫓아버림으로써 돈을 버는 장사였다.

금권정치가 활발할 때면 빈틈없는 상인은 거꾸로 손님을 골라잡게 된다. 일부러 까다롭고 귀찮은 조건을 내세우며 손님들이 스스로 포기하게 만드는 것이다. 만약 키가 6피트 이하인 사람은 입장을 금지하는 일류 호텔이 런던에 있다고 가정한다면 사교계는 점잖게 6피트 이상이 되는 사람들만을 모아 거기서 만찬회를 열 것이다. 또 경영자의 유난스런 허세로 목요일 오후에만 가게 문을 여는 고급 레스토랑이 있다고 한다면 그 가게는 목요일 오후에는 손님들이 물밀듯이 몰려드는 성황을 이룰 것이다.

마치 거기에 자리 잡고 있는 게 우연이라는 듯 런던의 버논호텔은 부유한 주택 지구 벨그라비아에 있는 광장의 한 모퉁이에 서 있었다. 작은 데다 매우 불편한 호텔이었다. 그런데 바로이 불편함이야말로 어떤 특별한 계급을 보호하는 성벽이라고 생각되었던 것이다. 그 가운데서도 특히, 한 번에 24명의 손님밖에는 식사를 할 수 없을 정도로 식당이 작다는 불편함이 이 호텔에서는 아주 중요하게 여겨지고 있었다. 거기에 단 하나밖에 없는 큰 식탁은 유명한 테라스 테이블로, 런던에서도 손꼽히는 아름다움을 자랑하는 오래된 정원을 한눈에 내려다볼 수 있는 널찍한 테라스에 자리하고 있어 바깥 공기를 쐬게 되어 있었다.

이런 이유 때문에 그렇지 않아도 좁은 이 식탁의 24인 자리를 사용할 수 있는 것은 날씨가 좋을 때에만 가능했다. 그래서 더욱 더 이 식탁에서 식사를 하고 싶어 하는 손님이 늘게 되었다. 당시의 호텔 주인은 레버라는 이름의 유대인이었는데, 그는 호텔에 손님이 들어가기 힘든 조건을 설정함으로써 백만 파운드에 이르는 많은 돈을 벌어들였다. 물론 그는 이렇게 함으로써 호텔을 널리 알리고 또한 경영에 세심한 주의를 하여 서비스에도 최선을 다했다. 포도주와 요리는 유럽 내 어떤 호텔에도 뒤떨어지지 않았고, 종업원들의 태도는 영국 상류 계급 사람들의 틀에 박힌 격식에 잘 맞추도록 되어 있었다.

경영자는 종업원 한 사람 한 사람을 자신의 손가락처럼 잘 알고 있었다. 종업원은 모두 다해 15명밖에 안되었기 때문이다. 이 호텔 종업원이 되는 것보다는 국회의원이 되는 편이 그래도 쉬울 정도였다. 어느 종업원이나 마치 귀족의 종복처럼 이상할 정도로 말이 없고 몸놀림 하나에도 상대방의 마음을 놓치지 않는 방법을 익혀야만 했다. 사실상 식탁에 앉은 신사 한 사람에게 적어도 종업원 한 사람이 붙는 것이 관례였다.

'12명의 참된 어부들' 모임은 어디까지나 남의 눈에 띄지 않는 폐쇄적이면서도 호화로운 분위기를 원했기 때문에 만찬회를 여는 장소도 이런 호텔 말고는 피하는 것이 당연했다. 그들은 같은 건물 안에서 다른 클럽이 만찬회를 열고 있다고 생각하기만 해도 기분이 언짢아질 것이다. 1년에 한 번 있는 이 만찬회에 클럽의 회원들은 마치 자기 집에라도 있는 것처럼 가지고 있는 보물을 모조리 공개하는 습관이 있었다. 특히 귀중한 것은 이 클럽의 상징이라고도 할 수 있는 한 쌍의 유서 깊은 생선용

나이프와 포크였다. 그것은 물고기 모양을 한 정교한 은제품으로, 손잡이에는 큼직한 진주가 박혀 있었다. 이 식기는 언제나 생선 요리용으로 놓였는데, 그 생선 요리는 언제 어느 때나 이 호화로운 식단 가운데서도 가장 뛰어난 것이었다.

이 클럽에는 굉장히 많은 의식과 관례가 있었지만 딱히 이렇다 할 역사나 목적은 없었다. 이것이 이 클럽의 극히 귀족적인 점이었다. '12명의 참된 어부들' 클럽의 회원이 되기 위해 특별한 자격이 필요하지는 않았다. 상당한 위치의 인물이 아니고서는 이 모임의 존재를 알 기회조차도 없었기 때문이다. 이 클럽은 이미 12년 전부터 존속되고 있었다. 회장은 오들리 씨이고 부회장은 체스터 공작이었다.

만약 필자가 독자에게 이 놀라운 호텔의 분위기를 조금이나마 전달했다면, 독자는 당연히 어떻게 필자가 그 호텔을 알게 되었으며, 또 나의 친구인 브라운 신부와 같은 평범한 사람이 어떻게 그 호텔의 눈부신 복도에 들어갈 수 있었는지 이상하게 생각할 것이다. 이 점에 대한 나의 설명은 아주 간단하고 평범하며 심지어 고약할지도 모르겠다.

이 세상에는 매우 늙고 포악한 대중 선동가가 한 사람 있는데, 이 남자는 아무리 철벽같은 은신처라 해도 거침없이 들어가, 모든 사람은 내 형제라고 말하는 용기를 가지고 있었다. 이 평등주의자가 창백한 말(馬) – 요한묵시록 제6장 '보라, 여기 창백한 한 마리 말이 있으니, 이 말에 올라타는 자의 이름을 죽음이라 하리라' 라고 씌어 있다 – 을 타고 가는 곳이면 어디든 따라가는 것이 브라운 신부의 직책이었다.

이날 오후 이탈리아인 종업원 한 사람이 뇌출혈로 쓰러졌다. 그래서 유대인 주인은 요한묵시록의 이런 글귀를 미신이라고 생각하면서도 가장 가까운 가톨릭 성당의 신부를 불러 오도록 했다. 종업원이 브라운 신부에게 어떤 참회를 했는지 하는 점은 여기서 언급하지 않겠다. 신부가 그것을 밝히지 않는 한 그렇게 할 수밖에 없다. 그러나 아무래도 그 참회의 결과, 신부가 어떤 유언을 전하고 어떤 부정을 바로잡기 위해 각서나 진술서를 써 줄 필요가 생긴 것 같았다. 그래서 브라운 신부는 조용하면서도 당당한 태도로 – 그는 이를테면 버킹엄 궁전에 갔다고 해도 이와 같은 태도를 취했을 것이다 – 조용한 장소와 필기구를 좀 빌려달라고 했다. 주인 레버 씨는 어떻게 해야 할지 갈피를 잡지 못했다. 그는 친절한 사람이었지만, 한편으론 무사안일주의자로서 시비와 소란이 일어나는 걸 몹시 싫어하는 성격이었다. 아무튼 그날 밤 자신의 호텔에 낯선 사람이 하나 있다는 건 지금 막 닦아놓은 물건에 한 점 얼룩이 묻어있는 것과도 같은 느낌을 그에게 주었다.

버논 호텔은 홀에서 기다리는 사람도 없고 갑자기 찾아오는 손님도 없기 때문에 늘 빈 방이 없고 대기실도 없었다. 종업원

15명과 손님 12명 이외에 오직 그 사람뿐이었다. 그날 밤, 이 호텔에 새 손님이 한 사람 늘었다는 건, 일반 가정에 형이나 동생이 갑자기 찾아와 함께 식사나 차를 나누는 것과 마찬가지로 놀라운 일이었다. 그뿐만 아니라 이 신부는 풍채도 보잘 것 없는 데다 옷에는 진흙이 묻어 있기도 했다. 이런 남자를 먼 데서 얼핏 보기만 해도 클럽 사람들 사이에선 소란이 일어나고 모임에도 방해가 될 게 뻔했다.

레버 씨는 결국 한 가지 방안을 생각해냈는데, 이런 창피함을 피할 수는 없으니 그냥 적당히 덮어두려는 것이었다. 버논 호텔에 들어가 보면 – 여러분은 아마 영원히 들어갈 수 없겠지만 – 그을기는 했지만 귀중한 그림으로 장식된 짧은 통로를 지나 정면의 라운지로 이어지는 걸 볼 수 있다. 이 라운지 오른쪽에는 객실로 통하는 복도가 몇 개 있고, 왼쪽에는 이 호텔의 조리실과 사무실이 있는 똑같은 복도가 나있다. 왼쪽 바로 옆 모퉁이에는 라운지에 맞닿아 유리로 된 사무실이 있는데, 이곳은 건물의 가장 중심에 있으며 아마도 옛날식 호텔이라면 그곳에 바가 자리하고 있었을 것이다.

이 사무실에는 경영자의 대리인이 앉아있고 – 그런 지위에 있는 사람은 가능한 한 모습을 드러내지 않는다 – 사무실 바로 건너편에는 종업원실과 남성 휴대품 보관소가 위치해 있어서 그 구역은 완전히 남성 전용 구간을 형성하고 있었다.

그런데 이 사무실과 보관소 중간에 빠져나갈 문이라곤 없는 작은 방이 하나 있었다. 이곳은 호텔 경영자가 공작에게 1천 파운드의 돈을 빌려준다든지, 경우에 따라서는 6펜스의 빚을 거절한다든지 하는 미묘하고 중대한 용건을 위해 이따금 쓰는 방이었다. 종이쪽지에 뭔가를 쓰기 위해 대수롭지도 않은 한낱 신부가 30분이나 이 신성한 방을 더럽히는 것을 허가한 것은 레버 씨가 굉장히 관대하다는 것을 나타낸 증거였을 것이다.

브라운 신부가 쓴 건 틀림없이 이 이야기보다 훨씬 나은 것이었겠지만 유감스럽게도 그건 영원히 공표되지 않을 것이다. 여기서 말할 수 있는 것은 단지 그게 이 이야기와 거의 같은 분량의 길이이며, 맨 끝의 두서너 구절은 그 중에서도 가장 자극이 없고 지루한 것이었다는 사실이다.

왜냐하면 마지막 구절까지 써내려 왔을 무렵이 되자 신부는 조금 마음을 놓고 생각이 산만해졌는데, 그러다 보니 한 마디로 예민한 동물적 감각이 눈뜨기 시작했던 것이다. 저녁의 어둠과 만찬 시간이 다가와 있었다. 바깥세상과 동떨어진 것 같은 이 작은 방에는 불빛이 하나도 없기 때문에, 이럴 때는 어쩌다 있는 일이기도 하지만 점점 짙어지는 황혼이 청각을 예민하게 만들었던 모양이다. 그 문서의 가장 하찮은 마지막 부분을 쓰고 있던 브라운 신부는 문득 정신을 차리고 보니 자기가 밖에서 되풀이되어 들려오는 소리에 장단을 맞춰 글을 쓰고 있다는 것을 알았던 것이다. 그것은 달리는 열차소리에 맞춰 깊은 생각에 잠기는 것과도 같았다. 이 소리를 의식했을 때 신부는 그것이 무슨 소리인지를 알아차렸다. 문 앞을 지나가는 사람의 평범한 발소리였던 것이다.

호텔 안에서는 이런 일이 다반사라 별로 신기할 것도 없는데, 그래도 신부는 어두워진 천장에 시선을 고정한 채 그 소리에 귀를 기울였다. 몇 초 동안 꿈에 빠진 것처럼 가만히 듣고 있던 신부는 별안간 벌떡 일어나더니 고개를 갸웃거리며 더 집중해 열심히 그 소리를 들어봤다. 그러다가 다시 자리에 앉아 얼굴을 두 손으로 감싸고 이번에는 귀를 기울일 뿐만 아니라 깊은 생각에 잠기기 시작했다.

밖에서 나는 발소리는 순간 들었을 땐 어느 호텔에서나 들을 수 있는 보통의 발소리였지만, 한동안 들어보면 어딘지 모르게 이상한 느낌이 드는 그런 소리였다. 다른 발소리는 들리지 않았다. 대체로 아주 조용한 호텔이었다. 몇 사람 되지 않는 단골손님은 늘 곧장 자기 방으로 들어가 버리고, 훈련이 잘 되어 있는 종업원들도 부르기 전에는 아예 모습을 안 나타낼 정도로 꼼짝도 안하는 것 같았다.

아마 이 호텔만큼 이상한 일이 일어날 염려가 없는 장소도 별로 없을 것이다. 그런데 이 발소리는 도대체 평범한 것인지 이상한 것인지조차도 알 수 없을 정도로 묘했다. 브라운 신부는 피아노로 곡을 치는 연습을 하는 것처럼 발소리에 맞춰 손가락으로 테이블 끝을 두드려 보았다.

우선 가볍게 몸을 놀리는 경보선수가 걷고 있는 듯 종종걸음으로 빠른 발소리가 한동안 계속되었다. 그러나 일정한 지점에 오면 그 소리는 딱 멎고, 다음엔 천천히 몸을 흔들며 걷는 걸음걸이로 바뀌어 걸음 수가 앞의 것에 비해 4분의 1도 되지 않았다. 하지만 그것이 계속되는 시간은 앞의 것과 거의 같았다. 그런 다음 이 무거운 발소리가 완전히 사라지고는 또다시 가볍고 급한 발소리로 바뀌고, 이어서 반복해 다시 무겁게 밟는 소리로 바뀌곤 했다.

그런데 분명히 같은 구두 소리였다. 왜냐하면 – 앞서 말한 대로 – 이 부근을 걷는 사람은 달리 또 없을 것이고, 또 그 구두 소리는 작게 들리기는 하지만 잘못 들을 리가 없는 분명한 소리를 내고 있었기 때문이다.

브라운 신부는 무슨 일이든 의문을 제기하지 않고는 못 견디는 성격이라 이처럼 사소해 보이는 문제에도 그의 머리는 깨질 것만 같았다. 그는 도약하기 위해 달리는 사람을 본 적도 있고, 미끄러지기 위해 달리는 사람도 본 적이 있다. 그러나 걷기 위해 달려야 할 필요가 있는 것인지 그건 알 수가 없었다. 아니면 달리기 위해 걷는다는 게 있을 수 있는 일인가? 아무튼 보이지 않는 두 개의 다리의 우스꽝스러운 걸음을 표현하려면 이렇게 설명하는 수밖에는 없을 것이다.

이 남자는 복도 절반을 느릿느릿 걷기 위해 처음 절반을 매우 빠르게 걷고 있는 것인지, 아니면 뒷부분 절반을 빨리 걷는 쾌감을 느끼고 싶어서 앞부분 절반을 천천히 걷고 있는 것인지 두 가지 중 어느 한쪽이겠지만, 어느 쪽이든 다 이상하기는 마찬가지였다.

신부의 머릿속은 그 방처럼 점점 더 캄캄해졌다. 그러나 차분히 앉아서 생각을 해보니까 그 작은 방의 어둠이 오히려 신부의 생각을 맑게 해주는 것 같았다. 마침내 신부의 눈에 마치 환영처럼 부자연스러운 태도로 복도를 뛰어가는 기괴한 발이 뚜렷이 보이기 시작했다. 그런데 도대체 이게 이교도의 종교적 춤일까, 아니면 과학적인 최신식 체조일까? 브라운 신부는 그 발소리가 암시하는 것을 정확히 잡기 위해 스스로에게 물어보았다.

우선 느릿느릿한 보조에 대해. 그건 분명 호텔 경영자의 발소리는 아니다. 그런 타입의 남자는 빠른 걸음으로 서둘러 걷거나 아니면 가만히 앉아있을 것이다. 분부를 기다리고 있는 하인이나 심부름꾼이 어정거리고 있다고 생각할 수도 없다. 그런 발소리는 분명 아니다.

빈곤층 사람들은 – 과두정치 사회에서는 – 술기운이 조금 돌면 비틀거리면서 여기저기 돌아다니기도 하지만, 보통 때는 –

하물며 이처럼 호화로운 장소에서는 - 긴장해 몸을 웅크리고 있거나, 가만히 앉아 있곤 한다. 이 발소리는 빈곤층의 걸음소리가 절대 아니다. 묵직하면서도 탄력 있는 이 걸음걸이는 특별히 소란스럽게 들리지는 않지만, 어떤 소음을 내거나 조금도 개의치 않는 저 태연한 발소리는 이 지상에 사는 동물 중 유일한 동물에만 있는 특유의 발소리다. 그 동물이란 바로 서양의 남자이며, 아마도 먹고 살기 위해 일한 적이 없는 남자일 것이다.

신부가 이런 결론을 내린 바로 그때, 발소리는 빠른 속도로 바뀌어 문 앞을 마치 쥐처럼 허둥지둥 달려갔다. 귀를 기울이던 신부는 이 발소리는 아까보다 훨씬 빠르기는 하나 마치 발끝으로 살며시 걷는 것처럼 훨씬 작게 들렸다는 것을 깨달았다. 그러나 그것은 신부의 마음속에 어떤 비밀을 연상케 하는 것이 아니라 무언가 다른 것, 이렇다 하고 뚜렷이 생각해낼 수 없는 것을 연상케 했다. 마치 멍청이가 돼버린 것처럼 생각이 날듯 하면서 생각나지 않는 기억 때문에 신부는 미칠 것 같았다.

그러나 이 이상하고 재빠른 발소리를 어디선가 분명히 들은 기억이 났다. 갑자기 그는 머리에 어떤 새로운 생각이 떠올라 자리에서 벌떡 일어나 문 앞으로 걸어갔다. 이 방에는 직접 복도로 나가는 문은 없고, 대신 한편은 유리를 낀 사무실로 다른 한편은 휴대품 보관소로 통하고 있었다. 신부는 창문을 바라보았다. 네모난 유리창으로 저녁노을에 물든 보랏빛 구름이 보였는데, 순간 신부는 개가 쥐 냄새를 맡은 것처럼 불길한 예감에 사로잡혔다.

신부는 이성이 본능보다 현명한지는 알 수 없지만 또다시 머리를 들었다. 아까 호텔 주인이, 문을 잠가야 하기 때문에 나중에 다시 데리러 오겠다고 말한 것이 문득 생각났다. 그리고 밖에서 나는 이 이상한 발소리도 생각이 떠오르지 않을 뿐 사실은 모든 것을 설명할 수 있는 것이라고 자신에게 타일렀다. 그리고 자기가 본래 해야 할 일을 할 수 있을 만큼의 저녁 어스름밖에는 남지 않았다는 것도 알게 되었다. 그는 사라져가는 저녁노을의 잔광을 놓치지 않으려고 종이를 창가로 가지고 가서 있는 힘을 다해 이제 곧 완성될 기록을 적기 시작했다.

겨우 보일 정도로 빛이 약해지자 그는 점점 더 종이 위로 몸을 굽히면서 20분쯤 더 일을 계속하다가 갑자기 흠칫 놀라 일어났다. 그 묘한 발소리가 또 울려온 것이다. 그런데 이번에는 묘한 점이 또 하나 생겼다. 아까까지는 정체를 알 수 없는 사나이가 걷고 있었다. 마치 허공에 떠있듯 전광석화처럼 빠르긴 했지만 어쨌든 걷고 있었다. 그런데 이번에는 뛰고 있는 것이다. 나는 듯이 질주하는 표범처럼 재빠르고 부드럽게 복도를 달려오는 소리가 들려왔다. 이쪽으로 접근해오는 사람이 누구이든 간에 억세고 민첩한 남자인 건 분명했다. 그는 소리를 억누르고 있지만 몹시 흥분하고 있는 것 같았다. 그런데 살짝 속삭이는 바람소리와도 같은 그 발소리는 사무실 앞까지 돌진했다가 갑자기 또 느릿느릿한 무거운 걸음으로 변하고 있지 않은가!

브라운 신부는 종이를 집어던졌다. 그러나 사무실 문이 잠겨있다는 것을 알고 있었기 때문에 곧장 반대쪽 보관소로 달려갔다. 그곳 직원은 때마침 자리에 없었다. 아마 몇 사람 되지 않는 손님이 지금 식사 중이어서 일이 한가하기 때문인 것 같았다. 신부는 잿빛 나무숲을 연상케 하는 외투 사이를 손으로 더듬거리며 빠져나갔다. 어두컴컴한 보관소 앞쪽에 우산을 내주고 보관증을 쓰는 용도의 카운터가 있으며, 이어서 밝은 복도로 연결돼 있었다. 이 반원형 카운터 바로 위에 등불이 하나 켜져 있었다. 등불은 브라운 신부에게 전혀 닿지 않았으므로 신부의 모습은 어스름한 황혼이 깃든 창문을 배경으로 시커먼 윤곽만 떠올라 보일 뿐이었다. 그러나 보관소 밖의 복도에 서있는 남자에게는 이 불빛이 무대 조명처럼 강렬한 빛을 던지고 있었다.

남자는 매우 검소한 야회복을 입고 있으며 점잖아 보였다. 키는 좀 큰 편이지만 그다지 눈에 띄는 외모는 아니었다. 그보다 더 몸집이 작은 사람도 남의 눈에 금방 띌 것 같은 장소에서도 이 남자는 그림자처럼 쉽게 빠져나갈 것 같았다. 뒤쪽에서 등불을 받고 있는 남자는 햇볕에 그을린 건강한 외국인의 얼굴이었다. 몸매가 훌륭했고 태도도 불쾌감을 주지 않으며 자신 있어 보였다. 다만 한 가지 결점은 그 체격이나 태도에 비해 검은색 윗옷이 조금 초라해 보이는 데다 묘하게 봉긋 튀어나온 데도 있었다. 남자는 저녁 빛을 등지고 서있는 브라운 신부의 시커먼 그림자를 알아보자마자 종이로 된 번호표를 휙 내던지며 부드러우면서도 위엄 있는 어조로 말했다.

"실례지만 모자와 외투를 좀 내주시오. 급히 나가야겠소."

브라운 신부는 말없이 종이를 받아들고는 얌전하게 외투를 찾으러 갔다. 이런 일을 하는 것도 이번이 처음이 아니었다. 그는 외투를 가지고 와서 카운터 위에 놓았다. 외국 남자는 조끼 주머니를 뒤지면서 웃음 띤 얼굴로 말했다.

"마침 갖고 있는 은화가 없군요. 이것을 받아두시오."

그는 2분의1 소브린 금화 한 닢을 던져주고는 외투를 집어들었다.

브라운 신부는 여전히 어둠 속에서 꼼짝도 않고 서있었다. 순간 판단력을 잃어버린 것이다. 그러나 신부의 두뇌는 판단력을 잃었을 때 제대로 발휘되곤 했다. 그는 순간적으로 2와 2를 더하면 4백만이라는 답이 나오게 했다. 가톨릭교회는 상식적으로는 그런 기발한 재주를 시인하지 않는 게 관습이었다. 신부 자신도 시인하지 않을 때가 많았다. 그러나 이런 경우는 진정한 영감이며, 판단력을 잃었을 때 어떻게든 다시 되찾아야만 하는 위급한 상황에 딱 들어맞는 중요한 영감이었다.

신부가 정중하게 입을 열었다.

"실례합니다만, 당신의 주머니에 은화가 있을 겁니다."

키 큰 남자가 눈을 휘둥그레 뜨며 소리쳤다.

"무슨 말을 하는 거요? 금화를 주었는데, 어째서 불평이오?"

"때로는 금보다 은이 귀중한 경우도 있으니까요."

신부는 조용히 말했다.

"하기는 양이 많을 경우입니다만."

낯선 남자는 의심을 품은 얼굴로 신부를 바라보더니 한층 더 의아한 표정으로 복도를 거쳐 현관 쪽으로 눈길을 돌렸다. 그리고 다시 브라운을 쳐다보더니 이번에는 신부의 머리 너머로 창문을 바라보았다. 창문은 폭풍이 일 것 같은 일몰 뒤의 잔광에 여전히 물들어 있었다. 남자는 이제 마음을 정한 모양이었다. 한 손으로 카운터를 짚고 훌쩍 뛰어 곡예사처럼 넘어와서는 신부 앞에 버티고 섰다. 그리고 억센 손으로 신부의 옷깃을 움켜쥐었다.

"얌전히 굴어."

그가 재빠른 말로 속삭였다.

"겁을 주고 싶지는 않지만, 만일······"

"내가 겁 좀 줄까?"

브라운 신부는 북처럼 울리는 목소리로 말했다.

"우글거리는 구더기와 꺼지지 않는 지옥의 불로 놀라게 해줄까?"

"보관소 직원이 별 희한한 놈이네."

상대가 말했다.

"나는 신부요, 플랑보 씨. 당신의 참회를 들을 준비는 돼있는데."

브라운 신부가 말했다.

상대는 잠시 숨이 멎은 듯 버티고 서있더니, 이윽고 비틀거리는 걸음으로 뒤로 물러나 의자에 털썩 앉았다.

'12명의 참된 어부들'의 만찬은 처음 두어 가지 음식이 나오는 동안은 평온한 가운데 순조롭게 진행되고 있었다. 그때 메뉴가 무엇이었는지 지금은 기억나지 않지만 만약 그 메뉴판을 갖고 있다 하더라도 무슨 글자인지 아무도 알아볼 수 없을 것이다. 메뉴는 요리사들이 사용하는 단어로 씌어 있었는데, 이 프랑스어는 프랑스인도 전혀 읽을 수 없는 그런 것이었다. 이 클럽의 전채요리는 정신이 제대로 된 사람이라면 생각할 수 없을 만큼 너무 다양한 종류를 내놓는 전통이 있었다. 전채요리가 중요시된 것은 그것이 만찬회 자체나 클럽 자체와 마찬가지로 어느 모로 보나 쓸데없는 허영에 지나지 않는 것이었다.

또 수프는 산뜻한 것으로 그 뒤에 나오는 생선요리에 대비해 간단하고도 검소한 것이어야 한다는 전통이 있었다. 주고받는 화제는 영국제국의 운명을 지배하고 있는, 그것도 은밀히 지배하고 있는 묘하고 분별없는 내용들이었는데, 만약 그 대화를 영국 사람들이 엿들었다 하더라도 별로 유익할 것이 없을 그런 것들이었다.

보수 진보 양당 각료에 대해 얘기할 때도 그들의 세례명을 마구 부르며, 재미도 없는 얘기지만 그냥 화제에 올려준다는 식으로 선심 쓰듯이 말했다. 직권을 남용하여 부당한 이득을 얻었다 해서 모든 보수파로부터 격분을 사고 있는 급진파의 재무 장관에 대해서도 그의 서투른 시와 말 타는 모습을 흉내 내며 칭찬했다. 또 자유당 사람들이 폭군이라며 미워하는 보수당 당수도 화제에 올려 대체로 훌륭하다고 칭찬했다. 이 클럽에서는 아마도 정치가들이 매우 중요시되고 있는 것 같았다. 그러나 정치가의 정치만은 전혀 중요시되고 있지 않았다.

회장인 오들리 씨는 아직도 그래드스턴 식의 높은 칼라를 달고 있는 빈틈없는 초로의 인물이며, 이 환상적이고 확고한 사교계의 상징 같은 존재였다. 이 사람은 평생 아무것도 - 나쁜 짓조차도 - 한 일이 없는 사람이었다. 방랑자도 아니고 큰 부자도 아니었다. 하지만 거물이었다. 다만 그뿐이었다. 따라서 어떠한 정당도 그를 무시할 수 없었으며, 그가 입각을 희망한다면 틀림없이 장관이 될 수도 있었을 것이다.

부회장인 체스터 공작은 당시 한창 인기를 모으고 있는 청년 정치가였다. 다시 말해서 그는 아름다운 금발을 찰싹 붙게 빗어 넘기고 얼굴은 주근깨투성이의 유쾌한 젊은이로서 적당한 지성과 막대한 재산을 갖고 있었다. 그는 공적인 자리에 나가면 반드시 성공을 거두었는데, 그의 사고방식은 매우 단순했다. 뭔가 적당한 유머가 생각나지 않을 때는 지금은 그런 유머를 할 때가 아니라고 하며 상황을 잘 비켜가는 것이었다. 아무튼 상당히 영리하게 대처할 줄을 알았다. 그래서 좋은 평판을 받기도 했다.

그는 개인적으로 비슷한 위치의 동료와 클럽에 있을 때에는 초등학생도 무색하리만큼 순진함과 어수룩함을 아주 유쾌하게 발휘하곤 했다. 그에 비하면 오들리 씨는 한 번도 정치에 손을 댄 적이 없었기 때문에 정치에 대한 태도에는 좀 더 진지한 면이 있었다. 이따금 자유당과 보수당 사이에는 얼마쯤의 차이가 있다는 의미의 말을 해서 그 자리에 있던 모든 사람들을 당황하게 하는 적도 있었다. 그 자신은 사생활에 이르기까지 보수당이었다. 마치 옛날 정치가처럼 구불거리는 백발이 칼라 뒤를 뒤덮고 있었으므로 뒤에서 보면 그야말로 대영제국이 바라는 인물이 아닌가 하고 생각되었다. 앞에서 보면 올바니 관에 방을 가지고 있는 온화하고 독립적인 독신자와 같은 모습인데, 실제로도 그와 같았다.

앞서 말한 대로 테라스의 테이블에는 24명분의 자리가 있는데, 클럽의 회원 수는 12명에 지나지 않았다. 그래서 회원은 맞은편에는 한 사람도 앉지 않고, 모두 테이블 앞쪽에 나란히 앉아 아무런 방해도 받지 않고 마음껏 정원의 경치를 바라보며 한없이 사치스러운 마음으로 테라스를 차지할 수가 있었다.

저녁 어스름이 이 계절 치고는 좀 기분 나쁘게 깔려 있었지만 정원의 갖가지 빛깔은 아직도 선명하게 반영되고 있었다. 회장은 가운데에 앉고 부회장은 그 왼쪽 끝에 앉아 있었다. 12명의 손님이 맨 처음 열을 지어서 자리 잡고 앉을 때에는 어떤 이유에서인지 잘 모르겠지만 15명의 종업원이 모두 나와 국왕에게 받들어총을 하는 군대처럼 벽을 따라 한 줄로 늘어서는 습관이 있었고, 뚱뚱한 주인은 마치 이 클럽에 대해 이제 처음으로 알았다는 듯이 놀라운 표정으로 얼굴을 빛내면서 머리를 숙여 맞이하게 되어 있었다.

그러나 막상 포크와 나이프가 부딪치는 소리가 날 무렵엔 종업원들은 모두 자리를 떠나고 꼭 필요한 한두 사람만 남아 절대 침묵 속에서 말없이 뛰어다닐 뿐이었다. 주인 레버 씨 또한 벌써 오래전에 굽실굽실 절을 하면서 물러가고 없었다. 주인이 그 뒤로 한 번이라도 뚜렷이 모습을 나타낸 적이 있었다고 하는 것은 과장된 말이기도 하고 불경스러운 일이 되기도 할 것이다.

그러나 그 중요한 생선요리가 나왔을 때는 뭐랄까, 활력 있는 사람의 그림자, 즉 주인의 영향력 같은 것이 느껴졌기 때문에 분명 그가 아주 가까운 곳에 있었다는 것을 말해주고 있었다. 이 신성한 생선요리는 비천한 사람의 눈에는 크기도 모양도 결혼케이크 같이 어마어마한 푸딩으로 보였다. 그 속에는 신에게서 받은 모습을 완전히 잃은 꽤 많은 진귀한 물고기가 녹아들어 있었다.

12명의 참된 어부들은 유명한 생선 나이프와 생선 포크를 들고 마치 푸딩 한 입이 그것을 먹는 데 쓰는 은 포크나 다름없이 비싸기라도 한 것처럼 엄숙한 표정으로 손을 대기 시작했다. 아니, 사실 그만큼 값비싼 요리였던 것이다. 이 요리만은 누구나 모두 헛기침 하나도 하지 않고 열심히 허기진 사람처럼 입으로 가져갔다. 그러므로 그 젊은 공작이 격식을 차린 발언을 한 것은 그의 요리 접시가 거의 비어가고 있을 때였다. 공작이 말했다.

"이런 요리는 여기서밖에는 맛볼 수가 없어요."

"정말입니다."

오들리 씨도 공작 쪽을 향해 그 품위 있는 머리를 몇 번 끄덕이면서 낮고 굵은 목소리로 말했다.

"네, 정말 그래요. 여기서밖에는 만들지 못하죠. 내가 들은 바에 의하면, 카페 앙글레즈에서도…"

여기까지 말했을 때 그는 종업원이 눈앞에 있던 접시를 가져갔기 때문에 어쩔 수 없이 이야기가 중단되고 그의 마음도 조금 동요하는 듯했지만, 다시 귀중한 사고의 실마리를 되찾았다.

"내가 들은 바에 의하면, 카페 앙글레즈에서도 같은 요리를 만들 수 있다더군요. 그렇지만 이 정도는 못될 겁니다."

그는 교수형을 선고하는 재판관처럼 무정하게 머리를 저어가면서 말했다.

"지나친 평가를 하는군요."

파운드라는 대령이 말했다. 얼굴 표정으로 봐서 몇 달 만에 처음으로 입을 여는 것 같았다.

"글쎄요, 어떨까요."

낙천가인 체스터 공작이 말했다.

"그곳도 물건에 따라서는 좋으니까요, 이를테면…"

종업원 한 사람이 총총걸음으로 들어오다가 걸음을 딱 멈췄다. 걸어오는 발소리가 나지 않았듯이 걸음을 멈출 때도 소리가 나지 않았다. 이 비현실적인 유쾌한 신사들은 자기들의 생활을 받쳐주고 있는 주위의 보이지 않는 기구가 완전히 순조롭게 움직이는 데 익숙해 있기 때문에 종업원이 뭔가 뜻하지 않은 짓을 한 것만으로도 펄쩍 뛸 만큼 놀랐다. 어느 정도냐 하면, 이를테면 의자가 날아간다든지 하는 것처럼 무생물이 저절로 움직이는 것을 보고 여러분이나 필자가 느끼는 놀라움과도 같았다.

종업원은 잠시 눈을 휘둥그레 뜬 채 우뚝 서있었다. 그 사이

테이블 앞에 앉아있는 사람들의 얼굴에는 괘씸한 녀석이라고 말하고 싶은 듯 기묘한 표정이 깊어졌다. 이런 감정은 옛날엔 없었던 것으로, 현대식 박애주의와 부자와 가난한 사람의 영혼 사이에 뻥 뚫린 가공할만한 심연이 서로 섞여서 생긴 것이다. 옛날의 순수한 귀족이라면 우선 빈 병부터 던지고 다른 물건들을 차례로 집어던지며 마지막에는 돈도 집어던졌을 것이다.

진정한 민주주의자라면 동료들에게 말하는 것처럼 또렷한 말로 대체 자네는 무엇을 하는 거냐고 물었을 것이다. 그러나 여기에 모여 앉은 금권주의자들에겐 하인이든 친구든 가난한 사람이 가까이에 있는 것은 참을 수 없는 일이었다. 종업원이 어떤 실수를 했다는 건 무조건 화가 치밀고 짜증나는 일이었다. 하지만 그들은 냉혹한 태도를 보이기는 싫었다. 그렇다고 너그러움을 보여야 하는 입장에 놓이는 것도 두려워했다. 그들은 어쨌든 이 귀찮은 일이 조금이라도 빨리 끝나기를 기다릴 뿐이었다. 이윽고 그것은 끝났다. 종업원은 잠시 경직된 환자처럼 굳어져 서있더니 휙 돌아서서 허둥지둥 방을 뛰쳐나갔던 것이다.

이 방에 아니, 방문 앞에 이 종업원이 다시 나타났을 때 그는 다른 종업원과 함께였으며, 남국인 특유의 격렬한 몸짓으로 소곤거리고 있었다. 그러자 첫 번째 종업원은 두 번째 종업원을 남겨둔 채 사라지더니 곧 세 번째 종업원을 데리고 다시 나타났다. 이 황급한 사태에 네 번째 종업원이 참가할 무렵이 되자,

오들리 씨는 이 자리를 잘 수습하기 위해서라도 침묵을 깨뜨릴 필요를 느낀 듯했다.

"무챠 청년은 젊지만 버마에서 아주 훌륭하게 일을 하고 있더군요. 이렇게 되면 세계 어떤 나라에 가더라도…."

다섯 번째 종업원이 쏜살같이 달려오더니 그의 귀에 대고 말했다.

"참으로 실례입니다만 중대 사건입니다! 주인께서 말씀을 드리고 싶다고 하시는데요."

회장이 놀란 표정으로 뒤를 돌아보자 레버 씨가 부릅뜬 눈으로 무거운 몸을 질질 끄는 것처럼 급한 걸음으로 다가오는 것이 보였다. 선량한 호텔 주인의 걸음걸이는 전과 조금도 다름없었으나 그의 표정은 심상치가 않았다. 여느 때는 벙글벙글 웃는 구릿빛 얼굴이 지금은 앓는 사람처럼 누렇지 않은가.

"용서하십시오, 오들리 님."

그는 천식을 앓는 것처럼 숨 가쁜 목소리로 말했다.

"큰 문제가 생겼습니다. 여러분의 생선요리용 접시 말씀인데요, 포크와 나이프를 올려놓은 채 깨끗이 사라졌습니다!"

"그거 잘 됐군요."

회장은 좀 화난 어조로 말했다.

"보셨습니까?"

흥분한 호텔 경영자는 숨을 헐떡이면서 말했다.

"접시를 가져간 종업원을 보셨습니까? 그 자를 알고 계십니까?"

"종업원을 알고 있느냐고요? 종업원 따위를 내가 알 게 뭡니까?"

분개한 태도로 오들리 씨가 대답했다.

레버 씨는 고민스러운 몸짓으로 두 팔을 벌렸다.

"저는 그런 자를 여기로 부른 적이 없습니다. 그 자가 언제 왔는지, 무엇을 하러 왔는지도 모릅니다. 제가 접시를 치우라고 종업원을 보냈더니 접시는 벌써 말끔히 치워져 있더라고 말하지 않겠습니까?"

오들리 씨는 여전히 당혹한 표정을 짓고 있었는데, 그 모습은 아무리 봐도 대제국이 바라는 인물이라고는 생각할 수 없었다. 그 자리에 앉아있는 사람들은 말도 하지 못하고 있었다. 오직 한 사람, 말뚝과도 같은 파운드 대령만이 전기충격이라도 받은 것처럼 이상하게 활기를 띠고 있었다.

다른 사람은 다 앉아 있는데, 파운드 혼자 어색한 동작으로 자리에서 일어나더니 한쪽 눈에 안경을 걸친 채, 말하는 방법 따위는 잊어버린 것처럼 귀에 거슬리는 낮은 목소리로 이야기하기 시작했다.

"그렇다면 어떤 자가 우리의 은제 세트를 훔친 셈이군요?"

호텔 주인은 한층 더 과장된 몸짓으로 어떻게도 할 수 없다는 듯이 다시 두 팔을 벌려보았는데, 그 순간 테이블 앞에 앉아 있던 모든 사람들이 일제히 일어났다.

"종업원들은 모두 호텔 안에 있나요?"

낮고 거친 목소리로 대령이 물었다.

"네, 모두 있습니다. 그건 제가 확인했어요."

청년 공작이 앳되어 보이는 얼굴을 불쑥 앞으로 내밀며 외쳤다.

"방에 있으면 늘 세어보죠. 왜냐하면 벽에 등을 대고 서있는 폼들이 너무 웃겨서 말이죠."

"하지만 인간의 기억에는 한계가 있지."

오들리가 조심조심 신중한 어조로 말을 꺼냈다.

"아니, 제 기억은 분명해요! 이곳에 종업원이 열다섯 명 넘은 적은 지금까지 한 번도 없었고, 오늘밤에는 딱 열다섯 명이었어요. 맹세할 수 있어요. 정확히 열다섯 명이었어요."

공작은 흥분해서 소리쳤다.

주인은 너무 놀라 꼼짝 않고 서서 온몸을 부들부들 떨며 다시 공작을 쳐다보았다.

"그럼… 그렇다면…? 열다섯 명을 전부 봤다는 말입니까?"

그는 말을 더듬었다.

"늘 하던 대로요."

공작은 고개를 끄덕였다.

"그게 뭐 이상하다는 소리라도 하고 싶은가 보군요?"

"아니… 전혀요."

레버 씨는 점점 어조를 높였다.

"단지 그럴 리가 없다는 말만은 하고 싶습니다. 열다섯 명 중에서 분명히 한 명은 2층에서 죽어있으니까요."

끔찍한 침묵이 실내를 내리눌렀다. 죽음은 분명 너무나 초자연적인 현상이므로, 그곳에 있던 사람들은 모두 자신의 영혼을 돌아보며 그것이 너무도 미미하고 하찮은 것에 불과하다는 것을 그 순간 깨닫고 있었으리라.

일행 중 한 사람 – 분명 그 공작 – 은 끝내 부자다운 멍청한 친절을 발휘한답시고 '제가 뭐 해드릴 수 있는 일이라도?' 하는 소리를 내뱉고 말았다.

"신부님이 이미 오셨습니다."

유대인 주인이 자랑하는 투로 말했다.

여기까지 얘기했을 때 모두들 갑자기 운명의 종소리라도 들은 것처럼 자신들의 본래 입장을 떠올렸다. 음울한 지금, 수초에 불과한 시간 동안, 그들은 15번째 종업원이 2층에 있는 죽은 자의 망령이 아니었을까 하고 진지하게 생각했던 것이다. 이 질식할 것 같은 생각에 압도당해 그들은 아연실색했다. 왜냐하면 망령이란 이들에게는 거지와 마찬가지로 정말이지 딱 귀찮은 존재였기 때문이다. 하지만 역시 은그릇을 생각하자 이 신비한 마력도 순식간에 부서져 버렸다. 당돌하게, 그리고 엄청난 반동을 동반하면서 깨져버린 것이다. 대령은 퍼뜩 자리에서 일어나더니 성큼성큼 문으로 다가갔다.

"여러분, 만약 여기에 열다섯 번째 남자가 있었다면 그가 바로 도둑입니다."

대령이 말했다.

"즉시 현관과 뒷문으로 가서 모든 문을 잠가주세요. 얘기는 그 다음에 하기로 하죠. 스물네 개의 진주는 꼭 되찾아야만 해요."

오들리 씨는 무슨 일이든 간에 허둥대는 것은 신사로서 체면이 깎이는 짓이라고 처음에는 주저하는 눈치더니, 공작이 젊은이답게 기세 좋게 계단을 뛰어 내려가는 것을 보고는 약간 점잔을 빼면서 그 뒤를 쫓아갔다. 그들과 엇갈리면서 여섯 번째 종업원이 방으로 뛰어 들어와, 생선접시가 찬장에 쌓여있었는데 은그릇만 감쪽같이 사라졌다고 보고했다.

야단법석이 난 가운데 식사하러 온 손님들과 종업원들이 두 패로 갈려 복도를 구르듯이 달리기 시작했다. 어부 클럽의 회원 대부분은 누군가 호텔을 빠져나가지는 않았는지 알아보기 위해 주인을 따라 맞은편에 있는 홀로 향했다. 파운드 대령은 회장과 부회장, 그리고 다른 두서너 명과 함께 이쪽이 수상쩍다는 듯이 종업원들의 방으로 통하는 복도를 쏜살같이 뛰어갔다.

도중에 어두컴컴하게 들어간 곳이라기보다 동굴 같은 휴대품 보관소 앞을 지나가게 되었다. 그때 마침 어둠 속 조금 깊숙한 곳에 직원으로 생각되는 검은 옷을 입은 키 작은 사람의 그림자가 보였다.

"여보게! 어떤 사람이 지나가는 거 못 봤나?"

공작이 말을 걸었다.

그 그림자는 질문에 대답하는 대신 이렇게 말했다.

"아마 여러분이 찾으시는 거라면 제가 가지고 있을 겁니다."

사람들이 이상히 여기면서 걸음을 멈추자, 키 작은 남자는 조용히 보관소 안으로 들어가더니 번쩍번쩍 빛나는 은그릇을 두 손에 잔뜩 끌어안고 나와 마치 판매원처럼 차분한 태도로 그것을 카운터 위에 늘어놓았다. 잠깐 사이에 12개의 기묘한 모양을 한 포크와 나이프가 쭉 늘어 놓였다.

"자넨… 자넨 대체… "

대령이 흥분해 말하려고 했다. 그러다가 어두컴컴한 작은 방 안을 들여다보고는 두 가지 사실을 알아차렸다. 첫째, 검은 옷을 입은 키 작은 이 남자는 신부 복장을 하고 있다는 점과, 둘째, 이 남자의 뒤에 있는 창문이 마치 누군가가 억지로 빠져나가기라도 한 것처럼 깨져있다는 것이었다.

"보관소에 맡기기에는 너무 귀중한 물건인데요?"

신부가 쾌활하게 태연히 말했다.

"자네… 자네가 이것을 훔쳤나?"

오들리 씨는 눈을 크게 뜨면서 더듬더듬 물었다.

"비록 내가 훔쳤다고 하더라도 적어도 이렇게 되돌려 드리고 있잖습니까."

유쾌한 듯이 신부가 말했다.

"하지만 당신이 훔친 것은 아니죠."

파운드 대령은 계속 깨진 창문을 쳐다보며 말했다.

"솔직히 고백하면 저는 아닙니다."

신부는 조금 익살스럽게 대답하면서 묘한 표정으로 둥근 의자에 앉았다.

"그렇지만 누가 그랬는지는 알 것 아니오."

대령이 말했다.

"그 사람의 이름은 모릅니다."

신부는 눈썹 하나 까딱하지 않고 차분히 말했다.

"그러나 그의 활동에 대해서는 짐작을 할 수가 있고 그의 정신적인 장애 부분도 너무나 잘 알고 있죠. 그가 내 목을 졸라 죽이려고 했을 때 녀석의 체력이 어느 정도인지 측정할 수 있었고, 녀석이 뉘우쳤을 때는 그의 덕성과 신의를 평가할 수 있었으니까요."

"뭐라고! 뉘우쳤다고!"

체스터 청년이 껄껄 웃으며 소리쳤다.

브라운 신부는 두 손을 뒤로 돌려 뒷짐을 지면서 일어섰다. 그리고는 말했다.

"참으로 묘한데요. 도둑이나 떠돌이 부랑자들은 회개를 하는데, 돈 있고 지위 있는 사람들은 늘 비뚤어진 생활을 그만두지 못하고 신이나 사람들에게 자신들의 죄 값을 치르려 하지 않으니까요. 뭐 그건 그렇다 치고, 실례지만 당신은 내 영역을 약간 침해하고 있는 것 같군요. 그가 뉘우쳤다는 것이 사실이 아니라고 생각한다면 이 포크와 나이프를 보세요. 당신네들은 참된 12어부들이고, 여기 있는 것은 당신네들의 물고기 모양의 은그릇입니다. 그러나 신께서는 나를 사람 잡는 어부로 만들어 주셨죠."

"그래서 당신이 그 남자를 잡았습니까?"

대령이 얼굴을 찡그리며 물었다.

브라운 신부는 상대의 찡그린 얼굴을 찬찬히 바라보며 말했다.

"그래요, 눈에 보이지 않는 갈고리와 긴 끈으로 잡았죠. 그 끈은 그가 세상 끝까지 방황하며 갈 수 있을 만큼 길게 해두었지만, 힘주어 잡아당기면 곧 돌아올 겁니다."

오랫동안 침묵이 계속되었다. 함께 있던 다른 사람들은 되돌아온 은그릇을 동료들이 있는 곳으로 가져가기도 하고 이 기묘한 사태를 어떻게 수습할 것인지에 대해 경영자와 의논을 하러 가기도 하는 등 뿔뿔이 흩어져갔다. 그러나 대령만은 엄숙한 표정을 하고 여전히 카운터 위에 비스듬히 걸터앉아 가늘고 긴 다리를 건들건들 흔들며 검은 콧수염을 씹고 있었다.

조금 뒤 그가 조용히 신부에게 말했다.

"그는 영리한 자였음에 틀림없지만 나는 그보다도 더 영리한 사람을 알고 있어요."

"그는 영리했죠. 그러나 당신이 말하는 또 하나의 영리한 사람은 누군가요?"

신부가 물었다.

"당신이오."

대령은 잠깐 웃고 나서 말했다.

"나는 그를 감옥에 처넣을 생각은 없어요. 그 점은 안심하세요. 다만 당신이 어떻게 이 사건에 말려들었으며, 어떻게 그 물건을 되찾았는지 사실을 말해주시면 은 포크 같은 것은 얼마든지 드리겠습니다. 아무래도 여기 있는 사람들 가운데서는 당신이 가장 영리한 사람인 것 같군요."

브라운 신부는 왠지 이 군인의 무뚝뚝하고 솔직한 자세가 마음에 들었다.

"글쎄요."

신부가 미소를 띠며 말했다.

"그 남자의 신분에 대해서는 물론 아무것도 말씀드릴 수 없지만, 내가 직접 알아낸 사실은 뭐 얘기 못할 이유도 없어요."

이렇게 말한 후 신부는 의외로 날렵한 동작으로 훌쩍 카운터를 뛰어넘어 파운드 대령 옆에 앉더니, 문을 타고 앉은 어린아이처럼 그 짧은 다리를 흔들었다. 그리고 이야기를 시작했다. 마치 크리스마스 때 난롯가에서 옛 친구에게 이야기하는 것처럼 허물없는 태도로 설명을 해나갔다.

"아시겠어요, 대령? 내가 저기 작은 방에서 글을 쓰고 있는데 누군가 이 복도에서 죽음의 무도처럼 기괴한 댄스를 하는 것 같은 발소리가 들려왔어요. 처음엔 마치 경보대회에 출전한 사람이 발끝으로 걷는 것처럼 빠르고 이상한 발소리가 가볍게 들리더니 나중엔 체격 큰 남자가 천천히 잎담배를 피면서 걷고 있는 것처럼 느릿느릿하고 무관심한 구두소리였어요. 그런데 두 소리 다 분명히 같은 사람의 발소리였어요. 그리고 계속 번갈아 들려왔죠. 처음엔 뛰고 다음엔 천천히 걷고 그러다가 또 뛰고 하는 식으로 말입니다. 그런데 같은 사람이 동시에 이런 두 가지 역할을 한다는 게 도대체 이해가 안 됐어요. 처음에는 이 의문도 막연하게 했지만 점점 굉장히 신경이 쓰이더군요.

천천히 걷는 사람은 나도 알 수 있었어요. 당신의 걸음걸이와 아주 같았거든요, 대령님. 뚱뚱한 신사가 뭔가를 기다리는 것 같은 걸음걸이로 심리적으로 불안하다기보다는 육체적으로 긴장하고 있기 때문에 그 부근을 돌아다니며 기다리는 것 같았죠. 다른 걸음걸이도 들어본 기억은 나는데 도무지 생각이 안 나더군요. 그렇게 이상하게 발끝으로 걷는 사람을 내가 어디서 만났나 하고 머리를 쥐어짜고 있는데, 어디선가 접시가 딸가닥 하고 부딪치는 소리가 들려왔어요. 그 소리로 이 수수께끼의 해답은 명백해졌죠. 그것은 종업원의 걸음걸이였던 겁니다. 윗몸을 앞으로 기울이고, 눈은 아래로 내리깔고 윗옷자락과 냅킨을 펄럭거리면서 발끝으로 마룻바닥을 차며 걷는 그 걸음걸이였어요. 그래서 나는 또 1분 좀 넘게 생각해봤어요. 그랬더니 이 범죄의 정체를 알겠더군요. 마치 스스로 그 범죄를 저지르려고 할 때처럼 명확히 알 수 있었죠."

파운드 대령은 뚫어지게 상대방의 얼굴을 지켜보았으나 이야기를 하는 사람의 온화한 잿빛 눈은 생각에 잠겨 멍하니 천장에 고정되어 있었다.

신부는 천천히 말을 이어갔다.

"범죄도 다른 모든 예술작품과 다름이 없습니다. 놀랄 것 없습니다. 결코 범죄만이 지옥의 아틀리에에서 생겨나는 유일한 예술작품이라고 할 수는 없으니까요. 그러나 숭고한 작품이거나 천박한 작품이거나 예술작품이라고 이름이 붙은 것에는 반드시 한 가지 특징이 있습니다. 완성된 것으로 봤을 때 아무리 복잡해 보이더라도 그 중심은 어디까지나 단순하다는 것입니다. 그래서 이를테면 〈햄릿〉도 무덤을 파는 인부의 이상한 모습과 발광한 소녀가 가진 꽃다발, 칙칙하게 꾸민 오즈릭의 의상, 망령의 창백한 표정, 냉소하고 있는 것 같은 해골, 그런 것들은 전부 눈에 띄지 않는 검정 옷을 입은 한 비극적인 인물을 꾸미는 얽히고설킨 기이한 장식들에 지나지 않지요. 그래서 이번 사건도 또,"

신부는 말을 중단하고 미소를 지으며 천천히 마룻바닥으로 내려섰다. "이번 사건 역시 검정 옷을 입은 남자의 간단명료한 비극입니다. 그렇고말고요."

신부는 대령이 조금 의심스러운 표정을 짓는 것을 보면서 말을 계속했다.

"이 사건 전체가 한 벌의 검은 옷을 중심으로 전개되고 있어요. 이 이야기에도 〈햄릿〉과 마찬가지로 로코코 식의 필요 이상의 장식이 달려 있습니다. 이를테면 당신네들의 그 장식이죠. 그자리에 있을 리가 없는데 있었던 그 죽은 종업원도 그렇고, 당신들의 식탁에서 은그릇을 훔쳐 감쪽같이 달아난 눈에 보이지 않는 사람의 손도 그렇죠. 그러나 어떤 빈틈없는 범죄도 결국은 어떤 하나의 단순하기 이를 데 없는 사실을 바탕으로 하고 있는, 그러니까 그 자체에는 조금도 이상한 점이 없는 사실에 입각하고 있습니다. 그것이 신비화되는 과정은 이 단순한 사실을 덮어버리고, 그리고 다른 사람의 관심을 외면하기 때문이죠. 이번 사건처럼 치밀하고, 성공했다면 말이죠, 수확이 많았을 큰 범죄가 가능했던 것은 신사들의 야회복이 종업원의 옷과 같다는 단순한 사실에 있었던 겁니다. 나머지는 모두 연극의 힘이었어요. 그것도 특히 뛰어나게 잘한 연극이죠."

대령은 일어나 자신의 구두를 짜증스런 얼굴로 내려다보며 말했다.

"그래도, 도무지 잘 모르겠네요."

브라운 신부가 말을 이어갔다.

"대령님, 아시겠습니까? 당신네들의 포크를 훔친 이 뻔뻔스러운 악당은 휘황하게 등불이 켜져 있는 복도를 모두가 힐끔힐끔 보는 데도 스무 번이나 왕복했답니다. 그는 어두운 곳에 숨지 않았어요. 그런 장소는 누구나 수상하다고 생각할 테니까요. 그는 등불이 켜진 복도 어딘가에서 끊임없이 움직이고 있었기 때문에 어디를 가든지 당연히 그곳에 있어야 할 사람처럼 생각되었습니다. 그의 생김새가 어떠했는가 하는 것은 나에게 물을 것도 없어요. 당신 자신이 오늘 밤 예닐곱 차례나 그를 봤을 테니까요. 당신은 다른 훌륭하신 분들과 함께 이 복도의 막다른 곳에 있는, 그러니까 그 뒤쪽에 테라스가 있는 응접실에서 기다리셨죠. 그는 당신네들 신사 앞에 나설 때는 머리를 숙이고 냅킨을 펄럭거리면서 나는 듯이 걸어 제법 종업원다운 태도로 나타났습니다. 그는 테라스로 뛰어나가서 테이블보를 바로 잡는 시늉을 하다가는 다시 사무실이나 종업원 방 쪽으로 뛰어 돌아왔죠. 그가 사무원이나 종업원들의 눈에 띨 장소에 오게 되면 머리 꼭대기부터 발끝까지 완전히 다른 사람이 되어 있었습니다. 그리고는 손님인 양 대담한 태도로 종업원들 사이를 돌아다녔던 거죠. 만찬 자리를 떠난 멋쟁이 신사가 동물원의 짐승처럼 호텔 여기저기를 돌아다니는 것은 종업원으로서는 새삼스러운 일이 아니었거든요. 종업원은 아무 데나 마음대로 돌아다니는 버릇만큼 상류인사다운 특징은 없다고 생각하고 있으니까요.

그런데 이 신사는 복도를 걷는 데 싫증이 나면 이번에는 획 방향을 바꿔 사무실 쪽으로 되돌아왔습니다. 그리고는 곧 그 바로 앞의 카운터 뒤에서 마술사처럼 순식간에 굽실거리는 종업원으로 둔갑을 해서 다시 12어부 가운데로 끼어든 겁니다. 어쩌다 나타나는 종업원에게 신사들이 눈길을 줄 리가 있겠습니까?

산책 중인 점잖은 신사를 수상하다고 생각할 종업원이 있을까요? 그는 한두 번 아주 아슬아슬한 짓을 대담하게 해치우기도 했어요. 주인의 사무실에 들어가 목이 마르니 소다수를 달라고 아주 예사롭게 큰소리로 말했죠. 그리고 자기가 가져가겠다고 호인다운 말을 하고는 정말로 자기가 직접 가져갔답니다. 당신들이 한데 모여 있는 데로 재빠르게 실수 없이 가져갔어요. 이번에는 누가 봐도 납득할 수 있는 일을 하고 있는 종업원답게 말이죠. 물론 이런 거짓 행동은 오래 계속될 리가 없지만, 아무튼 생선요리가 끝날 때까지만 계속하면 됐으니까요.

그가 가장 위험했던 순간은 종업원들이 한 줄로 죽 늘어서 있을 때였죠. 그런데 그때도 그는 교묘하게 벽 모퉁이에서 좀 옆으로 기대어 서있었기 때문에 이 아슬아슬한 순간 종업원들에겐 자기를 신사로 생각하게 했고, 신사들에겐 자기를 종업원으로 생각하게 했죠. 그 다음부터는 아무런 어려움도 없었습니다. 만일 그가 식탁을 떠나 있는 것을 종업원이 봤다고 해도 그것은 울적해하는 한 귀족이 서성이고 있는 것으로밖에 보지 않았겠죠. 그는 다만 생선요리 접시를 치우러 오기 2분 전쯤에 재빨리 종업원으로 둔갑해 시치미를 뚝 떼고 자기가 직접 접시를 치우기만 하면 되었던 겁니다. 그는 식기장 위에 접시를 놓고 은그릇을 윗주머니에 쑤셔 넣어 그 부분이 봉긋해진 채 쏜살같이 뛰었어요.

그때 내가 가까이 다가오는 발소리를 들었거든요. 그는 이곳 보관소 앞까지 왔던 겁니다. 그는 다만 보관소 직원에게 보관증을 내주고 들어올 때와 다름없이 점잖은 태도로 나가기만 하면 됐어요. 그런데 우연히 내가 그 직원이었던 거죠."

"그래서 그에게 어떻게 했어요? 그가 뭐라고 하던가요?"

대령이 신기하게도 열띤 어조로 소리쳤다.

"죄송하지만, 제 얘기는 여기까집니다."

신부는 눈썹 하나 까딱 않고 대답했다.

"재미있는 얘기는 이제부터인 것 같은데요. 그런대로 그의 수법은 알겠는데, 당신의 신부로서의 수법은 모르겠는데요."

파운드가 중얼거렸다.

"자, 이제 가봐야겠습니다."

브라운 신부가 말했다.

두 사람은 나란히 복도를 걸어 입구 쪽 홀로 나갔다. 그러자 홀에서 이쪽으로 경중경중 뛰듯이 달려오는 체스터 공작의 혈색 좋은 주근깨투성이의 얼굴이 보였다. 그가 숨을 헐떡이면서 말했다.

"어디 계셨어요, 파운드 대령님? 온 호텔 안을 찾아다녔어요. 다시 한 번 성대하게 만찬을 벌이는 중입니다. 포크를 무사히 찾았으니 축하하는 뜻에서 오들리 회장님이 한 턱 내겠다고 하시네요. 이 사건을 기념하기 위해서 뭔가 새로운 의식을 시작했으면 하는 생각도 있고요. 정말로 그 물건을 되찾았으니까요. 대령님은 무슨 제안 없으세요?"

대령은 얼마쯤 빈정거리는 표정으로 찬성의 뜻을 나타내며 말했다.

"글쎄요, 저의 제안은 앞으로 우리의 야회복을 검은색 대신 초록색으로 하면 좋겠다는 겁니다. 종업원과 너무 비슷하면 어떤 잘못이 일어날지도 모르니까요."

"무슨 농담을 하시는 거죠?"

청년이 소리쳤다.

"신사가 종업원과 비슷하게 보이다니, 그런 일이 있을 수 있나요?"

"종업원이 신사와 비슷하게 보이는 일은 없다는 말이겠죠."

파운드 대령은 여전히 상대를 경멸하는 듯 웃음을 띠고 말했다.

"신부님, 당신 친구는 신사 흉내를 낼 정도였다니 퍽 영리한 모양이군요."

브라운 신부는 보잘 것 없는 외투 단추를 목 있는 데까지 모두 채웠다. 폭풍우가 치는 밤이었기 때문이다. 그리고 우산꽂이에서 허름한 자기 우산을 집어 들었다.

"그렇죠. 신사가 된다는 것은 그렇게 쉽지 않습니다. 그러나 어떨까요? 종업원이 되는 것 또한 마찬가지로 힘든 일이 아닐까요. 그럼, 안녕히 계십시오."

이렇게 말하면서 신부는 호텔의 무거운 문을 밀어 열었다. 밖으로 나온 그의 등 뒤에서 금빛 문이 닫히자 신부는 1페니 균일의 버스를 타려고 축축하고 습기 찬 거리를 기운차게 걸어갔다.

아케이드의 사람 그림자

런던 아델피에 위치한 아폴로 극장 옆의 아케이드 양쪽 끝에서 두 남자가 같은 시각에 동시에 나타났다. 큰길가엔 노을빛이 내려앉으며 희뿌연 색으로 물들고 있었다. 아케이드는 상당히 좁고 어두침침해서 서로 끝에 있는 상대방이 각자에게는 그저 검은 그림자처럼 희미하게 보일 뿐이었다. 그러나 거무스름한 형상만으로도 서로는 상대가 누군지 금방 알아볼 수 있었다. 둘 다 몸집이 좋고 서로 앙숙이다 보니 너무나 당연했다.

지붕으로 덮여있는 아케이드 한쪽은 아델피의 급한 비탈길로 이어지고, 다른 한쪽은 석양에 물든 템스 강이 바라보이는 테라스로 이어져 있었다. 아케이드 옆쪽은 벽이 지탱하고 있었다. 그 벽에 딱 붙어있는 건물은 별로 장사가 안 되는 극장식당이 차지하고 있었는데, 지금은 영업을 안 하고 있었다. 극장 양

끝에는 문이 하나씩 있었다. 그곳은 일반 분장실로 통하는 문이 아니라 특별 출연자가 사용하는 개인 분장실 문이었다. 지금은 셰익스피어 연극에 나오는 유명 남배우와 여배우가 사용하고 있었다. 유명한 배우들은 지인을 만나거나 그들을 부를 때 자신들의 전용 출입구를 원하는 경우가 많다.

문제의 두 남자도 틀림없이 이런 종류의 지인들일 것이다. 그들은 이 출입문을 알고 있고 또 문을 열어줄 것으로 믿고 있었다. 왜냐하면 두 사람 다 똑같이 싸늘하고 당당하게 위쪽 문으로 다가갔기 때문이다. 그들의 걸음 속도도 똑같지 않았다. 그러나 그 문에서 더 멀리 떨어진 터널 모양의 아케이드 끝에서 걸어온 남자의 걸음이 좀 더 빨랐기 때문에 둘은 개인 분장실 문 앞에 동시에 도착한 것이었다. 두 사람은 서로 예의를 갖춰 인사를 나누고 잠시 그 자리에 서 있었다. 이윽고 성격이 좀 더 급한 것 같은, 걸음 빠른 남자가 문을 두드렸다.

이런 면이나 다른 어떤 면을 보더라도 두 남자는 정반대였다. 그렇다고 어떤 사람이 낫다고 단정 지을 수는 없었다. 둘은 모두 호감을 주고 유능하며 인기도 있었다. 게다가 사회적으로도 모두 훌륭한 기초를 잘 세워놓았다. 그러나 각자의 특징을 보면, 뛰어난 업적에서든 나무랄 데 없는 외모에서든 너무나 달라서 비교를 할 수가 없었다.

윌슨 세이모어 경은 많은 사람들에게 알려진 유명 인물이었다. 정치계나 지식인 사회 어디든 가장 깊숙한 곳에 있는 그룹과 어울리다 보면 윌슨 세이모어 경과 마주칠 기회가 점점 더 많아졌다. 그는 무능한 사람들로만 채워진 20여 개 위원회에서 유일하게 똑똑한 인물이었다. 그 위원회는 왕립미술원 개혁위원회라든지 대영제국 금은복본위제도 개혁위원회 등등 종류도 매우 다양했다. 그는 특히 미술 분야에서 최고의 위치를 차지하고 있었다. 비교할 자가 없을 만큼 워낙 독보적인 존재였기 때문에 사실 그가 미술을 하는 귀족인지, 귀족이 미술을 하는 건지 헷갈린 정도였다. 그러나 누구든 그 사람과 5분만 같이 있어보면 평생 자신이 그 사람에게 지배당해온 것 같다는 느낌을 지울 수 없을 것이다.

그의 체구도 마찬가지로 훌륭하다고 할 수 있었다. 그는 튀지 않으면서 개성을 잘 표현했다. 높다란 실크 모자도 유행에 뒤지지 않고 오히려 다른 것들과 차별되는 점이 있었다. 보통의 것보다 좀 더 높아서 그의 큰 키에 잘 어울렸다. 키가 커서 구부정한 편이지만, 그렇다고 해서 부실해 보이는 게 아니라 오히려 그 반대였다.

머리카락은 은회색인데도 나이 들어 보이진 않았다. 보통보다 좀 긴 편으로, 그렇다고 여자 정도는 아니었다. 머리칼이 구불거리는 스타일이지만 펌을 한 것처럼 보이지도 않았다. 그는 턱수염을 끝이 좀 뾰족하게 정성스레 다듬고 있어서 어딘지 전투적으로 보이는 면이 있었고, 그의 집에 걸려있는 벨라스케스가 그린 제독들의 초상화와도 비슷해 보였다. 그가 손에 끼고 있는 회색 장갑은 보통 극장이나 레스토랑에서 흔히 보이는 다른 장갑들보다 좀 더 푸른색이 돌고, 은으로 손잡이가 장식된 지팡이도 보통 것보다 더 길었다.

또 다른 남자는 키가 그리 크지 않지만 작아 보이지도 않는 건장한 체구에 미남이었다. 그 역시 곱슬머리에 금발인데 짧은 스타일로 남자다운 묵직한 인상을 하고 있었다. 그래서인지 마치 초서의 〈캔터베리 이야기〉에 나오는 방앗간 주인의 머리처럼 문을 두들겨 부술 수 있을 만큼 단단해 보이기도 했다. 그는 군인같이 코밑수염을 기르고 어깨가 반듯하게 젖혀진 모습이어서 분명히 군인으로 짐작되지만, 어딘지 담담하면서도 찌르듯 쳐다보는 푸른 눈을 보면 뱃사람의 인상을 풍기기도 했다. 얼굴이 약간 각지고 어깨가 벌어지다보니 입고 있는 상의도 네모 모양으로 보였다. 그 무렵 한창 유명했던 만화가 중 한 명인 맥스 비어봄이 이 남자를 재미있게 묘사하며 〈유클리드〉 4권에 나오는 하나의 명제로 표현한 적도 있었다.

이 사람 역시 다른 분야에서 공로를 세운 바가 있어 유명해졌다. 상류층 사교계와 가깝지 않은 사람이라도 이 커틀러 대위라는 인물이 홍콩을 공격했다거나 중국에 진격했다는 소문은 익히 들었을 것이다. 왜냐하면 어디서나 그에 대한 소문이 들려왔기 때문이다. 급기야 그의 초상화가 엽서에 실리고 전투 장면과 지도가 화보에 실렸으며, 음악 홀에서도 그에 대한 노래 가 울려 퍼지곤 했다.

그의 유명세는 세이모어 경에 비해 일시적으로 짧긴 했지만 범위는 훨씬 넓었다. 그래서 대중적인 인기와 자연스런 파급력 면에서 세이모어 경보다 열 배는 더 컸다고 할 수 있다. 영국의 거의 모든 가정에서 커틀러 대위는 넬슨 제독과 견줄 만큼 대 단한 인물로 평가되었던 것이다. 하지만 영국의 권위 면에서는 윌슨 세이모어 경을 따라갈 수 없었다.

이 두 남자에게 문을 열어준 사람은 하인 겸 의상을 챙겨주 는 한 노인이었다. 그의 피곤에 지친 얼굴과 몸, 그리고 초라한 검은색 옷차림은 화려한 유명 여배우의 분장실 내부와는 완전 한 대조를 보였다. 방안에는 여러 각도를 비추는 수많은 거울 이 여기저기 걸려있어 마치 커다란 다이아몬드의 다면체를 보는 듯 했다. 그 다이아몬드 같은 풍경 외에도 그곳엔 눈에 띄는 물 건들이 놓여있었는데, 꽃다발이라든지 화려한 색감의 쿠션들, 그리고 무대의상 몇 가지 등이었다. 그것들이 수많은 거울에 비 치면서 셀 수도 없이 많아져 그 방은 마치 〈아라비안나이트〉처 럼 정신이 혼란스러웠다. 게다가 시중드는 사람들이 바쁘게 돌 아다니며 거울을 움직이거나 벽 쪽으로 돌려놓거나 하면 그 때 마다 거울 속의 물체들이 쉴 새 없이 날뛰듯 움직였다. 두 남자는 별로 눈에 띄지 않는 의상 담당 노인이 문을 열어주자 그에게 '파킨슨'이라고 부르며 오로라 롬을 찾아왔다고 말했다. 파킨슨은 그녀가 옆방에 있다면서 자기가 가서 말하겠다고 했다. 그때 두 방문객의 얼굴에 묘한 그림자가 스쳐 지나갔다. 옆방은 바로 그녀가 함께 공연하는 남자 배우의 전용 분장실이었던 것이다. 오로라 롬은 남자로부터 찬미를 이끌어낼 때마다 동시에 질투를 불러일으키고야 마는 그런 타입이었다.

30초쯤 기다리자 안쪽 문이 열리면서 무대에 등장하는 것 같은 태도로 그녀가 나타났다. 그래서인지 마치 큰 박수소리가 들리는 것 같은 착각을 불러일으켰다. 하지만 그녀로서 당연히 받아야 할 의미 있는 갈채로 여겨졌다. 오로라 롬은 초록색과 파란색이 섞인 특이한 실크 옷을 입고 있었는데, 금속 같은 빛이 반짝거려서 어린아이들이나 멋쟁이들에겐 눈길을 끌만 했다. 아름다운 갈색 머리칼이 얼굴을 감싸고 있어서 모든 남자들, 특히 젊은이와 중년의 귀족들에게 마성의 매력으로 비춰지고 있었다.

그녀는 미국의 유명배우 이시도르 브루노와 함께 시적이고 환상적인 작품으로 알려진 〈한여름밤의 꿈〉을 공연했는데, 그 작품은 오베론과 티타니아 역을 맡은 이시도르 브루노와 오로라 롬에게서 특히 작품의 예술성을 이끌어내고자 했다. 몽상적이고 아름다운 무대 속으로 그녀가 신비한 춤을 추며 등장할 때, 그 반짝이는 의상은 마치 한 마리 곤충처럼 숲속 요정의 더할 나위 없는 매력을 한껏 드러내주었다. 가뜩이나 지금처럼 햇빛이 비쳐들 때 그녀를 가까이서 보게 되면 남자들은 모두 이 배우의 얼굴에서 눈을 돌리지 못했다.

그녀는 친절하게 그러나 알 수 없는 미소를 지으며 두 남자를 맞이했다. 그 미소는 남자들이 위험한 선까지 다가갈 수도 있는 그런 종류였다. 그녀는 커틀러 대위가 내민 꽃다발을 받아들었다. 전투의 승리와 마찬가지로 그 꽃다발 또한 그가 귀하게 구한 것이었다. 윌슨 세이모어 경도 그녀에게 선물을 가져왔는데, 그는 이 선물을 별것 아니라는 듯이 내밀었다. 직접 들이대듯이 주는 태도는 그의 교양과 맞지 않을 뿐만 아니라 꽃다발처럼 속이 빤히 들여다보이는 그런 물건은 그의 강한 개성과도 맞지 않았던 것이다. 별것 아닌 선물이긴 했지만 그래도 색다른 물건이라고 그는 설명했다.

"이건 고대 그리스의 미케네 시대에 쓰던 단검인데, 테세우스와 히폴리테 시대에 사용했다고 해도 전혀 이상하지 않을 물건입니다. 그 영웅시대의 무기들이 그랬듯이 이것도 놋쇠로 만들어졌는데, 의외로 굉장히 날카로워서 지금도 사람을 찌를 수 있을 정도죠. 이 이파리 모양은 정말이지 감탄스럽군요. 그리스 화병처럼 완벽한 모양 아닙니까? 당신이 이것에 조금이라도 흥미를 느낀다면 그리고 연극 속에서 이걸 이용할 수 있다면 영광이겠습니다."

그때 안쪽 문이 휙 열리더니 거구의 한 남자가 나타났다. 이 남성은 세이모어 경과 비교하자면 커틀러 대위보다 더 대조적인 인물이었다. 키가 거의 2미터에 육박하며 연극의 배역을 위한 것 이상의 근육질을 자랑하는 이시도르 브루노는 오베론으로 분장한 모습이었는데, 화려한 표범가죽과 금빛 의상으로 둘러싸여 있어서 그야말로 야만족의 왕처럼 보였다.

그는 사냥용 창 같은 것을 옆에 세우고 서있었다. 그건 관람석에서는 조그만 지팡이 정도로 보이지만 그 어수선하고 좁은 방안에서는 분명 창검으로 보여 섬뜩한 느낌을 주었다. 그의 검은 눈빛은 활력이 넘치며 화산처럼 번뜩거렸다. 구릿빛 피부에 잘 생긴 얼굴이지만 불룩 튀어나온 광대뼈와 꽉 다문 입 모양으로 인해 미국인들 사이에서는 그가 남미의 농장 출신이 아닐까 하는 소문도 떠돌았다.

그의 정열적인 목소리에 관객들이 감탄하곤 했는데, 역시나 그 울림 있는 목소리로 그가 말했다.

"오로라! 부탁 좀…"

그가 갑자기 말을 중단한 건 문 바로 안쪽에 다섯 번째 남자가 불쑥 나타났기 때문이다. 그런데 그 남자는 이런 장소에 도무지 어울리지 않아 거의 희극으로 보일 정도였다. 그가 브루노와 오로라 롬 가까이에 함께 서자 키가 유난스레 더 작아보였다. 검은색 수단을 입은 작달막한 이 남자는 마치 방주에서 튀어나온 무덤덤한 노아 같은 모습이었다. 하지만 그는 자기가 다른 사람들과 얼마나 다른지를 모르는 듯 약간 얼빠지고 소박한 태도로 말했다.

"미스 롬의 연락을 받고 왔습니다만…"

관찰력이 남다른 사람이라면 이런 장소에 상당히 어색한 방해자의 등장에 오히려 분위기의 열기가 더 뜨거워졌음을 눈치챘을 것이다. 신부라는 독신자가 나타나면서 이제 모두는 서로가 한 여자를 둘러싸고 사랑의 적수가 되었다는 사실을 한순간에 느꼈던 것이다. 찬이슬에 젖은 외투를 입고 방안으로 들어서면 마치 난로처럼 느껴지는 그런 것과 같았다. 오로라 입장에선 자신에게 전혀 아무런 반응도 내비치지 않은 한 남자가 등장함으로써 오히려 다른 남자들이 모두 자기에게 관심을 기울이고 있으며, 사실 위험할 정도로 반해 있다는 것을 분명히 느낄 수 있었다.

우선 브루노는 야성적이면서도 어린아이 같은 탐욕스런 애정을 품고 있고, 커틀러 대위는 지적이기보다는 의지가 강한 사람들이 흔히 내보이는 좀 저돌적인 단순한 사랑을 품고 있으며, 윌슨은 고대 쾌락주의자들의 습성처럼 하루하루 더해가는 집착으로 그녀를 사랑하고 있었다. 게다가 그녀가 성공하기 전부터 알고 있었던 하인 파킨슨까지 그녀에게 빠져 있었는데, 그는 늘 분장실 안에서 눈길을 준다든지 걸음으로 뒤쫓으며 그녀 주위를 빙빙 돌면서 묵묵한 개처럼 말없이 곁에 있었다.

예리한 사람이라면 여기서 더 기묘한 사실도 알아챘을 것이다. 검은색 수단을 입고 있는 무덤덤한 노아 같은 사람도 - 그러나 이 사람도 눈치가 없는 건 아니다 - 그 사실을 알아차리고 속으로는 무척 재미있어 했지만 그냥 모른 채 하고 있었다.

인기배우인 오로라는 남성들의 숭배에 무관심하지는 않았지만 지금 이 순간은 이들 남성들을 모두 물리치고 숭배자가 아닌 한 남자와 둘이서만 있고 싶었다.

이 작달막한 신부는 다른 남자들이 하듯 그녀를 숭배하는 것은 물론 아니었다. 하지만 그녀가 귀찮은 남자들을 내쫓는 그 단호하고 여성적인 태도를 보이자 신부는 감탄하지 않을 수 없었고 또 유쾌한 기분까지 들었다. 오로라 롬이 그렇게 재치 있게 할 수 있는 건 인간의 반쪽, 즉 그녀의 반대인 남성들에게만 할 수 있었다. 마치 나폴레옹 전투처럼 그녀는 어떤 남자 가릴 것 없이 일거에 내쫓는 확실하고 재빠른 솜씨를 발휘해냈다.

몸집이 큰 브루노는 어린애처럼 시무룩하고 화난 표정으로 문을 쾅 닫으며 단번에 나가버렸다. 커틀러 대위는 저돌적인 사람이지만 그래도 매너는 철저히 지킬 줄 알았다. 간접적으로 권유를 했다면 뻔뻔하게 무시해버리지만, 오로라가 자신의 입으로 분명하게 명령을 내렸다면 차라리 죽고 말지 절대로 무시할 수는 없다고 생각한 모양이었다. 윌슨 세이모어 경은 특별 취급을 받고 싶은 듯 마지막까지 남아있었다. 그를 움직이게 하는 건 한 가지 방법밖에 없었다. 자신이 왜 사람들을 나가게 했는지, 그에게 솔직하게 터놓고 얘기해주는 방법뿐이었다.

아무튼 세 명의 남자를 아주 능란한 수법으로 물리쳐버린 오로라 롬에 대해 브라운 신부는 감탄하며 바라보고 있었다. 그녀는 우선 커틀러 대위에게 다가가 애교 있는 태도로 말했다.

"이 꽃은 예쁘게 둘게요. 분명 당신 마음에 들어서 샀을 테니까요. 하지만 내가 좋아하는 꽃이 없으면 완전하다고 할 수는 없죠. 미안하지만 길가 코너에 있는 꽃가게로 가서 은방울꽃을 좀 사다주시겠어요? 그러면 이 꽃다발이 더 아름다워질 거예요."

그녀의 첫 목표는 브루노의 기분을 상하게 만들어 그를 물러서게 하는 것이었고, 그건 금방 해결되었다. 브루노는 그때 들고 있던 창을 마치 왕홀이나 되는 것처럼 가여운 파킨슨에게 건네주고 자신은 왕처럼 용상에 오르듯 쿠션 의자에 앉으려던 참이었다. 그런데 그녀가 연적인 커틀러 대위에게 보란 듯이 애원하는 모습을 보이자, 그의 눈빛엔 노예처럼 민감한 반항의 빛이 금방 떠올랐다. 그는 재빨리 구릿빛 커다란 손을 불끈 쥐며 문을 확 열어젖히고 옆방으로 사라져버렸다.

그러나 반면에 대영제국 군인을 이용하려 했던 오로라의 작전은 생각만큼 쉽게 성공적이지 못했다. 커틀러 대위는 그녀의 명령을 듣자마자 긴장하고 일어나 모자도 안 쓴 채 문 쪽으로 걸어갔다. 그때 세이모어 경은 느긋한 태도로 거울에 기대 서 있었는데, 그의 모습에서 어딘지 모르게 우쭐한 자세가 엿보였다. 대위는 나가려다 말고 갑자기 문 앞에 멈춰 서서 어쩔 줄 몰라 하는 불도그처럼 머리를 이리저리 돌렸다.

"저 한심한 분한테 길을 좀 알려드려야겠네요."

오로라가 세이모어에게 귓속말을 하듯 말하고는 문 앞에 서 있는 커틀러 대위를 빨리 내보내려고 그쪽으로 다가갔다.

세이모어는 무심한 듯 점잖게 있었지만 두 사람의 얘기에 귀를 기울이고 있었다. 오로라가 큰 목소리로 대위에게 다시 지시를 내리자, 그는 아케이드의 다른 쪽 끝, 즉 템스 강 쪽으로 나 있는 테라스로 달려 나갔다. 그제야 그녀는 안도한 듯 표정이 밝아졌다. 하지만 불과 몇 초 후, 이번엔 세이모어의 눈썹이 일그러졌다. 그로서는 경쟁자가 이미 여럿 있는데다 생각해 보니 아케이드의 다른 쪽 끝이라면 거기는 브루노의 전용 분장실이 있는 곳 아닌가! 세이모어는 그런 생각이 들었지만 여전히 위엄과 정중한 태도를 유지하며 브라운 신부와 함께 웨스트민스터 성당에 비잔틴 건축양식이 도입된 것에 대해 이야기를 나눴다. 그리고는 아주 자연스럽게 아케이드 끝 쪽으로 천천히 걸어갔다. 브라운 신부와 파킨슨이 뒤에 남아있지만, 그 둘은 필요 이상의 말은 하지 않는 사람들이었다.

파킨슨은 방안에서 여기저기 돌아다니며 거울을 끌어냈다가 다시 넣었다가 했는데, 브루노가 맡긴 오베론 왕의 근엄한 창을 손에 들고 있어서인지 그의 초라한 옷차림이 한층 더 칙칙해보였다. 그가 거울을 하나 잡아끌 때마다 검은 옷의 브라운 신부가 또다시 나타나곤 했다. 수많은 거울 속에서 무수히 많은 브라운 신부가 천사들처럼 공중에 거꾸로 서있기도 했고, 곡예사처럼 빙빙 돌기도 했고, 또 경박스런 사람처럼 엉덩이를 흔들기도 했다.

그러나 브라운 신부는 정신없이 많은 거울 속 자신의 모습엔 둔감한 듯 아무런 관심도 없었다. 다만 파킨슨이 엉뚱한 창을 들고 브루노의 방으로 들어가는 뒷모습만 가만히 멍한 시선으로 좇을 뿐이었다. 파킨슨의 모습이 사라지자 신부는 언제나 그렇듯 즐거운 마음으로 명상에 잠기며 거울의 각도와 굴절 등을 계산해보았다. 바로 그때, 온힘을 다해 내지르는 비명소리가 들려왔다. 그러나 왠지 모르게 애써 억누르는 것 같았다.

신부는 자리에서 벌떡 뛰어 올라 그 자리에 선 채 귀를 기울였다. 바로 이어서 윌슨 세이모어 경이 하얗게 질린 얼굴로 뛰어들어왔다.

"아케이드에 있는 저 사람 누구죠? 제가 드린 그 단검은 어디에 있나요?"

브라운 신부가 무거운 장화를 신은 채 발도 떼지 못하고 있는 사이, 세이모어는 단검을 찾으려고 온 방안을 헤매고 다녔다. 그러나 단검은 물론 무기 비슷한 것도 보이지 않았다. 그때 밖에서 누군가 뛰어오는 소리가 나고, 곧 커틀러의 각진 얼굴이 문 앞에 나타났다. 그의 손엔 은방울 꽃다발이 대충 들려 있었다. 그가 큰소리로 외쳤다.

"저게 뭐죠? 아케이드 안쪽에 있는 저 사람 누구죠? 당신 지금 무슨 짓을 하는 거요?"

"내가 무슨 짓을 하다니!"

하얗게 변한 얼굴로 귀족은 화를 내며 대위 쪽으로 성큼 걸음을 옮겼다.

이건 정말 눈 깜박할 사이에 일어났다. 브라운 신부는 아케이드로 나가 그 안쪽을 살펴보며 눈에 띄는 물건들을 보고 곧 다가갔다.

그걸 보던 두 사람도 싸우려다 말고 신부를 뒤쫓아 달려갔다. 대위가 소리쳤다.

"뭐 하는 거죠? 뭐하는 사람인가요, 당신?"

"난 브라운 신부요."

신부는 씁쓸한 투로 대답하고는 뭔가를 뚫어져라 쳐다보더니 천천히 일어났다.

"오로라 롬의 연락을 받고 왔는데, 이미 늦었군요."

세 사람은 거기서 아래쪽을 내려다보았다. 바로 그 순간, 그들 중 적어도 한 사람은 숨이 멎을 것 같은 고통을 느꼈을 것이다. 햇빛이 아케이드를 점령해 눈부신 황금빛으로 물들어있는 복도 한가운데에 청록색 화려한 의상을 입고 있는 오로라 롬이 얼굴을 위로 향한 채 죽어 누워 있었던 것이다. 그녀의 드레스는 격한 싸움의 흔적으로 여기저기 찢어져 있고 오른쪽 어깨가 완전히 드러나 보였다. 그리고 왼쪽 어깨는 찢어져 피가 흐르고 있었다. 거기서 2미터쯤 떨어진 곳엔 놋쇠 단검이 번쩍거리며 놓여 있었다.

한동안 먹먹한 침묵이 이어졌다. 모두들 넋을 잃은 모습이었다. 꽃 파는 소녀의 목소리가 차링 크로스 광장에서 들려왔고, 스틀랜드 거리 쪽에서는 누군가가 택시를 잡으려는 휘파람 소리가 날카롭게 울려왔다. 잠시 후, 커틀러 대위가 별안간 월슨 세이모어 경의 목덜미를 움켜쥐었다. 격한 감정 때문인지 연기를 하는 건지는 알 수 없었다.

세이모어는 싸우려는 의지도 두려움도 없는 듯 상대를 가만히 쏘아보기만 했다. 그리고는 냉정한 목소리로 말했다.

"이럴 필요도 없어요. 나 스스로 죽겠소."

순간 대위는 상대방의 목덜미에서 손을 내렸다. 그러자 세이모어는 냉담하게 말을 이어갔다.

"만일 내가 저 단검으로 자살할 용기가 없다면 한 달 안에

술로 목숨을 끊겠소!"

커틀러 대위가 대꾸했다.

"술로 하는 건 너무 비겁해요. 난 죽기 전에 반드시 이 원수를 갚고 말겠소. 상대는 당신이 아니에요. 따로 짐작되는 사람이 있어요."

다른 두 사람이 그의 의도를 알아차리기도 전에 대위는 단검을 집어 들고 템스 강 방향으로 나있는 아케이드의 끝 쪽 방문으로 뛰어갔다. 그리고는 벼락같이 문을 밀어부수고 안으로 들어가 브루노와 마주 섰다. 그러는 사이 파킨슨 노인은 질질 끄는 걸음걸이로 문 앞에 다가가 아케이드 바닥에 누워있는 시체를 발견했다. 그는 당황해 휘청거리며 가까이 가더니 얼굴이 무섭게 일그러지면서 넋 나간 사람처럼 시체를 내려다보았다. 그리고 다시 간신히 분장실로 돌아가 화려한 쿠션이 놓여있는 의자에 힘없이 기대앉았다. 브라운 신부가 파킨슨에게 달려갔다.

커틀러와 거구의 배우가 심하게 부딪치는 소리가 이미 방안에 크게 울려 퍼졌다. 두 사람은 단검을 서로 먼저 잡기 위해 격투를 벌이고 있었지만, 신부는 그들에겐 전혀 관심이 없었다. 상황을 인식하고 일을 처리하려는 세이모어는 아케이드 끝으로 나가 휘파람으로 경찰관을 불렀다.

경찰관들은 우선 원숭이처럼 얽혀서 싸우는 두 사람을 떼어놓은 뒤 늘 하는 식의 두세 가지 신문을 시작했다. 그리고 곧 커틀러 대위가 미친 듯이 분노하며 설명을 하자 그 자리에서 바로 이시도르 브루노를 체포했다. 유명한 영웅이 직접 범인을 잡았다는 사실은 경찰로서도 간과할 수 없는 일이었다. 경찰관들도 날카로운 촉이 있기 때문이다. 그들은 정중하게 커틀러를 예우하면서도 그의 손에 작은 상처가 나있는 점을 지적했다.

의자와 테이블이 넘어지는 가운데 브루노는 커틀러에게 짓눌려 있었는데, 그때 커틀러의 손에서 단검을 빼앗으려다 그의 손목 근처에 상처를 입혔던 것이다. 상처는 아주 작았지만 야만인의 피가 반쯤 섞인 브루노는 방에서 끌려 나가면서도 미소를 지으며 대위의 상처에서 피가 흐르는 것을 쳐다보았다.

경찰관이 커틀러에게 조용히 말했다.

"악마 같은 놈이네요."

커틀러는 아무 대꾸도 하지 않다가 잠시 후 중얼거리듯 대답했다.

"주목해야 할 건… 죽은 사람이죠."

그때 방안에서 신부의 목소리가 들려왔다.

"두 명의 죽은 사람이죠. 이 사람은 내가 와봤을 때 이미 죽어 있었어요."

브라운 신부는 화려한 의자에 파묻히듯 웅크려있는 검은 옷의 노인을 지켜보고 있었다. 파킨슨 노인은 살해된 여자에 대해 그렇게 자기 식으로 경의를 표하고 있었던 것이다. 사실 그건 설명할 수 없는 그 어떤 것이었다.

한동안 침묵이 이어진 다음, 커틀러가 먼저 입을 열었다. 투박하면서도 따뜻한 면이 자신도 모르게 튀어나왔는지, 그는 잠긴 목소리로 말했다.

"저는 이 사람이 부럽네요! 생각해보면, 이 사람은 그녀의 걷는 모습을 누구보다 많이 봐왔어요. 그녀는 이 사람에겐 그냥 공기 자체였죠. 그래서 공기가 없어지니 저절로 말라버린 겁니다. 저절로 숨이 끊어진 거라고요."

거리 저쪽을 쳐다보고 있던 세이모어가 음울한 목소리로 말했다.

"우리는 모두 죽은 거나 마찬가집니다."

커틀러와 세이모어는 그곳을 떠나기 전에 브라운 신부에게 인사를 하면서 혹시라도 실례되는 일을 했다면 사과한다고 먼저 말했다. 두 사람 다 표정이 어두웠는데, 뭔가 켕기는 구석이 있어 보이기도 했다.

작달막한 신부의 마음속은 언제나 그렇듯 도무지 종잡을 수 없이 날뛰는 수많은 상념들로 가득 차 있었다. 두 남자가 슬퍼하는 건 분명해 보이지만, 그들이 과연 결백한지 아닌지, 잡히지 않는 생각들이 마치 토끼의 하얀 꼬리처럼 어른거렸다.

세이모어가 침울하게 말했다.

"우리는 이제 돌아가는 게 좋겠어요. 할 수 있는 도움은 다

쳤으니까."

그때 브라운 신부가 조용히 말했다.

"만일 말이죠, 여기서 당신들이 한 행동이 최악의 것이었다고 말한다면 그 이유가 뭘까요?"

두 사람은 깜짝 놀라며, 그 중 커틀러가 되물었다.

"누구에게 말인가요?"

"두 분 다요. 당신들에게 경고하는 것이 내 의무가 아니라면 지나치게 염려될 말은 할 필요가 없겠죠. 만일 저 배우가 무죄로 풀려난다면 당신들은 결국 교수형에 처해질 일을 자초하게 된 겁니다. 경찰은 분명 나를 부르겠죠. 그러면 나는 내가 본 그대로 증언할 수밖에 없습니다. 비명소리가 들리자마자 곧바로 당신들이 방으로 돌진해 들어오더니 단검에 대해 싸움을 시작했다고 말이죠. 내가 선서하고 증언을 할 경우 당신들 중 한 명은 범인일 수 있습니다. 자해를 했다는 게 바로 그 증거죠. 대위는 단검으로 자신에게 상처를 냈고요."

커틀러가 경멸조로 외쳤다.

"내가 자해를 했다고요! 이건 그냥 긁힌 상처일 뿐이에요."

"네, 긁혀서 피가 난 상처죠."

브라운 신부는 웃음기를 머금고 고개를 끄덕이며 말을 이어갔다.

"보시다시피 저 놋쇠 단검엔 피가 묻어있어요. 그런데 저 피가 당신들이 싸우기 전에 이미 묻어있었는지 아니면 없었는지 이젠 알 수가 없게 됐죠."

한동안 침묵이 흐른 뒤, 세이모어가 보통 때 말투와는 완전히 다른 강한 어조로 입을 열었다.

"그런데 아케이드에서 사람 그림자가 보였어요."

브라운 신부는 무표정하게 대답했다.

"그건 알고 있습니다. 커틀러 대위도 그걸 봤고요. 하지만 그건 도저히 있을 수 없는 일입니다."

두 남자가 이 말의 뜻을 알아차리고 대답도 하기 전에 브라운 신부는 정중하게 인사를 한 다음 낡은 우산을 챙겨들고 그 자리를 떠나버렸다.

시중에 나도는 신문기사 중 가장 정확하고 중요한 뉴스는 경찰 관련 소식이다. 20세기에는 정치보다 살인사건의 기사가 더 많은 지면을 차지하고 있다고 한다. 사실 여기엔 분명한 이유가 있는 것이다. 즉 살인 사건이 더 심각한 문제이기 때문이다. 그러나 이 이유만으로는 런던과 지방신문들이 앞 다퉈 보도한 이른바 '브루노 사건' 또는 '아케이드의 수수께끼' 사건이 왜 그토록 연일 화젯거리가 되었는지 다 설명할 수가 없다. 들끓는 지나친 관심에 신문들이 몇 주일 동안이나 계속 보도를 쏟아내는 바람에, 신문과 반대신문에 관한 자세한 기사까지는 읽지 않는다 하더라도, 적어도 신용은 할 수 있을 정도였다.

이 사건이 그렇게 요란하게 시끄러웠던 가장 큰 이유는 당연히 등장인물들이 모두 유명인사들이었다는 점이다. 피해자가 인기 여자배우이고, 용의자는 인기 남자배우라는 것, 그리고 용의자를 현행범으로 붙잡은 사람은 마침 그즈음 애국적 분위기를 타고 일약 유명해진 군인이었던 것이다. 바로 그런 점 때문에 신문들도 온통 도배하다시피 미친 듯이 자세하게 보도를 하지 않을 수 없었다. 그러다보니 이 기묘한 사건의 결론은 브루노 재판에 대한 보도기사에서 인용해도 될 정도이다.

재판은 몽크하우스 판사에 의해 진행되었다. 몽크하우스는 유머를 잘 구사한다는 이유로 야유를 받을 때도 종종 있었다. 보통 이런 종류의 사건을 맡는 재판관들은 고지식한 사람보다는 진지한 사람들이 많은 편이다. 몽크하우스도 그런 타입의 인물이지만 직업적인 피로감에 지친 나머지 때로는 멋들어진 유머를 쓰곤 했다. 그와 다르게 근엄한 재판관들은 오히려 허영심으로 가득 차있어서 경박한 고집으로 똘똘 뭉쳐있기 일쑤다.

주요 인물들의 사회적 명성에 걸맞게 소송 대리인들도 그럴듯하게 어우러져 있었다. 검사는 월터 카우드레이 경이 맡았는데, 그는 신뢰받는 영국신사로 보이게 하는 재주를 일찌감치 터득하고, 아는 체하며 말솜씨를 늘어놓는 방법도 알고 있는, 한마디로 말해 닳고 닳은 검사였다. 피고의 변호를 맡은 사람은 왕실 고문변호사인 패트릭 버틀러였다. 아일랜드 출신인 그는 아일랜드 인들의 기질을 오해하는 사람들과 그의 변론을 직접 들은 적이 없는 사람들로부터 잘못된 평가를 받고 있는데, 그가 대충 얼버무리는 실력 없는 사람이라는 소문이었다.

아무튼 사건의 의학적 증거는 명백했다. 세이모어가 현장으로 부른 의사의 증언과 나중에 검시를 담당한 외과의사의 증언이 모두 일치했기 때문이다. 오로라 롬을 죽인 흉기는 단검 같은 날카롭고 날이 짧은 칼이라는 게 분명했다. 상처는 심장 바로 윗부분이며 즉사했다는 것이다. 의사가 처음 그녀를 본 건 숨이 멎은 지 20분쯤 됐을 때였다. 그렇다면 브라운 신부가 그녀를 발견했을 땐 죽은 지 3분도 안됐다는 얘기다.

공식적인 수사 자료도 제출되었는데, 우선은 피해자가 저항한 흔적이 있느냐 없느냐에 대한 내용이었다. 저항의 흔적을 보여주는 단서라면 드레스의 어깨 부분이 찢어져 있다는 점이었는데, 그건 치명상을 입은 부분과는 일치하지 않았다. 이런 증거가 아직 해명되지 않은 가운데 첫 번째 증인이 소환되었다.

윌슨 세이모어 경은 다른 일에서도 늘 그렇듯이 증언 또한 훌륭하고 완벽할 정도로 잘 해냈다. 그는 재판장보다도 훨씬 이름 있는 명사지만 그 사람 앞에서 겸손한 태도를 취할 줄 아는 훌륭한 면을 보였던 것이다. 재판에 참석한 사람들은 모두 다 마치 국무총리나 캔터베리 대주교를 바라보는 듯한 태도로 그를 쳐다보았다. 이 사건에서 세이모어라는 사람은 사실 하나의 개인 즉 '신사'로서의 역할밖엔 다른 의미가 없다고 말할 수도 있을 것이다. 그는 똑똑한 사람으로 이미 알려져 있었다.

"저는 오로라 롬을 만나러 극장에 방문했습니다. 거기서 커틀러 대위를 만났고, 잠시 후 피고도 그 자리로 와서 보게 되었습니다. 얼마 있다가 피고는 자신의 분장실로 돌아갔습니다. 그 다음에 로마 가톨릭 신부가 들어왔는데, 자기는 브라운 신부라고 하면서 롬을 만나러 왔다고 했습니다. 그러자 롬이 커틀러 대위에게 꽃을 더 사달라면서 꽃집을 가르쳐주려고 밖으로 나가 아케이드 입구 쪽으로 갔습니다. 저는 방에서 브라운 신부와 몇 마디 얘기를 하고 있었습니다. 그때 대위를 심부름 보낸 롬이 웃으면서 뒤돌아 아케이드 안쪽으로 달려가는 소리가 똑똑히 들렸습니다. 그쪽은 피고의 분장실이 있는 곳입니다. 저는 무슨 일인가 싶어 호기심에 무심코 아케이드 끝으로 나가서 피고의 방문을 쳐다봤습니다."

"뭔가 보였습니까?"

"네, 보였습니다."

감정을 추스르는 동안 월터 카우드레이 검사는 잠시 그의 침묵을 기다려주었다. 그동안 증인은 눈을 감은 채 냉정을 유지하면서도 얼굴빛은 유난히 더 파리해졌다.

이윽고 검사가 동정심이 담긴 나직한 목소리로 다시 물었다.

"분명히 보였습니까?"

윌슨 세이모어 경은 흥분이 가라앉지 않았지만 머릿속은 조금도 혼란스럽지 않았다.

"윤곽은 확실했지만 자세한 부분까지는 뚜렷이 보이지가 않았습니다. 아케이드가 좀 길어서 그 중간에 서있는 사람은 햇빛을 등지고 있기 때문에 거무스름하게 윤곽만 보였습니다."

이쯤에서 윌슨 세이모어 경은 침착하게 아래를 내려다보며 덧붙였다.

"저는 사건이 일어나기 전에 이 사실을 눈치 채고 있었습니다. 커틀러 대위가 아케이드에 맨 처음 도착했을 때 눈치를 챘던 겁니다."

다시 침묵이 흐르고, 재판장은 메모를 했다.

월터 검사가 인내심을 가지고 질문했다.

"그 윤곽은 어땠습니까? 일테면 살해된 여성의 모습과 비슷해 보였습니까?"

세이모어가 나직이 대답했다.

"아니오, 전혀 비슷하지 않았습니다."

"그럼, 당신한텐 어떻게 보였습니까?"

"저한테는 키 큰 남자로 보였습니다."

참석자들 모두는 애써 키 큰 피고인을 쳐다보지 않으려고 의식적으로 다른 곳에 시선을 집중하고 있었다. 펜이랄지 우산,

책, 신발 같은 것들이었다. 하지만 피고석에 앉아있는 그 인물이 바로 키 큰 남자임을 의식하지 않을 수 없었다.

카우드레이 검사는 엄숙한 표정으로 검은색 가운과 허연 구레나룻 수염을 매만지며 자리에 앉았다. 윌슨 세이모어 경은 몇 가지 더 세부적인 사항에 대해 증언을 마치고 증언대에서 내려오려 했다. 그때 변호사가 갑자기 일어나 그를 멈춰 세웠다.

붉은 눈썹에 약간 게슴츠레한 표정을 하고 있는 버틀러 변호사가 말했다.

"잠깐 묻겠습니다. 그 사람의 윤곽이 남자라는 것을 어떻게 알았습니까? 설명 부탁드립니다."

세이모어의 표정에 얼핏 잔잔한 미소가 떠오르는 듯 했다. 그가 대답했다.

"너무 단편적인 생각인지 모르겠습니다만, 바지를 보고 알았습니다. 긴 다리 사이로 햇빛도 보였기 때문에 저는 결국 그가 남자라고 확신했던 겁니다."

나른해 보이는 변호사의 눈이 갑자기 확 커졌다. 그리고는 차분히 질문을 이어갔다.

"자, '결국'이라고 말씀하셨죠? 그럼, 처음엔 여자라고 생각했군요?"

이때 세이모어의 얼굴에 당황하는 기색이 떠올랐다.

"이건 결코 객관적인 사실은 아닙니다만, 재판장님께서 제가 느낀 인상을 설명하기 바라신다면 해보겠습니다. 제가 봤던 그 모습은 분명히 여자라고 단언할 수는 없지만 그렇다고 또 남자라고 말할 수도 없었습니다. 몸의 곡선이 뭔가 좀 달랐으니까요. 그리고 긴 머리카락 같은 것도 보였습니다."

"감사합니다."

버틀러 왕실 고문변호사는 이 대목에서 자신이 원했던 게 잡혔다는 듯이 얼른 자리에 앉았다.

다음엔 커틀러 대위가 증인으로 나섰다. 그는 윌슨 세이모어 경보다는 말솜씨가 떨어지고 침착하지도 않았지만, 시간적인 전개에 대한 그의 설명은 확실하고 일관성이 있었다. 브루노가 자기 분장실로 돌아갔고, 본인은 은방울꽃을 사러 나갔고, 아케이드 끝으로 돌아왔을 때 그 안쪽에서 뭔가를 봤고, 세이모어 경이 수상하게 느껴졌고, 브루노와 격투를 벌였고, 등등을 증언했다.

그러나 자신도 봤다는 검은 사람 윤곽에 대해서는 어떤 분명한 증언도 하지 못했다. 그는 질문을 받자 오히려 자신은 미술평론가가 아니라며 세이모어를 쳐다보면서 냉소를 지었다. 그 윤곽이 남자였는지 여자였는지 다시 묻자 이번엔 피고에게 들으라는 듯이, 짐승 같았다고 큰소리로 대답했다. 하지만 대위는 슬픔과 깊은 분노로 가득 차있어 보였다. 때문에 카우드레이 검사는 이제 거의 확실해진 사실에 대해 더 확인하려고 하지는 않았다.

변호사의 반대 신문도 금방 끝났다. 버틀러 변호사는 신문을 짧게 하는 습관이 있었다. 그런데 짧게 하면서도 꽤 오랫동안 하는 것 같은 느낌을 주었다. 그는 여전히 게슴츠레한 눈으로 커틀러를 바라보며 말했다.

"당신은 매우 특이한 증언을 하셨습니다. 그 모습이 남자나 여자도 아니고 짐승 같았다고 하셨는데, 그게 무슨 뜻입니까?"

커틀러는 더욱 흥분하며 대답했다.

"그런 표현은 안 하는 게 좋았겠죠. 아무튼 그 모습은 침팬지처럼 등이 굽어있었고, 또 돼지털처럼 머리칼이 뻣뻣해 보여서…"

버틀러 변호사는 대위의 단정 짓는 듯한 우스꽝스런 표현을 도중에 잘라버렸다.

"머리카락이 돼지털 같든 그렇지 않든, 그건 문제가 아닙니다. 그게 여자의 머리카락이었나요?"

그때 대위가 소리쳤다.

"여자의 머리카락이라니! 천만에요!"

변호사는 곧바로 몰아붙였다.

"첫 번째 증인은 그렇게 말했습니다. 아까 세이모어 경이 말했듯이 그 윤곽엔 뱀처럼 여성적인 곡선이 조금은 있었나요? 아니면 없었습니까? 여성적인 곡선은 없었던 거군요. 그렇다면 각지고 네모난 그런 모습이 되겠네요."

커틀러 대위는 이제 맥 빠지고 쉰 목소리로 대답했다.

"앞으로 엎드린 모습이었는지도 모릅니다."

"그랬을지도 모르고, 또 안 그랬을지도 모르죠."

버틀러는 그렇게 쏘아붙이고 곧 자리에 앉았다.

월터 카우드레이 검사가 불러 세운 세 번째 증인은 키 작은 브라운 신부였다. 그는 다른 두 사람에 비해 키가 훨씬 작아서 증언대에 서자 머리만 겨우 보일 정도라 마치 어린아이에게 신문하는 것 같았다.

집안의 종교가 가톨릭인 카우드레이 검사는 브라운 신부가 당연히 피고 편을 들 거라고 믿고 있었다. 피고가 외국인인 데다 반쯤 흑인이라는 이유에서였다. 때문에 그는 신부가 설명을 하려고 할 때마다, 네 또는 아니오로 짧게 대답하라며 말을 자르는가 하면, 꾸짖는 것처럼 구구절절 궤변은 늘어놓지 말고 명백한 사실만을 진술하라며 강하게 압박했다. 또한 브라운 신부가 아케이드에 있던 사람의 정체에 관해 진솔하게 자신의 의견을 말하려 하자, 그런 가설은 필요 없다며 일거에 무시해버렸다. 그리고는 물었다.

"아케이드에서 시커먼 뭔가가 보였다고 했습니다. 신부님도 그것을 봤다고 하셨는데, 어떤 모습이었습니까?"

브라운 신부는 마치 야단맞는 아이처럼 눈을 깜박거렸다. 하지만 그는 순종이라면 오랫동안 체득되어 있는 사람이었다.

"그건 좀 자그마하고 통통한 모습이었는데, 머리였는지 그 위쪽이었는지 그런 부분에 양쪽으로 뭔가 시커먼 게 두 개 달려있었습니다. 뿔 같기도 했고…"

"헉, 뿔 달린 악마란 말이군요. 개신교도들을 잡아먹으러 온 악마 말이죠."

카우드레이 검사는 자신 있게 외치며 자리에 앉았다.

"아니오. 저는 그게 누구였는지 알고 있습니다."

신부가 차분하게 말했다.

참석자들 모두는 그게 말도 안 되는 소리라고 생각하면서도 한편으론 정말 무슨 괴물이 있었던 것 아닌가 하는 의구심도 느끼고 있었다. 그러다보니 모두들 피고의 존재는 잊어버린 채 아케이드의 사람 그림자만을 머릿속에 그려보았다. 유명하고 존경받는 세 사람이 각자 다르게 증언하고 있는 만큼, 이제 검은 그림자의 정체는 모두에게 제각기 다른 모습의 악마가 되어 있었다. 한 명은 여자 같았다고 하고, 또 한 명은 짐승 같았다고 하며, 다른 또 한 명은 악마 같았다고 주장하고 있으니….

재판장이 브라운 신부를 냉정하게 쳐다보며 말했다.

"당신은 매우 남다른 면이 있는 것 같군요. 따라서 진실을 말씀해주실 수 있을 것 같습니다. 자, 당신이 아케이드에서 본 사람은 누구였습니까?"

"저였습니다."

순간, 버틀러 변호사가 매우 침착하게 자리에서 일어나더니 조용히 말했다.

"재판장님, 반대 신문을 요청합니다."

그러면서 그는 곧바로 브라운 신부를 향해 위의 문제와는 전혀 관계없는 질문을 던졌다.

"증인께선 단검에 관한 증언을 들으셨을 것으로 압니다. 전문가의 말에 의하면 이번 범행엔 날이 짧은 단검이 쓰였다고 하는데, 그것도 알고 계시겠죠?"

"네, 날이 짧았습니다. 그런데 손잡이는 아주 길었습니다."

브라운 신부가 올빼미처럼 동그란 눈으로 고개를 끄덕이며 말했다.

방청객들은 신부가 날이 짧고 손잡이는 긴 단검으로 사람을 찌르는 무서운 장면을 머릿속에 그려보고 있었다. 그러는 동안 신부는 계속 설명을 이어갔다.

"그런데 단검만 날이 짧은 게 아닙니다. 창도 날이 짧았어요. 거기 연극에 소품으로 쓰이는 창이 있었는데, 단검처럼 끝이 뾰족하게 돼있어서 충분히 사람을 찌를 수가 있습니다. 파킨슨 노인이 롬을 죽일 때 그 창을 사용했습니다. 롬이 저를 만나자고 한 건 가정불화 때문이었는데, 제가 그만 너무 늦게 도착했습니다. 하느님, 용서해주소서! 그래서 파킨슨 노인도 죄를 뉘우치면서 죽었던 겁니다. 회개를 한 것이죠. 자신이 한 짓을 견딜 수 없었을 겁니다!"

마침내 대부분의 방청객들은 신부가 증언대에 서서 횡설수설하며 완전히 미친 소리를 하는 것으로 받아들였다. 그러나 재판장은 여전히 침착하고 흥미롭게 신부를 바라보았다.

변호사도 태연하게 신문을 이어갔다.

"파킨슨 노인이 팬터마임에 쓰는 그 창으로 범행을 했다면 4미터쯤 떨어진 곳에서 찔러야 했을 것입니다. 그렇다면 싸움이 있었던 것처럼 드레스의 어깨 부분이 찢겨나간 건 어떻게 설명할 수 있을까요?"

버틀러 변호사는 이제 증인인 브라운 신부가 권위 있는 전문가라도 되는 것처럼 그를 대하는 태도도 바뀌어 있었다. 그러나 아직 그것을 눈치 챈 사람은 아무도 없었다.

증인이 대답했다.

"살해된 부인의 드레스가 찢어진 이유는 그녀의 등 뒤쪽에 튀어나와 있는 나무판자에 걸렸기 때문입니다. 그녀가 옷을 떼어내려고 할 때 파킨슨이 피고의 방 쪽에서 창으로 찌른 겁니다."

변호사가 이상하다는 듯이 되물었다.

"나무판자라고요?"

브라운 신부가 다시 설명했다.

"분장실 안에 거울이 많이 설치되어 있었습니다. 저는 들어가자마자 그 중 어떤 거울은 바깥 아케이드를 볼 수 있도록 돼 있다는 것을 알아차렸습니다."

터무니없고 과장스럽다는 반응이 다시 한 번 방청석을 에워싸고 있었다.

얼마간 침묵이 흐른 다음, 재판장이 마침내 입을 열었다.

"그러니까 증인이 아케이드 안쪽을 봤을 때 거기에 나타난 사람이 바로 거울에 비친 본인의 모습이었다는 애깁니까?"

"그렇습니다, 재판장님. 제가 말하고자 했던 게 바로 그것이었습니다. 여러분은 그 모습이 어땠냐고 물었습니다. 제가 쓰는 신부 모자에 뿔 비슷하게 생긴 테가 둘려져 있어서, 저는…."

나이 지긋한 재판장은 눈을 반짝이며 몸을 앞으로 내밀면서 더 자신 있는 목소리로 말했다.

"더불어 증인은 바로 이렇게 말하고 싶은 거겠죠. 윌슨 세이모어 경이 봤다는 몸매의 곡선과 여자 머리카락 그리고 남자 바지를 입은 정체불명의 그 모습도 바로 윌슨 세이모어 경 자신이었다고 말이죠."

"바로 그렇습니다, 재판장님."

다시 의자에 기대앉는 재판장의 얼굴엔 복잡한 여러 감정들이 스치고 있었다. 하지만 거기엔 흥미로움과 감탄도 섞여있었다.

"한 가지만 더 묻겠습니다. 다른 두 명의 증인은 알아차리지 못했는데, 어떻게 당신은 그게 거울에 비친 자신의 모습이란 걸 알았습니까?"

브라운 신부는 아까보다 더 눈을 깜박거리며 어찌 대답해야 할지 모르겠다는 듯이 더듬더듬 대답했다.

"그건 저도 잘 모릅니다만… 아마도 제가 평상시에 거울을 잘 안 보기 때문일지도 모르겠습니다."

글라스 씨의 실종

유명 범죄학자인 오라이언 후드 박사는 어떤 특별한 정신장애 분야에 대한 전문가이기도 했다. 그의 연구실은 스카버러 해안가에 접해 있었는데, 커다란 프랑스식 창문들이 나있어서 햇빛이 잘 들어오고 있었다.

그곳에서 바라다 보이는 북해는 마치 청록색 대리석 담이 끝없이 늘어서있는 것처럼 보였다. 그래서인지 벽에 장식된 밋밋한 청록색 나무 색깔도 그곳에서는 바다와 잘 어울렸다. 방 자체가 바다처럼 매우 잘 정돈되어 있었던 것이다.

그렇다고 해서 후드 박사의 방이 사치스런 물건들은 하나도 없고 어떠한 정서도 풍기지 않는 그런 분위기는 아니었다. 호화로운 물건들도 놓여있었다. 하지만 그것들은 항상 그 자리에만 있을 뿐 밖으로 가져가는 건 금지되어 있는 듯했다.

사치품의 한 예로, 특별히 만들어진 테이블 위에 10박스 정도의 최고급 시가가 놓여있는데, 그중 강한 것은 벽 쪽에, 그리고 순한 것은 창문 쪽에 놓여 있었다. 그 테이블 위엔 또한 세 종류의 최고급 술이 담긴 탄탈로스 스탠드가 늘 세워져 있었다.

시시콜콜한 것들을 수군대는 사람들의 말에 의하면, 그 안에 들어있는 위스키와 브랜디와 럼주는 언제 봐도 전혀 줄어들지 않았다는 것이다.

방의 왼쪽 구석에는 영국 고전들이 시리즈로 장식되어 있고, 오른쪽에는 다른 나라 생리학자들의 저서도 잘 정돈되어 꽂혀 있었다. 사실 그 고전들에서 초서나 셸리의 책을 한 권이라도 빼낸다면 마치 앞니가 빠진 것처럼 참 보기 우스울 것 같았다. 하지만 후드 박사가 그 책들을 한 번도 읽지 않았다고 단정할 수는 없었다. 아마도 어떤 것들은 읽었겠지만, 그 책들은 모조리 옛날 교회 안의 성서들처럼 정해진 한 곳에 사슬로 묶여있는 것 같았다. 후드 박사는 자신의 책들을 마치 국립도서관의 장서 대하듯 조심스럽게 다뤘다. 그토록 엄격하고 규칙적이며 흐트러짐 없는 원칙은 시집과 민요서적들을 꽂아놓은 책장이나, 술과 시가들을 놓아둔 테이블에도 마찬가지로 적용됨은 물론, 전문분야의 서적들을 꽂아둔 다른 책장과 과학 및 역학에 관련된 섬세한 기구들을 놓아둔 테이블 또한 그런 이교적 신성함에 한층 더한 분위기를 띠고 있었다.

지리학 식으로 말하면, 동쪽은 북해에 면해있고, 서쪽은 사회학과 범죄학 서적들이 가득 찬 책장에 면해있는, 기다란 방안에서 지금 오라이언 후드 박사는 꼿꼿한 걸음으로 이 끝에서 저 끝으로 거닐고 있는 중이다. 그는 보통 화가들이 입는 것 같은 벨벳 옷을 입고 있었지만 그들처럼 지저분한 모습은 조금도 없었다. 머리카락은 숱이 많고 희끗희끗하며 윤기가 났다. 그리고 얼굴은 혈색이 좋으며 뭔가를 기대하는 듯 밝은 표정을 짓고 있었다.

　그런데 후드 박사와 그 방 안엔 딱딱하고 불안한 이상한 분위기가 감돌았다. 그가 북해 근처에 저택을 지은 이유는 순전히 건강문제 때문이었지만 그의 방과 바다는 비슷한 분위기를 풍기고 있었다.

　바다에 면해있는 이 길고 무거운 분위기의 방 앞에서, 지금 어떤 미지의 운명이 문을 힘껏 열어젖히며 한 남자가 그 모습을 드러내려 하고 있다. 남자는 그 방의 주인과는 완전히 달랐다. 퉁명스럽고 점잖은 대답이 들리며 문이 열리자 땅딸막하니 볼품이라곤 없는 한 남자가 굴러들어왔다. 손에 든 모자와 우산조차도 그에겐 커다란 짐처럼 버거워보였다. 평범한 검은색 우산은 벌써 수리했어야 할 상태였고, 넓은 차양이 위로 말려있는 검정 모자는 신부들이 보통 쓰는 것이지만, 영국에서는 흔하게 볼 수 없었다. 아무튼 이 남자는 평범하고 무능한 사람의 전형 같았다.

후드 박사는 별로 놀라지 않은 것처럼 손님을 바라보았다. 마치 어떤 커다랗고 온순한 바다짐승이 방으로 들어오는 걸 바라보는 표정이었다.

손님은 가쁘게 숨을 몰아쉬더니 눈빛을 반짝이며 박사를 쳐다보았다. 뚱뚱한 막노동꾼이 겨우 버스 안으로 비집고 들어와 한숨을 내쉬는 그런 모습 같았다. '이제 됐네' 하는 안도의 기쁨과 그에 어울리지 않는 제스처가 섞이다보니 우스꽝스럽게 보였다. 모자는 카펫 위로 굴러 떨어지고 우산도 무릎 사이로 스르륵 미끄러져 내렸다. 그는 허리를 굽혀 한 손으로 모자를 집어 들고 다른 손으로는 우산을 잡으며 동그란 얼굴에 미소를 지으면서 말했다.

"실례하겠습니다. 브라운이라고 합니다. 미스 맥너브에 관한 일 때문에 찾아왔습니다. 선생께서 곤경에 처한 사람들을 구해준다는 말을 들었는데, 혹시 잘못 알았다면 죄송합니다."

브라운 신부는 집어든 모자를 손에 들고 거의 바닥에 엎드리다시피 묘한 동작으로 재빨리 허리를 굽혀 인사했다. 그렇게 하면 될 것 같았던 모양이다.

후드 박사는 차갑고 엄격한 태도로 대답했다.

"무슨 말씀인지 도무지 모르겠군요. 주소를 잘못 알고 찾아오신 거 아닌가요? 저는 후드 박사입니다. 논문을 쓰거나 학생들을 가르치는 것 외엔 거의 다른 일은 하지 않습니다. 어떤 복잡한 사건수사 때문에 경찰에서 특별히 협조요청을 해온 적은 있었지만…."

그때 브라운 신부가 불쑥 말했다.

"이건 정말 중요한 일입니다. 그러니까, 여자 쪽 어머니가 두 사람의 약혼을 절대로 허락하지 않고 있어서요."

신부는 이렇게 분명한 얘기는 없다는 듯이 말하며 슬그머니 의자에 앉았다.

후드 박사는 인상을 찌푸렸다. 짜증이 나긴 했지만 그래도 흥미롭다는 듯이 눈빛은 반짝거렸다.

"무슨 내용인지 이해를 못하겠군요."

모자를 들고 있는 그 땅딸막한 남자가 말했다.

"두 사람은 결혼을 하려고 합니다. 매기 맥너브와 젊은 토드 헌터가 결혼을 하고 싶어 하는 거죠. 그것보다 더 중요한 일이 있을까요?"

오라이언 후드 박사는 과학 분야에서 괄목할만한 업적을 쌓은 사람이지만 반면에 많은 희생을 치르기도 했다. 사람들은 그가 건강을 망쳤다고 말하기도 했고, 또는 신앙심을 잃어버렸다고 말하기도 했다. 그러나 이렇게 묘한 일과 맞닥뜨릴 때면 아직 웃을 정도는 되었다. 그는 천진해 보이는 신부의 하소연을 듣고는 그만 웃음을 터뜨리고 말았다. 그리고는 진찰을 할 때와 같은 태도로 과장스럽게 안락의자에 앉았다. 그러면서 심각한 투로 말했다.

"브라운 신부님, 제가 어떤 개인적인 문제에 대해 마지막으로 조사를 부탁받은 게 벌써 14년 전입니다. 런던 시장이 주최한 파티에서 프랑스 대통령을 독살하려고 했던 사건이었죠. 그런데 이번엔 매기라는 여성과 결혼할 젊은 토드헌터가 그녀의 약혼자로 적당한지 아닌지를 알아봐달라는 거군요. 알겠습니다. 저도 냉정한 사람은 아닙니다. 맡기로 하죠. 과거에 프랑스와 영국 왕에게도 조언을 했다시피 이번에도 맥너브 집안에 도움이 된다면 조언을 해드리겠습니다. 아니, 그에 못잖은 더 훌륭한 조언이 될 겁니다. 14년 동안 경험이 쌓였으니 말이죠. 마침 오늘 오후엔 다른 일도 없으니까, 계속 얘기해보세요."

브라운 신부는 고맙다고 말했다. 그로서는 진심으로 한 말이었지만, 이상하게도 덤덤하게 표현된 것 같았다. 그건 큐 왕립 식물원의 원장이 그에게 네 잎 클로버를 같이 찾아주겠다면서 들판에 동행해준 것이나 다름없는데도, 그는 마치 흡연실에서 어떤 사람에게 성냥을 하나 부탁한 정도로밖에 여기지 않는 태도 같았다. 아무튼 그는 진심으로 고맙다는 인사를 하고나서는 곧바로 더 자세한 이야기를 하기 시작했다.

"아까 말씀드렸다시피 저는 브라운이라는 사람입니다. 네, 맞아요. 작은 성당의 신부로 있지요. 북쪽 변두리 지역에 집도 별로 없는 한적한 거리가 있는데, 그 맞은편에 있는 성당입니다. 마치 바다를 막는 벽처럼 죽 늘어선 골목의 제일 끝에 있는 집에 우리 신자인 맥너브 미망인이 적적하게 살고 있죠. 부인은 정직하긴 하지만 성격이 좀 거셉니다. 딸을 데리고 하숙을 치고 있는데, 모녀 관계나 또 딸과 하숙인들 사이에 아무래도 많은 사연들이 있지 않겠습니까. 요즘은 토드헌터라는 젊은이 혼자만 하숙을 하고 있다고 하네요. 그런데 그 청년 때문에 일이 터진 겁니다. 그가 갑자기 하숙집 딸하고 결혼하고 싶다고 말한 거죠."

후드 박사는 속으로 흥미를 느끼며 물었다.

"아가씨는 어떤 생각인데요?"

"물론 그녀도 결혼하고 싶어 하죠."

브라운 신부는 자기도 모르게 흥분하며 자세를 고쳐 앉고 목소리를 더 높였다.

"그러니 사태가 심각해진 거죠."

"무슨 얘긴지 이해가 안 되는군요."

후드 박사가 중얼거리듯 말했다.

신부는 이제 열을 올리며 이야기를 계속했다.

"제임스 토드헌터라는 청년은 제가 알기로 아주 훌륭한 사람입니다. 그런데 아무도 그에 대해 잘 모르는 것 같아요. 키가 작고 가무잡잡하게 생겼는데 성격이 아주 명랑한 친구죠. 행동도 원숭이처럼 민첩하고 늘 단정하게 배우처럼 면도를 하고 다니더군요. 꼭 마치 하인으로 태어난 사람처럼 태도도 공손하고요. 무슨 사업을 하는지는 모르겠지만, 늘 주머니 사정이 좋아 보이더군요.

그러다보니 소심한 맥너브 부인은 그 청년이 뭔가 수상한 사업을 하는 게 아닐까, 이를테면 다이너마이트와 관련된 어떤 일을 하는 거라고 생각한 것 같습니다. 그런데 다이너마이트를 취급하기엔 청년이 너무 얌전해 보이니까 대놓고 거절할 수가 없는 모양이에요.

아무튼 이 가여운 젊은이는 하루에 몇 시간씩 방안에 틀어박혀 문도 잠그고 뭔가 연구를 하고 있답니다. 그 비밀스런 일은 어떤 이유가 있고 곧 끝날 거라면서, 결혼 전에는 반드시 밝히겠다고 하더군요. 제가 알고 있는 건 여기까집니다.

더 자세한 얘기는 맥너브 부인이 스스로 의심 갖는 부분들에 대해 당신에게 직접 털어놓을 겁니다. 아시다시피 이런 촌구석에서는 황당한 이야기들이 잡초처럼 금방 퍼지니까요.

가끔 방안에서 두 사람이 말하는 소리가 들려 문을 열어보면 토드헌터 혼자만 있더라는 얘기도 있고, 또 실크 모자를 쓴 키 큰 남자 소문도 있습니다. 사람들 말로는 틀림없이 바다 속에서 나왔다나요. 안개 낀 황혼녘에 바다에서 올라와서는 모래사장을 저벅저벅 가로질러 맥너브 부인 집의 뒤뜰을 지나 열려진 창가로 가더랍니다. 거기서 토드헌터와 한참 얘기를 하더니 말다툼이 벌어졌는지 토드헌터가 창문을 확 닫아버리자 실크 모자의 그 사나이는 다시 안개 속 바다로 사라졌다고 합니다.

모두들 이 얘기를 아주 신비스러운 듯 떠들더군요. 하지만 맥너브 부인은 본인이 직접 지어낸 이야기를 더 좋아했는데요. 방안에서 말하는 소리가 들렸다는 또 다른 한 남자의 이야기 말이죠. 그건 어떤 남자가 밤이면 구석에 있는 큰 상자에서 기어 나온다는 얘깁니다. 낮에는 내내 그 상자가 자물쇠로 채워져 있다는군요.

이쯤 되고 토드헌터의 방문이 늘 닫혀있다 보니, 뭐 아라비안나이트에 나오는 판타지나 괴기스러움으로 가득 차보이지 않겠어요. 그러나 항상 검은 옷을 말끔하게 입고 다니는 자그마한 토드헌터는 시계처럼 정확하고 선량하기만 하답니다. 월세도 꼬박 잘 내고, 술은 전혀 안 마시고, 아이들도 귀찮아하지 않으면서 잘 놀아주는 그런 좋은 사람이죠. 하루 종일 아이들을 대하면서도 짜증내지 않으니까요.

그러다 보니 하숙집 딸이 그를 좋아하게 됐던 겁니다. 근데 내일 당장 성당에서 결혼식을 올리겠다고 하네요. 그 문제로 지금 사태가 심각해진 겁니다."

거창한 이론에 늘 빠져있는 사람들은 걸핏하면 그 이론을 사소한 일들에까지 적용시키려는 습관이 있다. 신부의 꾸밈없는 이야기를 찬찬히 들어준 후드 박사는 나름대로 친절을 베풀려고 작정한 듯 안락의자에 차분히 앉은 채로 조용히 자신의 의견을 피력하기 시작했다.

"무슨 일이 됐든 처음엔 있는 그대로 큰 흐름을 살펴보는 것이 중요합니다. 겨울에 아직 한 송이 꽃이 시들지 않고 남아있다고 하더라도, 꽃은 전부 시들었다고 말해야겠죠. 마찬가지로 젖지 않은 돌 하나가 바닷가에 남아있다 한들 조수는 곧 밀려올 겁니다. 과학적으로 볼 때 인류의 역사는 파괴와 이동의 반복으로 이루어지는 움직임의 역사입니다. 겨울엔 파리가 죽고 봄이 되면 작은 새들이 되돌아오는 것과 같은 이치죠.

그런 연속의 근원은 곧 종족입니다. 종족은 종교를 만들지요. 그래서 법과 윤리에 혼란을 야기합니다. 그 가장 좋은 예가 일테면 '켈트족'이라고 불리는 저 야만적이고 독선적인 종족이죠. 지금은 소멸해가고 있지만요. 당신이 말한 그 맥너브 집안이 바로 이 켈트족의 전형이죠. 키 작고 피부는 가무잡잡하고 어딘지 몽환적이고 방랑기질이 있는 켈트족 말입니다. 그래서 무슨 일이든 미신으로 만들어버리는 그런 피를 타고난 겁니다.

실례합니다만, 당신과 당신들의 교회에서도 걸핏하면 미신을 들먹이곤 하는데, 그런 것과 마찬가지 얘기죠. 뒤에서는 바다가 무섭게 출렁이는데 그 앞 교회에서는 그런 설교나 주절대고 있다면 말입니다. 분명한 사실까지도 아무튼 황당한 얘기들을 덧붙여 만들어내니까요. 다시 한 번 실례했다면 죄송합니다.

당신은 교구를 맡고 있는 책임자다 보니까 맥너브 부인의 문제가 특별하게 보이는 모양인데요. 그러니까 당신의 머릿속에는 지금 두 사람의 목소리와 바다에서 나온 키 큰 남자 이야기 때문에 불안해하고 있다는 맥너브 부인 생각밖엔 없는 겁니다. 하지만 과학적인 사고를 가진 사람이라면 맥너브 부인 같은 사람들은 세상 어디에나 흔하게 있어서 결국 비슷비슷한 새떼들과 다를 바가 없다는 걸 알게 되거든요. 수천 명의 맥너브 부인이 주변 사람들의 찻잔에다 불결한 물방울을 조금씩 떨어뜨리고 있는 셈입니다. 게다가…."

박사가 말을 끝맺기 전에 밖에서 갑자기 다급한 목소리가 들려왔다. 곧 옷자락 스치는 소리가 들리며 누군가가 안내인과 함께 서둘러 복도를 걸어왔다. 곧이어 방문이 열리고 젊은 아가씨가 등장했다. 단정한 모습이었지만 급히 서두른 티가 났고 얼굴도 벌겋게 상기되어 있었다. 바람에 헝클어진 금발과 스코틀랜드인 특유의 도드라진 광대뼈, 그리고 볼이 유난히 불그레한 것만 아니라면 상당히 미인이라고 할 수 있었다. 그녀는 곧 실례했다며 양해를 구했지만 말투가 퉁명스러워서인지 마치 당연하다는 듯한 태도였다.

"방해 드려서 죄송합니다. 하지만 신부님 뒤를 쫓아올 수밖에 없었어요. 사람의 생사가 걸린 문제가 발생했거든요."

브라운 신부는 깜짝 놀라며 자리에서 일어났다.

"아니, 무슨 일인데요, 매기?"

"제임스가 살해됐어요. 살해된 게 분명해요."

얼마나 달려왔는지 그녀는 숨을 몰아쉬며 말했다.

"글라스라는 그 남자가 또 왔어요. 둘이 얘기하는 소리가 문밖으로 들리더군요. 제임스는 낮고 허스키한 목소리였는데, 그 남자의 목소리는 크고 떨리는 식이었어요."

브라운 신부는 이해가 안 돼서 되물었다.

"글라스?"

매기는 완전히 흥분하며 말을 이어갔다.

"그 사람 이름이 글라스라는 건 알고 있었어요. 문밖으로 들렸거든요. 둘이서 말다툼을 하고 있었는데, 돈 문제였던 것 같아요. 제임스가 계속해서 '알았어, 됐어, 글라스' '그건 안 돼, 글라스' '둘이나 셋, 글라스'라고 말했어요. 근데 지금 이런 얘기를 하고 있을 때가 아니에요. 당장 가야 돼요. 아직 늦지 않았을지도 몰라요."

옆에서 흥미롭게 듣고만 있던 후드 박사가 그때 물었다.

"뭐가 아직 늦지 않았다는 거죠? 글라스 씨와 그 돈 문제가 굉장히 급한 일인가요?"

매기가 대답했다.

"제가 문을 박차고 들어가려고 했는데 도저히 안 열렸어요.

그래서 할 수 없이 뒤뜰 쪽으로 가서 방을 들여다볼 수 있는 창틀로 기어 올라갔죠. 방안이 어두워서 잘 안보였는데, 자세히 보니까 제임스가 죽었는지 한 구석에 웅크리고 있는 모습이 보였어요. 정말이에요."

"이거, 큰일 났네."

브라운 신부는 모자와 우산을 놓치지 않으려고 겨우 움켜쥐고는 말했다.

"나도 박사님한테 아가씨 얘기를 하고 있었어요, 매기. 그런데 박사님, 당신 생각은 어떠신가요?"

"완전히 다르네요. 이 아가씨는 제가 알고 있었던 켈트족과는 다르군요. 저도 다른 일은 없으니까 모자 좀 쓰고 시내로 함께 가봅시다."

세 사람은 한적한 동네의 맥너브 집 근처에 이르렀다. 매기는 헐떡거리지도 않고 여전히 표범처럼 재빠른 동작으로 걷고 있어 마치 등산가와도 같았다. 범죄학자는 차분하고 반듯한 걸음새로 걷고 있으며, 브라운 신부는 체면 따위는 아랑곳없이 허겁지겁 걷고 있었다. 쓸쓸한 동네의 분위기는 신부가 말한 그대로였다.

바닷가에 한 줄로 늘어서있는 집들도 이제 띄엄띄엄 드물어지고 있었다. 아직 이른 시간인데도 스산한 어둠이 깔려오며 저녁으로 물들어가고 있었다. 바다는 잉크를 뿌린 것처럼 검붉게 물들어 음울한 기운을 내뿜는 것 같았다. 모래밭으로 연결된 맥너브 부인 집의 작은 뒤뜰엔 마치 두 손을 하늘로 쳐든 것 같은 괴이한 모양의 고목 두 그루가 한껏 음산한 분위기를 띠며 서있었다.

맥너브 부인이 그 나무들처럼 두 손을 벌리며 밖으로 뛰어나와 세 사람을 맞이했다. 그림자가 드리운 그녀의 얼굴은 마귀처럼 보였다.

후드 박사와 브라운 신부가 미처 말을 꺼내기도 전에 부인은 칼칼한 목소리로 딸이 한 얘기를 더 구체적으로 늘어놓기 시작했다. 글라스 씨가 사람을 죽였다, 토드헌터 씨가 살해되었다, 토드헌터 씨는 딸과 결혼하고 싶어 했다. 그런데 결혼도 하기 전에 죽었다 등등 계속 말을 이어갔다. 그녀는 한 마디 할 때마다 기어코 복수하고 말겠다는 깊은 의지를 드러냈다.

아무튼 그들은 집 뒤쪽으로 가서 토드헌터의 방문 앞에 이르렀다. 그때 후드 박사가 갑자기 탐정들이 곧잘 하는 흉내를 내며 어깨를 힘껏 부딪쳐 방문을 부숴버렸다.

방안은 비극이 모두 끝나고 고요하기만 했다. 두 사람 이상의 남자들 사이에 격렬한 싸움이 벌어졌다는 걸 한눈에 알 수 있었다. 게임을 하고 있었는지 카드들이 테이블과 방바닥 여기저기에 흩어져 있고, 그 옆 테이블엔 와인 잔 두 개가 놓여 있었다. 세 번째 잔은 산산조각으로 깨진 채 카펫 위에 널려있었다. 그리고 거기서 조금 떨어진 곳에 단검 하나가 나뒹굴고 있었다. 칼은 모양이 반듯하고 손잡이에 장식이 새겨져 있었는데, 창문으로 비쳐든 음침한 빛 아래서 둔탁하게 번쩍거렸다.

창밖으로 시커먼 나무 그림자가 어스름한 바다를 배경으로 서있는 게 보였다. 방 한쪽 구석에 남자용 실크 모자가 나뒹굴고 있는데, 이제 막 머리에서 흘러내린 것 같았다. 모자가 아직도 빙그르 움직이고 있는 것처럼 보였던 것이다. 그 바로 뒤에 토드헌터가 밧줄로 꽁꽁 묶인 채 마치 짐짝처럼 내동댕이쳐져 있었다. 입에 스카프가 물려있고, 팔과 다리엔 밧줄이 여러 겹으로 둘러져 있었다. 하지만 그의 짙은 갈색 눈만은 생생하게 껌벅이고 있었다.

오라이언 후드 박사는 방문 앞에 그대로 멈춰선 채 그 조용한 아수라장을 지켜보며 크게 한숨을 내쉬었다. 그리고는 저벅저벅 방안으로 들어가더니 실크 모자를 집어 들어 토드헌터의 머리 위에 살짝 올려놓았다. 하지만 실크 모자가 너무 커서 토드 헌터의 머리를 다 가려버렸다.

"글라스 씨의 모자군."

박사는 모자를 다시 들고 돋보기로 모자 안을 살펴보았다.

"글라스 씨는 여기 없는데 왜 그의 모자만 덜렁 있을까? 그 사람은 옷차림에 꽤 신경을 쓰는 사람이었네요. 모자가 잘 손질되어 있고 반들반들하게 윤기도 나잖아요? 그리 새것은 아니지만 말이죠. 나이가 좀 있는 신사고 상당히 멋쟁이였던 모양이네요."

"아니 세상에, 저 사람 먼저 안 풀어주고 지금 뭐하시는 거예요?"

매기가 큰 소리를 질렀다.

그러나 후드 박사는 설명을 계속 이어갔다.

"나이가 좀 있는 신사인 것 같은데 저도 확신하는 건 아닙니다. 그냥 좀 떠오르는 게 있기 때문이죠. 어쩌면 억지라고 할지도 모르겠어요. 자, 사람은 각자 차이는 있지만 누구나 머리칼이 조금씩은 빠지잖아요. 그 사람이 최근에 쓴 모자를 돋보기로 들여다보면 유독 작은 머리카락들이 보일 겁니다. 그런데 이모자엔 머리칼이 하나도 안보이거든요. 그래서 나는 글라스 씨가 대머리일 거라고 추정한 겁니다.

아가씨, 잠깐만 기다려보세요. 이 포인트에다 아까 아가씨가 자세히 설명한 것 중에 그 기이한 인물의 목소리가 크고 떨리는 것 같았다고 했던 점을 연결지어봅시다. 일테면 노인이 화를 낼 때 지르는 그런 목소리에다 대머리 남자를 함께 생각해보면, 나이가 꽤 들었다는 걸 짐작할 수가 있죠. 게다가 힘도 꽤 센 사람 같습니다. 키는 큰 게 거의 확실하고요. 실크 모자를 쓴 남자가 창문으로 다가왔다는 이야기도 사실일 것 같습니다.

그런데 저는 더 정확하게 짚어보고 싶군요. 깨진 유리 조각이 바닥에 흩어져 있는데, 그 한 조각이 벽난로 위 높은 곳에 떨어져있어요. 토드헌터 씨처럼 키 작은 사람이 그 잔을 깨트렸다면 어떻게 됐을까요? 저렇게 높은 곳에 조각이 튀어 올라갈 수 있었을까요?"

그쯤에 브라운 신부가 말을 잘랐다.

"죄송합니다만, 토드헌터 씨를 풀어줘야 하지 않을까요?"

그러나 범죄학 전문가는 계속 말을 이어갔다.

"이 술잔으로 알 수 있는 사실은 그것뿐만이 아닙니다. 글라스 씨는 나이 때문이 아니라 방탕한 생활 때문에 대머리가 되고 성격이 격해진 것 아닌가 생각됩니다. 아까 말씀하셨다시피, 토드헌터 씨는 조용하고 성실한 데다 술을 전혀 안 마시는 사람입니다. 그러니까 저 카드나 와인 잔은 그의 평소 습관과는 거리가 먼 것들이죠. 특별한 손님을 위해 내놓은 게 아닐까 싶습니다. 아니, 사실 저 술잔들도 토드헌터 씨 거라고 장담할 수는 없어요. 하지만 그가 술을 갖고 있지 않았다는 건 분명합니다. 그러면 도대체 그 잔에다 무엇을 담으려고 했을까요? 어쨌든 위스키나 브랜디가 아닐까요? 글라스 씨가 휴대용으로 가지고 다니는 술이죠. 꽤 고급술이었을 겁니다. 키 크고 나이 든 멋쟁이에다 좀 신경질적이지만 술 마시고 놀기 좋아하는, 아니 어쩌면 지나치게 즐기고 노는 그런 신사였을 거예요. 그러니까 글라스 씨는 사교계에서 흔히 볼 수 있는 그런 타입인 거죠."

갑자기 매기가 큰 소리로 울부짖었다.

"저 사람을 풀어주지 않으면 밖으로 나가서 경찰을 부르겠어요!"

그러자 후드 박사가 냉정하게 말했다.

"그건 권하고 싶은 일이 아닙니다, 아가씨. 브라운 신부님, 당신의 양떼가 좀 조용히 있도록 해주시겠습니까? 저를 위해서가 아니라 당신의 양떼를 위해서 하는 말입니다.

그럼, 이제 글라스 씨의 외모와 특징에 대해서는 어느 정도 파악이 됐습니다. 그런데 토드헌터 씨에 대해 알고 있는 건 무엇이죠? 그에겐 세 가지 기본적인 특징이 있습니다. 생활태도가 건실하고, 경제적으로 안정된 편이고, 그리고 뭔가 비밀이 있다는 것, 그 세 가지죠. 이런 건 사기꾼들이 흔히 접근하기 좋은 특징들 아닙니까? 글라스 씨처럼 멋 부리고 한량 스타일에 흥분해서 큰 소리로 지르는 그런 특징은 영락없는 사기꾼의 전형이죠.

가공할만한 어떤 대가를 치르게 된 이 비극에 지금 이 두 사람이 등장하게 된 겁니다. 한 사람은 비밀을 간직하고 있는 성실한 인물이고, 다른 한 사람은 그 비밀을 냄새 맡은 하릴없는 건달. 이 둘이 오늘 여기서 만나 말다툼을 벌이다 주먹을 휘두르고 흉기를 들이댄 것이죠."

"언제 저 사람을 풀어줄 거예요?"

매기가 다시금 외쳤다.

후드 박사는 실크 모자를 가만히 탁자에 올려놓고 묶여있는 토드헌터에게로 갔다. 그리고는 그를 찬찬히 살펴보았다. 몸을 흔들어보고 어깨를 잡아 돌려보기도 했다. 그러더니 놀랄 말을 했다.

"음, 당신과 한 통속인 경찰이 수갑을 가지고 올 때까지는 이 밧줄로 충분할 겁니다."

그때까지 어안이 벙벙해있던 브라운 신부가 동그란 얼굴을 들고 물었다.

"아니, 그게 무슨 뜻이죠?"

박사는 카펫 위에 떨어져 있는 그 단검을 집어 들어 세심히 살펴보더니 말했다.

"여러분들은 글라스 씨가 이렇게 토드헌터 씨를 묶어놓고 도망친 거라고 믿고 있습니다. 허나 그렇게 결론내릴 수 없는 곤란한 문제가 네 가지 있어요. 첫째, 글라스 씨처럼 멋 부리는 남자가 왜 모자를 두고 갔을까요? 만일 그가 일부러 그랬다면 그 이유가 무엇일까요? 둘째…"

박사는 창문 쪽으로 다가갔다.

"출입을 할 수 있었던 건 이 창문밖에 없습니다. 그런데 창문은 안에서 잠겨있어요. 셋째, 이 단검을 보면 끝에 피가 조금 묻어있는데, 토드헌터 씨는 다친 데가 없습니다. 오히려 글라스 씨가 다친 다음에 사라졌어요. 그가 죽었는지 살았는지는 모르지만 말이죠. 마지막으로, 지금 말한 것들보다 더 중요한 어떤 가능성을 한 번 생각해봅시다. 일테면 협박받는 사람이 협박하는 사람을 죽일 가능성이 훨씬 더 크다는 점이죠. 협박하는 놈이 황금 같은 알을 낳아주는 거위를 죽이는 짓은 하지 않으니까요. 자, 이제 사건의 윤곽이 드러나는 것 같군요."

브라운 신부는 눈을 크게 뜨고 박사를 쳐다보았다.

"그런데 이 밧줄은?"

"아, 밧줄이요? 미스 맥너브도 왜 이 밧줄을 풀어주지 않느냐고 성화였죠. 자, 그럼 말씀드리겠습니다. 토드헌터 씨는 스스로 필요할 때 언제든 빠져나올 수 있기 때문에 제가 풀어주지 않았던 겁니다."

"네?"

두 사람은 동시에 놀란 목소리로 외쳤다.

후드 박사는 찬찬히 설명을 이어갔다.

"저는 토드헌터 씨를 묶고 있는 저 밧줄을 자세히 살펴봤습니다. 제가 밧줄 묶는 방법에 대해 좀 알고 있는데, 그게 범죄학에서 배우는 부분이거든요. 저 밧줄은 토드헌터 씨가 자신이 직접 묶은 것입니다. 그러니까 스스로 풀 수가 있는 거죠. 다른 상대방이 그를 묶은 게 아닙니다. 저렇게 스스로를 묶고 있는 건 속임수를 쓴 겁니다. 이 싸움의 희생자는 글라스 씨가 아니라 자신이라고 주장하기 위한 수법인 거죠. 글라스 씨의 시신은 땅에 묻혀 있거나 아궁이 속에 들어가 있을 겁니다."

방안은 무겁고 답답한 침묵이 흐르며 어느새 어두컴컴해졌다. 바닷바람이 불어와 마당의 큰 나무들이 흔들리며 점점 더 시커멓고 괴기스럽게 보였다. 마치 나뭇가지들이 창문으로 몰려오고 있는 것 같았다. 그래서인지 그 광경이 바다에서 다가오는 괴물처럼 보였다. 소름 돋는 문어나 낙지 같은 괴물들이, 비극의 주인공인 실크 모자를 쓴 무서운 남자가 바다에서 올라왔을 때처럼, 지금 이 비극의 종말을 보기 위해 덮쳐오는 게 아닐까 싶을 만큼 현장은 무서운 협박의 흔적으로 가득 차있었다. 협박은 사람이 저지르는 것 중 가장 추악한 행동이다. 저지른 죄를 감추기 위해 또 다시 저지르는 죄 같은 것, 큰 상처를 감추기 위해 눈가림으로 붙이는 고약이나 마찬가지다.

항상 쾌활한 안색으로 어딘지 좀 우스꽝스럽게 보이는 땅딸보 브라운 신부의 얼굴이 점점 호기심으로 물들어갔다. 처음에 보였던 천진스런 호기심과는 다른 종류의 깊은 관심이었다. 그가 어떤 아이디어를 떠올렸을 때 나타내는 적극적인 호기심 같은 것이었다.

"다시 한 번 설명해주세요. 그러니까 토드헌터 씨가 스스로 직접 자신의 몸을 묶을 수도 있고 풀 수도 있다는 말씀인가요?"

후드 박사가 대답했다.

"납득이 안 된다는 말씀이세요?"

그때 브라운 신부가 갑자기 소리를 질렀다.

"아니, 세상에! 그럴 수도 있겠네요."

그는 놀란 토끼처럼 펄쩍 뛰며 달려가더니 밧줄로 묶여있는 남자의 얼굴을 가만히 들여다보았다. 그리고는 얼떨떨한 표정으로 박사 쪽을 쳐다보며 흥분해서 외쳤다.

"이 사람의 얼굴을 보고도 모르시겠어요? 이 눈을 좀 쳐다보세요!"

후드 박사와 젊은 아가씨는 신부가 말한 대로 눈을 크게 뜨고 쳐다보았다. 남자의 얼굴은 아래쪽 반 정도가 검정 스카프로 가려져 있지만, 윗부분은 괴로워 몸부림치는 표정이었다.

미스 맥너브가 안타까운 목소리로 다시 외쳤다.

"눈빛이 이상해요. 정말 괴로워하고 있는지도 모르잖아요!"

후드 박사가 다시 설명했다.

"그렇지 않습니다. 눈빛은 분명 이상해요. 하지만 눈 주위에 나있는 저 주름들은 일종의 어떤 정신적인 문제를 드러내는 징후로 보입니다. 말하자면…."

"무슨 말씀을 하시는 건가요? 지금 웃고 있지 않습니까."

신부의 말에 박사는 놀라며 되물었다.

"웃고 있다고요? 대체 뭐가 우스운 걸까요?"

브라운 신부가 농담하듯 대답했다.

"당신을 우스워하고 있는 거죠. 솔직히 그렇지 않습니까? 아니 참, 지금 남 얘기 할 때가 아니지. 나도 하마터면 웃음거리가 될 뻔했네."

"뭣 때문에 그런 겁니까?"

후드 박사가 언성을 높이며 물었다.

"이제야 토드헌터 씨의 직업을 알 것 같군요."

브라운 신부는 발을 끌다시피 방안을 천천히 돌면서 갖가지 물건들을 일일이 살펴보았다. 그러면서 어처구니없다는 듯 눈을 크게 뜨곤 했다. 곧 이어 그가 큰소리로 웃음을 터트리자 가만히 지켜보고 있던 사람들도 긴장하기 시작했다. 브라운 신부는 모자를 들여다보더니 낄낄대고 웃었고, 그 다음엔 깨진 유리잔을 보며 폭소를 터뜨렸다. 그리고는 단검 끝에 묻은 피를 보면서 거의 발작하듯 웃어댔다. 그 바람에 숨이 넘어갈까봐 불안할 지경이었다. 이윽고 브라운 신부는 초조해하는 전문가를 돌아다보며 큰소리로 말했다.

"후드 박사님, 당신은 위대한 시인이군요! 아무것도 없는 곳에서 한 번도 들어본 적 없는 이야기를 창작해냈으니 말이죠. 하지만 있는 사실 그대로를 늘어놓는 것에 비한다면 얼마나 대단한 일입니까? 진상을 따지고 하는 게 오히려 참 싱겁고 별것도 아닌 것 같습니다."

후드 박사가 못마땅하다는 듯 말했다.

"무슨 소린지 이해가 안 되는군요. 제 추론이 완벽하지 않은 건 사실이지만, 그래도 필연적인 결과를 말씀드린 겁니다. 어떤 면은 직관적으로, 아니 시적인 감각으로 추론했다고 하신다면, 뭐 좋습니다. 그런 점도 없지 않으니까요. 하지만 현재로선 꼭 그렇다 할 구체적인 사실도 밝혀지지 않았습니다. 글라스 씨가 사라진 건…."

"네, 그렇죠."

신부는 연신 고개를 끄덕였다.

"우선 그 점을 분명히 해야 합니다. 글라스 씨가 사라졌다는 것…. 그는 정말로 깨끗이 사라졌군요."

말하고 나서 신부는 잠시 생각에 빠졌다.

"아마도 사라진 글라스 씨에 대해서는 아무도 얘기하지 않을 겁니다."

후드 박사가 황급히 물었다.

"그럼 이 마을에서 완전히 사라졌다는 겁니까?"

"그는 모든 곳에서 사라졌습니다. 말하자면 이 세상엔 존재하지 않는다고 할까요?"

범죄학의 전문가가 미소를 지으며 물었다.

"그럼, 글라스라는 사람은 처음부터 아예 없었다는 말씀인가요?"

브라운 신부는 고개를 끄덕이며 조용히 말했다.

"참 안 됐지만…"

오라이언 후드 박사의 얼굴이 갑자기 냉랭하게 굳어졌다. 그리고는 차분히 말했다.

"그럼 우선 맨 처음 발견된 증거물부터 확인을 해봅시다. 우리가 이 방에 들어왔을 때 가장 먼저 눈에 띈 물건을 생각해보세요. 글라스 씨가 존재하지 않는다면 이 모자는 그럼 누구 것일까요?"

브라운 신부가 바로 대답했다.

"토드헌터 씨 것이죠."

후드 박사는 화를 내며 소리 질렀다.

"모자가 그에겐 맞지 않아요. 쓸 수가 없다고요!"

그러나 브라운 신부는 가만히 머리를 흔들었다.

"모자가 그에게 맞는다고 말하진 않았습니다. 그의 것이라고 했을 뿐이죠. 당신이 말 그 자체에 불편을 느끼신다면, 그냥 토드헌터 씨가 갖고 있던 모자라고 말씀드리겠습니다."

"그렇다고 해서 뭐가 달라지는 겁니까?"

범죄학자가 냉소를 띠며 물었다. 그러자 상냥한 신부는 이제 짜증을 내다시피 하며 큰소리로 말했다.

"저기 큰길로 나가서 죽 가다가 가장 먼저 나오는 모자 가게에 들어가서 물어보세요. 보통은 '그의 모자'와 '그가 갖고 있는 모자'라고 할 때 그 차이를 이해하게 될 겁니다."

"모자 가게는 모자를 팔아서 돈을 벌겠지만, 토드헌터 씨는 이 낡은 모자를 가지고 도대체 무엇을 얻었을까요?"

후드 박사의 빈정거리는 말에 브라운 신부가 즉각 대답했다.

"토끼!"

"뭐라고요?"

"토끼, 리본, 캔디, 금붕어. 그 색깔 테이프들 말이죠. 밧줄을 보고 위장한 거라고 알아차렸을 때 눈치 못 채셨나요? 칼도 마찬가집니다. 당신 말마따나 토드헌터 씨는 외관상으론 상처를 입지 않았어요. 그런데 안쪽에 상처가 났죠."

그때 맥너브 부인이 큰소리로 물었다.

"안쪽이라뇨? 옷 속 몸에 말인가요?"

"토드헌터 씨의 옷 속이라고 말하진 않았습니다. 그냥 안쪽이라고 했죠."

"그게 무슨 말이에요? 도대체 말도 안 되는 소리를!"

범죄학자가 따지듯 외쳤다.

이제 브라운 신부는 차분하게 설명을 하기 시작했다.

"토드헌터 씨는 마술사가 되려고 연습하고 있었어요. 그러니까 곡예나 복화술, 그리고 밧줄을 풀어내는 기술을 익히려고 열심히 연습하고 있었던 거죠. 그래서 저 모자도 있는 겁니다. 모자에 머리칼이 안 붙어있는 건 대머리인 글라스 씨가 썼기 때문이 아니라, 아무도 쓰지 않았기 때문입니다. 게다가 술잔 세 개가 또 곡예사를 설명하고 있어요. 토드헌터 씨는 그것을 하나씩 던지면서 받는 그런 연습을 하고 있었죠. 그런데 아직 서투르다 보니까 그 중 하나를 떨어트려 깨트린 겁니다. 이 요상한 단검도 역시 마술과 관련되어 있어요. 칼을 입속에 넣는 묘기가 바로 토드헌터 씨가 자랑스럽게 하는 일이었죠. 그런데 그것 역시도 아직 초보 단계였던지라 목구멍 안쪽에 그만 상처가 나고 말았어요. 그래서 제가 아까 안쪽에 상처가 났다고 말한 겁니다. 근데 저 사람 표정을 봐서는 상처가 심하진 않은 것 같군요.

어쨌든 그는 데번포트 형제처럼 밧줄에서 빠져나오는 그런 기술을 훈련하고 있었어요. 그러던 차에 우리가 들이닥친 겁니다. 저 카드들도 당연히 마술에 쓰이는 것들이죠. 카드를 공중으로 날리는 묘기를 하다가 저렇게 바닥으로 떨어진 겁니다.

토드헌터 씨가 자신의 직업을 비밀로 한 건, 마술의 방법들을 비밀로 해야 하기 때문이었어요. 마술사들이 대부분 그렇죠. 그런데 한 번은 실크 모자를 쓴 어떤 놈이 저 창문으로 다가와 훔쳐보다가 딱 걸려서 혼쭐이 난 적이 있었어요. 아무것도 아닌 그 일을 가지고 우리가 엉뚱한 생각을 하면서, 실크 모자를 쓴 글라스라는 망령이 그를 찾아온다는 둥 희한한 말을 했던 거죠."

매기가 눈을 휘둥그레 뜨며 물었다.

"그럼 방안에서 두 사람이 말한 소리는 뭐죠?"

이번엔 브라운 신부가 거꾸로 물었다.

"매기, 복화술로 말하는 소리 들은 적 있어요? 복화술로 말할 때는 먼저 자기 목소리로 말하고, 그 다음에 대답할 때 목소리를 꾸며서 내는 거예요."

한동안 모두들 아무 말도 하지 않았다.

이윽고 후드 박사가 억지스런 미소를 지으며 키 작은 신부에게 말했다. "당신은 정말 독창적인 분이시군요. 어떤 소설도 이렇게 흥미 있는 이야기는 없을 겁니다. 그런데 아직 충분히 설명되지 않은 부분이 있어요. 이름이 '글라스'라고 했죠. 미스 맥너브는 토드헌터 씨가 상대방에게 글라스 씨라고 부르는 소리를 들었다고 했어요."

그때 갑자기 브라운 신부가 어린애처럼 웃기 시작했다.

"네, 바로 그겁니다. 거기서 이 모든 황당한 이야기가 끝나는 거예요. 저 곡예사 친구는 세 개의 글라스를 하나씩 던지고는 큰소리로 그걸 세면서 하나하나 받았어요. 그러다가 실수로 떨어트리면 혼자 중얼거렸죠. 아마도 이렇게 말했을 겁니다. '하나 둘 셋. 아 실수했네, 글라스 하나. 하나 둘 셋. 또 실수했네, 글라스 하나.' 이런 식으로 말이죠."

방안에 다시 침묵이 흘렀다. 그러다가 마침내 모두들 웃음을 터뜨리고 말았다. 방구석에 묶여있던 마술사도 흡족한 듯이 단번에 밧줄을 풀고 일어났다. 그리고는 허리 숙여 인사하며 호주머니에서 파랑과 빨강색으로 인쇄된 광고지를 꺼내들었다. 거기엔 이렇게 적혀있었다.

'세계 최고의 마술, 복화술, 밧줄 빠져나오기 달인, 인간 캥거루 잘라딘의 독창적인 묘기가 이번 주 월요일 8시 스카버러의 엠파이어 파빌리온에서 펼쳐지다!'

기드온 와이즈의 유령

브라운 신부는 이 사건에 대해 그야말로 알리바이 이론이 가장 절묘하게 적용된 경우라고 말했다. 알리바이 이론은 아일랜드 신화 속에 나오는 새처럼 한 사람이 동시에 두 장소에 있을 수 없다는 사실을 뒷받침하는 이론이다.

아일랜드의 신문기자 제임스 번은 그런 아일랜드 새에 가장 잘 들어맞는 사람이었다. 그는 거의 같은 시각에 두 장소에 나타나곤 했다. 20분 간격으로 사회적 면이나 정치적 면에서 완전히 다른 두 장소에 모습을 드러냈던 것이다.

첫 번째 장소는 큰 호텔의 바빌로니아 식 홀이었다. 그곳에서 광물 산업계의 거물 3명이 모여 석탄 공장의 폐쇄 사태를 조정하기 위해 회의를 하고 있었다. 그들은 공장폐쇄를 두고 동맹파업이라고 비난하고 나섰다. 두 번째 장소는 비밀스런 술집이었는데, 겉에서 보기엔 그냥 식료품점 같았다. 그곳에서는 지하운동 조직원들이 동맹파업으로 인한 공장폐쇄를 적극적으로 지지하며, 그것이 혁명으로 이어지기를 바라고 있었다. 제임스 번은 그곳에서 세 명의 조직원을 만났다. 그는 신문기자였기 때문에 뉴스 전달자이며 동시에 조율자로서 면책특권을 누리면서 3명의 사업가와 3명의 급진주의 지도자들을 두루 만날 수 있었다.

호텔의 홀에는 세로로 길게 조각되어 금도금이 된 화려한 기둥들이 늘어서 있었고, 갖가지 꽃들이 피어있는 수많은 화분이 놓여있었다. 광물 산업계 거물 3명은 꽃 속에 가려져 잘 보이지 않았다. 색이 입혀진 돔 모양의 천장 아래로 야자수들이 높게 가지를 뻗치고 있었다. 그 한가운데 높이 걸려있는 금빛 새장 속에서 화려한 새들이 갖가지 소리로 짹짹거리고 있었다. 그러나 이곳의 새들은 사막의 새들보다 더 무관심 속에서 지저귀고 있을 뿐이었다. 이곳의 꽃들 또한 사막의 꽃들보다도 더 철저히 외면당하고 있었다. 혈기 왕성한 이 미국 사업가들은 홀 안을 이리저리 다니면서 대화를 나누는 중에도 새 소리나 꽃 같은 것엔 귀 기울이거나 눈길 한번 주지 않았던 것이다. 아무도 관심을 두지 않는 로코코 양식의 화려함, 아무도 듣지 않는 이국적인 새들의 재잘거림, 값비싸고 호화로운 실내장식, 홀은 그런 것들로 어우러져 있었다. 그러나 그곳에 있는 세 사람은 정작, 성공을 하기 위해선 얼마나 근검절약과 경제관념 그리고 가치관과 자제력이 기초가 돼야 하는지를 얘기하고 있었다. 그 중 한 사람은 유독 말수가 적었는데, 별로 얼굴을 움직이지 않고 눈을 똑바로 뜬 채 쳐다보고 있는 것으로 보아, 아마도 코안경을 걸치고 있는 것 같았다. 그는 거무스름하고 짧은 콧수염 아래로 계속 미소를 짓고 있었는데, 어찌 보면 비웃고 있는 것 같기도 했다. 이 남자가 그 유명한 제이콥 스타인이었다. 그는 평소에도 말이 별로 없었다. 반면 그의 옆에 앉아있는 펜실베니아 출신의 갤럽은 말이 아주 많은 노인이었다. 그는 거의 백발의 머리에 권투선수 같은 얼굴을 하고 굉장히 비만한 몸집이었다. 나머지 한 사람은 기드온 와이즈로, 갤럽 노인은 아주 쾌활하게 그를 놀리기도 하고 협박하기도 하며 대화를 나누고 있었다. 기드온 와이즈는 냉정하고 고집 센 노인이라, 그의 고향 사람들도 그를 히코리 나무에 비유하곤 했다. 허연 턱수염이 뻣뻣하게 나있고, 태도나 옷차림이 중부지역 평원에서 온 농부 같았기 때문이다. 와이즈와 갤럽은 오래 전부터 연합과 경쟁에 대해 논쟁을 벌여왔다. 와이즈가 촌구석의 노인처럼 구태의연하고 개인주의적인 사고방식을 버리지 못하기 때문이었다. 영국식으로 말하면, 와이즈는 맨체스터 학파(자유무역 운동의 실천가 그룹)에 속하는 사람이었고, 갤럽은 경쟁을 자제하고 세계의 자원을 함께 이용해야 한다는 주장으로 그를 설득하는 입장이었다.

"그러니까 당신도 조만간 합류해야 돼."

제임스 번이 홀 안으로 들어가고 있을 때 갤럽이 웃으며 그렇게 말하고 있었다.

"세상 흐름이 지금 그렇게 가고 있거든. 개인 혼자서 사업을 하는 시대로는 돌아갈 수가 없단 말이지. 우리 모두가 함께 뭉쳐야 한다고."

"제가 한 마디 해도 될까요?"

스타인이 차분하게 말했다.

"우리가 상업적으로 뭉치는 일보다 더 시급한 일이 있습니다. 일단 정치적으로 힘을 합쳐야 해요. 그래서 번 씨에게 오늘 여기로 와달라고 부탁한 겁니다. 정치적 문제에 대해 우리는 지금 연합해야 하거든요. 이유는 간단해요. 우리에게 가장 위협적인 경쟁자들이 이미 연합해있기 때문입니다."

"아, 정치적 연합이요. 동의해야죠."

기드온 와이즈가 불평하듯 말했다.

그러자 스타인이 기자에게 말했다.

"번 씨, 당신은 은밀한 장소도 자유롭게 출입할 수 있는 걸로 알고 있어요. 그래서 비공식적으로 우리 일을 좀 대신 처리해주면 좋겠는데요. 그들이 모이는 장소는 알고 계시겠지만… 두세 명 될 거예요. 존 엘리어스와 주로 선동을 하는 제이크 홀킷, 그리고 작가 헨리 혼, 그 정도죠."

"근데 헨리 혼은 기드온의 친구였지 아마. 성경공부도 같이 했을 걸."

갤럽이 놀리듯 말했다.

"그때는 혼도 기독교인이었어."

기드온이 진지하게 말했다.

"그러다가 갑자기 무신론자가 됐지. 아직도 가끔 그를 만나는데, 나도 물론 전쟁과 징병제도를 반대하는 그의 의견을 지지하는 쪽이야. 하지만 볼세비키 운동에 대해서는…."

"죄송합니다만."

스타인이 기드온의 말을 잘랐다.

"이 문제가 더 시급합니다. 이해 바랍니다. 번 씨, 지금부터 내가 하는 말은 비밀이에요. 사실대로 말하면, 최근에 있었던 그 투쟁과 관련해서 공모한 자들 중 적어도 둘 이상은 감옥에 장기간 처넣을 수 있는 정보를 확보했어요. 그 증거를 말이죠. 그런데 이 증거를 이용할 생각은 없어요. 당신은 그자들한테 말만 전해주면 돼요. 태도를 바꾸지 않으면 내일 내가 그 증거를 폭로하겠다고 말이죠."

"그런 제의는 중죄가 되거나 공갈협박이 될 수도 있는데, 위험하지 않겠습니까?"

"그자들한테 더 위험하겠죠, 오히려. 그러니까 가서 그렇게 전해주기만 하면 됩니다."

스타인이 거침없이 말했다.

"네, 알겠습니다. 늘 있는 일이지만, 만약 어떤 문제가 생기면 당신을 엮을 겁니다."

번이 자리에서 일어나며 한숨을 쉬면서 농담조로 말했다.

"네, 그렇게 하세요."

갤럽이 호탕하게 웃으며 말했다.

그 무렵 미국에서는 제퍼슨의 원대한 꿈과 민주주의에 대한 열망이 크게 자리 잡고 있어서, 부자들이 이기적인 권력을 휘두르려 해도 빈민층 사람들은 노예처럼 비굴하게 굴지 않았다. 그래서 억압하는 층과 억압받는 층 사이에 공평한 분위기가 형성되어 있었다.

혁명을 도모하는 급진주의자들의 모임 장소는 벽에 하얀 칠이 돼있어서 그런지 상당히 썰렁하고 기이한 모습을 띄고 있었다. 벽엔 괴상하고 눈에 거슬리는 흑백 스케치가 걸려 있었는데, 프롤레타리아 계급의 예술 스타일로 보이지만 그 계급 사람들의 백만 명 중 단 한명도 이해할 수 없을 것 같은 작품이었다.

두 회합 장소에서 보이는 한 가지 공통점은 모두 미국 헌법을 위반하면서 독한 술을 즐기고 있다는 점이었다. 세 명의 사업가들도 갖가지 색의 칵테일을 마시고 있었다. 급진주의자 중에서도 가장 과격한 홀킷은 술이라면 무조건 보드카만 마시는 사람이었다. 그는 큰 몸집에 불도그처럼 생겨서 굉장히 위협적으로 보였으며, 코와 입이 앞으로 튀어나온 데다 붉은 콧수염이 덥수룩하게 나있었는데 항상 코웃음을 치는 바람에 콧수염이 위로 말려 올라가곤 했다.

존 엘리어스는 신중한 성격에 안경을 쓰고 시커먼 턱수염을 짧게 기르고 있었다. 그는 유럽의 카페를 드나들면서 압생트를 맛보기도 했다. 제임스 번은 그를 처음 봤을 때부터 지금까지 그가 제이콥 스타인과 매우 닮았다고 느껴왔다. 두 사람은 얼굴이나 생각, 태도까지도 아주 비슷했다. 마치 백만장자 제이콥 스타인이 바빌론 호텔의 천장에 달린 문으로 나갔다가 급진주의자들의 아지트에 다시 나타난 것 같았다.

세 번째 남자도 자신만의 음료 취향을 가지고 있었는데, 그 음료는 바로 그를 상징적으로 표현하고 있었다. 작가인 헨리 혼 앞에는 한 잔의 우유가 놓여있었다. 그런데 우유의 그 부드럽고 불투명한 음료는 마치 초록색의 압생트보다 더 독하기라도 한 것처럼 뭔가 불길함을 품고 있는 것 같았다. 하지만 실제로는 그의 부드러움에서 가식은 찾아볼 수 없었다. 헨리 혼은 다른 이유로 이 혁명 운동에 참여했기 때문에, 선동자인 제이크나 배후 조종자인 엘리어스와는 출발점이 달랐다. 그는 철저한 가정교육을 받고 유년시절엔 교회에 다녔으며, 종교생활과 결혼까지도 포기했지만 금주의 원칙만은 평생 절대로 포기하지 않고 지금까지 지켜왔다. 게다가 그는 금발에 아주 미남이었다. 턱 둘레로 난 수염 때문에 얼굴이 홀쭉해 보이는 것만 아니었다면 그는 낭만주의 작가인 셸리처럼 보였을 것이다. 그 턱수염 때문에 그는 여성스러워 보이기도 했다. 그래서 남자처럼 보이기 위해 그는 금발수염을 조금 붙였는데, 그것 외에는 별 수단이 없는 것 같았다.

기자가 그곳에 도착했을 땐 역시나 그 악명 높은 제이크가 주절거리고 있었다. 헨리 혼이 '안 돼' 하고 습관적인 말을 연신 내뱉자, 제이크가 욕설을 해댔다.

"안 된다는 말밖에 못해? 정말 지겹네."

"하나님도 이건 안 돼, 저건 안 돼, 하는 것 말고는 아무것도 안 하잖아. 파업도 못하게 하지, 싸움도 못하게 하지, 악마 같은 고리대금업자랑 흡혈귀 같은 놈들을 총으로 쏴 죽이는 것도 못하게 하지, 그러면서 하나님은 왜 그놈들한테는 금지시키는 게 없어? 왜 신부나 목사들이 들고 일어나서 이 짐승 새끼들의 진실을 좀 밝히지 않는 거냐고? 위대하신 하나님은 왜…"

엘리어스가 피곤한 듯 나지막이 한숨을 쉬며 그의 비난을 벗어나고자 했다.

"마르크스의 표현에 의하면, 신부는 경제발전의 봉건적 단계에서 등장한 부산물이라고 하더군. 그러니 문제 삼을 수가 없지. 신부가 수행했던 역할을 이제는 자본가가 해야 되는 거야."

"네, 맞습니다."

신문기자가 단호하게 말했다.

"게다가 이젠 자본가들도 그런 역할을 아주 능숙하게 하고 있다는 걸 아서야 할 것 같습니다."

그는 피곤해 보이는 엘리어스의 눈에 시선을 고정하면서 스타인의 위협에 대해 설명했다.

"그런 종류의 위협에 대해서는 대비를 하고 있어요. 아주 잘 준비돼 있다고 할 수 있죠."

엘리어스가 차분하게 웃으면서 말했다.

"개자식들!"

제이크가 폭발해 소리쳤다.

"가난한 사람이 그런 말을 했다면 벌써 중죄로 처벌받았을 거야. 그놈들은 생각도 못할 험한 데로 보내지겠지. 지옥으로 떨어지지 않으면 도대체 어디로 보내질지…."

제이크의 고함에 헨리 혼이 막 이의를 제기하려 하자, 때마침 엘리어스가 단호하게 말을 잘랐다.

"서로 협박을 할 필요는 없어."

그는 안경 너머로 계속 제임스 번을 쳐다보며 말했다.

"그 문제에 관련해서는 그쪽 협박이 아무 소용없다는 걸 알려주기만 하면 돼. 대신 우리도 만반의 준비를 해야지. 우리도 실행하기 전에는 어떻게 될지 알 수 없지만, 즉시 파멸시킬 수 있는 강력한 힘을 쓰는 것도 주저하지 않을 계획이야."

조용히 위엄 있게 말하는 엘리어스의 황색 얼굴과 커다란 안

경에서 신문기자는 뭔가 희미한 두려움 같은 게 느껴지며 등골이 쩌릿해지는 것 같았다. 불도그 같이 생긴 홀킷의 사나운 얼굴은 옆에서 보면 으르렁대는 것처럼 보였지만, 정면에서 볼 때는 윤리적 문제나 경제적 문제 때문에 울분이 가득 차있어 보였다. 헨리 혼은 걱정과 자기비판 사이에서 혼란스러운 것 같았다. 안경을 쓴 엘리어스는 명료하고 단호하게 말하고는 있지만, 마치 죽은 사람이 탁자에 앉아 말하는 것처럼 뭔가 불쾌한 것이 느껴지게 했다.

제임스 번이 과감한 도전장을 들고 밖으로 나와 식료품점 옆의 좁은 골목을 막 빠져나가려 할 때 반대쪽에서 누군가가 걸어오고 있었다. 낯이 익은 모습이었다. 키가 작고 몸집은 통통하며 챙이 넓은 모자를 쓰고 있어서, 어둑한 곳에서 그 실루엣만 봤을 때는 좀 이상하게 보였다.

"브라운 신부님! 길을 잘못 들어오신 거죠? 설마 이렇게 시시한 모임에 가담하시려는 건 아니겠죠."

번이 놀라며 소리쳤다.

"내가 가담한 음모는 좀 더 구식이지. 그런데 굉장히 널리 퍼진 음모여서…"

브라운 신부가 웃으며 대답했다.

"여기 사람들은 전부 다 신부님하고는 전혀 관련 없는 사람들인 것 같은데요."

번이 대답했다.

"아… 항상 그렇다고 말할 수는 없지. 사실, 여기에 아주 가까운 사람이 하나 있네."

신부가 나직이 말했다. 그리고는 어둑한 출입구로 들어갔다.

번은 어리둥절해하며 다음 목적지로 향했다. 그는 이번엔 사업가 고객들에게 보고를 하기 위해 호텔로 들어갔다. 그런데 거기서 작은 사건 하나가 벌어지는 바람에 그는 더 어리둥절할 수밖에 없었다.

꽃과 새들로 화려하게 꾸며진 홀에서는 까칠한 자본가들 세 명이 기다리고 있었다. 번은 양쪽으로 님프와 트리톤이 화려하게 도금되어 있는 대리석 계단을 오르고 있었다. 그런데 미처 다 오르기 전에 어떤 젊은 남자가 황급히 쫓아와 그를 잡고 옆으로 끌어냈다. 그는 검은 머리칼에 코가 들창코이며 재킷 단추 구멍에 꽃을 꽂고 있었다.

"저기요, 저는 기드온 씨의 비서 포터라고 합니다. 조용히 말씀드릴 게 있는데요. 잘 아시겠지만 곧 무서운 천둥번개가 몰아칠 것 같습니다."

번이 주위를 살피며 대답했다.

"제 생각엔 키클로페스가 뭔가 음모를 꾸미고 있는 것 같습니다. 그 사람은 거인이지만 애꾸눈이거든요. 그걸 잊으면 안 됩니다. 아마도 과격파들이…"

번이 말하는 동안 비서는 멍한 표정으로 듣고 있었는데, 그의 옷차림이나 동작에서 느껴지는 활기찬 분위기는 전혀 없었다. 그런데 번이 과격파라는 말을 하자 그의 눈빛이 갑자기 날카로워지더니 허둥지둥 말을 꺼냈다.

"뭐라고 했더라… 네, 맞습니다. 그런 종류의 천둥번개가 몰아칠 것 같다는 거죠. 아, 죄송합니다. 제가 실수를 했네요. 아이스박스를 말하려다 그만 달군 쇠를 두드릴 때 쓰는 모루를 말하고 말았네요."

그 이상한 청년은 곧바로 계단 아래로 내려갔다. 번은 계단을 마저 올라가며 묘한 느낌이 들기 시작하고 마음도 점점 더 무거워졌다.

홀에는 세 명 외에 한 명이 더 있었는데, 밀짚 색깔 머리에 외알 안경을 쓴 홀쭉한 얼굴의 남자였다. 그는 직업을 소개하진 않았지만, 아마도 갤럽의 고문이나 변호사를 맡고 있는 것 같았다. 그의 이름은 네어스였는데, 그는 번에게 다짜고짜로 혁명 조직에서 활동하는 인원이 몇 명이냐고 단도직입적으로 물었다. 그런 건 번도 아는 바가 없기 때문에 대답을 할 수가 없었다. 네 남자는 이제 자리에서 일어났고, 그 중 가장 말수가 적었던 사람이 조용히 말했다.

"고마워요, 번 씨."

제이콥 스타인이 안경을 벗으면서 말했다.

"이젠 모든 게 준비돼있다고 말하기만 하면 될 것 같네요. 그 점에서 엘리어스의 의견에 충분히 동의해요. 내일 정오 전에 경찰이 엘리어스를 체포하러 갈 겁니다. 그때까지 내가 증거를 제출할 거고, 그러면 그 세 놈은 내일 중으로 감방에 가게 되겠죠. 아시다시피 정말 이 일만은 피하고 싶었어요. 이제 다 끝났습니다, 신사 여러분."

하지만 제이콥 스타인은 그 다음날 공식적으로 증거를 제출하지 못했다. 그처럼 부지런한 사람의 발목을 잡은 건 단 한 가지였다. 그가 살해당했던 것이다. 물론 나머지 계획도 실행되지 못했다. 그 다음날 조간신문엔 '끔찍한 3명의 살인사건, 하룻밤에 백만장자 3명이 살해되다'라는 기사가 대문짝만하게 실려있었다. 번은 신문을 보고서야 그 사실을 알았다. 그 뒤에 이어진 기사는 그보다 작은 글씨로 씌어있었지만, 그래도 일반기사보다는 4배 정도가 더 컸다. 기사내용은 이 미스터리한 사건의 특징들에 관한 것이었다.

세 사업가가 동시에 살해되었는데, 이상한 건 거리가 상당히 떨어진 장소들에서 살해되었다는 사실이었다. 스타인은 100킬로미터 정도 떨어진 그의 화려한 시골 저택에서 살해되었고, 와이즈는 바닷바람을 즐기며 소박하게 살았던 해변의 방갈로 밖에서, 갤럽은 그 지역의 반대편 끝에 있는 자신의 저택 앞 숲속에서 발견되었다.

세 경우의 공통점은 살해 전에 폭행 흔적이 없다는 것이었다. 갤럽의 시체만 그 다음날이 되어서야 발견되었다. 그 거대한 체구의 시체는 나뭇가지에 걸려있었는데, 그 무게를 견디지 못해 가지가 부러져 있었으며, 마치 창에 찔려 매달려있는 들소처럼 처참한 모습이었다. 와이즈의 시체는 분명 절벽 아래 바다로 던져진 것 같았다. 절벽까지 질질 끌려가고 미끄러진 발자국이 남아있는 것을 보면 그가 분명 저항했다는 걸 알 수 있었다. 이 비극적 사건의 첫 번째 증거는 그의 늘어진 밀짚모자였다. 밀짚모자가 파도를 따라 떠다니고 있는 게 멀리 절벽 위에서도 보였다. 스타인의 시체도 처음엔 찾지 못하다가 조사관들이 희미한 혈흔을 발견하고 그걸 따라가다가 마당에 있는 로마양식의 수영장에 이르러서야 겨우 발견할 수 있었다. 스타인은 고대 유물에 대해 관심을 갖기 시작했었다.

번은 수없이 생각해봤지만 어느 누구도 살인자로 몰아넣을 만한 법적 증거가 없다는 결론을 내려야 했다. 살해 동기가 충분하지 않았고, 살해의 도덕적 성향도 충분하지 않았다. 젊은 평화주의자 헨리 혼이 잔인하게 사람을 죽였다고는 생각할 수 없었다. 반면 말이 거칠고 사나운 제이크나 냉소적인 유대인 엘리어스라면 그럴 수도 있겠다 싶었다. 경찰과 그들을 돕던 한 남자도 이 신문기자처럼 똑같이 상황을 판단했다. 경찰을 돕던 한 남자는 다름 아닌 외알 안경을 쓴 그 수수께끼 같은 인물인 네어스였다. 그들 모두는 급진주의 공모자들이 기소되어 유죄 선고를 받는 일은 없을 거라는 사실을 곧바로 깨달았다. 만일 그들이 기소된다고 해도 여론을 들끓게 할뿐, 처벌할 수는 없을 거라는 점도 파악하고 있었다. 따라서 공정한 태도를 취하며 비공개 회의를 소집해, 인류발전을 위한 자유로운 의견제시를 요청했다.

신문기자는 해변의 방갈로에서부터 조사를 시작했다. 그는 그 장소에 참석해도 된다는 허락을 받았던 것이다. 그곳에서는 외교관들의 회합과 비밀리에 진행되는 조사와 용의자들에 대한 심문이 동시에 이루어지고 있었다. 그런데 번은 방갈로의 탁자 주위에 앉아있는 사람들 중에서 완전히 이색적인 한 사람을 발견했다. 땅딸막한 체구에 얼굴은 올빼미처럼 동그랗고 눈이 큰 브라운 신부였다. 브라운 신부가 이번 사건과 관련이 있다는 사실은 나중에 드러났다. 기드온의 비서였던 젊은 포터가 이 회의에 참석한 건 당연해 보였지만, 그의 태도는 어딘지 자연스럽지 않았다. 그 장소를 잘 아는 사람은 포터가 유일했는데, 엄밀히 말하면 그는 방갈로의 주인인 셈이었다. 하지만 그는 도움을 주거나 정보를 제공하는 일은 거의 없었다. 그의 둥그스름한 들창코 얼굴은 슬픈 기색보다는 심드렁한 표정이었다.

제이크 홀킷은 늘 그렇듯 말을 가장 많이 했다. 그는 자신을 포함해 주위의 조직원들이 체포되지 않았다는 사실에 정중하게 품위를 지킬 줄 아는 그런 위인이 못되었다. 젊은 헨리 혼은 살해된 재벌들에 대해 홀킷이 비난을 쏟아내고 있을 때 불편한 기색으로 자신만은 품위를 유지하려고 애썼다. 하지만 제이크 홀킷은 적이든 친구든 상관없이 언제나 소리를 질러서 눌러버리고 입을 다물게 할 준비가 되어 있는 사람이었다. 그는 심지어 기드온의 사망통보를 들으니 마음이 한결 놓인다는 둥 하며 천박한 욕을 해댔다. 엘리어스는 그냥 조용히 앉아있었는데, 안경 너머로 보이는 그의 표정은 차라리 무관심에 가까웠다.

네어스가 결국 냉정하게 한 마디 했다.

"지금 당신은 굉장히 예의 없는 말을 하는군요. 그런데 그 경솔한 언동은 얘기가 다릅니다. 결국 고인을 증오했다는 사실을 인정한 셈이니까요."

"그래서 나를 교도소에 넣겠다는 거요? 그렇게 해보시죠. 기드온 와이즈를 좋아하지 않았다는 이유로 가난한 사람들을 전부 다 감옥에 넣는다면 백만 명 정도는 넣을 수 있는 교도소를 지어야겠네요. 하나님의 진리가 무엇인지는 잘 아시겠죠."

다혈질의 제이크 홀킷이 비웃듯 말했다.

네어스는 입을 다물었다. 다른 사람들도 한동안 말을 꺼내지 않았다. 잠시 후, 엘리어스가 혀 짧은 소리로 느릿느릿하고 명확하게 중재를 하겠다며 나섰다.

"이런 대화는 양쪽 모두에게 하나도 도움이 안 됩니다. 우리를 부른 건 무슨 정보를 얻거나 반대 심문을 하려고 했던 것 아닌가요? 분명히 말씀드릴 수 있는 건, 우리는 어떠한 정보도 갖고 있지 않다는 것입니다. 믿어주십시오. 만약 우리를 믿지 않으신다면 우리가 무슨 죄목으로 기소됐는지 말씀해주십시오. 말씀 못하신다면 정중하게 속으로만 생각해주시면 됩니다. 아무도 우리를 이 사건에 연루시킬만한 희미한 증거도 제시하지 못했습니다. 우리는 줄리어스 시저의 살인사건 만큼이나 이 사건과 아무런 관련이 없습니다. 당신들은 우리를 체포할 용기도 없고 우리를 믿지도 않을 텐데, 우리가 여기에 계속 있어야 할 이유가 있나요?"

그는 말을 마치고 일어나 천천히 코트를 여몄다. 그의 동료들도 모두 일어났다. 그들이 떠나려 할 때, 그중 헨리 혼이 뒤돌아보며 창백하고 광기어린 표정으로 잠시 조사관을 쳐다보았다.

"전쟁 중에 나는 단 한 명의 살인도 동의할 수 없었기 때문에 결국 더러운 감옥신세를 져야 했었죠."

혼의 말이 끝나자 그들은 밖으로 나갔다. 그리고 안에 남은 사람들은 서로를 긴장한 시선으로 쳐다보았다.

"저들이 한발 물러났는데도 우리가 승리했다는 생각이 안 드는군요."

브라운 신부가 말했다.

그러자 네어스가 물었다.

"그 불손한 깡패 같은 홀킷이 공갈 협박한 것 외에는 생각이 안 납니다. 헨리 혼은 그래도 좀 점잖아 보이더군요. 어쨌든 그들이 뭐라고 했건 간에, 그들은 뭔가를 알고 있는 게 분명합니다. 적어도 이 사건과 연루되어 있는 게 틀림없어요. 그들도 거의 인정하고 있잖아요. 그들은 우리가 틀려서가 아니라 우리가 옳다는 걸 증명할 수 없기 때문에 우리를 비웃은 겁니다. 브라운 신부님, 어떻게 생각하시나요?"

맞은편에 앉아서 네어스를 관찰하고 있던 브라운 신부는 순간 당황하면서도 생각에 잠겨 말했다.

"네, 맞는 말입니다. 말수는 별로 없었지만 많은 사실을 알고 있는 사람이 하나 있는 것 같더군요. 하지만 그 사람이 누구라고 밝히지 않아도 지금으로선 잘 해결될 거라 생각합니다만…"

네어스가 외알 안경을 내리고는 재빨리 위쪽을 쳐다보았다.

"지금까지는 비공식으로 진행됐지만, 신부님도 정보를 제공하지 않으면 나중엔 처지가 위험해질 수 있습니다."

"제 처지는 염려 안하셔도 됩니다. 저는 친구인 홀킷의 정당한 권리를 지켜주려고 여기에 왔으니까요. 상황이 이렇다면, 홀킷이 머지않아 조직에서 탈퇴하고 사회주의 운동도 중단하게 될 거라고 말하는 게 그에게 유리하겠군요. 모든 면을 종합해 보면 홀킷도 결국은 가톨릭교도가 될 거라고 저는 믿고 있습니다."

"홀킷이요?"

네어스는 믿기지 않는다는 듯 말했다.

"아니, 그는 아침부터 밤까지 신부님들에게 악담을 퍼붓는 사람인데요."

"그런 사람들을 잘 모르시는 것 같군요. 그는 신부들이 정의를 위해 세상에 맞서지 않는다고 생각하기 때문에 신부들을 비난하는 겁니다. 그가 신부들을 있는 그대로 인정하지 않고 정의를 위해 투쟁하기를 기대하는 그 이유는 뭘까요? 하지만 오늘은 사람이 개종하게 되는 심리를 논하기 위해 여기에 온 건 아니니까, 이 정도만 하죠. 수사범위를 좁혀서 일을 좀 간단하게 처리하려고 말한 것뿐입니다.

브라운 신부가 온화하게 말했다.

"그렇다면 얼굴이 홀쭉한 그 악마 같은 엘리어스로 좁혀지겠네요. 그자가 한 짓이라고 해도 전혀 놀랍지도 않습니다. 이제까지 그렇게 소름끼치고 냉혈적인 악마는 본 적이 없으니까요."

네어스의 말에 브라운 신부가 한숨을 쉬며 대답했다.

"근데 그를 보면 항상 제이콥 스타인이 떠오르거든요. 솔직히 나는 그가 사건에 관련이 있을 거라고 봅니다."

"아, 잠깐만요."

네어스가 말을 시작했을 때 갑자기 문이 활짝 열리는 소리가 들리는 바람에 대화가 잠시 중단되었다. 창백한 얼굴의 헨리 혼이 축 늘어진 모습으로 다시 나타났던 것이다. 그런데 자연스런 본래 모습이 아니라 어딘지 낯설고 부자연스러우며 안색이 몹시 나쁜 얼굴이었다.

"아니… 왜 다시 돌아왔어요?"

네어스가 안경을 고쳐 쓰면서 외쳤다.

혼은 아무 말도 안하고 몸을 떨면서 방으로 들어와 의자에 털썩 주저앉았다. 그리고는 어벙한 표정으로 입을 열었다.

"다른 사람들을 놓쳤어요… 제가 길을 잃은 거예요. 그래서 다시 돌아오는 게 나을 것 같았어요."

탁자 위에 간단한 요깃거리가 놓여있었는데, 평생 금주를 해왔던 헨리 혼은 브랜디를 잔에 가득 따르더니 단숨에 마셔 버렸다.

"무슨 심각한 일이 있군요."

브라운 신부가 말했다.

혼은 손으로 이마를 짚고는 대충 얼굴을 가린 채 말을 하기 시작했다. 마치 신부에게만 말하고 싶은 듯 거의 속삭이는 목소리였다.

"말씀드리는 게 좋을 것 같습니다. 제가 유령을 봤어요."

"유령! 무슨 유령?"

네어스가 놀라며 소리쳤다.

"이 집의 주인 기드온 와이즈의 망령이었어요. 그가 떨어졌던 바다에 서있는 모습이었어요."

혼이 분명하게 말했다.

"말도 안 돼! 어떻게 지각 있는 사람이 유령을 믿을 수 있어요?"

네어스가 발끈하며 말했다.

그때 브라운 신부가 느긋하게 말했다.

"꼭 그런 것만도 아니에요. 실제로 대부분의 범죄에 증거가 있듯이 유령이 보이는 것에도 정확한 증거가 있곤 하죠."

"글쎄요, 저는 범인을 찾는 게 제 일이라서… 유령을 보고 도망가는 건 제 소관이 아닌 것 같습니다. 이런 늦은 시간에 유령을 보고 놀라는 사람이 있다면, 그건 그 사람 사정이겠죠."

네어스가 아주 냉소적으로 내뱉었다.

"난 유령을 보고 놀랐다고 말하지 않았어요. 뭐, 놀랄 수도 있겠죠."

또 브라운 신부가 거들고 나섰다.

"그건 사실 겪어보지 않고는 모릅니다. 아무튼 난 유령을 믿으니까, 얘기를 더 들어보고 싶군요. 혼 씨, 정확히 뭘 보셨죠?"

"저는 아찔해 보이는 절벽 끝에 있었어요. 기드온 와이즈를 던져버린 그 지점 부근에 틈새가 벌어진 곳이 있죠. 다른 사람들은 저 앞에 가고 있었고, 저는 황무지를 가로질러서 절벽을 따라 이어지는 길로 가고 있었어요. 그 길은 종종 다니던 길이었죠. 저는 울퉁불퉁하게 높이 솟은 바위에 파도가 와서 세차게 부딪치는 그 광경을 좋아하거든요. 그래서 아까도 파도를 보면서, 환하게 달빛이 비치는 밤에도 바다가 저렇게 거칠구나, 그런 생각을 하면서 무심코 걷고 있었습니다. 이번 사건에 대해서는 아무 생각도 안 났어요. 집체만한 파도가 높이 솟아 물보라가 일었다가 다시 사라지는 게 보였어요. 세 번째쯤 볼 때 달빛 속에서 물거품이 순간적으로 반짝하는 걸 봤어요. 그리고는 형체를 알아볼 수 없는 신비한 뭔가를 봤습니다. 네 번째 볼 때는 물거품의 반짝임이 하늘에 떠있는 것 같고 떨어지질 않더군요. 저는 초조하게 그 물거품이 떨어지길 기다렸습니다. 순간 제가 미친 것 아닌가 하는 생각도 들었어요. 그리고 그때 정말 신비한 일이 제 시선을 완전히 사로잡았습니다. 그 순간 제가 끌려가는 느낌이 강력하게 들어서 나도 모르게 큰소리로 비명을 질렀던 것 같아요. 물거품이 공중에서 눈송이처럼 매달려 있다가 하나로 모아지더니 얼굴과 형체를 만들어내더군요. 그건 마치 전설에 나오는 나병 환자처럼 하얗고, 그렇게 정지해있는 번개처럼 보여서, 너무나 무서웠습니다."

"그게 기드온 와이즈였단 말이죠?"

혼은 이제 말도 못하고 고개만 끄덕였다. 네어스가 갑자기 벌떡 일어서는 바람에 주위의 침묵이 사그라졌다. 그는 거칠게 일어나다가 의자도 넘어뜨렸다.

"정말, 황당한 얘기네요. 그래도 가서 확인해보는 게 좋을 것 같습니다."

네어스가 거침없이 말했다.

"저는 안 가고 싶어요. 다시는 그 길로 안 갈 겁니다."

혼이 펄쩍 뛰다시피 하며 말했다.

"제 생각엔, 우리 모두 다 같이 가서 걸어봐야 할 것 같습니다. 여러 명이 함께 가도 위험한 장소이긴 합니다만…"

신부가 심각한 표정으로 말했다.

"전 못 간다고요… 저를 몰아세우면 어떡해요."

혼은 소리치며 눈이 이상하게 돌아가기 시작했다. 그는 자리에서 일어나긴 했지만 꼼짝도 않고 가만히 서있었다.

그때 네어스가 명령조로 말했다.

"혼 씨, 저는 경찰관입니다. 잘 모르시는 것 같은데, 지금 집 주위로 경찰이 포위하고 있습니다. 사실 가능한 우호적인 방식으로 조사를 하려고 했는데, 이젠 직접 조사에 들어가야 할 것 같습니다. 말도 안 되지만 유령도 포함해서요. 자, 그 현장으로 안내해주시죠. 정식으로 요청합니다."

혼은 말도 못하고 짓누르는 두려움에 숨을 거칠게 내쉬었다. 그러면서 주위는 다시 침묵에 잠겼다. 갑자기 혼이 다시 의자에 앉더니 이번엔 완전히 다른 목소리로 침착하게 입을 열었다.

"갈 수 없습니다. 제가 못가는 이유를 말하는 게 좋겠네요. 곧 알게 되겠지만, 사실은 제가 그를 죽였어요."

순간 벼락이라도 내리친 듯 집안엔 정적만이 감돌았다. 모든 게 숨죽이고 있는 그때, 무거운 침묵을 깨고 생쥐가 찍찍거리는 소리처럼 말을 꺼낸 사람은 바로 브라운 신부였다.

"그럼 계획적인 살인이었나요?"

"그렇게 물으시면 어떻게 대답을 해야 합니까?"

혼은 의자에 앉은 채 침울한 얼굴로 손톱을 물어뜯으며 대답했다.

"제가 그때 제정신이 아니었습니다. 그 인간은 정말 참을 수 없을 정도로 오만했어요. 제가 그의 땅에 들어갔지만 그 사람이 먼저 저를 쳤습니다. 그러다가 맞붙어 싸우게 됐고, 그 와중에 결국은 절벽 아래로 추락했던 거죠. 저는 정신없이 멀리 도망을 쳤는데, 그제야 내가 다른 사람을 죽게 한 범죄를 저질렀다는 생각이 물밀듯이 밀려오더군요. 게다가 카인의 낙인을 생각하니까 온몸이 머리끝까지 부들부들 떨려왔어요. 제가 좀 더 빨리 자백했어야…"

그러더니 혼은 갑자기 벌떡 일어났다.

"하지만 다른 사람들에 대해선 아무것도 말하지 않을 겁니다. 음모나 공모자에 대해 물어보셔도 아무 소용없을 거예요. 절대 말하지 않겠습니다."

그러자 네어스가 단호하게 말했다.

"다른 살인사건과 비교해볼 때, 그 사건이 단지 우발적으로 일어났다는 건 도저히 믿을 수가 없어요. 누군가가 당신을 그곳으로 보낸 거죠."

"다른 사람에 대해서는 절대 말하지 않을 거라고요. 저는 살인자인 셈이지만 배신자가 되고 싶지는 않거든요."

혼이 고집스럽게 말했다.

네어스가 문 쪽으로 가서 밖에 있는 비서를 공식적으로 불렀다. 그리고는 그에게 작은 목소리로 말했다.

"우리 모두 현장으로 갈 거야. 근데 저 사람은 감금 조치해야 돼."

사람들은 모두 그런 생각을 하고 있었다. 살인자가 자백까지 한 마당에 바닷가 절벽으로 유령을 확인하러 간다는 것이 참 쓸데없는 일 아닌가 하고 말이다. 하지만 유령에 대해 코웃음을 치며 부정적 태도를 보이던 네어스는 그래도 가능한 모든 것을 밝혀내는 게 자신의 임무라고 생각하고 있었다. 누군가 말한 것처럼 묘비까지도 파헤칠 심산이었다. 그렇다면 불쌍한 기드온 와이즈의 무덤에 세울 수 있는 유일한 묘비는 무너져가는 절벽이었으므로, 그곳을 조사하는 건 당연한 일이었다.

네어스는 마지막으로 집을 나와 문을 잠근 후 다른 사람들을 따라 황무지를 가로질러 절벽으로 향했다. 그때 비서인 포터가 바삐 돌아오고 있었는데, 그의 얼굴이 달빛 아래서 달처럼 하얗게 보였다. 네어스가 놀라 그를 쳐다보았다.

"오, 하느님!"

그날 밤에 그가 처음으로 한 말이었다.

"정말 뭐가 있어요. 정말 그 사람 같았어요."

"아니, 정신이 나갔군. 모두들 정신이 나간 거야."

비서 피터는 너무 놀라 숨쉬기도 어려울 정도였다.

"제가 그분을 못 알아보는 것 같으세요? 정말 놀랄만한 이유가 있다니까요."

비서가 유난스레 짜증 섞인 말투로 소리쳤다.

"자네도 어쩌면 홀킷처럼 그를 싫어한 사람 중의 하나인 것 같군."

형사가 쏘아대듯이 말했다.

"그럴지도 모르죠. 어쨌든 전 그분을 알고 있었습니다. 그런데 이 소름 끼치는 밤에 빳빳하게 굳어진 모습으로 우리를 노려보면서 서있는 걸 봤다고요."

비서가 자세히 설명한 후 절벽 사이에 보이는 갈라진 틈을 가리켰다. 그곳에 물거품 비슷한 게 보였는데, 차츰 어떤 형체를 띠어가는 것 같았다. 그들은 조심스레 가까이 다가가 기다리고 있었지만 그 형체는 아직 움직이지 않았다. 그건 마치 은으로 만든 조각품과 비슷해보였다.

네어스도 점점 얼굴빛이 창백해지며 어떻게 해야 좋을지 깊이 갈등하고 있는 것 같았다. 포터는 분명 혼처럼 많이 놀랐고, 평소에 단련된 신문기자 번 또한 더 가까이 가는 건 내키지 않는 것 같았다. 그도 분명 이런 일은 이상하다고 생각하고 있었다. 다만 브라운 신부만이 유령을 보고도 놀라지 않은 것 같았는데, 그는 오히려 놀랄 수도 있다고 이미 말했던 유일한 사람이었다. 결국 브라운 신부 혼자만 게시판의 공고를 보러 가듯이 터벅터벅 계속 앞으로 걸어갔다.

"두렵지 않으세요? 신부님은 우리 중에 유령의 존재를 믿었던 유일한 분이셨죠."

번이 신부에게 물었다.

"그렇다면 당신은 유령을 믿지 않았던 사람 중 하나가 되겠네요. 그런데 그냥 유령의 존재를 믿는 것과 어떤 특별한 경우의 유령의 존재를 믿는 것은 전혀 다른 문제거든요."

번은 약간 멋쩍어하면서 음산한 달빛 아래 유령이 나타난다는 절벽 끝 쪽을 힐끗 쳐다보았다.

"아무튼 제 눈으로 직접 볼 때까지는 안 믿겨져요."

번이 말했다.

"그야 나도 마찬가지지. 일단 봐야만 믿을 수가 있죠."

브라운 신부도 분명하게 말했다.

바다로 돌출해있는 언덕의 끝 부분은 약간 경사져 있으며,

마치 두 부분으로 나뉜 것처럼 갈라져 있었다. 신문기자는 그곳을 향해 황무지를 가로질러 걸어가면서 계속 신부를 유심히 쳐다보았다. 희끄무레한 달빛 아래 비쳐 보이는 풀밭은 한쪽으로 빗어 넘긴 회색 머리칼처럼 보였는데, 갈라진 절벽 사이의 녹색 표층에 석회암이 희미하게 반짝거리는 곳을 가리키고 있는 것 같았다. 바로 그곳에 창백한 사람인지 또는 빛이 나는 어떤 그림자인지 알 수 없는 무언가가 서있었다. 그건 네모난 검은 형체였는데, 브라운 신부는 그 형체를 향해 다가가고 있었다. 텅 비어 아무것도 없는 그 황량한 곳에서 희미하게 네모난 그 형체만이 눈앞을 압도하고 있었다. 그때 갑자기 방안에 잡혀있던 헨리 혼이 경찰을 물리치고 뛰쳐나와 소리를 지르며 신부 쪽으로 달려와서는 유령을 보고 무릎을 꿇었다.

"제가 자백을 했습니다. 왜 제가 당신을 죽였다고 사람들한테 말하지 않는 거죠?"

모두들 헨리 혼이 소리치는 걸 듣고 있었다.

그때 유령이 혼에게 손을 내밀며 말했다.

"자네가 죽인 게 아니라고, 내가 사람들한테 말할 거네."

그러자 무릎을 꿇고 있던 혼이 큰 비명을 지르며 벌떡 일어났다. 그는 손을 잡은 순간 그것이 피와 살을 가진 사람의 손이란 걸 알아차렸던 것이다.

노련한 경찰과 경험 풍부한 신문기자는 이 사건이 최근에 일어난 사건들 중에서 가장 드라마틱하게 죽음에서 벗어난 사건이라고 입을 모았다. 하지만 어떻게 보면 이건 아주 단순한 사건에 불과했다. 무너져 내리는 절벽의 작은 파편들은 계속해서 떨어지고 있기 때문에, 그것들이 갈라진 거대한 틈새에 쌓이다 보면 어둠 속에서는 그곳이 마치 깎아지른 듯한 경사면처럼 보이는데, 실제로는 골짜기를 형성하고 있었다. 억세고 강인한 노인 기드온 와이즈는 낮은 바위 위에서 아래로 떨어졌기 때문에 계속 부서져 내리는 파편들을 딛고 다시 위로 올라가려고 지옥 같은 24시간을 보냈던 것이다. 그리고 바로 그 바위가 일종의 탈출 계단이 돼주었다.

이제 헨리 혼이 본 그 하얀 물거품이 나타났다가 사라지고 결국 유령으로 형체를 드러냈다는 이야기는 이렇게 설명될 수 있을 것이다. 어쨌든 뼈와 살을 가진 기드온 와이즈가 그곳에 있었던 건 사실이다. 그는 먼지를 뒤집어 쓴 채 투박한 옷을 입고 백발에 주름진 얼굴을 하고 있었다. 그러나 그전보다 훨씬 덜 매서워보였다. 죽음의 기로에 서있었던 바위에서 24시간을 보낸 것이 아마도 백만장자들에게는 좋은 일이었는지도 모른다. 어쨌든 간에 그는 범인에게 아무런 원한도 품지 않았고, 게다가 범행이 될 내용마저도 상당부분 고쳐서 말했다. 즉 헨리 혼은 자신을 던진 적이 없으며, 자신이 서있던 갈라진 곳이 계속해서 아래쪽으로 갈라져 내려갔고, 그래서 혼이 자신을 구조하려고 시도도 했었다는 것이다.

"신의 뜻에 따라 제가 저 절벽 아래로 떨어졌던 이 사건을 계기로 해서… 하나님께 맹세하고자 합니다. 이제 적들을 모두 용서하겠습니다. 이렇게 사소한 일을 가지고 제가 용서할 줄 모른다면, 하나님은 힘 있는 자들을 비열하게 여기실 겁니다."

기드온 와이즈는 몹시 진지한 어조로 말했다.

헨리 혼은 경찰의 관리를 받아야 하지만 어차피 구류 기간도 짧고 처벌도 가벼울 것이라고 형사가 말했다. 증거 제시를 위해 살해된 사람을 증인석에 앉게 한다면, 그 사람은 살인자가 될 수 없기 때문이었다.

"정말 요상한 사건이네요."

신문기자 제임스 번이 일행과 함께 절벽의 길을 따라 마을로 서둘러 돌아가며 말했다.

"그렇죠. 근데 우리가 관여할 일이 아니겠지만 잠깐 얘기를 합시다."

브라운 신부가 말했다.

번은 잠시 침묵하다가 갑자기 신부의 제안에 입을 열었다.

"신부님이 아까 누군가 진실을 알고 있으면서 말하지 않는다고 하셨는데, 그때 헨리 혼을 생각하고 얘기하셨던가요?"

"아니오… 사실 그 얘기는 아주 말수가 없던 포터를 생각하고 한 말이었어요. 이제 고인도 아니고 애도할 일도 없는 기드온 와이즈의 그 비서 말이죠."

신부가 대답했다.

"아, 그 사람이 저한테 한번 말을 한 적이 있었는데, 상당히 괴짜 같다는 생각이 들었어요. 근데 그가 범인일 거라고는 전혀 예상 못했거든요. 그가 한 얘기는 그냥 아이스박스가 어쩌고저쩌고 하는 그런 얘기들이었어요."

번이 신부를 쳐다보며 말했다.

"아무튼 난 포터가 뭔가를 알고 있는 것 같았거든요."

브라운 신부는 곰곰이 생각에 잠긴 표정이었다.

"그가 연루돼있다는 얘기는 아니에요. 다만 궁금한 건, 그 갈라진 틈새로 와이즈가 기어 올라갈 수 있을 만큼 체력이 되느냐 하는 거죠."

"무슨 뜻이죠? 와이즈가 그곳을 빠져나온 거 맞잖아요. 거기에 분명히 있었고요."

신문기자가 놀라며 물었다.

신부는 대답은 안하고 엉뚱한 질문을 던졌다.

"혼에 대해 어떻게 생각하나요?"

"글쎄요, 범죄자가 될 수 있는 사람은 아니죠. 전혀 범죄자 같지가 않으니까요. 지금까지의 제 경험이나 지식으로 봐서는 그렇습니다. 물론, 네어스 씨가 저보다는 경험이 더 많겠죠. 그 사람도 범인이 아닐 것 같은데요."

번이 대답했다.

"나도 그가 범인이 아니라고 생각해요. 이유는 다르지만요. 당신이 범죄자들에 대해서는 더 많이 알 수도 있죠. 그런데 어떤 부류의 사람들에 대해서는 내가 당신이나 네어스보다 좀 더 잘 알고 있어요. 아주 사소한 것까지도 말이죠."

신부가 차분히 말했다.

"어떤 부류인데요?"

번이 어리둥절한 표정으로 물었다.

"어떤 부류를 말씀하시는 겁니까?"

그가 또다시 물었다.

"참회자죠."

브라운 신부의 대답이었다.

"전 도통 이해가 안 되네요. 그의 범죄를 안 믿는다는 말씀인가요?"

번이 이의를 제기했다.

"그래요. 난 그의 자백을 믿지 않아요. 자백하는 사람들을 많이 봤지만 이번처럼 솔직한 경우는 없었어요. 뭐랄까, 이건 너무 낭만적이라 책에나 나올 법한 얘기였어요. 카인의 낙인에 대해 그가 한 말을 생각해보세요. 그것도 책에 나온 이야기죠. 지금까지 그가 한 걸 봐서는 그 무서운 일을 직접 저지른 사람이 그런 말을 할 수 있다는 게 이상한 거죠. 일테면 어떤 정직한 점원이 처음으로 돈을 훔쳤다면 그 사실을 깨달은 후엔 큰 충격을 받게 되겠죠. 그런데 사람이 말이죠, 그 순간에 자기가 바라바(Barabbas, 성서에 나오는 죄수)와 같은 짓을 했다고 금방 생각이 들까요? 또 일테면, 어떤 사람이 너무 화가 나서 어린애를 죽였다고 가정해봅시다. 그런 경우 자신이 한 범죄를 역사 속 인물인 이두마에아 군주 헤로데스가 저지른 일을 떠올리면서 생각하게 될까요? 우리가 일상적으로 보는 범죄자들은 무서울 만큼 개인적이고 지루하기 때문에 역사적 우화 같은 걸 딱 들어맞게 생각해낸다는 건 거의 불가능한 일이죠. 더더구나 그는 왜 다시 돌아와서 동료들에 대해 말하지 않겠다고 딱 잡아뗐던 걸까요? 그런 말을 하는 것 자체가 그들에 대해 뭔가를 폭로하는 것 아닌가요. 지금까지 그 친구한테 무슨 말을 하라고 강요한 사람은 없었어요. 나는 그가 순진하다고 생각하지도 않고 죄가 없다고 말하지도 않을 겁니다. 저지른 적도 없는 일에 대해서 무죄를 선고한다고요? 세상 좋아졌군…."

브라운 신부는 바다 쪽을 한동안 바라보았다.

"도대체 무슨 말씀인지 이해가 안 되는데요. 그는 이미 사면을 받았는데 자꾸만 그를 의심하는 이유는 뭐죠? 어쨌든 그는 죄에서 벗어났고 지금 안전한 상태잖아요."

번이 답답하다는 듯 소리를 쳤다.

브라운 신부는 제자리에서 팽이처럼 뱅뱅 돌더니 갑자기 번의 코트를 확 잡아당겼다.

"바로 그거야!"

신부가 소리쳤다.

"그 점이 포인트라고요! 그는 안전한 상태에요. 죄에서 벗어났단 말이죠. 그래서 바로 그가 미스터리의 열쇠를 쥐게 된 겁니다."

"아니, 그럼…."

번이 나지막이 말했다.

"다시 말해, 그는 범죄에서 벗어났기 때문에 범죄 안에 있는 겁니다. 이젠 이해됐나요?"

"네, 명쾌합니다."

번이 감동하며 대답했다.

두 사람은 잠시 침묵하며 바다를 바라보았다. 갑자기 브라운 신부가 목소리를 높여 말했다.

"아까 참 아이스박스 얘기했죠. 언론과 경찰이 처음부터 잘못 풀어갔어요. 당신도 알다시피 요즘 세상엔 급진주의밖에 투쟁할 대상이 없다고 생각하고 있어요. 근데 이 사건은 급진주의와는 아무런 관련도 없이 맹목적으로 일어난 사건이죠."

"하지만 어떻게 그런 일이 일어날 수 있는 건지 모르겠어요. 함께 같은 일에 관여했던 세 명의 재벌이 살해됐는데…."

번이 반발하듯 말했다.

"아니죠!"

신부가 목소리를 높이며 날카롭게 말했다.

"그게 아니죠. 결론을 말하자면, 세 명의 재벌이 살해된 게 아니고, 두 명만 살해된 거죠. 보다시피 세 번째 재벌은 생생하게 살아나서 불평을 늘어놓고 있잖아요. 당신은 기드온 와이즈가 협박에서 막 벗어났을 그 무렵에 그를 봤던 거예요. 아이스박스 얘기를 들었다고 했죠? 갤럽과 스타인은 와이즈가 하도 고집을 부리니까 그를 위협했던 겁니다. 자금줄을 얼려버리겠다고 말이죠. 그 말을 농담처럼 하는 와중에 아이스박스 얘기가 나왔던 거예요."

신부는 잠시 멈췄다가 다시 이어갔다.

"급진주의 운동이 일어나고 있는 게 틀림없고 반드시 견제도 해야 하지만, 견제하는 방식이 잘못 돼있는 것 같아요. 문제가 뭐냐면, 견제하는 쪽이 결국은 지배하는 쪽과 같은 식으로 움직인다는 점입니다. 그런데 아무도 이런 사실을 지적하지 않고 있어요. 독점하려는 거대 집단들의 움직임이랄지 모든 거래를 트러스트로 전환하려는 배후 움직임 같은 것, 그런 것도 혁명이고, 혁명과 똑같은 결과를 초래하게 되죠. 급진주의에 대한 찬성과 반대가 마찰을 빚어내고 그래서 살인이 일어나는 것처럼, 이런 혁명적 운동에 찬성하거나 반대함으로써 결국 살인을 하게 되거든요. 그러니 결국은 극단적 방법으로 인권침해와 강제 집행을 할 수밖에 없는 거죠. 하지만 재벌들은 마치 왕처럼 자신의 궁전을 소유하고 경호원뿐 아니라 적진에 보낼 스파이도 거느릴 수 있는 것 아닙니까. 아마도 헨리 혼은 적진에 파견된 기드온의 스파이 중 하나였던 것 같아요. 하지만 그는 다른 적을 막기 위한 도구로 이용되었을 뿐이죠. 그 다른 적은 바로 자신을 파멸시키려 했던 그 라이벌들이었던 겁니다."

"그가 어떻게 이용됐다는 건지 아직도 잘 모르겠는데요. 무엇을 위해 그를 이용했을까요?"

번이 물었다.

"정말 모르겠다고요? 그들이 서로의 알리바이를 증명해줬던 거죠. 아직도 모르시겠어요?"

신부는 거의 짜증스럽게 말했다.

번이 처음엔 의심의 눈길로 신부를 바라보더니 조금 이해가 된 모양이었다.

"그가 범죄를 벗어났다고 말한 게 그런 의미였어요. 사람들은 대부분 그가 이 범죄에 연루됐기 때문에 다른 두 범죄와는 관련이 없다고 말하겠죠. 그런데 사실 이 범죄와 관련이 없었기 때문에 다른 두 범죄에 연루됐을 텐데 말이죠. 물론 정말 이상하고 믿기지 않는 알리바이는 사실이라고 생각할 수 없기 때문에 이해도 안 되는 겁니다. 사람들은 보통 살인했다고 자백하는 사람을 진실하다고 보고, 그 살인자를 용서하는 사람도 진실하다고 생각하기 마련이죠. 그런데 실제로 사건이 일어난 적이 없기 때문에 용서할 사람도 없고 두려워 떨 사람도 없다는 걸 생각할 수 있는 사람은 아마도 없을 거예요. 기드온 와이즈와 헨리 혼은 그날 밤에 함께 이곳에 있었다고 했지만 사실은 이곳에 없었어요. 헨리 혼은 숲에서 늙은 갤럽을 살해하고 있었고, 와이즈는 저택의 로마식 목욕탕에서 그 젊은 유대인을 목졸라 죽이고 있었어요. 그래서 내가 아까 와이즈가 절벽을 기어오를 만큼 힘이 강한지를 의심해봤던 겁니다.”

“정말 엄청난 모험을 한 거군요. 그 경관에 어울리고, 정말 그럴싸하고요.”

번이 기운 빠진 듯 말했다.

“너무 그럴싸해서 오히려 안 믿어질 정도죠.”

브라운 신부가 고개를 설레설레 저으며 말했다.

“달빛에 비친 물거품이 절벽 사이에서 유령으로 변한다니… 얼마나 생생한 얘긴지. 그리고 또 얼마나 문학적인지. 혼은 밀고자이고 비열한 인간이지만 역사 속의 수많은 밀고자와 비열한 인물처럼 자신이 작가라는 점도 잊지 않았던 거죠.”

하늘에서 날아온 화살

놀랍게도 많은 추리소설들이 미국 백만장자의 살해 사건에서 그 시체를 발견하는 것으로 시작되고 있다. 사람들은 이런 사건을 마치 큰 재난이라도 되는 것처럼 여기는데, 거기엔 몇 가지 이유가 있다. 지금 하려는 이 이야기 역시 어떤 백만장자가 살해되는 것으로 시작한다. 사실 엄밀히 말하면 백만장자 세 명의 살해라고 할 수 있다. 그들 모두는 돈이 산더미처럼 많다고 하는 그런 부자들이었다. 이들의 죽음이 더 특별하게 여겨진 것은, 수많은 범죄들이 계속 일어나는 평범한 일상 속에서 백만장자 세 명이 연달아 살해되는 심상치 않은 사건이었기 때문이다.

사람들은 이 사건이 예술적으로나 역사적으로 가치가 높은 어떤 유물의 쟁탈을 둘러싸고 일어난 피의 복수 또는 저주 같은 것이라고 떠들어댔다. 그 유물은 희귀한 돌로 무늬를 넣어

세공한 성배인데, 사람들은 그걸 콥트 족의 잔이라고 부르고 있었다. 이 성배의 기원에 대해서는 정확하게 알려져 있지 않지만 그 용도는 종교적인 것으로 추측되었다. 어떤 사람들은 이 성배의 주인에게 닥치는 이런 운명은, 물질을 탐하는 사람들 손에 이 성배가 들어갈까 두려워했던 일부 동양 기독교 교인들의 광신주의 때문이라고 했다. 하지만 베일에 쌓여있는 이 살인자는 그가 광신자이든 아니든 간에 이미 언론과 소문을 통해 세상을 깜짝 놀라게 했고, 세간에 주목을 받는 인물이 되었다. 따라서 익명이었던 그에게 이름과 별명까지 붙여진 것이다. 그러나 지금부터 우리는 세 번째 피해자와 관련된 이야기만 할 것이다. 왜냐하면 이 이야기 속에서 브라운 신부의 존재가 가장 잘 드러나기 때문이다.

브라운 신부는 대서양을 오가는 정기 여객선을 타고 미국에 발을 딛게 되었는데, 그때 그는 예상하던 것보다 자신이 훨씬 더 중요한 사람이라는 것을 깨닫게 되었다. 그런 상황에서 많은 영국인들은 대체로 그렇게 느낄 것이다. 영국에서는 브라운 신부처럼 작은 체격에 근시 눈을 하고 평범한 외모에 색 바랜 검정색 신부복을 입었다면 사람들 눈에 띄지도 않고 그냥 지나칠 수 있었다. 그러나 유명세를 만들어내는 데 과연 천재적인 미국에서는 그렇지가 않았다. 브라운 신부는 범죄자 출신 탐정인 플랑보와 공조해 기이한 범죄 사건을 몇 번 해결한 적이 있는데, 영국에서는 그냥 소문으로만 떠돌았던 명성이 미국에서는 더 크게 부각된 것 같았다.

미국 땅에 발을 디디자마자 기자들이 도둑처럼 우르르 몰려와 그를 둘러싸며 여성복에 대한 자세한 설명과 범죄 통계 등 그가 잘 모르는 분야의 질문들을 마구 퍼부어댔다. 그의 동그란 얼굴은 놀라서 멍하게 쳐다보고 있었다. 그런데 눈부신 햇빛이 작열하고 있는 가운데 신부처럼 똑같이 검은색 옷차림을 하고 저만치 떨어진 곳에 한 남자가 서있었는데, 그가 더 활기 넘치고 강렬해 보인 것은 분명 전투라도 할 기세로 떼 지어 달려든 검은색 옷차림의 기자들과 대조를 이루었기 때문일 것이다. 구릿빛 피부를 한 그 남자는 큰 키에 커다란 고글을 쓰고 있었고, 이제 기자들이 물러나자 마치 브라운 신부를 체포할 듯한 자세를 취하며 질문을 던졌다.

"실례합니다. 웨인 기장님을 찾고 계신 것 같군요."

잠시 브라운 신부에 대해 해명을 하자면 이렇다. 본인도 진심으로 해명이 필요했을 것 같다. 그는 전에 미국에 와본 적이 없고, 특히 당시 영국에서는 그런 패션이 유행하지 않았기 때문에, 그는 거북이 등껍질 같은 그런 고글을 본 적이 없었다. 그러다 보니 잠수부 헬멧 모양의 고글을 쓴 그 바다괴물 같은 남자를 처음 보고는 충격을 받아 그를 빤히 쳐다보기만 했던 것이다. 그 괴상한 물건만 아니라면 그 남자는 오히려 아주 세련되게 잘 입은 것이라고 할 수 있었다. 하지만 브라운 신부의 순박한 눈에는 그 고글이 신사에게 안 어울리는 너무나 흉측한 물건으로밖에 보이지 않았다. 그건 마치 멋쟁이가 옷을 특별히 잘 차려입고는 의족으로 돋보이게 만들려는 것과 같은 짓이었다. 그의 질문도 황당하기 짝이 없었다. 웨인이란 사람은 미국인 비행사로 브라운 신부가 프랑스에서 만난 친구인데, 미국을 방문하게 되면 만나고 싶었던 사람들 중 하나였다. 그런데 이렇게 빨리 그의 소식을 들으니 신부는 놀라지 않을 수 없었다.

"네? 그럼, 당신이 웨인인가요? 아니면 그를 아는 사람인가요?"

브라운 신부가 의심을 품은 말투로 물었다.

"아니, 저는 아닙니다."

고글을 쓴 남자가 무표정한 얼굴로 대답했다.

"그 사람이 저기 차 안에서 당신을 기다리고 있는 걸 봤으니까, 저는 분명 웨인이 아닙니다. 그런데 그를 아는 사람이냐는 질문은 좀 확실하지가 않군요. 생각해보니까 저는 웨인 씨와 그의 삼촌, 그리고 머튼 노인도 알고 있거든요. 저는 머튼 노인을 아는데, 머튼 노인은 저를 모릅니다. 그 노인은 자신이 저보다 우위에 있다고 생각하지만, 저는 그 반대거든요. 무슨 말인지 아시겠죠?"

브라운 신부는 그의 말을 전혀 이해할 수 없었다. 그래서 눈을 깜박거리며 바다의 풍경과 도시의 높은 탑들을 한 번 둘러본 후 그 괴물 같은 남자를 다시 쳐다보았다. 도무지 알 수 없는 인상을 풍기는 건 그 이상한 안경 때문만이 아니었다. 그의 황색 피부는 중국인과 비슷했고, 대화 방식도 계속 비꼬는 말투였다. 그는 쾌활하고 사교적인 사람들 사이에서 흔히 보이는 유형이지만 정말 이해하기 힘든 묘한 인물이었다.

"저는 노먼 드래지라고 하고, 미국인입니다. 저에 대해서는 이제 모든 게 설명되었나요? 나머지는 웨인 씨가 설명할 거니까 자세한 얘기는 나중에 하도록 하죠."

브라운 신부는 여전히 멍한 상태로 저쪽에 세워져 있는 자동차로 끌려가다시피 했다. 차에서 젊은 남자가 기다리고 있었다. 그는 어딘지 초조하고 피곤해 보이는 얼굴에 단정치 않은 노란 머리를 하고 있었는데, 신부를 보고는 반갑게 맞이하며 자신은 피터 웨인이라고 인사했다. 그리고는 여기가 어딘지 물어보기도 전에 신부를 화물처럼 차에 태우고 아주 빠른 속도로 그곳을 빠져나갔다. 신부는 미국인의 이런 재빠른 실용주의에 익숙하지 않았기 때문에 마치 용이 이끄는 마차에 실려 요정의 나라로 가는 것처럼 어리둥절했다. 그렇게 혼란스러운 와중에 웨인은 콥트 족의 잔과 관련된 두 가지 범죄사건에 대해 혼잣말을 하듯 한참이나 주절거렸고, 가끔씩 드래지가 보충설명을 덧붙이곤 했다.

웨인의 삼촌인 크레이크는 머튼과 동업을 했는데, 그 콥트 잔을 세 번째로 소유했던 사람이 바로 이 부유한 사업가 머튼이었다. 첫 소유자는 구리 사업으로 재벌이 된 타이터스 트랜트로, 어느 날 그는 다니엘 둠이라는 사람한테서 협박 편지를 받았다. 그 이름은 곧 유명인의 대명사처럼 알려지게 되었는데, 인기는 없지만 대중적으로 널리 알려진 인물인 로빈 후드와 살인자 잭을 합친 정도였기 때문이다. 다니엘 둠은 협박 편지로만 그친 게 아니었다. 재벌 트랜트 노인이 자신의 저택 연못에서 머리가 거꾸로 처박힌 채 발견되었던 것이다. 그러나 어떠한 단서도 찾을 수 없었다. 다행히도 콥트 족의 잔은 은행에 안전하게 보관되어 있었다. 그 잔은 나중에 트랜트의 나머지 재산과 함께 이미 부자였던 사촌 브라이언 호더에게로 넘어갔다. 그런데 브라이언 호더 역시 익명의 어떤 자에게서 협박을 받았다. 그리고 얼마 후 해변 가에 있는 자신의 저택 근처 절벽 아래서 시체로 발견되었다. 그의 집에는 강도가 침입한 흔적이 역력히 남아 있었다. 콥트 족의 잔은 이번에도 안전하게 지켜졌지만, 상당히 많은 채권과 증권을 도난당하는 바람에 호더의 재정 상태는 완전 뒤죽박죽이 되어버렸다. 웨인은 차근차근 말을 이어갔다.

"그래서 브라이언 호더의 부인이 귀중품 상당수를 팔아야 했던 것 같습니다. 그때 브랜더 머튼이 그 잔을 샀던 게 분명해요. 제가 그 사람을 처음 만났을 때 그걸 가지고 있었거든요.

아무튼 그 잔을 가지고 있으면 평탄할 수 없다는 걸 충분히 짐작하시겠죠."

잠시 후 브라운 신부가 물었다.

"그럼 머튼 씨도 협박 편지를 받았나요?"

"그런 것 같습니다."

드래지가 대답했다. 그의 목소리에서 느껴지는 알 수 없는 그 무엇 때문에 신부는 자기도 모르게 그를 쳐다보았다. 그는 고글을 쓴 채 소리 없이 웃고 있었다. 그 웃음은 이방인에게 오싹한 느낌을 주었다.

"편지를 본 건 아니지만, 분명 받았을 겁니다. 큰 사업가들이 대개 그렇듯이 그 사람도 사업 문제엔 굉장히 신중하기 때문에 편지들은 항상 비서만 볼 수 있게 돼있습니다. 그런데 한 번은 그분이 편지 때문에 크게 화를 내면서 불쾌해하는 걸 본 적이 있어요. 그분은 그 편지를 비서가 보기 전에 찢어버렸죠. 비서도 자꾸만 신경이 날카로워지니까 그런 말을 하더군요. 누군가가 그 노인을 습격할 것 같다고 말이죠. 그래서 이런 사건에 대해 신부님께 간단한 조언이라도 좀 부탁드릴까 합니다. 신부님의 명성에 대해서는 모두가 잘 알고 있거든요. 그래서 신부님께서 머튼 씨 집으로 곧장 와주실 수 있는지 물어봐달라고 비서가 부탁하더군요."

웨인이 편치 않은 얼굴로 말했다.

"네, 그렇군요."

신부는 이제야 비로소 자신이 훤한 대낮에 납치된 이유를 알 수 있었다.

"그런데, 제가 할 수 있는 일이 뭐가 있을지 모르겠네요. 저야 잠깐 방문하는 거지만 당신들은 그 현장에 있었으니까 저보다는 훨씬 더 정보도 많을 것 아닙니까? 그러면 구체적인 증거를 찾아낼 수 있을 텐데요."

"물론 그렇죠."

드래지가 냉담하게 말했다.

"그런데 저희가 분석한 결과는 너무 과학적이라 현실적이지가 못해서요. 만일 무언가가 타이터스 트랜트 같은 인물에게 해를 끼쳤다면, 그건 아마도 하늘에서 떨어진 그 무엇일 겁니다. 그렇다면 과학적 설명도 필요 없어지게 되죠. 그건 뭐 마른하늘에 날벼락이라고 할 수밖에요."

그때 웨인이 목소리를 높여 말했다.

"그게 초자연적 사건이라는 뜻은 아니겠죠!"

하지만 드래지의 설명이 그렇게 쉽게 이해되는 건 아니었다. 만일 어떤 사람이 자기가 대단히 영리하다고 말한다면, 그 사람은 실제로는 바보라는 뜻일 수도 있으며, 그것 외에는 알아낼 게 없는 것이다.

이윽고 목적지 같은 곳에서 차가 멈춰 섰다. 그때까지 드래지는 별다른 말을 하지 않았다. 장소는 상당히 색다른 풍경이었다. 차는 다시 나무들이 숲을 이루고 있는 곳을 통과해 넓은 평지로 들어섰다. 앞쪽으로 로마식의 둥그스름하고 높은 울타리로 둘러싸인 건물이 하나 있었는데, 마치 비행장과도 비슷한 모양새였다. 바로 앞에 있는 벽은 나무나 돌이 아니라 금속으로 만들어져 있었다.

모두들 차에서 내렸다. 그때 작은 문 하나가 매우 조심스럽게 살며시 열렸는데, 마치 금고 문이 열리는 것 같았다. 그런데 드래지는 거기서 이상할 정도로 환한 표정을 지으며 작별인사를 하는 것이었다.

"저는 안 들어가겠습니다. 머튼 노인이 저를 보면 좋아 죽을지도 모르거든요."

그러면서 드래지는 곧장 떠나버렸다. 계속 어리둥절한 채로 신부가 그 작은 철문 안으로 들어서자 뒤에서 철거덕 하고 닫히는 소리가 났다. 바로 앞엔 넓은 정원이 화려한 색깔로 꾸며져 있었는데, 큰 나무나 꽃나무 등은 하나도 없었다. 정원 한가운데에 예쁜 건축물이 하나 있지만, 아주 인상적이긴 하나 너무 높고 좁아서 그냥 탑처럼 보였다. 이글거리는 태양이 유리지붕에 반사되어 주변 곳곳을 비추고 있었다. 그런데 건물 아래쪽에는 창문이 하나도 없는 것 같았다. 곳곳이 먼지 하나 없이 반짝반짝 닦여있어서 확실히 미국식 분위기를 띄고 있었다. 건물 안으로 들어가자 눈부신 대리석과 금속과 화려한 에나멜 장식들이 눈앞에 펼쳐져 있었고, 계단은 보이지 않지만 벽 한가운데에 엘리베이터가 설치돼 있었다. 그 옆에는 사복 차림의 경찰관으로 보이는 건장한 한 남자가 서있었다.

"아주 철통같은 곳이죠."

웨인이 말했다.

"머튼 씨가 이런 요새 같은 곳에서 지낸다는 사실이 좀 어이없을 수도 있습니다. 아무도 숨을 수 없도록 정원에 나무 한 그루 심지 못하는 이런 곳에서 말이죠. 하지만 이 나라에서 저희가 어떤 상황에 처해있는지 신부님은 잘 모르시겠죠? 게다가 브랜더 머튼이라는 이름이 뜻하는 것도 잘 모르실 테고요. 그분은 정말 평범해 보이는 인상입니다. 길가에서 그를 만나면 모두 다 그냥 지나칠 정도죠. 요즘엔 물론 차 문도 닫고 가끔씩만 외출을 하니까 그럴 기회도 없지만 말입니다. 하지만 브랜더 머튼 씨에게 무슨 일이 일어난다면 그건 알래스카에서 카니발 섬까지 지진이 일어난 것과 다를 게 없다고 보시면 됩니다. 역사상 어떤 왕이나 황제도 그분처럼 온 국민에게 영향력을 행사하지는 못했을 겁니다. 신부님도 황제나 영국 국왕이 방문해달라고 부탁하면 거절하시겠습니까? 아마 호기심 때문에라도 방문하시겠죠. 사람들은 황제나 백만장자 그 자체엔 관심이 없다 하더라도 그들이 가진 권력에는 흥미를 갖게 되죠. 어쨌든, 머

244

튼 씨 같은 현대적 의미의 황제를 이렇게 방문하시게 된 게 신부님의 원칙에 어긋나지 않았기를 바랍니다."

"천만에요. 감옥의 죄수나 불행한 사람들을 만나는 게 제가 할 일이죠."

브라운 신부가 나직이 대답했다.

잠시 침묵이 흐른 후, 웨인은 묘하게 교활해 보이는 표정을 지으며 불쑥 말했다.

"그러니까 그놈이 단순한 도둑이나 폭력조직원이 아니라는 점을 알고 계셔야 합니다. 다니엘 둠이라는 자는 악마나 마찬가지거든요. 트랜트의 정원과 호더의 집 밖에서 감쪽같이 아무런 단서도 흘리지 않고 그들을 살해했으니 말이죠."

저택의 맨 위층엔 두꺼운 벽으로 둘러싸인 2개의 방이 있었다. 하나는 그들이 들어간 외실이고, 다른 하나는 백만장자의 내실이었다. 그들이 외실로 들어서려고 할 때 2명의 방문객이 내실에서 막 나오고 있었다. 그중 한 사람은 피터 웨인과 반갑게 인사를 하면서 그의 삼촌이라고 소개했다. 자그마한 키에 매우 다부지고 활발해 보이는 사람이었다. 머리카락은 완전히 없었고, 갈색 피부는 너무 구릿빛이라 백인이라고 믿기 어려울 정도였다. 이 사람이 바로 크레이크 노인이었는데, 아메리카 인디언 전쟁 당시 이름을 떨쳤던 올드 히커리를 추억해서 사람들이 그를 히커리 크레이크라고 불렀다. 다른 한 사람은 아주 대조적으로 보이는 잘 차려입은 신사였다. 머리는 검은색 니스 칠이라도 한 것처럼 새카만 데다, 눈엔 검은색 끈이 달린 외눈 안경을 쓰고 있었다. 그의 이름은 버나드 블레이크인데, 머튼의 변호사로서 그들과 함께 사업에 대해 의논하고 나오던 길이었다. 이들 모두 네 사람은 그렇게 잠시 동안 서서 의례적인 대화를 나눴다. 그런데 그들 외에도 방 뒤쪽에 앉아있는 사람이 하나 더 있었다. 어깨가 넓은 흑인이 창문으로 들어오는 어스름 속에서 꿈쩍도 안하고 앉아 있었던 것이다. 그 남자는 미국인들이 흔히 폄하하듯 말하는 악당 같은 모습이었는데, 친구 쪽에서는 경호원이라고 부르고 상대편에서는 폭력조직원이라고 부를 만한 사람이었다.

이 남자는 다른 사람들을 보면서 인사하거나 일어나지도 않았다. 피터 웨인이 그를 보고는 불안해하며 물었다.

"누가 회장님과 같이 있어요?"

"피터, 걱정하지 않아도 돼."

그의 삼촌이 웃으며 말했다.

"비서 윌튼이 함께 있으니까, 그러면 충분하지 않겠어? 머튼 씨를 지켜보는 동안 윌튼이 잠을 자거나 하지는 않을 거야. 그는 경호원 스무 명보다 낫거든. 인디언처럼 민첩하고 조용해서 말이야."

피터가 웃으며 말했다.

"삼촌, 생각나세요? 제가 어렸을 때 삼촌이 아메리카 인디언의 날렵한 재주 이야기를 해주셨는데, 그게 생각나네요. 저는 아메리카 인디언 이야기들을 되게 좋아했었어요. 그런데 제가 읽은 이야기들은 그들이 항상 패배하는 걸로 끝났거든요."

"그건 사실이 아니었어."

나이든 개척자가 단호한 어투로 말했다.

"그래요? 저는 그들이 우리의 무기 앞에선 거의 힘을 못 썼다고 생각했는데요."

그때 블레이크 씨가 조용히 덧붙였다.

"저는 어떤 인디언이 가죽 벗기는 작은 칼 하나만 들고 수백 개의 권총 앞에 서서 멀리 요새 위에 있는 백인을 죽이는 걸 본 적이 있어요."

"아니, 어떻게 그럴 수가 있죠?"

피터 웨인이 물었다.

"던졌던 거지. 총알이 날아오기 전에 순식간에 칼을 던졌던 거야. 그런 기술은 정말 대단하지."

크레이크 노인이 설명해주었다.

"삼촌이 그걸 안 배운 게 다행이네요."

조카 피터가 웃으며 말했다.

브라운 신부가 조심스럽게 끼어들었다.

"제가 보기엔 그 이야기에 뭔가 교훈이 있는 것 같군요."

그들이 대화하고 있는 동안 비서 윌튼이 내실에서 나왔다. 그는 창백한 얼굴에 금발머리의 남자로, 각진 턱과 개처럼 침착한 눈을 가지고 있었다. 그는 누가 봐도 경호원의 임무를 잘 수행하는 사람으로 보였다.

"머튼 씨께서 약 십분 후에 보시겠다고 합니다."

그의 한마디로 모든 잡담이 중단되었다. 크레이크 노인은 가겠다며 돌아섰고, 피터도 삼촌과 변호사를 따라 밖으로 나갔다. 브라운 신부는 잠시 동안 비서와 단 둘이 남아 있었다. 다른 쪽 끝에 앉아있는 덩치 큰 흑인은 살아있는 사람이라고 느껴지지 않을 정도였다. 그는 정말 꿈쩍도 않고 내실 쪽만을 바라보고 있었다.

"여기서는 굉장히 세심하게 주의를 해야 합니다. 다니엘 둠이라는 자에 대해 들어보셨겠죠. 그 때문에 회장님을 혼자 둘 수가 없습니다."

윌튼이 말했다.

"지금은 혼자 계시는데, 괜찮나요?"

브라운 신부가 물었다.

회색 눈동자의 윌튼이 심각한 눈빛으로 신부를 쳐다보았다.

"십오 분입니다. 스물네 시간 중에 딱 십오 분이죠. 회장님이 완전히 혼자 계실 수 있는 유일한 시간입니다. 그분이 원하시는 아주 중요한 이유 때문이죠."

"그 이유가 뭔가요?"

월튼의 눈빛은 그대로였지만, 그의 입은 엄숙하다 못해 기분이 상한 것처럼 보이기도 했다.

"혹시 콥트 족의 잔에 대해 기억하실지 모르겠네요. 근데 회장님은 그 잔뿐만 아니라 다른 모든 것에 대해서도 기억을 하고 계십니다. 그분은 콥트 족의 잔에 관해서는 그 누구도 믿지 않으세요. 저 방 어딘가에 그 잔이 숨겨져 있는데, 회장님만이 그걸 찾을 수 있죠. 우리가 있을 때는 절대 꺼내지도 않습니다. 그래서 회장님이 편하게 앉아 그 잔에 숭배하실 수 있도록 십오 분 동안 혼자 두는 겁니다. 물론 위험을 감수하는 거죠. 제가 알기로 그 잔은 회장님이 숭배하는 유일한 대상입니다. 실제로 위험한 상황은 발생하지 않을 거예요. 제가 이곳에 온통 덫을 놓았기 때문에 악마라고 해도 들어올 수가 없거든요. 설령 들어온다 하더라도 빠져나갈 수가 없어요. 그 악랄한 다니엘 둠이 온다고 해도 저녁식사 이후까지 머물러야 할 겁니다. 저는 십오 분 동안 여기서 대기하고 있다가 총소리나 무슨 싸우는 소리가 나면 이 버튼을 누르는 거죠. 그러면 정원 벽에 전기가 흐르기 때문에 담을 넘거나 올라타면 감전사하게 되는 겁니다. 총을 쏠 필요도 없죠. 여기가 저 내실로 들어갈 수 있는 유일한 통로고, 경호원이 앉아있는 저 창문이 탑 위로 올라갈 수 있는 유일한 길입니다. 물론 저희들도 완전무장을 하고 있죠. 만일 다니엘 둠이 저 방으로 들어간다 해도 살아 나오진 못할 겁니다."

브라운 신부는 서재 바닥에 깔려있는 카펫을 내려다보며 생각에 잠겨 있다가 갑자기 눈을 깜박거리며 입을 열었다.

"제가 하는 얘기 때문에 언짢아하지 않으면 좋겠군요. 괴팍한 생각이 불쑥 떠올라서 말이죠. 바로 당신에 관한 얘긴데…"

"네, 뭡니까?"

"당신은 한 가지밖에 모르는 것 같습니다. 이런 말씀드려서 죄송합니다만, 당신은 브랜더 머튼 씨를 지키는 일보다 다니엘 둠을 잡는 일에 더 열중하고 있는 것 같은 생각이 들어서요."

윌튼은 순간 움찔하며 신부를 쏘아보았다. 그리고는 꾹 다문 입가에 약간 장난스런 미소를 조심스럽게 지어보였다.

"어떻게… 어떻게 그런 생각을 하셨죠?"

"당신은 총소리가 나면 상대를 즉시 감전사시킬 수 있다고 말했죠. 그런데 제 생각엔 총소리가 들리면 적이 감전으로 죽기 전에 우선 회장님의 목숨이 더 위험할 것 같거든요. 당신이 머튼 씨를 지키지 않고 내버려둔다는 그런 뜻은 아닙니다. 다만 당신에겐 머튼 씨를 지키는 일이 좀 부차적으로 보인다는 얘기죠. 물론 당신 말대로 굉장히 세심하게 대비하는 것 같고, 특히 당신이 세심하게 하고 있겠죠. 하지만 한 사람을 지키는 것보다 살인자를 잡는 게 더 앞서도록 계획된 것 같다는 생각이 드는

군요."

"브라운 신부님."

월튼은 목소리를 가다듬고 차분하게 말했다.

"정말 예리하십니다. 아니 그 이상입니다. 신부님한테는 진실을 털어놓고 싶어지네요. 잘 들어주시겠죠. 어쨌든 사람들이 저한테 하는 얘기를 들으셨는지 모르겠는데, 제가 이 거물 도둑을 잡는 데만 혈안이 돼있다고 말하더군요. 저도 동의합니다. 근데 이건 아무도 모르는 사실인데, 말씀드리겠습니다. 제 이름은 존 월튼 호더입니다."

브라운 신부는 굉장히 중요한 정보를 들은 것처럼 고개를 끄덕거렸다. 월튼은 말을 계속했다.

"둠 그자가 제 아버지와 삼촌을 살해했고 제 어머니를 파멸시켰습니다. 콥트 족의 잔이 있는 곳에 범인이 다시 나타날 거라는 생각 때문에 머튼 씨가 비서를 구할 때 제가 하겠다고 했죠. 저는 범인이 누구일지도 모르고 기다리고만 있습니다. 머튼 씨를 위해 충성으로 일하고 있는 거죠."

"네, 그렇군요. 이제 회장님을 만날 시간이 된 것 같습니다."

"아, 네."

월튼은 대답을 하고는 그대로 있었다. 브라운 신부는 월튼이 오로지 복수심에 불타 생각에 잠겨있는 줄 알았다.

"지금 들어가시죠."

브라운 신부는 바로 내실로 들어갔다.

안에서는 아무런 목소리도 들리지 않고 쥐죽은 듯 고요하기만 했다. 신부는 출입구 쪽으로 다시 나왔다. 그는 내실 창문으로 들어오는 빛을 등지고 서있어서 그의 얼굴에 그림자가 드리워졌다.

신부의 모습을 보고는 그게 무슨 신호라고 생각했는지, 문옆에 꿈쩍도 않고 앉아있던 거대한 덩치의 경호원이 갑자기 일어났다. 그는 마치 이제야 살아난 사람 같았다.

"버튼을 눌러야 할 것 같아요."

신부가 숨넘어가듯 다급히 말했다.

윌튼은 자신의 냉혹함에 대해 깊이 생각하다가 깨어났는지 벌떡 일어나 큰소리로 외쳤다.

"무슨 일인가요? 총소리도 안 났는데."

"그러게요. 어떤 총을 사용했는지에 따라 다르겠죠."

윌튼은 번개처럼 내실로 달려갔고, 모두들 안으로 뛰어들었다. 방은 작은 편이지만 멋스러운 가구들로 장식되어 있었다. 반대편엔 큰 창문이 나있는데 활짝 열려 있었고, 그곳으로 정원과 숲이 내다보였다. 창문 바로 옆엔 의자와 작은 탁자가 놓여있는데, 방의 주인은 마치 갇혀 있다가 허락된 짧은 시간 동안 고독을 즐기며 빛과 공기를 한껏 만끽하기라도 한 것 같았다.

창문 옆 작은 탁자 위엔 콥트 족의 잔이 놓여있었다. 브랜더 머튼은 빛이 가장 좋은 창문 옆에서 그 잔을 바라보고 있었음에 틀림없다. 그 귀한 잔은 확실히 매우 값비싸게 보였다. 밝은 햇빛 속에서 다양한 빛깔의 광채를 내고 있어 마치 성배 그 자체처럼 보였던 것이다. 그런데 브랜더 머튼은 잔을 바라보고 있지 않았음을 알 수 있었다. 그의 머리는 의자 뒤쪽으로 기울어져 있었고, 풍성한 백발머리는 바닥을 향해 흘러내리고 있었으며, 턱수염은 천장 쪽으로 돌출해있었기 때문이다. 그리고 목구멍엔 붉은 깃털이 달린 긴 갈색 화살 하나가 박혀 있었다.

"무성 권총이라… 이건 신제품은 아니군요. 오래된 제품이지만 성능은 아주 좋죠."

브라운 신부가 조심스럽게 말했다.

그리고는 잠시 후 덧붙였다.

"돌아가신 것 같습니다. 빨리 조치를 취하세요."

창백해진 윌튼이 강한 어투로 말했다.

"우선 이 버튼을 누르고, 그래도 다니엘 둠을 못 잡으면 제가 이 세상 끝까지라도 쫓아가 잡아낼 겁니다."

"사람들이 다치지 않도록 조심하세요. 멀리 가지는 않았을 겁니다. 그 사람들을 다시 부르는 게 좋을 것 같은데요."

"그 사람들은 벽에 대해 잘 알고 있기 때문에 아무도 벽에 올라가지는 않을 겁니다. 혹시 그들 중 하나가… 서둘러야겠어요."

브라운 신부는 창문으로 화살이 들어왔을 것 같아 가까이 다가가 밖을 내다보았다. 정원의 화초들은 마치 정성스럽게 색칠한 세계지도처럼 나지막하게 잘 꾸며져 있었다. 멀리까지 전망이 트여있어 광활하고 텅 빈 것처럼 보였으며, 탑은 굉장히 높게 솟아 있었다. 신부는 갑자기 엉뚱한 말이 떠올랐다.

"마른하늘에 날벼락… 마른하늘에 날벼락이라. 하늘에서 떨어진 벼락이 무슨 뜻일까? 모든 게 굉장히 멀리 떨어져있는 것처럼 보이는군. 화살이 하늘에서 떨어진 게 아니라면… 화살이 이렇게 멀리까지 날아올 수가 있다는 게, 정말 이상하군."

월튼은 아무 대꾸도 안하고, 신부는 계속 혼자 중얼거렸다.

"혹시 비행기를 타고 온 걸까, 웨인에게 물어봐야지… 비행에 대해서."

"이 근처에 비행하는 사람이 많습니다."

월튼이 말했다.

"아주 오래됐으면서도 아주 새로운 무기를 이용한 사건이라… 웨인의 삼촌이 잘 아실 수도 있겠네요. 화살에 대해 물어봐야겠어요. 이건 아메리카 인디언의 화살처럼 보이는데, 그들이 어디서 화살을 쏘는지 모르겠군요. 아까 그분이 한 얘기 기억나시죠? 내가 배울 점이 있다고 말했던 거요."

"배울 점이라면… 실제로 아메리카 인디언들이 정말 멀리서 화살을 쏠 수 있다는 얘긴가요? 그런 쪽으로 생각하시는 건 너무 터무니없는 것 아닌가요?"

월튼이 흥분하며 말했다.

"그 이야기에서 제대로 안 배우신 것 같군요."

그 다음날부터 이 자그마한 신부는 수백만 뉴욕 시민 속에서 아무 일도 안하고 살아가는 것처럼 보였다. 그러나 실제로는 정의의 심판이 잘못 내려질까 걱정하며 2주 동안 신중하게 해야 할 임무를 수행하느라 아주 바쁜 나날을 보냈다. 새로 만나는 사람들이나 당사자들 어느 누구라도 두세 사람만 모이면 이 불가사의한 사건에 대해 이야기를 나눌 수 있었다. 히커리 크레이크 노인과 대화를 할 때는 특히 흥미로웠다. 이 참전용사는 센트럴 파크의 벤치에 앉아 토마호크(tomahawk)를 본떠서 만든 붉은색 지팡이의 손잡이에 메마른 손과 얼굴을 기대고 있었다.

"어쩌면 멀리서 쐈는지도 모르죠."

브라운 신부의 조심스런 말에 크레이크 노인이 고개를 가로저었다.

"아무리 그래도, 인디언이 화살을 그렇게 멀리 쏠 수 있다고는 생각하지 않습니다. 활은 총보다 똑바로 날아가서 목표물을 맞힐 수는 있어요. 화살이 날아가는 거리는 정말 놀랍죠. 물론 요즘엔 활과 화살을 가지고 다니는 아메리카 인디언은 없을 겁니다. 더구나 이 주변에 아메리카 인디언이 얼쩡거리고 있을 리는 없고요. 그래도 만에 하나, 옛 인디언의 활을 가지고 있는 노장 인디언 사수가 머튼 씨 저택에서 수백 미터 떨어진 숲속에 숨어있었다고 칩시다. 거기서 머튼 씨 저택의 꼭대기 층 창문으로 화살을 쏘아 보낸다는 건 불가능할 겁니다. 더더구나 머튼 씨를 맞춘다는 건 더 불가능하고요. 아주 옛날엔 그런 명사수도 볼 수 있었겠지만 말이죠."

"그런 명사수를 보시기만 한 게 아니라 직접 화살을 쏴볼 수도 있었겠군요."

"그건 다 옛날 얘기죠."

크레이크 노인이 킬킬대며 웃어넘기듯 말했다.

"사람들은 각자 나름대로 옛날 얘기에서 교훈을 얻곤 하죠. 당신의 과거 이력엔 이 사건과 관련해 이러쿵저러쿵 별다른 일은 없다고 할 수도 있겠군요."

신부가 말했다.

"무슨 말씀이시죠?"

크레이크가 발끈 하며 물었다. 그의 눈빛이 비로소 날카로워지고, 불그스름한 얼굴은 토마호크의 손잡이처럼 굳어 있었다.

"그러니까, 당신은 아메리카 인디언의 예술이랄까 기술에 대해 아주 잘 알고 계시는…"

브라운 신부가 천천히 말을 꺼내고 있었다.

괴상하게 생긴 지팡이에 턱을 기대고 앉아있던 크레이크는 몸이 더 굽어져 거의 쭈그러져 보였다. 그러나 한순간 그는 지팡이를 곤봉처럼 움켜잡더니 폭력배처럼 싸울 기세로 길 한가운데에 우뚝 섰다

"뭐라고요?"

크레이크가 갈라진 목소리로 소리쳤다.

"젠장! 지금 나를 떠보는 겁니까? 내가 그를 살해했을 수도 있다는 소린가요?"

두 사람이 길 한가운데 서서 말다툼을 하자, 근처 십여 개의 벤치에 앉아있는 사람들이 그들을 쳐다보았다. 대머리에 자그마하고 원기 왕성해 보이는 남자는 괴상한 지팡이를 들고 휘둘러댔고, 검정색 옷을 입은 작달막한 신부는 손가락 하나 까딱하지 않고 눈만 깜박거리며 상대를 쳐다보고 있었다. 그건 마치 검고 자그마한 체격의 남자가 아메리카 인디언의 민첩한 동작에 머리를 맞고 넘어질 것만 같은 모습이었다. 그러나 신부는 일상적인 대화라도 하는 것처럼 매우 차분하게 말했다.

"이번 사건에 대해 아직 확실한 결론을 내리지 못했습니다. 그래서 보고서를 쓸 때까지는 아무 말씀도 드릴 수가 없습니다."

멀리서 거구의 아일랜드인 경찰관이 숨을 헐떡거리며 다가오고 있었다. 그 경찰관 때문이었는지 아니면 신부의 눈 때문이었

는지 모르지만 히커리 노인은 혼잣말로 투덜거리며 지팡이를 팔에 끼고 다시 모자를 썼다. 신부는 그에게 느긋하게 인사를 건네고는 공원에서 나가 웨인과 만나기로 한 호텔 라운지로 향했다.

웨인은 신부를 보더니 일어나 인사를 했다. 그런데 무슨 일이 있는 듯 그는 지난번보다 더 초췌해 보였다. 최근에 약혼을 한 이 젊은 남자는 너무나 갑자기 큰 성공을 하게 됐는데, 아마도 금주법이 발효된 이후로 밀매를 통해 돈을 번 게 아닌가 하고 브라운 신부는 의심하고 있었다. 하지만 신부가 취미활동이나 과학 같은 주제에 대해 얘기를 꺼내자, 그는 경계를 늦추지 않으면서도 대화에 집중하는 모습을 보였다. 신부는 더 나아가 마치 한가로운 것처럼 머튼 씨 저택 주변에 비행기가 자주 지나가는지를 묻기도 하고, 저택의 둥그런 벽을 처음 봤을 때 꼭 비행장 같았다는 말도 덧붙여 했다. 그러자 웨인이 말했다.

"거기 계실 때 비행기가 지나가는 걸 한 번도 못 보셨다고요? 좀 이상하네요. 어떨 땐 파리 떼처럼 바글거리거든요. 넓게 펼쳐져 있어서 비행하기는 정말 최적의 장소라고 할 수 있죠. 일테면 저처럼 조종사가 되려는 사람들이 훈련장으로 써도 전혀 손색이 없을 정돕니다. 저도 거기서 여러 번 비행을 했어요. 요즘엔 취미로 비행하는 사람들이 꽤 있다고 하더군요. 앞으론 이제 자동차처럼 미국인들 모두가 비행기를 한 대씩 갖게 될 것 같습니다."

"주님은 우리에게 삶과 자유, 자동차를 소유할 수 있도록 허락하셨죠. 비행기도 물론이고요. 어떤 특정 시간에 그 저택 위로 날아가는 비행기를 보면 그 안에 있는 사람이 누군지 알 수 있을까요?"

브라운 신부가 편안한 미소를 지으며 묻자 웨인이 말했다.

"아니오, 모를 겁니다. 만약 안다고 해도 자신의 비행기가 아닌 다른 사람의 비행기를 타고 지나갈 수도 있으니까요. 예를 들어, 당신이 보통 때 늘 타던 비행기를 타고 지나가면 머튼 씨나 친구 분들이 알아볼 수 있지만, 다른 비행기를 타면 창문 가까이로 지나가도 알아볼 수가 없겠죠. 그러니까 의도적으로 아주 가까이 접근해서 비행할 수도 있다는 겁니다."

젊은 남자는 자연스럽게 술술 대답을 하더니 잠깐 말을 멈췄다. 그리고는 입을 벌리고 눈을 크게 뜨면서 신부를 쳐다보았다.

"세상에 맙소사!"

그는 숨죽이는 소리로 말하고는 자리에서 벌떡 일어나 얼굴이 하얘지면서 부들부들 떨며 계속 신부를 바라보고 있었다.

"근데 지금 정신 나가셨어요? 무슨 말씀을 하시는 거죠?"

그리고는 잠시 침묵하다가 또다시 비난하는 투로 말을 이어갔다.

"뭔가 암시하러 오신 것 같은데… ."

"아니에요. 난 그저 단서를 좀 찾고 있을 뿐입니다."

브라운 신부는 그렇게 대답하며 자리에서 일어났다.

"일단 몇 가지 결론을 내리긴 했지만, 아직까지는 확실한 게 아닙니다."

브라운 신부는 정중하게 인사한 다음 호텔 밖으로 나가 다른 대상자를 만나러 발걸음을 옮겼다.

해질 무렵 신부는 그 도시에서 가장 무질서한 지역의 강 쪽으로 나있는 초라한 거리를 걷고 있었다. 그러다가 싸구려 중국 식당을 표시하는 색등 앞에서 전에 만난 적이 있던 사람을 우연히 마주쳤다. 처음엔 그 사람을 알아볼 수가 없었다.

드래지는 여전히 커다란 고글을 쓴 채 세상을 우울하게 보고 있었다. 왠지 그 고글이 어두운 가면처럼 그의 얼굴을 가리고 있는 것 같았다. 그런데 고글을 제외한 그의 모습은 살인사건 이후로 뭔가 크게 달라진 것 같았다. 전에는 거의 완벽하다 할 만큼 멋지게 정장을 차려입고 있어서 마치 양복점의 마네킹과도 차이가 없어 보일 정도였다. 하지만 신기하게도 양복점의 마네킹이 허수아비로 변해버린 듯 지금의 모습은 전혀 딴판이었다. 모자는 여전히 쓰고 있었지만 찢어지고 낡아 있었으며, 옷도 허름하고 시계와 액세서리들도 어디로 사라졌는지 찾아볼 수가 없었다. 하지만 브라운 신부는 그를 어제 만난 사람처럼 대하며 그가 가려던 그 중국식당으로 들어갔다.

드래지가 먼저 툴툴거리듯이 얘기를 꺼냈다.

"그 덕망 있는 백만장자 사건은 잘 돼가고 있나요? 우리는 백만장자라면 아주 신성하게 생각하고 있거든요. 내일쯤이면 그들이 어머니 무릎에서 배운 성경을 어떻게 실천하면서 살아 왔는지, 그런 기사가 신문에 온통 장식되겠죠. 빌어먹을! 그들이 성경을 조금이라도 읽었다면 어머니들도 놀라실 겁니다. 백만장자들도 역시 놀랄 거고요. 그 고리타분한 성경엔 요즘 세 상에선 통하지도 않는 케케묵은 말들만 가득하지 않나요? 석기 시대의 교훈이나 피라미드에 묻힐 그런 내용들 말이죠. 누군가가 탑 꼭대기에서 머튼 노인을 매달아가지고 바닥에 있는 개들에게 먹이로 던져줬다면 그건 이세벨(이스라엘 왕 아합의 아내)의 죽음보다 더 참혹할 겁니다. 아각(아말렉의 왕)이 우아하게 걸었다 하더라도 그렇게 발기발기 찢겨 죽지 않았을까요? 머튼은 평생 우아하게 걸었죠. 젠장! 너무 우아해서 걸을 수 없을 때까지 걸었어요. 하지만 그 고리타분한 성경에 나오는 것처럼 신의 화살이 탑 꼭대기에서 그를 찾아내 쏴죽이고는 세상 사람들의 구경거리로 만들어버렸네요."

"하지만 이 화살은 실제로 있는 물건이었어요."

신부가 말했다.

"피라미드도 실재하는 거대한 장소고 죽은 왕을 묻은 곳입니다. 오래된 것들과 관련된 종교적 이야기들이 많이 있죠. 수천 년 된 오래된 조각품은 신과 황제가 활을 들고 있는 모양이 많습니다. 돌로 만든 활인데 정말 구부린 것 같죠. 실재하는 물건이라고요! 그게 어떤 물건이죠? 가끔 말이죠, 신이 암흑 속의 아폴로처럼 시커먼 죽음의 광선을 쏴버릴 것 같은 그런 느낌이 드는 오래된 동양의 물건을 본 적은 없나요?"

고글을 쓴 남자가 비아냥거리듯 웃으며 말했다.

"만약 그랬다면 나는 그를 다른 이름으로 불렀을 것 같네요. 하지만 머튼 씨가 검은 광선이나 돌화살을 맞아 죽은 것 같지는 않습니다."

"신부님은 그가 화살에 맞아 죽은 성 세바스찬이라도 된다고 생각하시는군요. 백만장자는 순교자여야 하니까요. 그런데 그 사람이 그렇게 죽지 않았다는 걸 신부님은 어떻게 아시죠? 그 사람에 대해 잘 모르시잖아요? 글쎄요, 그는 백번 죽어도 싼 인간이라고 얘기하고 싶네요."

"근데 당신은 왜 그를 죽이지 않았나요?"

신부가 조심스럽게 물었다.

"왜 안 죽였는지 알고 싶으세요? 신부님은 정말 훌륭한 성직자시네요."

"천만에요."

신부는 칭찬의 말을 얼른 잘라버렸다.

"제가 그를 죽였다는 걸 그런 식으로 말할 수도 있군요. 그럼 증명해보시죠. 그 사람은 없어져도 아쉬울 게 없는 사람이거든요."

드레지가 싸울 듯이 말했다.

"네, 맞습니다. 그를 잃어버리는 게 당신에겐 오히려 손해니까요. 그래서 당신이 그를 죽이지 않은 이유가 되죠."

브라운 신부가 날카롭게 받아쳤다.

그리고 나서 신부는 고글 쓴 남자를 남겨둔 채 그곳을 떠났다.

브라운 신부가 다시 그 저택을 방문한 건, 다니엘 둠의 복수로 백만장자가 세 번째 살해를 당한 지 거의 한 달 후였다. 그곳에서 관련 있는 주변 사람들이 모여 회의를 했다. 크레이크 노인이 상석에 앉았고, 웨인이 그의 오른쪽에, 변호사가 그의 왼쪽에 앉았다. 거구의 흑인 경호원도 한 자리를 차지하고 있었다. 그의 이름은 해리스이며 지금까지는 유일하게 실질적 증인이었다. 또 딕슨이라는 사람도 있었는데, 그는 붉은색 머리칼에 뾰족한 코를 가지고 있었으며, 핑커튼 탐정회사에서 대표로 나왔거나 아니면 그런 비슷한 사설탐정인 것 같았다. 브라운 신부는 그 사람 옆의 자리에 앉았다.

세계의 모든 신문들이 경제사회를 움켜쥐고 있는 유명 재벌의 참혹한 죽음에 대해 기사를 쏟아냈다. 하지만 정작 그가 죽는 순간 그와 가장 가까이 있었던 측근에게서는 아무것도 알려진 정보가 없었다. 삼촌과 조카, 변호사 모두는 경고 벨이 울리기 전에 이미 담 밖에 나가 있었다고 했다. 양쪽 담을 지키고 있었던 경호원들의 증언은 다소 엇갈렸지만, 분명한 점은 하나 있었다. 머튼 노인이 죽은 시간 무렵에 낯선 사람 하나가 현관 주위에서 배회하며 머튼을 만나게 해달라고 부탁했다는 것이다. 경호원들은 그의 말을 잘 이해할 수 없었는데, 사악한 사람은 하늘에서 내려오는 말 한 마디로 죽음을 당한다는, 그런 비슷한 이야기를 했다는 것이다.

웨인이 몸을 앞으로 내밀며 눈을 크게 뜨고 말했다.

"아마도 노먼 드래지일 겁니다. 저는 확신해요."

"노먼 드래지가 누군데?"

크레이크가 물었다.

"저도 궁금한 사람이에요. 그래서 물어봤더니 말을 삐딱하게 돌려서 하는 재주가 있더라고요. 펜싱에서 찌르기 동작처럼 말이죠. 게다가 미래엔 날아다니는 배가 나올 거라는 둥 희한한 얘기를 하는데, 저는 그 사람을 믿지 않아요."

"근데 뭐 하는 사람인데?"

크레이크가 또 물었다.

"밀교 전도사랍니다."

브라운 신부가 재빨리 끼어들었다. 악의는 없었다.

"그런 사람들은 세상에 많이 있어요. 파리의 카페나 술집을 돌아다니면서 이시스 강의 베일을 벗겨냈다는 둥 스톤헨지의 비밀을 알아냈다는 둥 하고 떠들어대는 사람들 말이죠. 이런 사건에도 그들은 얼마든지 신비주의적 잡설을 들이대겠죠."

그때 변호사 버나드 블레이크가 브라운 신부 쪽으로 부드럽고 검은 머리결의 얼굴을 살짝 기울였다. 그리고는 냉소적인 웃음을 흘리며 말했다.

"신부님이 그런 신비주의로 떠드는 사람들을 상대할 것 같지는 않은데요."

브라운 신부가 온화한 표정으로 그를 한번 쳐다보고는 말했다.

"오히려 그런 부분이 제가 그들을 상대하는 이유죠. 가짜 변호사가 나에겐 겁을 줄 수 있지만, 당신은 변호사니까 당신에겐 겁을 줄 수 없는 것과 마찬가집니다. 아메리카 인디언처럼 옷을 입은 바보를 보면 저는 히아와사(유명한 인디언 추장)라고 생각할 수 있겠지만, 크레이크 씨는 곧바로 알아볼 수 있을 것 아닙니까? 사기꾼이 저한테는 비행기에 대해 모든 걸 아는 것처럼 꾸며댈 수 있지만, 웨인 씨 앞에서는 그럴 수 없는 것과 같은 이치죠. 진짜 신비한 건 정체를 감추지 않고 오히려 다 드러내는 법입니다. 모든 걸 다 드러내도 여전히 알 수 없는 부분이 남게 마련이니까요. 하지만 밀교 전도사는 무언가를 어둠 속에 비밀인 것처럼 숨기죠. 그런데 그 비밀을 알아내게 되면 아주 평범한 것이 되고 맙니다. 그런데 드래지 씨가 하늘에서 떨어지는 불이라든지 마른하늘에 날벼락이라든지 그런 얘기를 할 때는 뭔가 현실적인 생각에서 나온 말 같았거든요."

"그 생각이 뭘까요?"

웨인이 물었다.

"그게 뭔지는 지켜봐야 할 것 같습니다. 그러니까…"

신부가 천천히 말을 이어갔다.

"그는 살인이 기적적인 일로 보이기를 바라는 것 같습니다. 왜냐하면… 그는 기적이 아니라는 걸 알고 있기 때문이죠."

"아! 그게 제가 기다리던 대답입니다. 쉽게 말해서, 그가 범인이란 얘기죠."

웨인이 소곤거리듯 말했다.

"쉽게 말하면, 그는 이번에 살인을 저지르지는 않았지만 범인입니다."

브라운 신부가 분명한 어투로 말했다.

"그게 쉽게 말하시는 겁니까? 이번에는 제가 밀교 전도사라고 말씀하시겠군요."

블레이크가 정중하게 말했다.

브라운 신부는 좀 당황하다가 큰소리로 웃으며 말했다.

"어쨌든 아주 우연한 사고였을 뿐입니다. 드래지 씨는 범행을 저지르지 않았어요. 그가 한 범행이라면 협박편지를 보냈다는 거죠. 그래서 이 주변을 어슬렁거렸던 겁니다. 하지만 그는 비밀이 드러나는 것도, 그리고 이번 죽음으로 인해 모든 일이 방해받는 것도 원하지 않았던 것 같습니다. 아무튼 그 사람에 대해서는 나중에 얘기하죠. 지금은 그가 그쪽에서는 결백하다는 것만 밝혀두고 싶군요."

"어떤 쪽에서 결백하다는 얘긴가요?"

블레이크가 물었다.

"진실 쪽에서요."

신부가 그의 눈을 바라보며 차분하게 대답했다.

"그럼 신부님은 진실을 알고 계신다는 건가요?"

"그런 것 같습니다."

갑자기 침묵이 감돌았다. 그러다 얼마 후 크레이크 노인이 듣기 싫은 목소리로 뜬금없는 소리를 했다.

"참, 그 비서 녀석 윌튼은 지금 어디 있는 거야? 여기로 온다고 했는데."

"제가 윌튼 씨와 얘기를 했습니다. 실은 몇 분 후에 전화를 해달라고 부탁했죠. 저는 모두가 함께 대화를 해서 이 사건을 해결해야 한다고 생각합니다."

브라운 신부가 진지하게 말했다.

"함께 해결한다면, 잘 되겠네요. 윌튼은 항상 사냥개처럼 범인들 뒤를 쫓아다니는데, 그렇게 되면 이제 한 쌍으로 추적을 하게 되겠군요. 그런데 이 사건의 진실을 알고 계시다면서요? 어떻게 범인을 찾아낸 거죠?"

크레이크가 비아냥거리듯이 물었다.

"바로 당신을 통해서요."

신부는 자신을 쏘아보는 노인을 태평하게 쳐다보면서 말했다.

"당신이 인디언 얘기를 했을 때, 그러니까 인디언이 칼을 던져 요새 꼭대기에 있는 사람을 맞혔다는 그 얘기를 들었을 때, 저는 처음으로 실마리를 얻었던 겁니다."

"그 얘기는 몇 번이나 하셨잖아요."

웨인이 당황하며 큰소리로 말했다.

"그래서 저는 살인자가 화살을 쏴서 요새 같은 저택의 꼭대기에 있는 사람을 맞혔을 거라는 추측을 할 수 있었습니다. 그 외에 다른 생각은 들지 않더군요. 물론 화살을 던진 게 아니라 쐈기 때문에 훨씬 더 멀리까지 날아갔던 거죠. 정말 신기할 정도로 멀리 날아갔더군요. 그런데 어떻게 그리 멀리까지 날아갈 수 있는지 잘 모르겠습니다. 얘기가 핵심을 벗어났네요. 아무튼 하나가 멀리 갈 수 있으면 다른 하나도 멀리 갈 수 있다는 게 양날의 검인 셈이죠. 크레이크 씨가 말한 그 요새에 있던 사람들은 칼을 격투에서만 사용하는 물건으로 생각했고, 그걸 던질 수 있다고는 생각하지 못했습니다. 반면 제가 아는 사람들은 투창처럼 던지는 물건을 격투에서 칼처럼 사용할 수 있다는 걸 몰랐어요. 그러니까 이 이야기에서 알 수 있는 교훈은, 칼이 화살로 바뀔 수 있고 화살도 칼로 바뀔 수 있다는 것입니다."

모두가 신부를 쳐다보았는데, 신부는 전혀 의식하지 않고 말을 이어갔다.

"그런데 너무나 당연하게도 우리는 창으로 화살을 쏜 사람이 누군지, 얼마나 멀리서 화살이 날아왔는지 등에 대해서만 궁금해 하고 있었습니다. 하지만 화살을 쏜 사람은 없었어요. 물론 창으로 들어온 것도 아니고요."

"그럼 어떻게 화살이 그곳에 있게 된 거죠?"

가무잡잡한 얼굴의 변호사가 찡그리며 물었다.

"누군가가 방으로 가지고 들어간 거죠. 화살을 숨겨가지고 들어가는 건 어렵지 않았을 테고요. 방에서 머튼 씨와 함께 있을 때 누군가가 그 화살을 손에 들고 있었을 겁니다. 그러다가 머튼 씨의 목에 칼을 던지듯 화살을 찔러 넣었던 거죠. 그런 다음엔 순식간에 창으로 날아 들어온 것처럼 모든 것을 정확한 위치와 각도와 맞게 배치해놓았던 겁니다. 아주 영리하게 말이죠. 모두를 속이려고 했던 겁니다."

"누군가라… ."

크레이크가 축 처진 목소리로 말했다.

그때 전화벨이 요란하게 시끄러운 내리를 내며 울렸다. 옆방에서 울린 소리였다.

"뭐야? 도대체 이게 무슨 소리야?"

웨인이 놀라며 말했다.

다른 사람이 가기 전에 브라운 신부가 재빨리 달려갔다.

웨인은 굉장히 불안해 보였다.

"신부님이 아까 월튼한테서 전화오기로 했다고 말했잖니."

그의 삼촌도 역시 심란한 목소리로 대답했다.

"월튼일까요?"

변호사가 침묵을 깨려는 듯 말했다. 그러나 아무도 대답하지 않았다.

이윽고 브라운 신부가 방으로 돌아왔다.

"여러분!"

그는 자리에 앉으며 말했다.

"여러분께서 이 희한한 사건에 대한 진상을 조사해달라고 저한테 부탁하셨죠. 그래서 이제 제가 알게 된 모든 것을 말씀드리겠습니다. 충격을 느끼실 지도 모르니까, 가감 없이 사실 그대로 말씀드리죠. 이 사건을 캐보니까 남의 형편 봐줄 여유가 없어서요."

"그럼 우리 중 누군가가 용의자로 기소된다는 뜻인가요?"

크레이크가 다급하게 물었다.

"우리 모두가 용의자죠. 저도 시체를 발견했으니까 용의자인 셈입니다."

브라운 신부가 대답했다.

그때 웨인이 끼어들었다.

"우리는 당연히 모두 다 용의자로 의심받고 있겠죠. 신부님은 제가 비행기로 어떻게 탑 근처까지 접근할 수 있는지, 그것도 친절하게 설명해주셨어요."

"아니죠. 설명을 한 건 바로 당신이었죠. 하지만 그건 그냥 재미로 한 얘기였어요."

"그러니까 아메리카 인디언의 화살로 내가 그를 죽였다고 생각하는 거군요."

크레이크가 덤벼들듯이 말했다.

"그런데 그건 별로 가능성이 없을 것 같더군요."

브라운 신부가 약간 찡그리며 말했다. 그리고는 덧붙여 설명을 이어갔다.

"제가 결례를 했다면 너그럽게 이해해주시기 바랍니다. 이렇게밖에는 여러분을 확인해볼 수 있는 다른 방법이 없었습니다. 크레이크 씨는 나이도 있으시고 존경받는 분이신데, 더 간단하고 쉬운 수십 가지 방법을 놔두고 굳이 숲 뒤쪽에서 아메리카 인디언처럼 화살을 쏴서 사람을 죽이는 방법을 택했을까요? 그런 발상은 말이 안 되는 거죠. 또 살인이 일어난 그 시각에 웨인이 커다란 비행기를 타고 아무도 모르게 창 옆을 지나갔을 거라는 생각도 허무맹랑하고요. 하지만 아무튼 모든 분들이 이 사건과 어떤 연관이 있는지는 알아내야 했기 때문에 여러분을 불러 모은 겁니다. 그리고 결백을 증명하기 위해 범인으로 가정을 해봤던 거죠."

"그래서 우리가 결백하다는 걸 어떻게 알게 되셨죠?"

변호사 블레이크가 몸을 앞으로 내밀며 적극적으로 물었다.

"범인으로 지목을 했을 때 굉장히 놀라는 걸 보고 알았습니다."

"정확히 무슨 뜻인가요?"

"궁금하시면 말씀드리죠. 그러니까, 모든 사람을 용의자로 가정해두는 게 저의 당연한 임무입니다. 우선 크레이크 씨와 웨인을 용의자로 지목하고, 그 범행 가능성에 대해 생각해봤죠. 그리고 이미 결론을 내렸습니다. 그 결론이 무엇인지 말씀드려야겠군요. 두 분이 이야기를 듣고는 무의식적으로 화를 내는 걸 보고, 전 두 분이 결백하다는 사실을 확신했어요. 자신이 용의자로 지목될 거라는 생각을 전혀 못했기 때문에 범행이 의심스런 얘기를 자연스레 해주신 겁니다. 실제로 범행을 저지를 수 있는 그런 얘기였죠. 그런 다음 자신이 범인으로 의심받고 있다는 걸 깨닫고는 갑자기 놀라면서 크게 분노하시더군요. 죄가 없는 사람은 그럴 수 있습니다. 처음엔 성급하고 의심스런 태도를 보이는 거죠. 아니면 끝까지 무의식적이고 순진한 태도를 견지할 수도 있어요. 하지만 자신에게 불리한 얘기를 먼저 해놓고는 나중에 그걸 격렬하게 부인하더군요. 그런 태도는 바로 자신이 얘기한 내용을 다 알지 못했다는 증거가 되죠.

하지만 살인자는 자의식이 굉장히 과민해있기 때문에 사건과의 연관성을 절대로 잊지 않고, 심지어는 그걸 부인하기 위해 모든 일을 기억하게 되죠. 그래서 결국 두 분을 용의자에서 제외시켰던 겁니다. 다른 분들도 그 밖의 이유로 제외시켰지만, 지금 말씀드릴 필요는 없을 것 같습니다. 예를 들면, 비서의 경우… .

하지만 지금은 얘기하지 않겠습니다. 아무튼 방금 월튼 씨와 통화를 했는데, 심각한 소식을 사람들한테 전해도 괜찮겠냐고 물었더니 그러라고 하더군요. 여러분은 모두 월튼이 누구이고 어떤 자를 뒤쫓고 있는지 알고 계시겠죠."

"그는 다니엘 둠을 뒤쫓고 있었죠. 그자를 찾아낼 때까지는 만족하지 못할 겁니다. 홀더 씨의 아들이기 때문에 복수를 노리고 있다는 얘기도 들었어요. 아무튼 그는 둠이라는 자를 찾고 있는 것 같습니다."

웨인이 대답했다.

"네, 맞습니다. 월튼이 그자를 찾아냈어요."

웨인이 놀라며 벌떡 일어났다.

"그 살인자! 벌써 그자를 잡아서 감옥에 처넣었단 말인가요?"

신부가 진지하게 대답했다.

"아니오. 좀 전에 제가 심각한 소식이라고 말씀드렸죠. 사실은 훨씬 더 심각한 것 같습니다. 월튼 씨가 너무 중대한 책임을 지게 될까봐 걱정스럽군요. 그 엄청난 책임을 우리에게도 돌릴까 걱정되고요. 그가 범인을 추적해 꼼짝 못하게 만들었을 때… 법을 어겼던 겁니다."

"그럼, 다니엘 둠이… ."

변호사가 말을 중단했다.

"네, 다니엘 둠이 죽었어요. 격렬하게 싸우다가 월튼 씨가 그를 죽였다고 합니다."

"그 사람, 그럴 만하지."

크레이크가 흥분하며 말했다.

그러자 웨인도 동의를 했다.

"그런 놈은 죽어도 싸지. 월튼 씨를 욕할 수는 없어요. 특히나 아버지의 원수라는 걸 생각하면, 그냥 독사 한 마리 밟아서 죽인 셈이죠."

"저는 동의하지 않습니다."

신부가 의견을 말했다.

"모두들 개인적인 복수나 불법행위를 무작정 옹호하고 감상적으로 생각하시는 것 같은데요. 그런데 법과 자유가 없으면 우리는 금방 후회하게 되거든요. 게다가 둠이 범행을 저질렀는지 확인하지도 않고 윌튼 씨가 살인을 한 게 당연한 것처럼 말하는 건 불합리한 것이죠. 일테면 저는 둠이 정말로 죽어도 싼 살인자였는지 의심해봤을 것 같습니다. 그냥 그 성배에 광적으로 집착하다가 법을 어겼는지도 모르죠. 성배를 뺏으려고 싸우다가 죽인 것일 수도 있다는 겁니다. 앞선 두 피해자 모두 집 근처에 쓰러져 있었어요. 제가 윌튼 씨의 행위에 동의하지 않는 이유는 아직 둠의 입장을 들어보지 않았기 때문입니다."

"젠장. 그 쓰레기 같은 살인자에 대해 감상적인 그런 동정 따위는 말이 안 된다고 생각합니다. 그건 속임수죠. 더 이상 듣고 있을 수가 없네요. 윌튼 씨가 범인을 죽였다면 그로서는 당연한 일을 한 거고, 그걸로 끝이죠."

웨인이 몹시 흥분하며 외쳤다.

"그렇고말고요."

그의 삼촌도 고개를 끄덕이며 동의했다.

브라운 신부는 다른 사람들의 얼굴을 천천히 둘러보았다. 그리고는 엄숙하게 말했다.

"다른 분들도 다 그렇게 생각하십니까?"

신부는 자신이 영국인이고 또 여행 중이라는 사실을 다시금 깨달았다. 그는 모두가 친구면서 또한 외국인이라는 사실도 깨달았다. 이들에겐 브라운 신부의 고향 사람들과는 다른 불같은 열정이 깊이 도사리고 있었다. 반역이나 살인도 용납할 수 있는 호전적 정신이 있다면, 함께 뭉쳐서 힘을 이뤄내는 우애적 정신도 흐르고 있는 것이다. 그들은 자기들이 모두 결속되어 있다는 사실을 이미 알고 있었다.

브라운 신부가 한숨을 내쉬었다.

"네, 잘 알겠습니다. 그럼, 여러분 모두 이 불행한 젊은이의 범행을 용납한다는 의미로 이해하면 되겠군요. 그게 개인적 심판이든 다른 무엇이든 간에 말이죠. 그럼 이제 제가 몇 마디 더 말씀드리겠습니다. 어차피 그에겐 별 해가 안 될 것 같으니까요."

신부는 갑자기 자리에서 일어섰다. 사람들도 그냥 쳐다보기만 했다. 신부의 의도는 방안의 분위기를 바꾸고 싶은 것 같았다.

"윌튼 씨는 좀 특이한 방법으로 둠을 죽였습니다."

"어떻게 죽였는데요?"

크레이크가 무심한 듯 물었다.

"화살로 죽였습니다."

브라운 신부가 대답했다.

저녁 무렵의 황혼이 방안으로 깊숙이 들어오고 있었고, 백만 장자가 살해된 방의 커다란 창문은 햇빛이 점점 사라지고 있었다. 모든 사람들은 자연스레 창문을 쳐다보았지만, 적막감만 감돌뿐이었다. 갑자기 크레이크가 갈라지고 쉰 목소리로 크게 신경질을 내며 말했다.

"그게 무슨 말이에요? 도대체 무슨 말이냐고요? 머튼도 화살에 찔려 죽었고, 그놈도 화살에 찔려 죽었다니…."

"네, 같은 화살로, 같은 시간에 죽었습니다."

신부가 대답했다.

이젠 완전히 질식할 것 같은 침묵이 깔렸다. 그때 젊은 웨인이 입을 열었다.

"그럼…."

"네, 여러분의 친구였던 머튼 씨가 바로 다니엘 둠이었다는 얘깁니다."

브라운 신부도 이젠 더 이상 망설이지 않았다.

"지금까지 찾고 있었던 그 다니엘 둠이 맞습니다. 여러분의 친구인 머튼 씨는 자신이 매일 숭배했던 그 콥트 족의 잔에 완전히 미쳐있었던 겁니다. 젊은 시절에 그 잔을 손에 넣기 위해 무모하게도 두 사람이나 죽였던 거죠. 제 생각이긴 합니다만, 두 번 모두 그 잔을 훔치다가 우발적으로 살인을 했던 것 같습니다. 어쨌든 잔을 손에 넣긴 했죠. 드래지가 바로 그 사실을 알고 그에게 협박편지를 보낸 겁니다. 윌튼 씨는 다니엘 둠을 찾아내 복수하려 했는데, 이 집에 들어온 후에 그 진실을 알게 된 것 같습니다. 그래서 그의 추적도 비로소 이 방안에서 끝났고, 아버지의 살해범에게 복수를 완성하게 된 겁니다."

아무도 입을 열지 않고, 방안은 적막하기만 했다. 한참 후, 크레이크가 손가락으로 탁자를 두드리며 중얼중얼했다.

"미쳤어. 머튼은 미친 거야."

"말도 안 돼! 그럼, 이제 우리는 뭘 해야 하죠? 무슨 말을 해야 할까요? 젠장, 모든 게 완전히 뒤집혔잖아요. 기자들이나 제게 사람들은 뭐라고 할까요? 브랜더 머튼은 대통령이나 교황 같은 인물이었거든요."

웨인이 어쩔 줄 몰라 하며 소리쳤다.

"이건 분명 다른 문제가 되죠. 이 차이점은…"

변호사 블레이크가 차분하게 말문을 열었다.

그때 브라운 신부가 테이블을 탁 쳤다. 그러자 유리잔에서 소리가 울렸다. 사람들은 순간 방 뒤쪽에 있는 그 성배에서 영혼의 울림이 퍼진 거라고 잠시 착각했다.

브라운 신부가 고함을 치듯 외쳤다.

"아닙니다! 다르지 않습니다. 그가 평범한 범죄자라고 생각했을 때 제가 여러분에게 그 가련한 악마를 동정할 수 있는 기회를 이미 드렸었죠. 그때는 모두 제 말에 동의하지 않고, 그냥 개인적인 복수라고만 주장했습니다. 그의 입장을 들어보거나 공개 심판을 할 필요도 없이 무작정 처벌해야 한다고 말씀하셨죠. 자, 이제 다니엘 둠이 응분의 처벌을 받아야 한다면, 브랜더 머튼도 마찬가지 대가를 치러야 합니다. 개인적인 정의의 심판을 내리거나, 법에 의지하거나 둘 중 하나죠. 하지만 전능하신 하나님 앞에선 무법이나 합법이나 모두 평등한 겁니다."

모두 입을 다물고 있는데, 변호사만 화를 내듯이 말했다.

"우리가 범죄를 용서하겠다고 말하면 경찰은 뭐라고 할까요?"

"당신이 범죄를 묵과했다고 경찰에 말하면 그들은 뭐라고 할까요? 블레이크 씨, 이제 와서 법에 의지하기엔 너무 늦은 것 같군요."

브라운 신부는 차분한 어조로 말을 이어갔다.

"저는 경찰에서 질문을 해오면 사실을 다 말할 생각입니다. 여러분들도 각자 알아서 하시면 됩니다. 하지만 실제로는 작은 차이가 있을 겁니다. 월튼 씨가 아까 통화에서 이 사실을 여러분에게 말씀드려도 된다고 했습니다. 그의 자백을 여러분이 들었으니까 이제 그는 추적을 벗어날 겁니다."

브라운 신부는 말을 마치고 내실로 천천히 들어갔다. 그리고는 백만장자가 살해된 곳에 놓여 있던 작은 탁자 앞으로 갔다. 그 위엔 콥트 족의 잔이 여전히 그대로 있었다. 신부는 화려한 색으로 빛나는 그 성배를 바라보고 서있었다. 성배 뒤로 하늘의 푸른 심연이 보였다.

아서 보드리 경의 실종사건

아서 보드리 경은 은발에 밝은 회색 정장차림을 하고 머리엔 그가 평소 대담하게 즐기는 흰색 모자를 쓴 채 집을 나섰다. 그리고는 강변길을 따라 힘차게 걸어서 허름한 집들이 옹기종기 모여 있는 작은 마을로 들어섰다. 그 집들은 보드리 경의 저택에 비하면 창고나 다름없었다. 그런데 마을에 들어서자마자 그는 마치 유령에게 납치라도 당한 듯 온데간데없이 사라져버렸다.

작은 동네인데다 빤히 보여서, 그가 실종됐다는 사실은 매우 뜻밖이기도 하고 또 의심의 여지도 없이 확실해 보였다. 이 동네는 마을이라고 하기에도 어중간한 그냥 작은 촌에 불과했다. 그리고 유난히 고립돼있는 작은 곳이었다. 넓게 펼쳐진 벌판 한가운데에 있는 이 마을엔 주민들에게, 즉 농부들과 대저택의

식구들에게 반드시 필요한 4,5개의 가게가 한 줄로 늘어서 있었다. 모퉁이에 있는 정육점에서 보드리 경을 마지막으로 본 사람은 경의 저택에 함께 살고 있는 젊은 남자 두 명이었다. 한 명은 그의 비서인 에반 스미스이고, 다른 한 명은 보드리 경의 후견인으로 알려진 존 댈몬이었다.

정육점 옆의 작은 가게는 촌에서 흔히 그렇듯 여러 가게의 기능을 한꺼번에 하는 곳이었다. 그곳에선 자그마한 노부인이 군것질거리와 지팡이, 골프 공, 껌, 실, 색 바랜 문구류 등을 함께 팔고 있었다. 이 가게 옆쪽에 담배 가게가 있었는데, 두 젊은이는 담배 가게로 가려고 지나가는 길에 보드리 경이 정육점 앞에 서있는 것을 봤던 것이다. 담배 가게 옆으론 여자 두 명이 운영하는 지저분하고 작은 옷가게가 있었다. 그리고 마지막 가게는 초록색 레모네이드를 파는 간이식당으로 반짝이는 장식을 해놓고 있었다.

이 마을에서 조금 떨어진 곳에 여관 하나가 있었다. 사건 당시, 여관과 마을 사이에 있는 교차로에는 경찰관과 자동차 클럽의 유니폼을 입은 직원 한 명이 서있었다. 두 사람은 모두 아서 보드리 경이 교차로를 건너는 모습을 본 적이 없다고 했다.

노신사 보드리 경이 노란색 장갑을 끼고 지팡이를 흔들며 힘차게 길을 걷던 그날은 날씨도 화창한 여름의 아침 시각이었다. 그는 나이에 비해 상당히 멋쟁이고 활기찬 남성이며 단단한 체구에 활동적이었다. 그의 곱슬머리는 나이가 들어서 은발이 아니라 거의 밝은 금발로 보였다. 그리고 깔끔하게 면도한 얼굴은 웰링턴 백작처럼 콧대가 높고 잘 생긴 편이었다. 그중에서 가장 두드러진 부위는 그의 눈이었다. 비유적 표현이 아니라 실제로 그의 눈은 튀어나왔고, 눈가 부분도 부풀어 올라있어, 그의 얼굴 전체에서 그곳만은 유일하게 균형이 맞지 않았다. 입은 감각적으로 생겼는데, 의도적인지는 모르나 항상 꽉 다물고 있었다.

보드리 경은 시골의 대지주이며 바로 이 작은 마을의 소유자였다. 이런 동네에서는 주민들끼리 모두 서로를 알고 있을 뿐 아니라, 언제 누가 어디에 있을지도 다 아는 것이 일반적이다. 보드리 경은 늘 아침이면 마을로 걸어가서 정육점이나 다른 가게 주인들을 만나 전달할 이야기를 한 다음 집으로 돌아가곤 했다. 그 모든 과정은 30분 안에 끝났다. 두 젊은이가 담배를 사러 지나가면서 본 것은 보드리 경의 하루 일과 중 짧은 부분에 지나지 않았다. 그러나 담배를 사고 돌아오는 길에서는 아무도 보지 못했다. 보드리 경의 저택에 체류하고 있는 애봇 박사 외에는 아무도 보이지 않았던 것이다. 두 젊은이는 에봇 박사가 등을 돌리고 강둑에 앉아 느긋하게 낚시하고 있는 모습을 지나가면서 봤을 뿐이다.

아침식사를 하러 온 두 젊은이와 박사는 보드리 경이 계속 보이지 않는데도 전혀 신경 쓰지 않는 것 같았다. 하지만 저녁이 되고 식사 때마다 보드리 경이 나타나지 않자, 이제야 그들은 서서히 불안해지기 시작했다. 누구보다도 저택의 가정부인 시빌 라이가 심각하게 걱정을 하기 시작했다. 보드리 경을 찾으러 사람을 시켜도 흔적이라곤 어디에도 보이지 않았다. 밤이 되면서 결국 집안엔 공포감이 밀려들었다. 시빌은 하인에게 가서 브라운 신부를 모셔오라고 했다. 그녀의 친구이기도 한 신부는 그녀가 과거에 어려운 일을 겪었을 때 문제에서 벗어나도록 도와준 적이 있었다. 신부는 위험한 일이 분명히 생길 거라는 부담을 느꼈지만 그래도 이 집에 머물면서 조사해보겠다고 대답했다.

아무런 소식도 없이 다음날 아침이 되자, 신부는 단서를 찾기 위해 일찍 집을 나섰다. 마을의 좁은 길에서 검은색 옷을 입은 땅딸막한 신부의 모습이 보였다. 그는 강둑을 따라 집들의 뒷마당이 늘어서 있는 길을 걸어가고 있었는데, 시력이 안 좋아 눈을 찡그리며 잘 보려고 애를 쓰고 있었다. 그러다가 저 앞쪽에 자신보다 더 바쁘게 걸어가는 사람이 있는 걸 발견했다. 비서인 에반 스미스였다. 신부는 그를 부르며 인사했다.

에반 스미스는 큰 키에 금발의 청년인데 어딘지 좀 초조해보였다. 아마도 혼란스런 사건을 맞아 당연한 일인 것 같았다. 그런데 그는 이번만이 아니라 늘 초조한 뭔가가 있었다. 그처럼 늘씬한 체격과 자세에 사자 갈기 같은 금발과 콧수염을 가진 남자는 아주 솔직하고 쾌활한 '전형적인 영국의 젊은이'일 거라는 인상을 풍긴다. 소설에서도 그런 묘사가 많고, 실제로도 그런 경우가 종종 있다. 그런데 그의 경우는 좀 달랐다. 키 큰 금발의 전형적인 로맨스 주인공과는 달리, 그는 동굴처럼 깊게 들어간 눈과 창백한 표정으로 인해 사악한 분위기마저 띠고 있었다. 브라운 신부는 그에게 친절한 미소를 지어보인 후, 좀 진지한 어투로 말을 꺼냈다.

"이거 끔찍한 일이네요."

"시빌 라이에게는 특히나 그렇죠. 제가 왜 이 사건의 끔찍한 부분을 숨겨야 하는지 모르겠어요. 그녀가 댈몬과 약혼한 사이라고 해도 말이죠. 놀라셨죠?"

스미스가 우울한 표정으로 말했다.

신부는 별로 놀라지 않은 것 같았다. 사실 그는 무표정할 때가 많긴 했다. 신부가 나직하게 말했다.

"그녀가 상심하는 건 당연히 걱정스런 일이죠. 이번 일에 어떤 소식이나 의견들이 있나요?"

"정확한 소식은 아무것도 없습니다. 외부에서 들려온 소식도 없고요. 다른 의견은…."

그는 다시 울적해지며 말을 중단했다.

"실례지만 당신의 의견은 뭔가요? 스미스 씨는 뭔가 말하고 싶은 것이 있는 것 같은데요."

신부가 유쾌하게 얘기를 시도했다.

스미스는 별로 놀라지는 않고 약간 주춤하더니 신부를 가만히 쳐다보았다. 그가 인상을 찌푸리자 푹 들어간 눈매가 그림자에 덮여 더 어두워 보였다.

"신부님 말이 맞습니다. 누군가에게 말을 하고 싶었습니다. 신부님이라면 안전한 상대겠죠."

스미스가 입을 열기 시작했다.

브라운 신부는 차분하게 그저 일상적인 질문을 하듯 물었다.

"보드리 경에게 무슨 일이 있었는지 알고 계신 거죠?"

"네, 조금은 알 것 같습니다."

스미스가 냉소적으로 대답했다.

"아름다운 아침이군요. 우울한 만남을 하기에는 너무나도 좋은 아침입니다."

어디서 갑자기 온화한 목소리가 들려왔다.

햇볕이 내리비치는 길가에 애봇 박사의 그림자가 나타나자, 스미스는 총이라도 맞은 것처럼 펄쩍 뛰었다. 박사는 실내용 가운을 입고 있었다. 동양의 꽃과 용이 수놓인 화려한 가운은 마치 햇빛 아래 펼쳐져 있는 꽃밭처럼 보였다. 그는 낮은 슬리퍼를 신고 있어서 바로 가까이 올 때까지도 인기척이 나지 않았던 것이다. 그렇지 않았다면 그처럼 덩치가 큰 몸으로는 공중으로 날아오듯 그렇게 소리 없이 다가올 수는 없었을 것이다. 건강하고 온화해 보이는 그의 얼굴은 햇볕에 그을려 있고, 빽빽하게 기른 회색 구레나룻과 턱수염은 길게 늘어뜨린 회색 머리칼과 잘 어울려 보였다. 옆으로 길게 생긴 눈은 아직 잠이 덜 깬 듯 졸려보였는데, 사실 아침에 일찍 일어나기엔 그의 나이가 좀 들었다고 할 수 있었다. 하지만 그는 세상풍파를 겪은 농부나 선장처럼 강인하게 단련되어 있는 것 같았다. 이 남자는 보드리 경의 저택에 머물고 있는데, 경과 비슷한 나이의 유일한 옛 친구였다.

"참 특이하죠, 저 작은 집들 말입니다. 앞문과 뒷문이 항상 열려있는 인형의 집 같지 않습니까? 보드리 경을 숨기려고 해도 그럴 장소가 없을 것 같은데요. 분명 숨기지 않았겠죠. 제가 어제 댈몬과 함께 저곳 사람들 모두를 대질 심문했습니다. 거의 모두가 파리 한 마리도 못 죽일 나이 든 여자들이더군요. 남자들은 정육점 주인만 빼고 전부 다 추수 때문에 다른 마을에 가고 없었습니다. 보드리 경이 정육점에서 나온 건 분명했어요. 그다음에 강변에서는 아무 일도 안 일어났죠. 왜냐하면 제가 하루 종일 거기서 낚시를 했으니까요."

애봇 박사가 머리를 절레절레 흔들며 말했다. 그리고는 스미스를 쳐다보았다. 옆으로 길게 생긴 그의 눈초리는 졸려 보이는데다 그 순간 약간 교활해 보이기도 했다.

"내 생각엔, 자네와 댈몬이 담배 가게에 갔다 오는 동안 내가 낚시하고 있었던 것을 증언할 수 있을 것 같네."

"네."

에반 스미스가 짧게 대답했다. 그는 박사가 장시간 끼어드는 것에 조바심이 나는 것 같았다.

"내가 생각할 수 있는 건…."

애봇 박사가 말을 중단했다.

그때 날씬하고 다부져 보이는 한 남자가 화단 사이의 잔디밭을 가로질러 부지런히 걸어왔다. 서류를 손에 들고 있는 그 남자는 존 댈몬이었다. 그는 단정한 옷차림에 피부가 좀 가무잡잡하며 나폴레옹처럼 각진 얼굴에 우울한 눈빛을 하고 있었다. 눈빛이 너무 우울해 보여 생기라곤 전혀 찾아볼 수 없었다. 아직은 젊은 나이지만 관자놀이 주변으로 새치머리가 너무 일찍 나있었다.

"방금 경찰에서 전보를 받았습니다. 제가 어젯밤에 경찰에 전보를 쳤는데, 지금 바로 사람을 보내겠다고 합니다. 애봇 박사님, 누구를 또 조사해야 할까요? 그러니까 친척이나 그 주변 사람들 말이죠."

"보드리 경의 조카가 있어요, 버논 보드리라는 사람이죠. 자, 저를 따라오시면 그의 주소를 알려드리겠습니다. 그에겐 특이한 점도 있어요."

박사가 말했다.

댈몬은 박사와 함께 보드리 경의 저택 방향으로 떠났다.

그들이 좀 멀어져가자 브라운 신부가 아무 일도 없었다는 듯 차분히 물었다.

"네, 말씀 계속하시죠."

"신부님은 정말 침착하시군요. 고해성사를 늘 들으시기 때문일까요. 저도 왠지 고해성사를 하는 기분입니다. 저 코끼리 같은 괴상한 늙은이가 뱀처럼 섬뜩하게 여기저기 나타나니까, 갑자기 모든 걸 털어놓고 싶은 마음이 들었지만 아무래도 신뢰를 지키는 것이 좋을 것 같습니다. 그리고 사실 저의 고해성사가 아니라 다른 사람의 고해성사거든요."

그는 잠시 침묵하더니 표정을 찌푸리며 콧수염을 만졌다. 그리고는 다시 입을 열었다.

"저는 보드리 경이 도망을 갔다고 믿고 있습니다. 그 이유도 알고 있어요."

갑자기 침묵이 흘렀다. 그리고 얼마 후 스미스가 다시 격정적으로 말했다.

"저는 지금 난처한 입장입니다. 사람들은 제가 벌을 받을 거라고 말하겠죠. 지금 제가 밀고자나 스컹크처럼 보이겠지만 사실 저는 제가 할 의무를 다하고 있는 겁니다."

"재판관이 돼야 하는 그런 입장이신가요? 당신의 의무라는 게 무슨 뜻이죠?”

브라운 신부가 위엄을 갖추고 물었다.

“저는 지금 연적에게, 그러니까 연인을 빼앗아간 제 연적에게 불리한 얘기를 해야 하는 입장입니다. 완전히 비열한 처지인 거죠. 하지만 이것밖에는 말할 수 있는 게 없습니다. 아서 보드리 경이 사라진 것에 대해 이유를 물어보셨는데요. 저는 그게 댈몬 때문이라고 확신하고 있습니다.”

스미스가 씁쓸한 얼굴로 말했다.

“그럼 댈몬이 보드리 경을 살해했다는 얘깁니까?”

신부가 차분하게 물었다.

“아니오!”

스미스는 깜짝 놀라며 소리쳤다.

“아니에요. 그건 절대 아니고요. 그가 다른 어떤 짓을 했는지는 모르지만 보드리 경을 살해하지는 않았습니다. 그는 살인자는 아니에요. 그리고 그는 완벽한 알리바이를 갖고 있습니다. 그를 증오하는 한 남자가 바로 그 증인이죠. 제가 연인을 빼앗기긴 했지만 그래도 위증을 하지는 않겠습니다. 그가 어제 보드리 경에게 어떠한 행위도 하지 않았다는 걸 저는 법정에 가서도 말할 수 있습니다. 왜냐하면 어제 하루 종일 제가 댈몬과 함께 있었거든요. 게다가 보드리 경이 사라졌다는 그 시간대에 함께 있었어요. 어제 댈몬은 마을에서 담배를 산 것 외에는 아무것도 하지 않았습니다. 집에서도 담배 피고 책 읽는 것 외에는 아무것도 하지 않았고요. 하지만 저는 그가 범인이라고 믿습니다. 보드리 경을 죽이지는 않았지만 말이죠. 다시 말씀드리면, 그가 범인이기 때문에 살해하지 않은 겁니다."

"그게 무슨 뜻인가요?"

"그가 다른 범죄와 관련이 있다는 뜻이죠. 그런데 그 범죄는 보드리 경이 살아있어야 가능한 겁니다."

"아, 그렇군요."

"저는 시빌 라이에 대해서 잘 알고 있습니다. 그녀의 성격도 참고할 중요한 부분이죠. 시빌은 고귀한 성품과 아주 예민한 기질을 갖고 있는데, 이 두 가지 면에서 굉장히 훌륭한 여자에요. 그리고 지나치게 양심적인 사람입니다. 그런데 양심적인 사람들이 흔히 갖기 마련인 고루한 습관이나 상식 같은 것으로 똘똘 뭉쳐있는 사람은 아니에요. 어떨 땐 미치광이처럼 예민해지면서도 또 한편으론 배려심이 깊은 사람이죠.

그녀의 삶은 꽤 드라마틱하다고 할까요, 말 그대로 무일푼으로 버려진 아이였습니다. 그런데 보드리 경이 집으로 데려와 보살펴주었어요. 사람들은 그런 모습을 보고 상당히 놀랐던 것 같습니다. 보드리 경이 평소에 냉정한 사람이기 때문이 아니라, 그의 성격과 너무 맞지 않다고 봤기 때문이었죠. 세월이 흘러 시빌이 열일곱 살이 됐을 때, 그녀는 자신이 그 집에 오게 된 이유를 알게 되었고 큰 충격을 받았습니다. 그녀의 보호자인 보드리 경이 그녀에게 청혼을 했기 때문이죠.

이제부터가 이 이야기의 가장 흥미로운 부분입니다. 시빌은 어떤 사람한테서 보드리 경이 젊은 시절에 방탕한 범죄를 저질렀다는 얘기를 듣게 됐습니다. 범죄거나 아니면 적어도 누군가에게 굉장히 나쁜 짓을 했고, 그래서 심각한 상황에 처했었다는 그런 얘기였어요. 저는 그 상대가 애봇 박사라고 의심하고 있습니다. 그 사건이 어떤 건지는 저도 모르겠어요. 그러나 감수성이 예민한 나이의 시빌에게는 보드리 경의 과거가 악몽처럼 느껴졌고 그 사람이 괴물처럼 보였을 겁니다. 그러니 결혼은 말도 안 되는, 너무나 심각한 문제였죠.

결국 시빌은 결단을 내렸습니다. 짓누르는 공포에 휩싸여 있으면서도 과감히 용기를 내서 보드리 경에게 사실을 그대로 얘기했던 거죠. 자신의 혐오감은 지나치게 병적일지도 모른다고 인정하면서, 한편으론 그걸 마치 숨겨온 정신질환인 것처럼 고백했던 겁니다. 그런데 놀랍게도 보드리 경은 그녀의 고백을 예의를 갖춰 진지하게 받아들였고, 그 후로는 더 이상 언급하지 않았다고 합니다. 그래서 그녀는 보드리 경이 정말로 관대한 사람이라고 여기게 됐습니다.

그러고 나서 그녀의 외로운 인생에 한 남자가 나타나게 됐어요. 그 역시 외로운 남자였습니다. 강에 있는 외딴 섬에서 자연인처럼 살아가는 사람이었죠. 그런 남자는, 저도 인정하지만, 묘한 신비감을 주기 때문에 매력적으로 보이게 됩니다. 게다가 그는 재치도 있고 신사적이었어요. 너무 우울해 보이긴 했지만, 제가 볼 때는 그래서 더 낭만적으로 느껴졌던 것 같습니다. 그 남자가 바로 댈몬입니다.

지금까지도 저는 시빌이 댈몬을 어디까지 받아들였는지 모릅니다. 어쨌든 댈몬이 그녀의 보호자를 만날 수 있도록 허락을 받아냈다고 합니다. 그녀는 두 사람의 만남을 앞두고 보드리 경이 연적을 어떻게 대할지 궁금하고 불안했겠죠. 그녀의 모습이 상상이 되더군요.

그런데 시빌은 자신이 보드리 경을 오해하고 있었다는 걸 깨닫게 됐습니다. 왜냐하면 예상과 달리 보드리 경은 댈몬을 진심으로 따뜻하게 맞아들였고, 두 사람의 앞날에 대해 몹시 기뻐하는 것 같았기 때문이죠. 그때부터 보드리 경과 댈몬은 함께 사냥도 가고 낚시도 다녔습니다. 그렇게 친한 사이가 되었을 무렵, 또 한 번 충격적인 일이 벌어졌어요. 댈몬이 얘기를 하다가 무의식중에 보드리 경에게 '삼십년간 별로 안 변하셨네요.'라는 말을 했던 겁니다. 시빌은 그 순간 두 사람이 이상할 정도로 친하다는 사실을 새삼 떠올렸습니다. 알고 보니 만남과 접대 모든 것이 위장이었던 겁니다. 두 사람은 전부터 서로 아는 사이였던 거죠. 말하자면 댈몬이 의도적으로 은밀하게 이 마을로 왔던 거예요. 그리고 보드리 경도 선뜻 그들의 결혼을 진행시키려 했던 겁니다. 신부님, 무슨 생각 하시죠?"

"난 당신이 무슨 생각을 하는지 알겠어요. 아주 논리적인 말씀입니다. 그러니까 보드리 경에겐 사악한 과거사가 있어요. 그리고 뭔가 비밀을 가진 이방인이 이 마을에 왔고요. 그는 보드리 경을 괴롭히면서 자신이 원하는 걸 빼앗고 있습니다. 쉽게 말하면, 댈몬이 보드리 경을 공갈 협박하고 있다는 거죠. 이게 당신의 생각 아닌가요?"

브라운 신부가 미소를 지으며 말했다.

"네, 맞습니다. 생각하기도 싫지만요."

스미스가 대답했다.

"그럼 집으로 가서 애봇 박사와 얘기를 해봐야겠군요."

브라운 신부가 잠시 생각하다가 말했다.

두 시간쯤 후, 신부는 시빌과 함께 저택에서 나왔다. 그가 애봇 박사와 대화를 나눴는지는 알 수 없었다. 시빌은 붉은색 머리칼에 창백한 얼굴이었는데, 여릿여릿한 모습으로 약간 떨고 있었다. 스미스가 말한 대로 그녀의 순수함이 바로 엿보였다. 마치 고디 백작부인과 성녀의 이야기가 연상되는 그런 모습이었다. 수줍어하는 사람은 양심에 부끄러움이 없는 사람일 것이다.

스미스는 신부와 시빌을 만나 잔디밭에서 잠시 대화를 했다. 아침 일찍부터 날씨가 화창하더니 햇볕이 내리쬐며 눈이 부실 정도였다. 브라운 신부는 우산처럼 커다란 검정 모자를 쓰고 검정 우산까지 들고 있었다. 그리고 폭풍우에 대비하듯 옷을 완전히 여미고 있었다. 그런 건 어쩌면 무의식을 반영하는 것일 수도 있는데, 폭풍우가 반드시 실제로 몰아치는 것만을 의미하지는 않을 것이다.

"너무 싫은 건, 벌써 이러쿵저러쿵 수군거리는 거예요. 모두들 서로를 의심하고 있고요. 존과 에반은 서로를 위해 말해줄 수 있을 겁니다. 그런데 정육점 주인은 자신이 혐의를 받고 있다고 생각해서 다른 사람들에게 혐의를 떠넘기려 하고 있어요. 그래서 애봇 박사님하고 다투고 있죠."

시빌이 차분하게 말했다.

에반 스미스는 불편해하다가 불쑥 말을 꺼냈다.

"시빌, 제가 다 말할 수는 없지만 이렇게 소란을 피울 일도 아닌 것 같아요. 이렇게 하는 건 너무 심하죠. 이 사건은 어떠한 폭력도 없었던 것 같거든요."

"뭔가 아는 게 있다는 말인가요?"

시빌이 즉시 신부를 쳐다보며 물었다.

"네, 아주 흥미로운 얘기를 들었습니다."

신부는 그렇게 대답하며 뭔가 생각하는 눈빛으로 강 쪽을 바라보았다. 스미스와 시빌은 작은 목소리로 얘기를 한참 주고받았다. 신부는 생각에 잠겨 강둑을 따라 걷기 시작했다. 그러다가 제방 옆으로 풀들이 우거져있는 덤불 같은 곳에 푹 떨어졌다. 쨍한 햇빛이 작고 얇은 잎사귀들에 비쳐 마치 초록빛 불꽃처럼 흔들리고 있었다. 나무 위에선 온갖 새들이 지저귀며 수백 개의 입들이 떠들고 있는 것 같았다. 잠시 후, 스미스는 누군가가 자신의 이름을 조심스럽게 부르는 소리를 들었다. 분명히 저 아래 덤불에서 들려오는 것 같았다. 그가 재빨리 다가가자 브라운 신부가 그 아래서 기어 나오고 있었다. 그리고는 아주 작은 소리로 스미스에게 말했다.

"시빌이 이쪽으로 오지 않도록 하세요. 다른 곳으로 가게 하세요. 전화나 뭐 다른 것으로 그녀를 따돌리고, 다시 이리로 오세요."

스미스는 복잡하고 피곤한 표정으로 돌아서서 다시 시빌에게로 갔다. 그녀를 다른 일로 바쁘게 만드는 건 어려운 일이 아니었다. 다른 사람을 위한 배려라면 그녀는 언제나 나서기 때문이었다. 시빌은 금방 집안으로 들어갔고, 스미스는 신부에게로 다시 향했다. 덤불 바로 뒤쪽으로 갈라진 작은 틈이 있었는데, 그곳엔 강변의 모래 높이만큼 풀들이 쌓여있었다. 브라운 신부는 푹 꺼진 그곳의 가장자리에 서서 저 아래를 바라보고 있었다. 무심코 그런 건지 의도적인 것인지는 모르지만, 그는 햇빛이 강하게 머리에 쏟아지는데도 모자를 벗어 들고 있었다.

"와서 직접 보시는 게 좋겠는데요. 증거로 말이죠. 마음의 준비를 하고 오세요."

신부가 무거운 목소리로 말했다.

"무슨 준비 말인가요?"

"살면서 가장 끔찍한 광경이군요."

스미스는 풀숲으로 덮인 제방 아래쪽으로 발을 디뎠다. 그리고 곧바로 비명이 터져 나오려 했으나 겨우 참아냈다.

아서 보드리 경이 그를 노려보며 웃고 있었던 것이다.

얼굴은 완전히 하늘로 향해 있고, 머리 부분은 뒤로 젖혀있으며, 은발에 가까운 노란색 가발은 스미스 쪽으로 놓여 있었다. 스미스는 보드리 경의 얼굴을 위아래가 거꾸로 된 방향에서 봤던 것이다. 그런 모습은 더할 수 없이 끔찍해보였다. 마치 머리가 거꾸로 달린 채 걸어가는 것 같았다. 보드리 경은 대체 여기서 뭘 하고 있었던 걸까? 설마 저렇게 이상한 자세로 몰래 제방 틈에 숨어서 사람들을 엿보았단 말인가? 머리 아래 몸 부분은 불구자처럼 잔뜩 움츠려 있었다. 좀 더 자세히 보니 특히 팔다리가 오그라져 있었다. 그는 발작을 했던 것일까? 아무리 봐도 보드리 경의 몸은 뻣뻣하게 경직돼 보였다.

"거기서는 제대로 안 보일 거예요. 보드리 경의 목이 잘려있거든요."

신부가 말했다.

스미스는 몸이 떨려왔다.

"정말로 신부님이 지금까지 봤던 가장 끔찍한 장면이겠네요. 저는 얼굴을 거꾸로 보고 있다고만 생각했거든요. 저 얼굴을 제가 매일 아침저녁으로 십년간 봐왔습니다. 그런데 거꾸로 방향에서 보니까 이건 정말 악마의 얼굴처럼 보이는군요."

"그런데 웃고 있는 얼굴입니다. 이거 어려운 수수께끼네요. 자살을 할 때도 목이 잘릴 때 웃는 사람은 아마 없겠죠. 저 눈과 미소를 보면 분명히 행복한 표정인데, 참 특이한 점이군요. 물론 거꾸로 보면 완전히 달라 보입니다. 화가들은 때때로 자신이 제대로 그렸는지 보기 위해 그림을 거꾸로 놓고 봅니다. 거꾸로 놓는 게 어려울 때는 마터호른 산을 그린 에드워드 휨퍼처럼 물구나무를 서서 다리 사이로 본다고 하죠."

신부가 있는 그대로 설명했다.

끔찍한 분위기를 진정시키기 위해 좀 가벼운 말을 하던 브라운 신부는 이제 심각한 어조로 말을 이어갔다.

"굉장히 당황하셨겠죠. 근데 불행히도 다른 일 또한 당황스럽네요."

"무슨 말씀이시죠?"

"우리가 추정한 사건 경위 말입니다."

신부는 그렇게 말하며 제방을 넘어 강 옆의 모래밭으로 걸어갔다.

"자살을 했는지도 모르겠어요. 그게 가장 확실하게 도망치는 방법이니까요. 그리고 우리가 한 추론과도 맞아떨어지죠. 조용한 장소를 찾다가 이곳으로 와서 스스로 목을 자른 겁니다."

신부의 의견에 스미스가 불쑥 말했다.

"보드리 경은 이곳에 오지 않았습니다. 아니, 살아서 온 건 아닙니다. 길을 따라 온 것도 아니고요. 그는 여기서 살해된 게 아니에요. 피 흘린 자국이 거의 안 보이잖아요. 그리고 그동안 비친 햇빛이 머리와 옷을 다 말렸을 텐데 지금도 모래에 물기가 있거든요. 밀물 때는 바닷물이 여기까지 올라옵니다. 그러면 그 물살이 시체를 여기 강기슭 쪽으로 실어왔을 거예요. 작은 집들과 가게 바로 뒤쪽에 강이 흐르니까 아마도 마을 쪽에서부터 시작해 강을 타고 내려왔겠죠. 보드리 경은 마을에서 죽은 겁니다. 여기로 와서 자살한 게 아니라고 봐요. 그럼 누가 그 작은 마을에서 그를 죽였느냐 하는 문제죠. 누가 죽일 수 있었을까요?"

신부는 우산 끝으로 모래 위에 지도를 그리기 시작했다.

"자, 보세요. 가게들이 어떻게 늘어서있죠? 우선 정육점이 있어요. 큰 칼을 갖고 있는 정육점 주인이 유력하겠네요. 하지만 보드리 경이 정육점에서 나오는 모습을 스미스 당신이 봤다고 했죠. 게다가 그 주인이 '안녕하세요. 당신 목을 잘라버리겠어요. 감사합니다. 다음 분?' 하고 말한다면 보드리 경이 그냥 가게 밖에 서있을까요? 그런 일이 있는데도 그가 웃으면서 가만있을 사람은 아닌 것 같습니다. 그는 사실 굉장히 혈기 왕성하고 폭력적인 성향도 있는 사람이었거든요. 어쨌든 정육점 주인 말고는 누가 보드리 경을 상대할 수 있었을까요? 그 옆 가게는 부인이 운영하고 있죠. 그 다음엔 담배 가게가 있고요. 그 주인은 남자이긴 하지만 아주 왜소하고 소심한 사람이라고 하더군요. 그 옆쪽은 여자분 둘이 운영하는 옷가게고, 그리고 간이식당은 원래 어떤 남자가 운영했는데 그가 입원을 하는 바람에 그의 아내가 맡고 있습니다. 그리고 여러 심부름을 하는 마을 청년 한 명과 점원 두세 명이 있어요. 근데 모두 다 일 때문에 이웃 마을로 가고 없었어요. 가게들은 그게 전부고, 마을에서 좀 떨어진 곳에 여관 하나가 있습니다. 마을과 여관 사이에 파출소가 있고요."

신부는 우산 끝부분으로 모래에 경찰을 그린 다음 심란한 표정으로 강을 바라보았다. 그리고 팔을 좀 휘둘러보더니 재빠른 걸음으로 가서 시체 위로 몸을 기울였다. 그런 다음 다시 허리를 펴고는 크게 숨을 내쉬며 말했다.

"담배 가게 주인! 도대체 왜 그 생각을 못했을까?"

"왜 그러시죠?"

스미스가 짜증이 난 듯 물었다. 눈을 두리번거리며 혼자 중얼거리던 신부가 무슨 심판을 하듯 '담배 가게 주인'이라는 말을 툭 내뱉었기 때문이다.

그리고는 잠시 말이 없다가 신부가 물었다.

"보드리 경의 얼굴이 이상하다고 느끼지 않았나요?"

"끔찍할 정도로 이상하죠! 목이 잘려 있으니…."

스미스가 다시 몸을 떨면서 대답했다.

"아니, 그의 얼굴 말이에요. 게다가 손엔 붕대까지 감고 있잖아요."

신부가 다시 물었다.

"아, 그건 이번 사건과 관계가 없습니다. 전에 사고로 다친 거예요. 깨진 잉크병에 손을 베었거든요. 그때 저도 그 옆에 있었습니다."

스미스가 얼른 대답했다.

그러자 신부가 말했다.

"결국 이 사건과 관련이 있는 것 같습니다."

그리고 한동안 침묵이 흘렀다.

신부는 심란한 마음으로 우산을 질질 끌고 모래밭을 걸으면서 '담배 가게 주인'이라는 말을 계속 중얼거렸다. 그 말은 스미스를 더 두렵게 만들었다. 신부는 별안간 우산을 들어 덤불 사이에 있는 보트하우스를 가리켰다.

"저 보트가 보드리 경의 것이죠? 노를 좀 저어서 나를 데려다주세요. 뒤쪽으로 가서 마을을 살펴보고 싶거든요. 시간이 없습니다. 그들이 시체를 찾을지도 모르지만 어쩔 수가 없어요."

스미스는 즉각 노를 저어 마을 뒤쪽으로 가면서 말했다.

"어쨌든 애봇 박사님한테서 보드리 경의 범죄가 뭔지를 알아냈습니다. 어떤 이집트 공무원과 얽힌 얘기더군요. 그 사람이 보드리 경에게, 이슬람교인은 돼지와 영국인을 피해야 하는데, 그중에서도 특히 영국인을 피해야 한다고 말했답니다. 그래서 보드리 경이 무척 화가 났다고 해요. 그리고 몇 년 후에 그 이집트인이 영국에 왔을 때 두 사람은 또 다시 싸우게 됐답니다. 폭력적인 보드리 경이 그 이집트인을 잡아다가 농장 돼지우리에 처넣고 팔다리를 부러뜨린 겁니다. 그리고는 다음날 아침까지 방치해뒀어요. 당연히 그 일로 온 난리가 났지만 사람들은 보드리 경의 애국심 때문이니까 용서해야 한다고 말했죠. 어쨌든 그 후로 수십 년간 협박을 받았는데, 그렇다고 해서 말 못할 일은 아니었던 것 같은데요… 뭐 그게 이번 일과 무슨 관련이 있는 건 아니겠죠?"

스미스가 조심스럽게 물었다.

"내가 지금 떠올리고 있는 것과 연관이 있는 것 같아요."

두 사람은 보트를 타고 나지막한 담을 지나, 가게들의 뒤쪽에서부터 강으로 내려가는 경사진 정원들을 지나갔다. 브라운 신부는 그곳을 우산으로 가리키며 하나 둘 하고 세었다. 세 번째 정원에 이르자 신부가 다시 말했다.

"담배 가게 주인! 근데 어떻게 그 사람이… 그래도 확인할 때까지는 추측만 하고 있어야죠. 우선 보드리 경의 얼굴에서 이상한 점만 말씀드릴게요."

"그게 뭐죠?"

스미스가 잠깐 노를 멈추고 물었다.

"보드리 경은 굉장히 멋쟁이었어요. 그런데 얼굴의 절반만 면도가 돼있었어요… 여기 잠깐만 보트를 좀 세울까요? 저 기둥에다 보트를 매어놓읍시다."

1,2분 후에 그들은 낮은 담을 넘어 정원의 가파른 길로 올라갔다. 그곳엔 네모난 채소밭과 화단이 있었다.

"담배 가게 주인은 감자를 재배하고 있습니다. 그건 틀림없이 월터 롤리와 관련이 있어요. 풍성한 감자와 감자포대를 생각해보세요. 이 마을 사람들은 아직도 소작을 하고 있고, 게다가 두세 가지 일을 동시에 하고 있죠. 그런데 시골의 담배 가게 주인들은 한 가지 일을 더 하는 경우가 많습니다. 보드리 경의 턱을 봤을 때 그 생각이 났거든요. 스미스 씨는 분명 그 가게를 담배 가게라고 생각하겠지만 사실은 이발소도 겸하고 있어요. 그래서 보드리 경이 담배 가게로 들어간 겁니다. 혹시 생각나는 거 있어요?"

"네 있습니다. 그런데 신부님이 많이 있을 것 같은데요."

"예를 들어 튼튼하고 폭력적인 성향의 한 남자가 자기 목이 잘리고 있는 데도 미소를 지을 수 있는 그런 장면이 떠오르는 군요."

그들은 담배 가게 뒤쪽의 어두운 통로를 지나서 가게 뒷방으로 들어갔다. 방안은 어둑하고 매우 낡았으며, 깨진 거울이 하나 벽에 걸려 있었다. 너무나 침침해서 해질 무렵 저수지의 검푸른 빛과 비슷했지만, 그 사이로 이발소의 도구들과 잔뜩 겁먹은 이발사의 얼굴을 알아볼 수는 있었다.

그래도 이제 막 치우고 청소한 것 같은 방안을 신부는 이리저리 둘러보았다. 그러다가 문 바로 뒤쪽 먼지 싸인 구석에서 뭔가를 발견했다. 그건 모자걸이에 걸려있는 모자였는데, 마을 사람들 모두가 늘 봐왔던 그 흰색 모자였다. 길에서 보면 눈에 띄는 흰색 모자였으나 지금은 완전히 잊은 것처럼 보이는 작은 물건에 불과했다. 가게 주인은 온 신경을 기울여 바닥을 닦아내고 피로 물든 깔개를 처리하면서도 그 작은 물건은 소홀히 했던 것이다.

"어제 아침에 보드리 경이 여기서 면도를 하신 것 같군요."

브라운 신부가 차분한 목소리로 말했다.

왜소한 체구의 대머리에 안경을 쓴 이발사 윅스는 뒷마당에서 불쑥 나타난 두 사람이 마치 무덤에서 나온 유령처럼 보였다. 그러나 미신 때문에 그가 놀란 건 아니었다. 실제로 유령을 봤어도 그보다 더 놀라지는 않았을 것이다. 그는 온몸이 오그

라드는 것 같고, 커다란 안경 외에 방안에 있는 모든 것이 쪼그라져 보였다.

"하나만 묻겠습니다. 보드리 경에게 무슨 안 좋은 감정이 있었나요?"

신부가 조용히 물었다.

이발사는 뭔가를 중얼거리듯 말했다. 스미스는 전혀 알아들을 수 없었으나, 신부는 고개를 끄덕였다.

"이유가 있었겠죠. 당신은 그를 증오했어요. 그래서 난 당신이 죽었다고 생각했습니다. 무슨 일이 있었는지 말씀해주시겠어요? 아니면 제가 할까요?"

한동안 침묵이 흘렀다. 뒤쪽 주방에서 나는 시계소리만이 희미하게 들려왔다. 이윽고 신부가 말을 이어갔다.

"그럼, 사건 경위를 말씀드리죠. 댈몬 씨가 담배 가게로 들어와서 진열장에 있는 담배를 달라고 했습니다. 당신은 여기 뒷방에 있다가 가게로 나가서 댈몬이 원하는 담배가 무엇인지 살펴보았습니다. 그때 댈몬 씨는 뒷방 이발소에 당신이 막 내려놓고 나갔던 면도칼을 보게 됐어요. 그리고 이발소 의자에 앉아있는 보드리 경의 노르스름한 머리칼도 봤습니다. 아마도 면도날과 보드리 경의 머리카락 모두 진열창의 빛 때문에 반짝거려 보였을 겁니다. 댈몬이 면도칼을 집어 들고, 보드리 경의 목을 자르고, 다시 가게로 돌아올 때까진 얼마 걸리지 않았어요. 피해

304

자는 면도날과 손길이 다가오는데도 전혀 놀라지 않았어요. 이발소니까요. 그래서 그는 미소를 짓고 있다가 그대로 당한 겁니다. 아마도 그는 댈몬 씨를 경계하지 않았던 것 같습니다. 너무나 순식간에 조용히 치러졌으니까요. 스미스 씨가 그 사람과 하루 종일 같이 있었다고 법정에서 증언하려 했을 정도니 말이죠. 당신은 그걸 보고 깜짝 놀랐죠. 집세도 밀리고 해서 땅주인 보드리 경과 다퉜는데, 이발소로 돌아와 보니 원수 같은 자가 당신의 의자에서 당신의 면도칼로 살해된 것을 보게 됐으니 말이죠. 당신은 이제 어떻게 혐의를 벗어나야 할지 절망을 느꼈고, 그래서 청소하고 바닥을 닦은 다음 밤에 시체를 버리기로 결정했어요. 헐렁하게 묶인 감자포대에 넣어서 말이죠. 이발소 영업시간이 아직 충분히 남아있어서 참 다행이라 생각했을 겁니다. 그래서 모든 걸 잘 처리했죠. 모자만 빼고요… 안심하세요. 나는 저 모자를 포함해 모든 걸 잊어버릴 테니까요."

신부는 느긋하게 담배 가게로 들어가 밖으로 나갔다. 스미스도 어리둥절해하며 신부를 따라 나갔고, 이발사만 남아 멍하니 서있었다.

"저 이발사는 유죄선고를 받기엔 살인 동기가 너무 약해서 곧 석방될 겁니다. 이발사처럼 그냥 신경질적인 사람은 돈 문제로 사소한 말다툼을 했다고 해도 원체 거물 같은 사람을 진짜로 살해하지는 못하거든요. 혐의를 받을까봐 두려움은 컸겠죠… 살인한 사람은 그 이유가 그냥 사소한 싸움이 아니라 전혀 다른 문제였어요."

날카로운 눈빛으로 허공을 바라보며 신부는 다시 생각에 잠겼다

"정말 불쾌하네요. 한두 시간 전만 해도 댈몬 씨를 협박자, 불량배라고 욕했는데, 결국 그가 살인자라니 말이죠."

스미스가 신음하듯 말했다.

심연의 저 바닥까지 내려간 사람처럼 신부는 계속 딴 세상에 있는 것 같았다. 이윽고 그가 입을 열며 기도하듯 중얼거렸다.

"하나님, 자비를 베풀어주소서! 이렇게 끔찍한 복수라니!"

스미스가 뭐라 물어도 신부는 계속해서 혼잣말을 했다.

"끔찍한 증오! 인간이 다른 인간에게 품을 수 있는 원한이란! 이토록 혐오의 감정이 끝을 모르는 인간의 마음속에 도달할 수 있단 말인가. 우리를 오만에서 구해주소서. 이런 증오와 원한은 아직도 상상이 안 됩니다."

"저는 댈몬 씨가 왜 보드리 경을 죽였는지 아직도 전혀 이해가 안 됩니다. 댈몬 씨가 협박을 했다면 보드리 경이 댈몬 씨를 죽이는 게 맞을 텐데요. 그렇다고 목을 자르는 건 너무 끔찍해서…"

스미스가 말했다.

브라운 신부는 잠자다 깨어난 사람처럼 놀라며 눈을 깜박거

렸다.

"아 그거요! 난 다른 것을 생각하고 있었어요. 끔찍한 원한이라고 한 건 이발소에서 죽인 살인자를 말한 게 아니었습니다. 그 살인 방법도 끔찍하지만 그것보다 훨씬 더 끔찍한 일을 생각하고 있었죠. 이게 훨씬 더 이해가 갈 겁니다. 누구라도 그럴 수 있으니까요. 사실 이 사건은 정당방위였어요."

"네? 한 사람의 등 뒤에서 목에 칼을 댔는데, 그게 정당방위라고요? 이발소 의자에 앉아 천장을 보면서 태연하게 웃고 있는 사람을 찌른 게 정당방위라고 할 수 있나요?"

스미스가 어이없어하며 소리쳤다.

"그게 물론 타당하다고 생각지는 않습니다. 다만 대개의 사람들은 자신을 보호하기 위해 범죄를 피하려다 보면 그런 일도 저지르게 된다는 뜻이었죠. 내가 생각하고 있었던 것이 바로 그 재앙을 피하려다 범죄를 저지르게 된 경우였어요. 우선 스미스 씨가 방금 물어본 것부터 얘기해드리죠. 왜 협박하는 사람이 살인자가 되냐고요? 이 점에 대해서는 여러 가지 의견과 오류들이 있습니다."

깊이 생각했던 모든 것을 끌어내리려는 듯 신부는 한동안 침묵하고 있었다. 그리고는 평범함 목소리로 다시 입을 열었다.

"나이 든 보드리 경과 젊은 댈몬 두 사람이 함께 어울려 다니고 결혼 문제도 동의를 했다고, 스미스 씨가 얘기해주셨죠.

그런데 그들이 서로 잘 알고 친밀하게 지낸 건 오래 전부터고, 은밀한 이유가 있었기 때문입니다. 보드리 경은 부자였고, 댈몬 씨는 가난했어요. 스미스 씨는 협박을 의심했습니다. 그 부분까지는 당신 말이 맞았어요. 그런데 누가 누구에게 협박을 했느냐 입니다. 가난한 댈몬 씨가 부자인 보드리 경을 협박했다고 하셨지만, 사실은 보드리 경이 댈몬 씨를 협박했어요."

"그건 말도 안 돼요."

스미스가 반박을 했다.

"말만 안 되는 게 아니라, 더 악질이죠. 그런 일은 종종 있어요. 정치계통에 있는 사람들의 절반은 서민들을 협박하는 부자들입니다. 말도 안 된다고 하셨는데, 그건 말도 안 되는 두 가지 환상을 우리가 갖고 있기 때문이에요. 하나는, 부자들은 더 부유해지고 싶어 하지 않는다는 환상이고, 또 하나는, 돈이 항상 협박의 원인이라고 생각하는 환상입니다. 이번 사건의 문제가 되는 건 바로 이 두 번째 환상이죠. 보드리 경이 연극을 한 것은 탐욕이 아니라 원한 때문이었어요. 그리고 그는 지금까지 내가 들어본 것 중에 가장 소름끼치는 복수를 계획했어요."

"뭣 때문에 보드리 경이 댈몬 씨에게 복수를 하죠?"

"댈몬 씨에게 복수하려는 게 아니었어요."

신부가 답답한 듯 말했다.

그리고는 한동안 말이 없다가 주제를 바꿔 다시 얘기를 이어갔다.

"기억나시죠? 시체가 발견됐을 때 얼굴이 거꾸로 돼있었어요. 스미스 씨가 악마의 얼굴처럼 보인다고 했죠? 이발소 의자 뒤쪽으로 다가가던 살인자도 거꾸로 된 얼굴을 봤을까요?"

"근데 그건 너무 지나친 과장 아닌가요? 저는 보드리 경의 똑바른 얼굴에 익숙해 있어서요."

스미스가 또 다시 반박을 했다.

"어쩌면 그의 똑바른 얼굴을 한 번도 못 봤는지도 모릅니다. 내가 얘기했었죠. 예술가들은 그림이 제대로 됐는지 확인하려고 거꾸로 서서 본다고 말이죠. 아마 당신은 식사 때나 또는 차를 마실 때나 그 악마의 얼굴에 익숙해졌을 겁니다."

"도대체 무슨 말씀을 하고 싶으신 겁니까?"

스미스가 짜증을 내며 다그쳤다.

"얘기해드리죠. 보드리 경은 당연히 악마가 아닙니다. 성격은 좀 거칠지만 근본은 착한 사람입니다. 눈을 부릅뜨고 의심하는 습관이 있는 그의 눈초리랄지 꽉 다물고 있는 것 같지만 떨고 있는 그의 입에 당신은 아마도 너무 익숙해있었을 겁니다. 그렇지 않았다면 그의 눈과 입에서 당신은 분명 뭔가를 느꼈을 거예요. 사람에 따라선 상처가 치료되지 않는 육체도 있습니다. 보드리 경에겐 치료되지 않는 마음의 상처가 있었어요. 바로 울화병이 나는 불면증이었죠. 그의 긴장된 눈은 밤에도 떠있었고,

그건 불면증으로 이어졌습니다. 예민하다고 해서 이기적인 것은 아닙니다. 시빌을 보세요. 그녀도 몹시 예민한 사람이지만 성인처럼 살아가고 있잖아요. 그러나 보드리 경은 자신의 예민한 면을 독한 자만심으로 갈고 닦았어요. 그건 안정을 주지도 않고 자기만족을 주지도 않은 그런 자만심이었죠. 따라서 그의 영혼에 난 상처들은 모두 썩기 시작했어요. 이집트인을 돼지우리에 던져버린 것도 일종의 그런 징후였어요. 영국인이 돼지보다 못하다는 소리를 들은 바로 그때 그곳에서 복수를 했다면 화가 폭발해서 그런 거라고 이해해줄 수 있을 겁니다. 그러나 그곳에는 돼지우리가 없었어요. 그 점이 아쉬웠죠. 그래서 보드리 경은 그 후로 수년간 이집트인에게서 받은 모욕을 기억하고 있다가 드디어 그가 영국에 왔을 때 이웃에 있는 돼지우리에 그를 던져버리게 됐던 겁니다. 그제야 그는 자신이 생각해온 그야말로 그림 같은 복수를 한 셈이었죠. 세상에! 그는 받은 것을 정확히 돌려주는 복수를, 그것도 아주 기술적으로 했던 겁니다."

"지금 돼지우리 사건을 생각하고 계신 건가요?"

스미스가 의아해하며 신부를 쳐다보았다.

"아니오, 살인사건을 생각하고 있어요."

신부는 목소리가 떨려왔지만 계속해서 말했다.

"교묘한 복수를 하기 위해 그가 얼마나 끈기 있게 계략을 세워왔는지 아시겠죠. 그렇다면 지금 일어난 살인사건을 생각해봅시다. 보드리 경을 모욕한, 그러니까 보드리 경이 치명적 모욕을 느꼈을, 그런 일이 있습니까? 당신이 알고 있는 사람 중에서 그런 일을 한 사람이 있나요? 그렇습니다. 한 여자가 있죠."

어렴풋한 공포의 빛이 스미스의 눈에 어렸다. 그는 더 귀를 기울였다.

"이제 막 아이를 벗어난 한 소녀가 그와 결혼하기를 거부했어요. 그가 전에 범죄를 저질렀다는 과거를 알게 됐기 때문이죠. 보드리 경은 실제로 그 이집트인 때문에 잠시 감옥에 가기도 했어요. 그러고 나서 아주 못된 심보를 먹었습니다. '시빌은 살인자와 결혼하게 될 거야.' 하고 말이죠."

신부와 스미스는 보드리 경의 저택으로 가기 위해 강 옆길을 따라 걸었다. 한동안 아무 말도 없던 신부가 다시 입을 열었다.

"보드리 경은 과거에 살인을 한 적이 있는 댈몬 씨를 위협하기로 했습니다. 그럴만한 위치에 있었으니까요. 그는 젊었을 때 막된 친구들 사이에서 벌어졌던 몇 가지 살인사건을 알고 있었을 겁니다. 무모하지만 구원받을 수 있는 그런 범죄도 있잖아요. 아마도 댈몬 씨는 참회할 줄 아는 사람일 것 같습니다. 보드리 경을 죽였지만 말이죠. 하지만 그 사람은 보드리 경의 손아귀에 있었어요. 그 두 사람 사이에 시빌은 걸려들었던 거고요. 보드리 경은 댈몬 씨가 시빌에게 접근하도록 내버려뒀고, 너 그렇게 응원하는 척 했죠. 사실 그 누구도 보드리 경의 속마음을 알지 못했어요. 그런데 며칠 전에 댈몬 씨가 경악할만한 사실을 알아냈습니다. 자신은 도구로 이용되고 있고, 곧 부서져 버려질 것이라는 진실을 말이죠. 댈몬은 그걸 보드리 경의 서재에서 우연히 보게 됐어요. 노트에 적혀있었죠. 보드리 경이 경찰에 넘겨줄 정보를 준비해놓았던 겁니다. 댈몬이 보드리 경의 그 계략을 알게 됐을 때 그는 경악해 그 자리에 서있었습니다. 나도 처음에 그 사실을 이해하게 됐을 때 바로 그랬었죠. 시빌과 댈몬 씨가 결혼하자마자 댈몬 씨는 체포되고 처형되는, 바로 그런 계획을 세웠던 겁니다. 한때 감옥에 있었던 남자를 거부한 시빌은 이제 단두대에서 처형될 남자와 결혼하게 되는 거죠. 보드리 경에게 이 계획은 그야말로 예술적 복수에 가장 적절한 끝판이었던 겁니다."

이제 스미스는 완전히 질린 얼굴이었다. 저쪽에서 큰 모자를 쓴 거구의 애봇 박사가 두 사람 쪽으로 다가오는 것 같았다. 멀리서 보이는 몸짓으로도 그가 뭔가 허겁지겁하는 게 느껴졌다. 그러나 두 사람은 각자 생각에 골몰해있었다.

"원한이란 게 정말로 끔찍하군요. 그런데 한 가지는 저한테 위안이 됩니다. 댈몬에 대한 나쁜 감정이 전부 사라졌어요. 그가 왜 두 번이나 살인을 하게 됐는지 좀 이해가 되네요."

스미스가 어렵게 말을 했다.

두 사람은 말없이 한동안 걸어가다가 가까이 다가온 애봇 박사를 만났다. 그는 거의 몸부림치다시피 하며 장갑 낀 손을 내밀었다. 그의 회색 수염이 바람에 날리고 있었다.

"끔찍한 소식입니다. 아서의 시체가 발견됐어요. 정원에서 죽은 것 같아요."

박사가 소리쳤다.

"아니, 어떻게 그럴 수가!"

브라운 신부는 약간 기계적으로 말했다.

"다른 소식도 있어요."

박사는 숨을 헐떡였다.

"댈몬이 아까 아서의 조카 버논 보드리를 만나러 갔잖아요. 그런데 버논은 댈몬이 누구냐며, 자기를 만나러 온 적이 없다고 하네요. 댈몬이 완전히 사라진 것 같아요."

"아니, 어떻게 그런 일이!"

브라운 신부가 말했다.

최악의 범죄

브라운 신부는 전시장 안에서 돌아다니고 있었는데, 그의 표정으로 봐선 그림을 보기 위해 온 것 같지가 않았다. 신부는 평소에 그림을 좋아하지만 지금은 별로 보고 싶은 생각이 없었다. 현대미술 작품들이 부도덕하다거나 그림답지 않다고 생각하는 건 아니었다. 그는 상당히 열정적인 기질이 있어서, 중간이 잘리고 없는 소용돌이라든지, 뒤집힌 솔방울이나 깨진 실린더에서 영감을 받기도 하고 위협을 느끼기도 하는 미래지향적 현대미술에 오히려 끌리곤 했다. 하지만 지금 그는 사람들 속에서 한 젊은 친구를 찾고 있는 중이었다. 미래지향적인 그 친구가 약속 장소를 이곳으로 정한 것이었다. 이 젊은 친구는 신부의 몇 안 되는 친척 중 한 명이었다.

그녀의 이름은 엘리자베스 훼인이며, 보통은 베티라고 불렀다. 교양 있는 여성이지만 가난한 남자와 결혼했고, 브라운 신부 여동생의 딸이었다. 그 남편이 오래 전에 사망했기 때문에 브라운 신부가 그녀의 보호자 역할을 해왔다. 삼촌이자 후견인인 셈이었다. 그런데 신부가 전시장 안을 아무리 둘러봐도 그녀의 갈색머리와 상냥한 얼굴은 전혀 보이지가 않았다. 그곳엔 신부가 아는 사람들도 몇 명 있었으나 대부분은 모르는 사람들이었고, 그의 취향에 거슬려 알고 싶지 않은 사람도 몇 있었다.

그 틈에서 한 젊은이가 신부의 눈에 들어왔다. 매우 날렵하고 부드러워 보이는 청년이었는데, 옷을 멋지게 잘 입고 있었고, 스페인의 노인들처럼 수염을 스페이드 모양으로 다듬어 길게 기르고 있었다. 반면 짧게 깎은 검은색 머리엔 챙 없는 모자를 쓰고 있어서 머리에 너무 딱 붙어있는 것처럼 보였다. 어딘지 낯선 스타일을 한 것으로 보아 그는 외국인인 것 같았다. 또 한 명 신부가 특히 알고 싶지 않은 사람은, 자극적인 붉은색 옷을 입고 유난히 튀는 한 여자였다. 사자갈기 같은 머리를 하고 있었는데, 단발머리도 아니고 뭐라고 부르기도 애매한 산만한 스타일이었다. 그녀는 창백한 데다 혈색도 안 좋고 다소 투박해 보이는 강한 얼굴이었다. 사람들을 쳐다보는 그녀의 눈빛은 노려보듯 매서워 마치 죽일 것 같은 뱀을 연상시켰다. 그녀의 뒤엔 가려져 보이지 않은 키 작은 남자가 있었다. 넓대대한 얼굴에 수염을 수북이 기르고, 졸린 듯이 옆으로 처진 눈매를 한

이 남자는 온화하고 빛이 나는 것 같은 표정을 하고 있었다. 실제로 아직 잠에서 완전히 깨지 않았는지도 모르겠다. 그런데 이 남자를 뒤에서 보면 굵은 목 때문에 상당히 둔탁해보였다.

조카와 함께 있으면 꽤나 흥미로운 대조를 보이겠구나 생각하며, 신부는 사자 머리의 여자를 계속 보고 있었다. 이제부터 그 어떤 사람이 이곳에 등장한다 하더라도 이 여자보다 더 튀어 보일 사람은 없을 거라는 생각이 굳어지고 있었다. 그때 누군가가 그의 이름을 부르는 소리가 들렸다. 그는 좀 놀라면서 잠에서 깨어난 느낌이었지만 기분은 다소 안도감이 들었다.

그랜비라는 변호사의 까칠하고 불친절한 얼굴이 보였다. 흰머리가 희끗희끗하게 나있는 게 마치 가발에 가루가 묻은 것같아, 그의 활기찬 동작엔 어울리지 않아 보였다. 그는 여러 사무실을 학생처럼 뛰어다니며 드나드는 금융계 종사자 중 한 명이었다. 우아한 전시장에서 차마 그렇게 뛸 수는 없지만, 그는 뛰고 싶어 안달이 난 듯 초조한 얼굴로 좌우를 둘러보며 누군가를 찾고 있었던 것이다.

"신예술의 후원자이신 줄 몰랐네요."

신부가 상냥하게 먼저 인사를 했다.

"저도 신부님이 예술 후원을 하시는 줄 몰랐습니다."

그랜비도 인사했다.

"사실 저는 약속이 있어서 왔어요."

"네, 아무튼 좋은 시간 되십시오. 저도 누구를 좀 기다리고 있어서요."

그랜비가 말했다. 그리고는 뭔가를 곰곰이 생각하더니 다시 불쑥 말을 꺼냈다.

"그가 콘티넨트 쪽으로 지나갔다고, 여기 이상한 곳으로 오면 만날 수 있다고 해서요. 이쪽으로 오시죠. 신부님은 비밀을 지켜주시는 분이니까요. 혹시 존 머스그레이브 경 아십니까?"

"아니오. 성에 숨어 지낸다는 얘기를 듣기는 했죠. 그런데 그 비밀이라는 게 머스그레이브 경을 말씀하시는 건가요? 정말로 그 중세시대처럼 격자문에 도개교가 달린 성에 은둔해 살면서 거기서 나오지 않는다는 등별의 별 소문이 다 있더군요. 혹시 그 괴짜 인물을 말씀하시는 거 아닙니까? 그 사람도 변호사님의 고객인가요?"

"아닙니다."

그랜비가 짧게 대답했다. 그리고는 다시 덧붙였다.

"의뢰를 한 사람은 그분의 아들 머스그레이브 선장인데요. 어쨌든 그의 아버지가 이 일에 있어서 굉장히 중요한 인물이죠. 그런데 문제는, 제가 그분을 전혀 모른다는 겁니다. 이 일은 비밀리에 진행되는데, 아까도 말씀드렸다시피 신부님께는 얘기해도 괜찮을 것 같아서요."

그는 작은 목소리로 말하며 신부를 조용한 구석으로 이끌고 갔다. 그곳엔 사람이 거의 없고 여러 가지 실물을 재현한 작품들이 있었다.

"머스그레이브 선장이 노섬버랜드에 사는 아버지한테서 거액의 사후 지불 채권을 받았는데요. 그걸 담보로 우리 법률회사에서 대출을 받으려고 합니다. 그의 아버지 머스그레이브 경은 칠십 대 나이라 아마 오래 살지는 못할 겁니다. 그러면 고인이 되면 그 후엔 어떻게 될까요? 돈과 성과 격자문, 그 모든 것들 말이죠. 성은 오래 됐지만 워낙 훌륭한 건물이라 가치가 아직도 상당하거든요. 그런데 이상한 건, 아직 상속인이 지정되지 않았다는 겁니다. 이제 아시겠죠. 문제는 그 노인이 친절한 사람인지 어떤지, 모르겠다는 거예요."

"그 사람이 아들한테 상속을 해준다면 변호사님한테도 친절한 사람이 되겠네요. 근데 죄송하지만, 제가 도울 일은 없군요. 저도 존 경을 만난 적이 없고, 요즘엔 그를 만나는 사람이 거의 없는 걸로 알고 있습니다. 그 아들이라는 선장한테 회사에서 대출해주기 전에 그 아버지가 친절한지 어떤지 변호사님이 물어볼 수는 있지 않나요? 그런데 그 아들은 사람들한테 호감을 얻지 못하는 인물입니까?"

"아니오, 인기도 많고 사교계에도 알려진 사람입니다. 외국생활을 오래 했고, 저널리스트 활동도 했어요."

"외국에 오래 살았다고 해서 뭐, 죄가 되는 건 아니죠."

신부가 대꾸했다.

"아, 누가 뭐라 했나요!"

그랜비가 퉁명스럽게 말했다.

"아, 제가 말하고자 한 건, 그가 좀 진득하지 못한 사람이라는 뜻이었어요. 기자, 강사, 배우, 그밖에도 여러 가지 일을 했죠. 근데 지금 제가 무슨 말을 하고 있는 건지, 내참… 아, 저기 그 선장이 있군요."

그랜비는 약간 당황하며 어쩔 줄 몰라 하다가 갑자기 사람들이 많은 곳으로 급하게 걸어갔다. 어떤 젊은 남자를 보고 달려가는 것이었다. 그는 키가 크고 옷을 잘 차려입었으며 짧은 머리에 이국적 스타일로 수염을 기르고 있었다.

그랜비는 그 남자를 만나 함께 걸어 나갔고, 신부는 근시 눈으로 찡그리며 잠시 그들을 쳐다보았다. 그러는 동안 조카 베티가 헐레벌떡 뛰어 들어오며 신부의 시선을 돌려놓았다. 그런데 베티 또한 사람이 거의 없는 그 구석진 곳으로 신부를 데려갔다. 그리고 바다에 떠있는 섬처럼 띄엄띄엄 놓여있는 좌석에 신부를 앉게 했다.

"삼촌한테 꼭 말해야 할 게 있어요. 다른 사람들은 이해 못할 거예요."

"갑자기 무슨 말을? 네 엄마가 전에 말한 그 약혼 얘기니?"

"엄마는 내가 머스그레이브 선장하고 약혼하기를 바라고 있어요."

"아 난 몰랐네. 근데 요즘 어딜 가나 머스그레이브 선장에 대한 얘기가 돌고 있는 건 알고 있지?"

신부가 약간 낙담한 듯 말했다.

"우리 집이 너무 가난한 건 사실이에요. 뭐, 말한다고 달라질 건 없지만요."

"너는 그 선장하고 결혼하고 싶니?"

눈을 반쯤 감으며 신부가 물었다.

베티는 바닥을 내려다보며 인상을 찌푸리더니 낮은 목소리로 대답했다.

"그와 결혼하고 싶은 생각이 있었어요. 아니, 적어도 생각은 해봤어요. 그런데 방금 전에 깜짝 놀랄 일이 있었어요."

"무슨 일인데?"

"그 남자가 웃는 소리를 들었어요."

"사교생활에 아주 능숙한가 보네."

"그런 뜻이 아니에요. 사람들 앞에서 웃는 게 아니었어요."

베티는 잠시 입을 다물었다가 다시 강하게 말했다.

"저는 좀 일찍 여기에 왔어요. 그런데 전시장 한가운데에 선장이 혼자 조용히 앉아있더군요. 그때는 사람이 거의 없었어요. 그분은 저나 다른 사람들이 주변에 있는 것도 전혀 모르는 눈치였어요. 왜냐하면 혼자 앉아서 마구 웃고 있었거든요."

"난 또 뭐라고. 나도 미술평론가는 아니지만 여기 있는 작품들을 가만히 보니까…"

"그런 게 아니라니까요."

베티가 짜증을 내며 말했다.

"그림을 보고 웃은 게 아니었어요. 그림은 쳐다보지도 않았다고요. 그냥 천장을 멍하니 올려다보고 있었는데, 눈알이 안으로 뒤집힌 것처럼 보였어요. 그렇게 큰 소리로 웃는 모습을 보니까 정말 소름이 끼치더라고요."

신부는 자리에서 일어나 전시장 한가운데를 바라보며 말했다.

"결혼문제는 서두르면 안 돼. 세상엔 두 종류의 남자가 있거든. 근데 지금은 그 문제를 논의할 수가 없구나. 그가 저쪽에 있으니까 말이야."

머스그레이브 선장이 요란하게 웃음소리를 내며 그들 쪽으로 재빨리 다가왔다. 선장 바로 뒤엔 그랜비가 서있었는데, 아까와는 다르게 어딘지 편안하고 만족해 보였다.

"선장님에 대해 제가 말했던 모든 것을 사과드리겠습니다."

신부와 함께 문 쪽으로 걸어가며 그랜비가 말했다.

"선장님이 아주 마음이 깊은 분이라 제 고민을 이해해주셨어요. 저한테 노섬버랜드에 가서 존 경을 직접 만나보라고 먼저 얘기해주시더군요. 유산 문제가 어떻게 돼가고 있는지 아버지한테서 직접 들을 수 있을 거라면서 말이죠. 정말 적절한 제안이 지 않습니까? 게다가 일이 빨리 해결되면 좋겠다면서 본인 차로 거기까지 데려다주겠다고 하네요. 괜찮으면 함께 내일 가자고 했습니다."

그랜비와 신부가 대화하고 있을 때 베티와 선장이 문 쪽으로 다가왔다. 두 사람이 같이 있는 모습은 마치 하나의 그림과도 같았다. 감성적인 사람이라면 그곳에 전시된 그림들보다도 이 그림을 더 좋아했을 것이다. 두 사람은 대화도 잘 통했지만, 우선 둘 다 미인에다 정말 잘 어울려 보이는 커플이었다. 그랜비도 두 사람의 아름다운 모습에 무척 놀란 표정이었다. 그러다 한순간, 상황은 급작스럽게 변해버렸다.

제임스 머스그레이브 선장이 전시장 안쪽을 들여다보고 있었다. 그런데 그의 의기양양한 눈빛과 웃음이 일순간 굳어지며, 머리끝부터 발끝까지 온몸이 완전히 다른 사람이 돼버린 것 같았다. 브라운 신부는 불안한 징조의 그림자가 다가오는 걸 느끼며 주위를 둘러보았다. 사자갈기 머리에 붉은색 옷을 입은 덩치 큰 여자의 음울한 잿빛 얼굴이 보였다. 황소가 뿔을 아래로 내리듯 그녀는 구부정한 자세로 서있었다. 그 흙빛 같은 얼굴이 너무나 매서우면서도 강렬해서, 그녀 옆에 서있던 키 작고 수염 긴 남자는 얼른 보이지가 않았다.

머스그레이브 선장이 그녀가 있는 곳으로 다가갔다. 멋진 옷을 입은 밀랍인형이 태엽에 감겨 자동적으로 걸어가는 것 같았다. 선장이 그녀에게 뭐라고 말을 했지만 들리지는 않았다. 그녀는 아무 대답도 없이 남자와 함께 마치 토론을 하러 가듯 긴 전시장을 걸어갔다. 옆에 있던 키 작고 목이 굵은 남자는 괴기스러운 시종처럼 그들의 뒤를 따라갔다.

"주여, 저희를 도와주소서!"

눈을 찡그리고 그들을 보면서 신부가 중얼거렸다.

"저 여자는 누구죠?"

신부가 물었다.

"다행히도 제 친구는 아닙니다. 저 여자와 조금이라도 놀아났다간 치명적 결과가 나올 것 같네요. 안 그렇습니까?"

단호하고 경박하게 그랜비가 말했다.

"선장이 여자한테 무슨 수작을 부리는 건 아닌 것 같은데요."

신부가 그렇게 말하고 있을 때, 선장과 여자, 키 작은 남자, 세 명은 전시장 끝 쪽에서 헤어지고, 선장만 다시 성큼성큼 신부 쪽으로 걸어왔다. 그리고는 그랜비에게 말했다.

"그랜비 씨, 죄송합니다만 내일 제가 노섬버랜드에 함께 갈 수가 없을 것 같습니다. 저는 못 가더라도 제 차를 사용하세요. 부탁드립니다. 저는 내일 차가 없어도 되니까요. 며칠간 런던에 있어야 해서요. 원하신다면 친구 분과 함께 가셔도 좋습니다."

선장은 얼굴색이 변해 있었지만 아무렇지 않은 듯 말했다.

"이분은 제 친구 브라운 신부님…"

그랜비가 소개를 하고 있는데, 갑자기 브라운 신부가 끼어들어 진지하게 말했다.

"머스그레이브 선장님이 허락하신다면, 그랜비 씨의 일에 저도 참여할 자격이 있다고 말씀드리겠습니다. 함께 갈 수 있다면 제 마음이 한결 가벼울 것 같습니다."

그래서 다음날, 신부와 그랜비는 점잖은 기사가 운전하는 묵직한 차를 타고 요크셔 지방의 황무지를 내달렸다. 자동차는 검은 짐 꾸러미처럼 보이는 신부와, 남의 차를 타는 게 아니라 여기저기 뛰어다니는 게 습관이 된 변호사를 싣고 북쪽으로 달려갔다.

한동안 가던 그들은 웨스트 라이딩에 있는 골짜기에서 잠시 쉬어가기로 했다. 편안한 숙소를 찾아 저녁식사를 하고, 하룻밤을 묵은 다음날 그들은 다시 아침 일찍 출발해 노섬버랜드 지방의 해안을 따라 달려갔다. 그리고 마침내 모래언덕과 고약한 냄새를 풍기는 해안의 목초지들이 여기저기 흩어져 있는 지역에 도착했다. 그곳 어딘가에 보더 전쟁 때 세운 독특하고 비밀스러운 보더 성이 있었다. 자동차는 흐르는 물길 옆으로 나있는 길을 따라 달리다가 방향을 꺾어 운하 같은 곳을 통과했다. 공사가 아직 덜 끝난 그 운하는 성의 해자로 연결되는 것이었다. 보더 성은 머스그레이브 선장의 아버지인 존 머스그레이브 경의 소유지로서, 갈릴리에서 그램피안스까지 제국을 건설하려 했던 노르만 족의 요새 계획 중 한 곳이었다. 말 그대로 내리닫이 격자문과 도개교가 있었다. 신부와 변호사는 그 문과 다리를 실제로 보고 성까지 들어가는 데 꽤 시간이 걸릴 것 같다고 느꼈다. 두 사람은 길게 자라난 잔디밭과 덤불 속을 헤치고 걸어 들어가 해자의 둑 쪽으로 갔다. 해자는 검은색 리본 모양으로 돼 있는데, 그 위로 나뭇잎과 찌꺼기들이 떠있어서 마치 시커먼 나무 위에 금색 무늬가 새겨진 것처럼 보였다. 그 해자 뒤로 1,2미터 떨어진 곳에 또 하나의 제방이 있고, 그 다음엔 입구를 나타내는 커다란 돌기둥들이 늘어서 있었다. 철저히 고립돼있는 이 요새에 외부 사람들이 접근할 일은 거의 없을 것 같았다. 성급한 그랜비가 성 안에 보이는 사람들에게 먼저 인사를 건네자, 그들은 커다란 도개교를 내려주려 했지만 다리가 녹슬어서 무척 힘들어하는 것 같았다. 다리는 천천히 움직이기 시작하더니 공중에서 탑이 무너지듯 한번 뒤집어진 다음 그대로 멈춰 더 이상 움직이지 않았다. 그리고는 그 위험한 상태로 그냥 공중에 매달려 있었다.

그랜비는 제방 위에서 어쩔 줄 몰라 하며 신부에게 큰소리로 외쳤다

"이건 정말 진흙탕에 빠져서 꼼짝도 못하는 꼴이네요! 저 다

리를 기다리는 것보다 차라리 건너뛰는 게 빠르겠는데요."

그러면서 그는 충동을 참지 못하고 정말로 껑충 뛰어버렸다. 다행히 조금 비틀거렸을 뿐 그는 안쪽 땅 가에 안전하게 닿았다. 하지만 신부는 다리가 짧아 건너뛰기가 어려웠다. 그래도 특유의 근성으로 진흙탕에 빠질 걸 알면서도 점프를 시도했다. 그때 그랜비가 민첩하게 신부를 잡아준 덕분에 깊이 빠지지는 않지만, 어쨌든 끈적끈적한 진흙탕에서 그를 끌어 올려야 했다. 그런데 신부가 잔디밭의 경사진 한 곳을 유심히 쳐다보더니 그 자리에 멈춰 서있는 것이었다.

"뭐하세요? 식물 연구 하세요? 희귀식물 관찰할 시간은 없거든요. 빨리 오세요. 진흙이 묻었든 말든, 이 성의 주인을 빨리 만나야 한다고요."

그랜비가 짜증을 내며 재촉했다.

두 사람이 성 안으로 들어가자 나이든 하인이 나와 정중하게 그들을 맞이했다. 그들은 용무를 설명한 다음 고풍스러운 격자 창문으로 벽이 장식된 방으로 안내되어 갔다. 방안엔 수세기에 걸친 갖가지 무기들이 어두컴컴한 벽에 질서 있게 걸려 있었고, 14세기의 갑옷 한 개가 큰 벽난로 옆에 보초처럼 세워져 있었다. 또 하나 긴 방이 안쪽에 살짝 열린 문을 통해 보였는데, 그곳엔 색 바랜 가문의 초상화들이 몇 줄로 늘어서 있었다.

"집안이라기보다는 마치 소설 속에 들어온 것 같습니다."

그랜비가 말했다.

"집주인 신사께선 역사에 열광하는 사람인 것 같군요."

신부도 거들며 말했다.

"게다가 물건들도 다 진품이에요. 중세라고 해도 시기가 다르다는 것을 아는 사람이 장식한 것 같습니다. 조각조각 이어서 갑옷을 만들던 시기도 있었으니까요. 그런데 저 갑옷은 한 벌로 사람을 완전히 덮는 스타일이군요. 중세 말기의 갑옷입니다."

"말기의 대저택 주인답네요. 이렇게 한참을 기다리게 하는 걸 보면 말이죠."

"이런 곳에서는 모든 게 천천히 진행된다고 봐야겠죠. 그래도 우리를 만나준다니 참 다행입니다. 생판 모르는 두 사람이 사실 개인적인 일을 물어보기 위해 온 것이니까요."

곧 이 성의 주인이 나왔고, 신부와 그랜비는 그의 대접에 있어 아무것도 불평할 게 없었다. 존 경은 오랜 세월을 이 쓸쓸한 곳에서 살아왔기 때문에 그 고독은 참으로 야만적이었을 것으로 짐작되는데도, 그는 타고난 품위를 간직하고 있는 태도와 예의에 맞는 관례들을 아무런 어려움 없이 보여주고 있었다. 그리고 뜻밖의 이런 방문에도 놀라거나 당황해하지 않는 것 같았다. 신부와 그랜비는 그가 이 집에 20년 동안은 방문객을 받은 적이 없을 것으로 짐작했지만, 그의 행동은 무척이나 자연스러웠다. 두 사람이 여기에 온 목적을 얘기하면서 매우 사적인 질문을 던졌는데도 그는 불쾌해하거나 불편을 드러내지도 않았다. 오히려 그는 잠시 생각한 후, 여러 가지 정황으로 비춰볼 때 그들이 궁금해 할 수 있다는 것을 이해하는 듯 했다. 존 경은 몸이 호리호리하고 예리해보이며 눈썹이 짙고 턱이 긴 편이었다. 잘 다듬어진 곱슬머리는 분명 가발이었지만, 노신사답게 회색 가발을 쓰고 있었다.

"물어보신 내용에 관해 대답은 매우 간단합니다. 저는 전 재산을 아들에게 물려주려고 합니다. 제 아버지가 저한테 물려주셨던 그대로 말이죠. 그 어떤 것도 아버지인 제가 재산을 달리 처분하도록 하지 못할 겁니다."

존 경이 말했다.

그러자 그랜비가 솔직하게 얘기했다

"친절하게 답변해주셔서 진심으로 감사드립니다. 상속문제에 관해서는 굉장히 확실하게 말씀하시는군요. 제가 이 말씀을 드리는 건, 그렇다고 해서 아드님이 재산을 상속받기에 적절치 않다고 의심하는 뜻은 절대 아닙니다. 그러나 아드님이 만약에…"

"그렇습니다."

존 머스그레이브 경이 담담하게 말했다.

"만약… 만약이라는 말은 너무 조심스러운 표현이죠. 잠깐 저와 함께 저쪽 방으로 가실까요?"

존 경은 두 사람을 아까 슬쩍 봤던 그 초상화 방으로 안내했다. 그리고 시커멓게 변한 한 초상화 앞에서 심각한 표정으로 멈춰 섰다.

"이분이 로저 머스그레이브 경입니다."

검은 가발을 쓴 우울한 초상화를 가리키며 그가 말했다.

"이 분은 윌리엄 왕이 통치했던 야만의 시대에 살았고, 저열한 거짓말쟁이에 악당 중 한 사람이었어요. 윌리엄 왕은 두 왕을 배반하고 두 아내를 살해한 것이나 다름없는 사람이었죠. 저쪽 분은 그의 아버지인 로버트 경입니다. 아주 정직한 기사였어요. 그리고 저분은 로저의 아들 제임스 경입니다. 재커바이트(Jacobite) 시대의 고귀한 순교자셨고 교회의 가난한 사람들에게 보상금을 주려고 했던 선행의 선구자시죠. 머스그레이브 가문의 명예와 권위, 위세는 훌륭한 사람들에게로 전해졌는데, 간혹 중간에 못난 사람들도 있었습니다. 에드워드 1세는 영국을 아주 훌륭하게 통치했어요. 그리고 에드워드 3세는 영국을 영광스럽게 만들었죠. 에드워드 3세의 영광은 1세로부터 이어져 왔는데, 에드워드 2세는 게이브스톤에게 아부하고 브루스에게서 도망쳤기 때문에, 그 불명예와 아둔함을 어쩔 수 없이 거쳐 가야 했습니다. 그랜비 씨, 훌륭한 가문은 말이죠, 우연히 그 가문을 계승하고 명예를 추락시킨 어떤 개인의 문제를 넘어서는, 위대함과 역사가 있는 것입니다. 우리 가문의 유산은 대대로 이어져 내려왔어요. 앞으로도 계속 그럴 겁니다. 신사 분들, 저는 제 돈을 다른 곳에 남기지 않을 거예요. 하늘이 무너져도 머스그레이브는 머스그레이브에게 유산을 상속할 겁니다. 이건 믿으셔도 돼요. 그리고 아들한테도 이 얘기를 전해주시기 바랍니다."

"알겠습니다. 그 뜻을 알겠습니다."

브라운 신부가 정중하게 대답했다.

"저희도 그 말씀을 아드님께 전하게 돼서 정말 기쁩니다."

그랜비가 말했다.

"이렇게 전해주시면 됩니다. 그는 어떤 일이 있어도 안전하게 이 성과, 지주의 자격과 땅, 그리고 돈을 물려받게 될 거라고 말이죠. 그런데 상속을 받는 데 있어서 아주 사소한 추가사항이 하나 있습니다. 제가 살아있는 한, 무슨 일이 됐든, 어떤 상황에서든, 저는 아들과 만나지 않을 겁니다."

존 경은 매우 심각한 얼굴로 말했다.

그랜비는 계속 공손한 태도를 유지하고 있다가 문득 그를 빤히 쳐다보며 말했다.

"아니, 아드님한테 무슨 일이 있었기에…"

"저는 가문의 유산을 관리하는 일원이면서 또 한 사람의 개인이기도 합니다. 제 아들은 끔찍한 일을 저질렀어요. 저는 그를 신사라고 생각하지 않습니다. 아니, 인간도 아닙니다. 세상 최악의 범죄자죠. 손님으로 온 마르미온이 악수를 청했을 때

더글라스가 어떻게 말했는지 기억나십니까?"

"네, 기억납니다."

신부가 말했다.

"나의 성은 탑에서 기둥까지 모두 나의 왕 그분만의 것입니다. 그러나 더글라스의 손은 더글라스만의 것이죠."

두 사람이 어리벙벙해있는 사이, 존 경은 방을 나가 손님들을 처음에 응대했던 그 방으로 다시 안내했다.

"편히 쉬시기 바랍니다. 혹시 낯설게 느껴지시면 밤에 제가 기꺼이 이 성을 안내해드리겠습니다."

"감사합니다만 저희는 가봐야 할 것 같습니다."

가라앉은 목소리로 신부가 말했다.

"그러면 바로 다리를 내려드리겠습니다."

존경의 말이 끝나자 곧 거대하고 오래된 다리가 뻑뻑한 소리를 내며 마치 방앗간 소리처럼 성에 울려 퍼졌다. 녹슨 다리는 이번엔 제대로 작동을 했다. 신부와 그랜비는 다시 해자 뒤쪽의 잔디가 깔린 둑에 내렸다.

그랜비가 갑자기 부르르 떨었다.

"도대체 머스그레이브 선장이 무슨 짓을 한 걸까요?"

브라운 신부는 침묵하고 있었다.

그들은 차를 타고 가다가 얼마 후 그레이스톤이라는 마을에 이르렀고, 거기서 '세븐스타' 모텔에 들어가 여장을 풀었다. 신부가 더 멀리 가자는 말을 하지 않아 그랜비는 조금 의아했다. 사실 신부에겐 이 마을에 머물러야 할 분명한 이유가 있었다.

"지금 이렇게 여기를 떠날 수는 없습니다. 변호사님은 차를 타고 먼저 돌아가세요. 원했던 대답은 들으셨으니까 당신 회사에서 머스그레이브 선장에게 돈을 대출해줄 여력이 있는지 그것만 결정하시면 되겠죠. 하지만 저는 아직 대답을 얻지 못했어요. 선장이 제 조카 베티에게 적당한 신랑감인지 아닌지 아직 답을 못 얻었거든요. 그가 정말로 끔찍한 일을 저지른 것인지, 아니면 노망난 늙은이의 과대망상인지 알아봐야겠습니다."

신부가 진지하게 말하자 그랜비는 반대를 하며 말했다.

"신부님이 선장에 대해 알고 싶으시면 그를 따라 런던으로 가셔야죠. 왜 그가 있지도 않은 이런 황량한 곳에 계시려고 하는 겁니까?"

그러자 신부가 대답했다.

"선장을 따라 가봐야 무슨 소용이 있겠어요? 멋쟁이 젊은이를 따라가서 '실례지만 혹시 인간이 할 수 없는 끔찍한 일을 저지르셨습니까?'라고 물어볼까요? 그런 짓을 저지를 정도의 나쁜 놈이라면 당연히 안 했다고 하겠죠. 무슨 일이 있었던 건지 정확히 알아낼 수도 없을 겁니다. 하지만, 그 모든 상황을 알고 있고, 어쩌면 얘기를 해줄 수도 있을 사람이 딱 한 명 있어요. 그래서 지금은 존 경의 근처에 있는 것이 좋을 것 같네요."

실제로 브라운 신부는 그 괴짜 주인인 존 경의 성 근처에 머물면서 그를 몇 번 만났다. 두 사람 다 최대한 예의를 갖춘 만남이었다. 존 경은 나이가 꽤 있음에도 불구하고 건강하고 늘 산책을 즐기곤 했다. 그는 이따금 주변 마을을 걷는 모습이 포착되기도 했다. 늘 검은색 옷을 즐겨 있었지만 강인해 보이는 그의 얼굴은 밝은 햇빛 아래서 더욱 두드러져 보였다. 은발에 짙은 눈썹과 긴 턱을 하고 있어 헨리 어빙 같은 유명 배우를 조금 닮아 보였다. 머리칼은 하얗게 변했지만 그의 얼굴과 몸에선 강인함이 느껴졌고, 지팡이를 든 모습도 늙어 보이기보다는 마치 곤봉을 들고 있는 것처럼 보였다.

존 경이 신부에게 인사를 건넸다. 그리고 배우 같은 분위기로 과감하게 어제 꺼냈던 그 이야기를 했다.

"아직도 제 아들에 대해 알고 싶으시다면…"

냉엄하고 무심한 표정으로 그는 '아들'이란 단어를 꺼냈다.

"이제는 그를 더 이상 못 보실 겁니다. 방금 이 나라를 떠났거든요. 신부님이니까 터놓고 말씀드리는데, 이 나라를 떠나서 도망쳤습니다."

"아, 그렇군요."

브라운 신부가 다소 심각하게 쳐다보며 대답했다.

그러자 존 경이 설명을 이어갔다.

"그루노브라는 사람이 저한테 아들에 대해 물으면서 귀찮게 하더군요. 여러 사람들이 있었는데 특히 그 사람이 말이죠. 지금 그 사람한테, 제가 알기로 아들은 현재 '리가'라는 곳에 살고 있다고 전보를 보내려고 합니다. 전보 보내는 일도 참 귀찮네요. 어제 보내려고 했는데, 우체국 시간에 오 분 늦게 오는 바람에 못 보냈거든요. 이곳에 더 머무르실 계획인가요? 시간 되시면 제 집에 한번 방문해주시면 좋겠습니다."

마을에서 존 경을 만난 이야기를 신부가 그랜비에게 말하자 그는 어리둥절해하면서 관심을 보였다.

"근데 선장은 왜 도망을 친 거죠? 그 사람에 대해 묻는 사람들은 누굴까요? 그루노브라는 사람은 대체 누구죠?"

"지금은 저도 모르겠는데요. 아마도 선장의 범죄가 밝혀진 것 아닌가 싶군요. 그리고 그루노브라는 사람은 그 범죄와 관련해서 선장을 협박하는 것 같습니다. 좀 알 것 같기는 한데요. 그 사자갈기 머리를 한 뚱뚱한 여자가 그루노브 부인이었어요. 그 옆에 키 작은 남자는 그 여자의 남편으로 알려져 있고요."

그 다음날 신부는 몹시 피곤한 얼굴로 돌아왔다. 그리고는 순례자가 지팡이를 내려놓듯 검은 우산을 집어던졌다. 그는 우울해보였다. 범죄를 추적해나갈 때면 늘 그렇듯 신부에게 그런 상태는 특별한 일도 아니었다. 게다가 그건 조사를 실패했을 때가 아니라 사건을 밝혀냈을 때의 우울함이었다.

"정말 충격이네요."

신부가 탁한 목소리로 말했다.

"처음에 생각했어야 했는데… 처음 들어갔을 때 그 사람이 거기 서 있는 걸 보고 알아냈어야 했어요."

"뭘 언제 보셨다는 거죠?"

그랜비가 초조해하며 물었다.

"내가 봤을 때 한 벌의 갑옷이 있었어요."

신부가 대답했다.

그러나 다시 침묵이 흐르고, 그랜비는 신부가 말하기만을 기다리고 있었다.

"전에 제가 조카한테, 혼자 있을 때 웃는 남자는 두 가지 유형이 있다고 말하고 싶었어요. 혼자 웃는 남자는 아주 선한 사람이거나 아주 사악한 사람이라고 할 수 있습니다. 그런 사람은 신에게 농담을 하거나 악마에게 농담을 하거나, 그런 거죠. 어쨌든 사람은 내적인 활동을 하는 거잖아요. 그런데 정말로 악마에게 농담을 거는 사람들이 있어요. 아무도 그 농담을 이해 못해도 상관하지 않고, 그냥 그 자체가 사악하고 악의만 있으면 그걸로 충분하다고 여기는 겁니다."

"그런데 지금 무슨 얘기를 하시는 겁니까? 누구한테 말씀하시는 거죠? 악마와 사악한 농담을 하는 사람이라니, 그게 누구란 말씀입니까?"

그랜비가 다급하게 재촉했다.

"아, 그건 농담입니다."

신부가 말했다.

또다시 침묵이 흘렀다. 이번 침묵은 점점 더 공허하고 짓누르는 느낌을 주었다. 빛이 흐릿해지다 어둠으로 바뀌는 저녁처럼 침묵은 그대로 정착되는 듯 했다. 브라운 신부가 팔꿈치를 탁자에 올리고 둔한 모습으로 앉아서 무심한 듯한 목소리로 말했다.

"제가 머스그레이브 가문을 좀 조사해봤는데요. 대부분 아주 건강하고 장수하는 집안이더군요. 변호사님이 돈을 받으려면 꽤 오래 기다리셔야 할 것 같습니다."

"그건 저도 준비를 하고 있습니다. 그래도 뭐 하염없이 기다리지는 않겠죠. 존 경이 아직도 건강을 유지하고 있긴 하지만 그래도 거의 팔십이 됐거든요. 우리가 묵었던 그 모텔 사람들이 웃으면서 말하더군요. 그는 죽지도 않을 거라고 말이죠."

브라운 신부가 갑자기 팔을 내리더니 벌떡 일어났다. 그에게선 보기 힘든 민첩한 동작이었다. 그러나 손은 아직 탁자를 짚고 몸을 앞으로 기울여 그랜비의 얼굴을 빤히 쳐다보았다.

"바로 그거에요. 그게 문제죠. 그게 유일한 어려움입니다. 그 사람이 어떻게 죽겠어요? 도대체 그가 어떻게 죽느냔 말이죠."

나지막하지만 몹시 격앙된 목소리였다.

"도대체 무슨 말씀을 하시는 겁니까?"

"내 말은 말이죠…."

어두컴컴한 방에서 신부의 목소리가 울렸다.

"제임스 머스그레이브가 저지른 범죄를 알고 있다는 뜻이에요."

신부의 그 싸늘한 말에 그랜비는 몸이 떨려왔다. 신부가 말을 이어갔다.

"정말 세상 최악의 범죄더군요. 인류 초기부터 부족과 마을에서 이런 죄에 대해서는 끔찍한 벌을 내렸어요. 어쨌든 간에 머스그레이브 선장이 무슨 범죄를 저질렀는지 이제 알겠어요."

"무슨 범죄를 저질렀죠?"

"그의 아버지를 살해했어요."

그랜비가 자리에서 벌떡 일어나 신경질적으로 탁자 건너편에 있는 신부를 쳐다보았다.

"그의 아버지 존 경은 성 안에 있잖아요?"

그랜비가 사납게 소리쳤다.

"그의 아버지는 해자 물속에 있습니다. 갑옷이 뭔가 이상하다고 느꼈을 때 내가 알아차렸어야 했는데 그땐 내가 바보였어요. 그 방의 모양이 어땠는지 기억나요? 아주 치밀하게 정돈되고 장식돼 있었죠. 벽난로 한쪽에 전쟁용으로 쓰였던 도끼 두 자루가 십자 모양으로 걸려 있었고, 그 다른 쪽에도 도끼 두 자루가 있었어요. 그리고 벽난로 옆에 갑옷이 지키고 서있었는데, 다른 쪽은 비어 있었어요. 그러니까 방 전체를 아주 정확하게 균형을 맞춰서 배열해 놓았는데, 그 갑옷 하나만 균형이 안 맞게 놔뒀다는 게 상당히 이상한 일이죠. 갑옷이 분명히 하나 더 있었을 겁니다. 그럼 그 갑옷은 어디에 있을까요?"

신부는 잠시 말을 끊더니 더 업무적인 말투로 계속 이어갔다.

"갑옷은 살인자에겐 굉장히 좋은 쓰임이 되죠. 시체 처리 문제가 해결되니까요. 시체라 해도 갑옷 속에서는 몇 시간, 아니 며칠이라도 서있을 수가 있겠죠. 그러면 하인들이 지나가고 해도 괜찮을 거고요. 살인자가 밤에 시체를 끌고 가서 다리를 건널 필요도 없이 그냥 해자 속에 밀어 넣었을 겁니다. 그리고 그냥 도망가면 끝나는 거죠. 시체가 갑옷 속에서 모두 부패해버리면 이제 그 14세기 갑옷 속에는 뼈만 남게 되겠네요. 중세기보다 성의 해자에서 나올법한 그럴 듯한 물건 아니겠어요? 사람들이 그 해자에서 뭘 찾을 일도 없겠지만 만약 찾는다면 갑옷과 뼈밖엔 없을 겁니다. 제가 이걸 확신하는 이유가 있어요. 변호사님이 저한테 희귀 식물이나 채집할 때가 아니라고 할 때, 기억나시죠? 그때 제방 위에 푹 꺼져있는 발자국 두 개를 봤거든요. 그래서 아, 굉장히 육중한 사람이거나 아니면 누군가가 무거운 것을 끌고 간 거라는 생각이 바로 들었어요. 그리고 또 다른 얘기지만, 내가 건너 뛸 때 다른 단서도 있었어요."

"머리가 어지럽네요. 하지만 이 모든 악몽이 무엇인지 조금은 알 것 같습니다. 그럼 건너뛰실 때 무엇을 보셨는데요?"

"오늘 우체국에 가서 존 경이 어제 나한테 말했던 것을 확인해봤어요. 그가 전날 우체국에 늦게 가는 바람에 전보를 못 보냈다고 했거든요. 그날은 우리가 성에 방문했던 날이고, 게다가 딱 도착한 시각이었어요. 무슨 뜻인지 아시겠어요? 우리가 성에 도착했을 때 그는 마을에 나와 있었고, 우리가 그 안에서 기다리고 있을 때 그는 성으로 돌아왔다는 얘깁니다. 그래서 그렇게 오래 기다리게 했던 거예요. 여기까지 생각이 정리됐을 때 갑자기 난 그가 우리한테 했던 이야기의 전체 그림이 보이더군요."

"자세히 말씀해주세요."

그랜비가 재촉을 했다.

"팔십 살 노인도 걸을 수 있습니다. 시골길을 오랫동안 걸으면서 돌아다닐 수도 있어요. 하지만 그런 팔십 살 노인이 펄쩍 뛰어서 건널 수는 없어요. 나보다도 못 뛸 겁니다. 그런데 정말 만약 존 경이 우리가 기다리고 있을 때 우체국에서 돌아왔다면 우리처럼 해자를 건너뛰어서 들어왔겠죠. 왜냐하면 우리가 떠날 때까진 다리가 내려지지 않았으니까요. 그리고 다리가 그렇게 빨리 정상으로 고쳐진 것을 보면 처음부터 다리를 일부러 공중에 서있게 했던 것 같거든요. 불편한 방문객이 들어오는 시간을 일부러 늦추려고 말이죠. 은발에 검은색 옷을 입은 사람이 해자를 건너뛰는 모습을 상상해보면 그건 분명 노인으로 변장한 젊은이였어요. 이야기의 전체는 이렇습니다."

"그렇다면 그 젊은이가 아버지를 죽이고, 일단 갑옷에 숨겨 놓은 다음, 해자에 빠트리고, 자신이 아버지로 변장했다는, 그런 말씀입니까?"

"아들과 아버지는 우연히도 거의 비슷하게 생겼으니까요. 초상화에서 보셨죠? 그 집안사람들이 얼마나 닮았는지 말이죠. 선장이 변장했냐고 물었는데, 어떤 의미에서 모든 사람의 의상은 어느 정도 변장입니다. 노인일 때는 가발로, 젊은이일 때는 이국적 수염으로 변장을 하죠. 면도를 하고 짧은 머리에 가발을 쓰니까 조금만 화장을 해도 아버지처럼 보였거든요. 이제 왜 선장이 친절하게도 자신의 차를 우리에게 쓰라고 했는지 이해가 될 겁니다. 그는 기차로 그날 밤에 이곳에 오려고 했던 거예요. 그러니까 우리보다 먼저 여기로 와서 살인을 하고, 변장을 한 다음, 당신과 법적 협상을 할 준비를 했던 거죠."

"그 법적 협상 말인데요. 존 경이 했다면 협상이 전혀 달라졌을 거란 얘기군요."

그랜비는 곰곰이 생각하며 말했다.

"진짜 존 경이었다면 선장에게 한 푼도 주지 않겠다고 했겠죠. 선장의 살인은 바로 존 경이 그렇게 말하지 못하도록 하는 유일한 방법이었을 겁니다. 그의 계획은 그러니까 일거에 여러 가지 목적을 달성시키는 거였죠. 왜냐하면 그는 악랄한 짓을 해서 러시아인들한테서 협박을 받고 있었거든요. 전쟁 때 반역행위를 했던 것 같습니다. 그래서 러시아인들한테서 도망쳐 리가로 간 것처럼 꾸며 그들을 따돌렸던 거죠. 아무튼 그 모든 것 중에서 가장 멋진 부분은, 아들을 상속인으로 인정하지만 인간으로 생각하지 않는다고 자신 스스로 말하는 계획을 세웠다는 것입니다. 그렇게 말함으로써 사후 지급채권도 유효하게 하고, 그리고 나중에 있을 최대의 어려움도 모면하고 말이죠."

"어떤 어려움을 말하는 거죠? 여러 가지가 있을 것 같은데요."

그랜비가 물었다.

"상속권을 박탈하지도 않으면서 아버지와 아들이 절대로 만나지 않는다는 건 좀 이상해 보였을 것 아닙니까? 그냥 개인적으로 아들과 절연했다는 이유를 대겠죠. 그럼 이제 한 가지 어려움이 남게 됩니다. 지금도 선장을 괴롭히는 문제일 겁니다. 어떻게 이 노인이 죽을 것인가?"

"어떻게 죽을지 알겠군요."

그랜비가 말했다. 브라운 신부는 망연자실한 표정으로 말을 이어갔다.

"지금 말한 것 이상입니다. 그가 아버지로 변장하고 자신에 대해 말하면서 즐겼던 점이 있습니다. 범죄를 저지르고 다른 사람으로 변장해서 그 범죄에 대해 당신에게 얘기하는 것이 그에게는 사악한 지적 즐거움을 주었을 겁니다. 지옥의 아이러니라고 해야겠죠. 악마와 나누는 농담이라고 말한 게 이런 것입니다. 사람들이 역설이라고 부를 만한 얘기를 해드릴까요? 사악한 마음을 가진 사람도 가끔은 진실을 얘기하면서 쾌감을 느낀답니다. 그래서 머스그레이브 선장이 아버지인 척하는 기괴한 계략을 좋아했던 겁니다. 그리고 결국엔 자신에 대해 비난을 한 셈이죠. 제 조카가 전시장에서 혼자 앉아 웃는 선장을 봤다고 말했던 게 기억나는군요. 그 계략을 생각하면서 웃었던 겁니다."

그래비는 무슨 물건에 탕 하고 부딪힌 듯 좀 놀라는 기색이었다.

"신부님의 여동생은 딸을 머스그레이브 선장과 결혼시키려고 하지 않았나요? 부와 지위 때문이었겠죠?"

"그랬었죠."

브라운 신부가 냉담하게 대답했다.

"제 여동생은 자기 딸의 결혼에 대해서는 정말 신중하다니까요."

판사의 거울

　제임스 백쇼와 윌프레드 언더힐은 오래된 친구 사이인데, 두 사람은 집에서 멀지 않은 외곽 동네의 골목들을 밤이면 함께 구석구석 돌아다니며 끝없이 수다를 떨곤 했다. 그런 동네의 밤거리는 사람도 거의 없어 쥐죽은 듯 고요하기만 했다. 백쇼는 체격이 크고 가무잡잡하며 콧수염을 짧게 기르고 쾌활한 성격에 직업은 경찰관이었다. 반면에 언더힐은 얼굴이 각지고 날카로운 인상의 신사로서 탐정 일에 관심을 가진 아마추어 탐정이었다. 주로 말을 하는 쪽이 경찰관 백쇼이고, 듣는 쪽이 아마추어 탐정 언더힐이라고 한다면 추리소설 독자들은 상당히 놀랄 것이다.

　백쇼가 말했다.

　"전문가가 항상 틀리게 되어 있는 경우는 직업 중에 아마 우리 경찰이 유일할 거야. 미용사가 자기 머리를 못 깎아서 손님의 도움을 받는다는 그런 얘기를 들어본 적 있나? 아니면 마부가 마차를 몰 줄 몰라서 손님한테 모는 법을 설명해달라고 하나? 물론 경찰들이 늘 틀에 박힌 규칙만 따르는 습성이 있어서 오해를 받는 경우도 많다는 것을 부인하지는 않아. 하지만 작가들도 잘못 생각하는 건, 경찰이 규칙을 따를 때는 장점도 많은데, 그 점을 전혀 인정하지 않는다는 거야."

"물론이지, 셜록 홈스도 스스로는 논리적인 규칙을 따랐다고 주장할 거야."

언더힐이 말했다.

"홈스 말도 옳겠지만, 내 말은 집단 규칙에 관한 거야. 군대처럼 말이야. 우리는 정보를 모으거든."

백쇼가 대답했다.

"추리소설에서 집단 규칙을 인정하지 않는다고?"

언더힐이 물었다.

"홈스와 레스트레이드 형사가 사건을 풀어가는 장면을 상상해봐. 일테면, 셜록 홈스는 길을 건너는 행인이 왼쪽이 아니라 오른쪽으로 가면서 마차들을 살핀다면 그는 분명 외국인이라고 추론할 거야. 홈스라면 그렇게 추측하겠지. 그런데 레스트레이드는 그렇게 추론하지 않을 거야. 여기서 사람들이 생각하지 못하는 점은 뭐냐면, 경찰인 레스트레이드는 그런 추측을 하기 전에 이미 그걸 알고 있을 거라는 사실이지. 레스트레이드는 그 행인이 외국인이라는 걸 알았을 거야. 경찰서에서는 모든 외국인들을 항상 지켜보고 있으니까 말이야. 물론 어떤 사람들은 자국민들도 똑같이 취급한다고 하기는 하지만… 난 사실 경찰관으로서 경찰이 많은 것을 알고 있다는 것에 자부심을 갖고 있지. 누구나 자기 일을 잘 하고 싶으니까 말이야. 근데 내가 시민의 입장에서는 경찰이 어떨 땐 너무 모르는 게 아닌가 하고 의구심이 들거든."

"그럼 낯선 동네에서 낯선 사람을 만나도 그에 대해 뭔가 정보를 갖고 있다는 뜻인가? 가령, 저쪽 집에서 누가 나온다고 해도 자네는 그 사람에 대해 알고 있느냐고?"

언더힐이 믿어지지 않는다는 듯 목소리를 높였다.

"그가 집주인이라면 그렇다고 할 수 있지. 저 집은 루마니아계 시인이 임대해 살고 있어. 그는 대부분 파리에서 지내는데, 그의 작품과 관련한 일 때문에 잠시 여기서 살고 있지. 오스릭 옴이라는 신인 작가인데, 내가 아는 건 그가 독서를 많이 한다는 거야."

백쇼가 대답했다.

"내 말은, 자네가 이곳 사람들 모두를 알고 있느냐는 거야. 집들이 저렇게 담도 높고 큰 정원에 둘러싸여 있는 걸 보면 나는 너무 낯설고 새롭고 또 미지의 것처럼 보이거든. 근데 자네가 이 사람들 전부 알 수 있다고?"

"나도 몇 사람만 알지."

백쇼가 대답했다.

"지금 걷고 있는 이 정원의 담은 험프리 그윈 경의 정원 끝 쪽이야. 판사 그윈으로 알려져 있지. 전쟁 때 스파이 짓한 놈들 잡아내서 한바탕 시끄러웠던 그 나이 든 판사 말이야. 이 집 옆은 부유한 시가 상인의 집인데, 그 사람은 남미 출신으로 굉장히 거무스름하고 스페인 사람 비슷하게 생겼지만, 이름은 영국식으로 '블러'라고 알려져 있지. 그리고 그 건너편 집은… 방금 소리 들었어?"

"그러게, 뭔가 소리가 났는데, 무슨 소린지는 모르겠네."

언더힐이 대답했다.

"분명히 들렸어. 상당히 묵직한 권총으로 두 발이 발사됐고, 곧바로 비명소리가 들렸어. 평화와 법의 낙원, 그윈 판사 집의 정원 뒤쪽에서 난 소리야."

경찰관 백쇼가 말했다. 그는 길을 한번 둘러보더니 덧붙여 말했다.

"정원 뒤로 통하는 유일한 입구는 반대편으로 팔백 미터 정도 떨어져 있는데… 이 담이 좀 낮거나 내가 더 가벼웠어야 하는데. 아무튼 시도는 해봐야지."

"잠깐만, 저쪽 벽이 좀 낮아 보여. 나무도 있어서 올라갈 수 있겠어."

언더힐이 말했다.

두 사람은 서둘러 갔고 실제로 담이 거의 반쯤 내려앉은 듯 낮아 보이는 곳을 발견했다. 정원엔 꽃들이 화사하게 피어있으며 나무 한 그루가 어두운 울타리에서 뻗어 나와 가스등 아래서 노랗게 반짝이고 있었다. 백쇼는 나뭇가지를 잡고 다리 한쪽을 담 위로 올렸다. 곧이어 그들은 정원 한 구석 무릎까지 닿는 풀숲에 내렸다.

그윈 판사네 정원의 밤 풍경은 독특한 분위기를 자아내고 있었다. 정원은 넓은데, 집의 크고 어두운 그림자에 덮이다시피 돼있었다. 그의 집은 외곽 동네의 조용한 거리에 일렬로 죽 늘어선 집들 중 맨 마지막에 위치해 있었다. 집안엔 커튼이 쳐있고 불빛도 전혀 없어 정말 컴컴하기만 했다. 정원이 내다보이는 쪽은 특히 그랬다. 그러나 집의 그림자에 덮여 더 어두워야 할 정원엔 오히려 꺼져가는 불꽃같은 빛이 몇 군데 남아 있었다. 그건 가만 보니, 알라딘의 마술램프에 나오는 보석과일처럼 나무에 매달려있는 색등에서 나오는 빛이었다. 그리고 자그마한 연못에서 나오는 빛이 마치 물속에다 등을 달아놓은 듯 흐릿하게 반짝이고 있었다. 백쇼와 언더힐은 그 빛을 이용해 살금살금 걸음을 옮기며 위치를 확인해나갔다.

"정원에 조명을 해놓은 것 같구먼. 파티를 하고 있었나?"

언더힐이 말했다.

"아니야. 그의 취미야. 그분은 혼자 있을 때도 조명하는 걸 좋아하는 것 같더라고. 일하고 서류도 보관하는 저쪽 오두막 같은 데다 전기 발전시설을 해놓고, 거기서 이런저런 일도 하면서 시간 보내는 걸 즐기는 것 같아. 판사님을 잘 아는 그 블러라는 사람이 그러는데, 정원에다 색등을 켜는 건 자기를 방해하지 말라는 신호래."

백쇼가 말했다.

"뭐, 적색위험 신호 같은 거네."

"맙소사! 정말 위험 신호라면!"

백쇼는 그 말을 하면서 갑자기 뛰기 시작했다.

곧이어 언더힐도 뭔가를 보았다. 연못의 둥그런 경사면을 비치고 있던 뿌연 빛이 갑자기 검은 줄 같은 것에 의해 사라져 버렸다. 그 검은 줄의 정체가 곧 드러났는데, 그건 머리가 연못으로 떨어진 채 있는 사람의 길고 검은 다리였다.

"가보자. 저건 세상에…"

백쇼가 날카롭게 소리쳤다. 그는 말을 잃고 정원을 가로질러 희미한 빛이 남아있는 넓은 잔디밭을 뛰며 연못과 쓰러져 있는 사람 쪽으로 달려갔다. 언더힐도 서둘러 빠른 걸음으로 그 뒤를 따라갔다. 그러다가 갑자기 크게 놀라며 멈춰 섰다. 연못의 검은 사람 쪽으로 냅다 달려가던 백쇼가 느닷없이 방향을 틀더니 집 그림자 쪽으로 더 빨리 뛰어갔기 때문이다. 언더힐은 무슨 일인지 아직 짐작을 할 수가 없었다.

백쇼는 집 그림자 속으로 들어가 보이지 않았고, 곧이어 어둠 속에서 격투와 욕지거리 소리가 울려 퍼졌다. 그리고는 백쇼가 붉은 머리칼에 자그마한 체격의 한 남자를 끌고 나왔다. 이 남자는 도망을 치던 중 덤불 속에서 새처럼 부스럭거리는 소리를 내다가 백쇼의 예리한 귀에 걸려들었던 것이다.

"언더힐, 저 연못에 가서 무슨 일이 벌어졌는지 확인 좀 해줘. 그리고 이봐 당신, 누구요? 이름이 뭐지?"

백쇼가 그 남자에게 물었다.

"마이클 플러드."

잡혀온 남자가 얼른 말했다. 그는 굉장히 왜소하고 작은 키에 코는 얼굴에 비해 너무 큰 매부리코였다. 얼굴은 양피지처럼 혈색이라곤 없어 붉은 머리와 대조적이었다.

"나는 아무 관련도 없는 사람이에요. 그가 죽어있는 게 보여서 겁이 났어요. 난 그냥 신문 인터뷰 때문에 만나러 왔거든요."

"당신은 유명인사를 인터뷰하러 올 때 정원 담을 넘어서 오나요?"

백쇼는 화단 쪽 길에 나있는 발자국을 손으로 가리키며 큰소리로 물었다.

플러드라는 남자도 강한 어조로 대답했다.

"인터뷰 기자는 담을 넘을 때도 있어요. 아무도 문을 열어주지 않더라고요. 하인도 나가고 없었어요."

"하인이 나간 건 어떻게 알죠?"

경찰관 백쇼가 의심을 갖고 물었다.

"담을 넘어온 사람은 나 혼자가 아니었어요. 당신도 담을 넘은 것 같은데요. 하인도 담을 넘었고요. 반대편 정원 문 바로 옆으로 하인이 담을 넘는 걸 우연히 봤거든요."

플러드는 이상할 정도로 침착하게 말을 하고 있었다.

"그런데 하인은 왜 정원 문으로 들어오지 않은 거죠?"

심문하듯 백쇼가 파고들었다.

"그걸 제가 어떻게 알겠어요. 문이 닫혀있었나 보죠. 저 말고 하인한테 직접 물어보시죠. 지금 저쪽에서 오고 있네요."

플러드가 받아쳤다.

실제로 어둠 속에서 그림자 같은 것이 보이기 시작했다. 수수한 옷차림에 붉은 조끼가 눈에 띄며 키가 작고 머리 모양이 사각형으로 보이는 남자였다. 그는 조심스럽게 서두르며 집 옆문으로 들어가려 했다.

백쇼가 그를 불러 세웠다. 그는 검은 생머리에 아시아인 같은 가늘고 누르스름한 얼굴을 드러내며 조금 미적거리다가 이쪽으로 다가왔다.

백쇼가 갑자기 플러드를 쳐다보며 말했다.

"이 집에 당신의 신원을 증명할 사람이 있습니까?"

"이 나라 전체에도 없을 걸요. 저는 이제 막 아일랜드에서 왔으니까요. 이 근처에서 제가 아는 유일한 사람은 성 도미니크 성당의 브라운 신부뿐입니다."

플러드가 냉소적으로 말했다.

"두 사람 다 이곳을 떠나면 안 됩니다."

백쇼는 그렇게 말하고 나서 하인에게 따로 말했다.

"당신은 지금 성 도미니크 성당 사택으로 가서 브라운 신부님께 이곳으로 지금 바로 와주실 수 있는지 물어보세요. 허튼 생각은 안 하는 게 좋고요."

열성 경찰 백쇼가 탈주범 용의자를 붙잡아두고 있는 사이, 그의 친구 언더힐은 비극적 현장으로 달려가고 있었다. 괴이한 장면이 그의 눈앞에 나타났다. 비극이 아니었다면 환상적인 장면이라고 할 수도 있었다. 죽은 사람의 머리가 연못 속에 처박혀 있었고, 인공조명 빛이 그의 머리를 희미하게 비추고 있어 기괴한 그림자를 드리우고 있었다. 얼굴은 마른 편에 상당히 사악해 보였다. 대머리에 몇 가닥 남은 회색 머리칼이 철사 고리처럼 보였다. 관자놀이 부위에 총상이 나있는데, 언더힐은 그가 인물화에 자주 나왔던 험프리 그윈 경이라는 걸 쉽게 알아볼 수 있었다. 그윈 경은 외출복 차림에, 가늘고 긴 두 다리는 그가 뛰어내린 가파른 제방의 반대 방향으로 뒤틀려 뻗어 있었다. 석양 무렵의 붉은 구름처럼 그의 몸에서 천천히 피가 흘러나와 구불구불한 모양의 희미한 빛을 만들어내는 물속으로 가라앉고 있었다.

언더힐은 망연자실해 그 시체를 내려다보다가 위쪽 제방에 4명이 서있는 것을 보았다. 백쇼와 플러드라는 아일랜드인, 그리고 붉은 조끼를 입은 하인은 알아볼 수 있었다. 나머지 한 명은 묘한 분위기가 감도는 사람인데, 그의 엄숙함은 이상하게도 이 기괴한 밤과 어울리는 것 같았다. 둥그런 얼굴에 모자를 쓴 머리가 검은 후광처럼 보이는 땅딸막한 그 인물은 바로 브라운 신부였다. 그런데 그는 '죽음의 춤' 마지막에 나오는 이상하고 낡은 검은 목판화를 떠올리게 했다.

잠시 후 백쇼가 신부에게 말하는 소리가 들렸다.

"이 남자의 신원을 확인해주셔서 감사합니다. 하지만 아직 혐의에서 완전히 벗어난 건 아니니까 이해 바랍니다. 물론 결백할 수도 있겠지만, 일단 이 사람은 담을 넘어 정원에 들어왔습니다."

"제가 보기에 이 사람은 결백한 것 같습니다. 물론 제가 틀릴 수도 있겠죠."

키 작은 신부가 덤덤하게 말했다.

"왜 그렇게 생각하시죠?"

"변칙으로 담을 넘어 들어왔으니까요. 저는 이 정원에 제대로 들어왔어요. 그런데 제대로 들어온 사람은 저밖에 없는 것 같군요. 요즘 괜찮은 사람들은 다들 담을 넘어 다니나보죠."

"제대로 들어오셨다는 게 무슨 뜻이죠?"

백쇼가 물었다.

브라운 신부는 경찰을 쳐다보며 사뭇 진지하게 말했다.

"정문으로 들어왔다는 소리죠. 이 집에 들어올 때는 주로 그 문으로 들어오거든요."

"근데 죄송하지만, 지금 살인 자백을 하시는 거면 모를까 신부님이 어떻게 들어오셨는지 그게 뭐가 중요하죠?"

"중요한 것 같습니다. 사실 제가 정문으로 들어올 때 다른 분들이 못 본 것을 봤거든요. 제 생각엔 이 사건과 관련된 것으로 보입니다."

신부가 차분하게 설명했다.

"뭘 보셨는데요?"

"잔뜩 부서져 있었어요. 큰 거울이 깨져 있고, 야자수 나무는 넘어져 있고, 화분도 깨져서 바닥에 뒹굴고 있었어요. 아무튼 거기서 무슨 일이 벌어진 건 틀림없어요."

"네, 그렇습니다."

잠시 가만히 있다가 백쇼가 말했다.

"그렇다면, 분명 이 사건과 관련이 있는 것 같군요."

"만약 그게 사건과 연관이 있다면, 우리 중 한 사람은 이 사건과 전혀 관계가 없습니다. 담을 넘어 정원으로 들어왔다가 다시 담을 넘어서 가려고 했던 마이클 플러드 말이죠. 그래서 저는 그가 결백하다고 생각했던 거죠."

신부는 계속 차분하게 얘기했다.

"그럼 집안으로 들어가 보죠."

백쇼가 서둘렀다.

모두는 하인의 안내에 따라 옆문으로 들어갔다. 그때 백쇼가 약간 뒤로 처지며 그의 친구에게 말했다.

"저 하인 좀 이상하네. 이름이 그린이라고 하는데, 저 사람한테 전혀 안 어울리는 이름이거든. 그윈 경의 하인은 맞는 것 같아. 그런데 아주 딱 잘라서 자기 주인은 정원에 있을 리가 없다는 거야. 도대체 무슨 소린지, 원. 판사님이 법률가들 모임에 갔다면서 몇 시간 후에 돌아올 예정이기 때문에 본인은 잠깐 나갔다가 귀가했다는 거야."

"그럼 왜 담을 넘어 들어왔다는 거야?"

언더힐이 물었다.

"글쎄, 납득이 안 되더라고. 아무튼 저 하인은 좀 이상해. 뭔가 숨기고 두려워하는 것 같아."

옆문으로 들어가자 입구 복도가 나왔다. 복도는 집 쪽으로 죽 이어져 정문까지 연결되어 있었다. 정문 위엔 오래되어 스산한 채광창이 달려 있었다. 부연 일출 장면처럼 음산하고 흐릿한 빛이 어둠속에서 희미한 빛을 드러내기 시작했다. 그 빛은 복도 구석에 놓여있는 낡은 램프에서 나오고 있었다. 그 속에서 백쇼는 신부가 말한 깨진 조각들을 발견했다. 큰 야자수가 완전히 넘어져 있고, 검붉은 색 화분은 산산조각으로 깨져있으며, 깨진 거울 조각들도 카펫 위에 널려있었다. 거울이 없는 테만 현관 끝 벽에 걸려 있었다. 그들이 들어온 옆문의 맞은편에 보이는 입구의 오른쪽에 집으로 연결되는 또 하나의 복도가 있었다. 그 복도 끝에 하인이 신부를 부를 때 사용한 전화가 놓여있었다. 그리고 반쯤 문이 열린 방이 보였는데, 가죽 커버로 된 책들이 가득 진열되어 있는 것으로 봐서 판사의 서재인 것 같았다.

백쇼는 바닥에 널브러져 있는 화분과 거울 조각들을 내려다보며 서있었다.

"신부님 말이 맞았네요. 여기서 격투가 벌어졌군요. 분명히 그윈 씨와 살인자가 격투를 했겠죠."

"여기서 무슨 일이 있었던 건 분명한 것 같군요."

브라운 신부가 조심스럽게 말했다.

"그렇죠. 뭔가 벌어진 건 분명합니다."

백쇼도 동의를 했다.

"살인자는 정문으로 들어와서 그윈을 만났겠죠. 아마 그윈 씨가 들어오게 했을 겁니다. 그 다음에 죽음의 격투가 있었고요. 총이 우연히 발사돼 거울이 깨진 것 같군요. 아니면 발길질을 하다가 쳤는지도 모르죠. 그윈은 정신없이 정원으로 도망치다가 살인자의 추적을 피하지 못하고 그만 연못 근처에서 총에 맞았던 것 같습니다. 저는 이것이 사건의 전말이라고 봅니다만, 그래도 다른 방도 살펴봐야죠."

백쇼는 다른 방의 책상 서랍에서 총알이 장전된 권총을 발견했지만, 그 외에 특별히 의미 있는 것은 없었다.

"그윈 판사가 이런 상황을 예상했던 것 같군요. 근데 방을 나가면서 총을 가져가지 않은 건 좀 이상하네요."

백쇼가 말했다.

그들은 다시 복도로 돌아와 정문으로 향했다. 브라운 신부는 계속 두리번거리며 주변을 살펴보았다. 복도엔 문양이 그려진 벽지가 색이 바랜 채 벽을 장식하고 있었다. 그리고 빅토리아 시대의 몇몇 장식품들이 먼지를 뒤집어쓰고 있고, 램프의 청동도 녹이 슬었으며, 부서진 거울 틀에 칙칙한 금빛이 희미하게 남아 있어, 그래도 지난 시절의 화려함을 엿볼 수 있었다.

"거울이 깨지면 나쁜 조짐이라고 하는데, 여기는 정말로 저주받은 집 같군요. 근데 이 집 가구에 뭔가…"

신부가 말했다.

"참 묘하네요. 저는 정문이 잠겨있을 줄 알았는데, 자물쇠가 채워지지 않았네요."

백쇼가 예리하게 관찰했다.

아무도 대답하지 않았다. 그들은 정문을 지나 집 앞쪽 정원으로 갔다. 작은 화단 모양으로 가꾸어진 정원이었다. 정원 끝엔 이상하게 만들어진 울타리가 있었다. 그리고 울타리에 초록색 구멍이 나있는데, 그 아래쪽으로 부서진 계단이 언뜻 보였다.

브라운 신부가 그곳으로 다가가 머리를 숙이고 아래를 내려다보았다.

그런데 잠시 후 위쪽에서 무슨 소리가 나는 바람에 모두들 깜짝 놀랐다. 신부의 목소리가 그들 머리 위쪽에서 들려왔던 것이다. 그는 나무 위에 있는 사람과 얘기하듯 태연하게 누군가와 대화를 하고 있었다. 백쇼가 뒤따라 가보니 이상한 덮개가 깔린 계단이 있었는데, 그건 어둡고 텅 빈 정원 안까지 죽 이어져 있었다. 그 계단은 집의 한쪽 구석을 소용돌이 모양으로 감아 올라가고 있었다. 어쩌면 그건, 잔디를 가로지르는 아치에 테라스 같은 걸 지으려고 했다가 포기한 건축가의 계획을 엿볼 수 있는 게 아닐까 싶었다. 백쇼는 그 계단이 막다른 길이라는 묘한 느낌이 들면서 내일 아침이 오기 전까지 이곳에서 누군가를 찾아내야 한다는 직감이 들었다. 시간은 얼마 남지 않았다. 그러나 그는 계단을 자세히 살펴보지는 않았다. 방금 막 한 남자를 발견했기 때문이다.

뒤로 돌아서있는 이 남자는 왜소한 체구에 회색 옷을 입고 있었는데, 한 가지 특징이 있다면 활짝 핀 민들레처럼 빛나는 멋진 금발이라는 점이었다. 실제로 눈에 확 띄는 금빛 머리였던 것이다. 백쇼는 그런 머리칼에 어울리는 얼굴을 상상했으나 남자가 천천히 돌아서 얼굴을 드러내는 걸 보고는 그야말로 경악을 금치 못했다. 그렇게 빛나는 금발의 얼굴은 온순하고 천사 같은 갸름한 얼굴이어야 하는데, 실제로 그의 얼굴은 권투선수의 뭉개진 코가 연상되는 납작한 모양에 턱은 각지고 인상도 험한 늙은이의 모습이었다.

"제가 알기로 이분은 유명한 시인 옴 씨입니다."

브라운 신부는 마치 거실에서 서로 인사를 시키듯 평온하게 소개했다.

"이분이 누구든, 저와 함께 가서 몇 가지 질문에 응해주셔야겠습니다."

백쇼가 말했다.

시인 오스릭 옴은 질문에 대답을 잘 하는 사람이 아니었다. 오래된 정원의 그 구석엔 이제 막 동트기 직전의 여명이 울타리와 부서진 다리를 희미하게 비춰내고 있었다. 게다가 경찰의 끈질긴 취조는 점점 더 불길한 상황을 맞고 있었다. 시인은 그원을 만나러 왔다가 아무도 문을 열어주지 않아 그를 만나지 못했다는 소리만 할뿐 다른 건 일절 말하지 않으려 했다. 문은 사실 열려있었다고 누군가가 얘기를 해도 그는 듣는 시늉도 하지 않았다. 또 누군가가 그에게 방문시간이 너무 늦었던 것 아니냐고 하자 그는 버럭 소리를 지르기까지 했다. 아무튼 겨우 몇 마디 했지만 그마저도 모호하기만 했다. 그가 영어를 잘 모르기 때문이거나 아니면 반대로 너무나 잘 알기 때문이었을 것이다. 그의 말들은 공허하고 부정적인 면이 있었다. 그가 쓴 시들도 사실 그랬다. 그걸 이해할 수 있다면 말이다.

그가 판사를 만나려고 한 건, 아니 어쩌면 그가 판사와 다퉜던 건, 무정부주의자들과 관련된 문제였을 것이다. 그윈 판사는 독일 스파이뿐 아니라 볼셰비키 스파이를 재판하고 판결하는 일에도 열광적인 사람이었다. 백쇼는 이 시인을 보자 이번 사건이 상당히 심각할 수 있다는 예감이 더욱 더 들었다.

그들이 정문을 지나 마을길로 나왔을 때 옆집에 사는 담배 사업가 블러와 마주쳤다. 그는 가무잡잡한 얼굴에 특이하게 생긴 난초 한 송이를 윗옷 단추 구멍에 꽂고 있어서 바로 눈에 띄었다. 그는 실제로 원예에 관심이 많은 사람이었다.

블러는 만남이 너무나 자연스러운 듯 일상적인 태도로 이웃사람인 시인에게 인사를 했다.

"안녕하세요. 또 뵙네요. 그윈과 얘기 많이 하셨나 봐요."

같이 있던 사람들 모두 깜짝 놀랐다.

"험프리 그윈 경이 사망했습니다. 지금 이 사건을 조사하고 있는데요. 블러 씨도 좀 협조해주시죠."

백쇼가 말했다.

블러는 마치 램프 기둥이 서있는 것처럼 그 자리에 멈춰 섰다. 너무 놀라서 굳어버린 것 같았다. 그가 피던 시가의 끝부분은 규칙적으로 밝았다 어두워졌다 반복하고 있었으나, 그의 얼굴엔 어두운 그림자가 짙게 깔렸다. 그는 목소리마저 달라진 채 입을 열었다.

"제가 두 시간 전에 여기를 지나갈 때 봤는데요. 옴 씨가 그윈 경을 만나려고 입구로 들어가고 있더군요."

"근데 옴 씨는 판사님을 못 만났다고 합니다. 집안에도 들어가지 않았다고 하네요."

백쇼가 말했다.

"그럼 문 앞에 계속 서있었다는 건가요? 두 시간이나요?"

블러가 말했다.

"그렇죠. 길에 서있는 시간치고는 꽤 긴 시간이죠."

브라운 신부가 말했다.

"저는 아까 옴 씨를 본 다음에 집에 가서 편지를 썼어요. 그리고 지금 부치러 다시 나온 겁니다."

블러가 말했다.

"아무튼 나중에 그거 다 진술하셔야 합니다. 그럼 안녕히 가세요."

백쇼가 말했다.

험프리 그윈 경의 살인 혐의를 받은 오스릭 옴의 재판은 몇 주 동안 신문을 장식했는데, 그 재판은 여러 가지 어려움이 있었다. 그는 어두운 거리와 정원에 동이 트던 그날 새벽처럼 몇 마디 짧은 말 외에는 도통 말을 안 하려 했기 때문이었다. 블러가 옴이 정원 입구로 들어가는 것을 봤던 그 시간부터 브라운 신부가 정원에서 걷고 있던 그를 본 시간까지, 그 2시간 사이에 벌어진 미스터리 사건이었다. 2시간은 옴이 살인을 여섯 번도 할 수 있는 충분한 시간이고, 그는 지루한 시간을 견디지 못해서도 무언가를 저지를 수 있었을 것이다. 하지만 옴은 그 시간 동안 무엇을 했는지에 대해 끝내 설명을 제대로 하지 않았다. 검사는 정문이 잠겨있지 않았고 정원으로 들어가는 옆문도 열려 있었기 때문에 여섯 번의 살인도 할 기회가 있었다고 주장했다. 게다가 백쇼가 복도에서 격투가 있었다는 걸 자세하고 명쾌하게 설명했기 때문에 법정에서 많은 관심을 끌어낼 수 있었다. 실제로 경찰은 거울을 박살낸 총알을 찾아내기도 했다. 또한 옴이 발견된 울타리의 구멍은 그가 숨으려고 했던 장소인 것 같았다.

상대편의 유능한 변호사 매튜 블레이드 경은 이 마지막 주장을 완전히 뒤집어 반대 주장을 내놓았다. 집 밖으로 쉽게 나갈 수 있는 방법이 있는데도 왜 그가 은신처 같은 곳에 숨겠냐고 반문한 것이다. 매튜 변호사는 풀리지 않고 있는 살인 동기에 대해서도 오히려 효과적으로 이용했다. 실제로 이 지점부터 매튜 변호사와 유능한 검사인 아서 트레버스 사이에 팽팽한 싸움이 시작됐고, 옴에게 유리하게 기울어갔다. 아서 경은 근거도 별로 없는 볼셰비키의 음모에 관한 암시를 쏟아놓을 뿐이었다. 하지만 그날 밤 옴의 미심쩍은 행적을 조사할 때는 훨씬 더 예리하게 대처했다.

피고가 증인석으로 나왔다. 그가 계속 증언을 거부할 경우엔 불리한 상황에 처할 수도 있기 때문에 변호사가 영리하게 계산한 결과였다. 그러나 옴은 검사뿐 아니라 자신의 변호사에게도 협조적이지 않았다. 검사는 그의 고집스런 침묵을 역으로 최대한 이용해보려 했지만 결국 그 침묵을 깨지 못했다. 검사 아서 경은 길고 창백한 얼굴에 키가 크고 마른 편이었다. 반면 매튜 변호사는 몸집이 좋고 번뜩이는 눈빛을 하고 있어 서로가 아주 대조적이었다. 매튜 경이 수컷 참새의 분위기라면 아서 경은 학이나 황새에 비유될 수 있었다. 그는 몸을 앞으로 내밀며 시인에게 질문을 퍼부었는데, 그의 긴 코가 마치 새의 부리처럼 보였다.

"판사님을 보기 위해 집안으로 들어간 적이 절대로 없다고, 배심원들에게 주장하는 겁니까?"

검사가 의심을 하며 다그치듯 물었다.

"그렇습니다."

옴이 대답했다.

"당신은 판사님을 만나고 싶어 했어요. 아주 간절하게요. 그래서 정문 앞에서 두 시간이나 기다리지 않았나요?"

"네, 그렇습니다."

"문이 열려있었는데 몰랐나요?"

"몰랐습니다."

"그럼 남의 정원에서 두 시간 동안 뭘 하셨죠? 뭔가를 했을 것 아닙니까?"

아서 경이 집요하게 파고들었다.

"그렇습니다."

"뭘 했습니까? 비밀인가요?"

농담조로 아서 경이 물었다.

"당신에겐 비밀입니다."

아서 경은 비밀이라는 말이 나오자 그걸 계기로 심문을 더욱더 파고들었다. 그는 풀리지 않았던 살인 동기를 뻔뻔할 정도로 과감하게 자신의 주장에 유리하도록 바꿔갔다. 그건 분명 미지의 어떤 음모 집단에 의해 감쪽같이 애국자들을 처단해버리듯, 치밀한 계획 하에 이루어진 것임을 제시했다.

"그렇습니다."

아서 경이 떨리는 목소리로 말했다.

"변호인의 말씀이 지극히 옳습니다. 우리는 존경 받던 판사님이 왜 살해됐는지 알지 못합니다. 다음에 살해될 공직자도 마찬가지겠죠. 법을 수호하는 사람들에게 악당들이 증오심을 품는다면 그 이유도 모른 채 변호인도 살해될 수 있을 것입니다. 여기 법정에 계시는 분들의 절반은 침대에서 이유도 모르고 무참히 살해될 겁니다. 이제 그 모든 사실이 그리고 모든 모순과 침묵이 우리가 지금 이 자리에 카인과 함께 있다는 것을 말해주는데도 불구하고 '살인 동기'에 연연하고 집착해 변호를 한다면 우리나라의 인구가 크게 감소해도 우리는 그 이유도 모르고 또 학살 범인을 체포하지도 못할 것입니다."

"아서 경이 저렇게 격분하는 건 처음 보는군."

법정을 나온 후 백쇼가 동료들한테 말했다.

"아서 경이 좀 지나치다고 말하는 사람들도 있어. 살인사건 검사가 저렇게 심하게 몰아 부치면 안 된다고. 그런데 내가 보기엔 그 노랑머리 사내한테서 뭔가 냄새가 나긴 하거든. 노랑머리도 스스로 그런 인상을 풍기는 데 한몫 하고 있지. 두 가족을 아주 조용히 말살시킨 그 살인자 윌리엄스 말이야, 그놈에 대해 드 퀸시가 했던 말이 어렴풋이 기억나는데, 윌리엄스의 머리칼이 자연스런 색이 아니고 아주 짙은 노란색이었대. 그게 인도에서는 말에게 초록색이나 노란색으로 염색을 시키는데, 그 기술로 염색을 한 것 같다고 말했거든. 목석처럼 침묵하고 있는 그건 또 뭐야. 도저히 이해가 안 돼. 피고석에 웬 괴물이 하나 앉아있는 것 같아. 근데 이런 생각이 드는 게 단지 아서 경의 말솜씨 때문이라면 그 사람이 책임을 져야 될 것 같아."

"아서 경은 험프리 그윈 판사의 친구이기도 했는데, 최근에 있었던 법률가 모임이 끝난 후에 두 사람이 다정하게 대화하는 걸 내 지인이 봤다고 하더라고. 그래서 아서 경이 이번 사건에 대해 저렇게 격분하는 거 아닐까 싶네. 개인적 감정으로 살인사건을 다루는 게 옳은 건지는 좀 의문이 가지만 말이야."

언더힐이 차분히 말했다.

"개인적 감정이 아무리 크다고 해도 그렇게 감정적으로 하면 안 되지. 그 사람은 지금 자신의 역할에 굉장히 집착하고 있는 것 같아. 야망을 이루었는데도 야망에 불타는 그런 사람이지. 자신의 지위를 지키기 위해선 어떤 일도 마다하지 않을 거야. 그 사람이 그렇게 미친 듯이 논고를 펼치는 덴 이유가 있는데, 자네가 잘못 파악한 것 같아. 계속 그런 식으로 하면 유죄판결을 받아낼 수 있다고 생각하기 때문이지. 그건 바로 음모세력에 반대하는 정치조직의 우두머리가 되기 위해서야. 옴에게 유죄판결을 내려야 할 이유가 있을 거고, 또 그렇게 할 수 있다고 생각하는 무슨 이유가 분명히 있을 것 같아. 사건에 관련된 사실이 그의 입장을 지지하고 있지. 아무튼 그가 자신감을 갖는 거 보면 옴에게 유리하지는 않아."

백쇼가 말했다. 그리고는 옆 사람들 속에서 유독 한 인물을 의식하며 그에게 미소를 지으면서 물었다.

"브라운 신부님, 재판 진행을 어떻게 보셨습니까?"

"그러니까, 가발을 쓰면 사람들이 너무 달라 보인다는 게 가장 인상적이었죠. 검사가 좀 지나치다고 말씀하신 것 같은데, 그가 잠시 가발을 벗은 걸 봤거든요. 정말 실제와 많이 달라 보이더군요. 우선 머리칼이 거의 없이 벗겨졌던데요."

신부는 아무 생각이 없다는 듯 엉뚱한 말만 했다.

"대머리라고 해서 훌륭한 검사가 되지 말라는 법은 없죠. 설마 검사가 대머리라는 이유로 반론을 펴시는 건 아니겠죠?"

백쇼가 말했다.

"아닙니다. 솔직히 말하면, 특정 계층의 사람들은 다른 특정 계층의 사람들에 대해 너무 모른다는 생각이 들었어요. 예를 들어 제가 영국이라는 나라에 대해 전혀 모르는 어떤 먼 곳에 갔다고 칩시다. 그리고 그곳 사람들한테, 영국에서는 한 남자가 말의 털로 만든 것을 머리에 쓰고, 뒤에 작은 꼬리를 붙이고, 빅토리아 시대의 부인들처럼 회색 머리칼을 옆으로 늘어트리고, 그런 다음에야 삶과 죽음의 질문을 시작한다고, 그런 얘기를 했다고 칩시다. 그럼 그 나라 사람들은 제가 좀 괴짜라고 생각할 거예요. 하지만 저는 전혀 괴짜가 아니에요. 그냥 습관적으로 그렇게 할 뿐이죠. 그들이 영국의 법률가들에 대해 전혀 모르기 때문에 괴짜라고 생각하는 겁니다. 그 검사는 시인에 대해 전혀 모르는 것 같더군요. 일테면, 시인의 괴팍한 행동이 다른 시인들에게는 별스런 것이 아니라는 걸 검사는 이해하지 못하는 거죠. 그 검사는 옴이 두 시간 동안 별다른 행동 없이 그냥 아름다운 정원을 산책한 것이 수상하다고 여겼어요. 맙소사! 시인들이 시를 구상할 때는 열 시간이라도 정원을 거닐 수 있는 거죠. 옴의 변호사도 똑같이 어리석더군요. 왜 그런 당연한 걸 옴에게 물어볼 생각조차 못하는 거죠?"

브라운 신부가 힘 있게 말했다.

"어떤 질문을요?"

백쇼가 물었다.

"어떤 시를 생각하고 있었냐고 물어보는 거죠. 어떤 행에 집중하고 있었는지, 어떤 형용사를 찾고 있었는지, 어떤 클라이맥스를 구상하고 있었는지 등등 말이죠. 법정에 문학을 아는 사람이 한 명이라도 있었다면 옴이 그 정원에서 무엇을 했을지 쉽게 짐작할 수 있었을 겁니다. 제조업자에게는 생산 상황을 묻지만, 시가 어떻게 만들어지는지 궁금해 하는 사람은 아무도 없더군요. 시는 다른 일을 하지 않으면서 쓰는 겁니다."

브라운 신부가 답답해하며 말했다.

"그런데 옴은 왜 숨어있었을까요? 왜 구불구불 휘어지고 중간에 끊어진 좁은 계단에 올라가 서있었을까요?"

백쇼가 물었다.

"당연히 길이 끊긴 계단이었기 때문이죠. 공중에서 끊어진 그런 계단을 보면 예술가들은 가보고 싶어 할 것 같습니다. 아이들처럼 말이죠."

브라운 신부가 언성을 높이며 말했다. 그러더니 눈을 깜박이면서 미안한 듯 말을 이어갔다.

"정말 안타깝게도 아무도 이런 점을 이해하지 못하고 있네요. 그리고 다른 것도 있어요. 예술가한테는 모든 것에 딱 들어맞는 일면 또는 각도가 있다는 걸 모르십니까? 나무, 소, 구름, 모든 것이 특정한 관계에서만 의미를 갖습니다. 세 문자가 일정 순서대로 배열될 때에만 문자가 의미 있는 단어를 이루듯이 말이죠. 미완성의 다리 위에서 조명이 설치된 정원을 보는 것은 바로 최고의 풍경이었을 겁니다. 사차원처럼 독특하게 보였겠죠. 일종의 동화 같은 원근법이고요. 천국을 내려다보는 것 같고, 나무에서 별들이 피어나는 것 같은, 그런 느낌이 들었을 거예요. 그리고 또 희미한 빛이 나는 연못을 보면서 옛날이야기가 떠올랐을 겁니다. 마치 들판에 둥그런 달이 떠있는 것 같은 풍경이었겠죠. 그 시인한테 길이 끊어져 있다고 말하면 아마도 그 사람은 길이 세상 끝 나라로 데려다준다고 말할 겁니다. 그런 얘기를 시인이 증인석에서 할 수 있을까요? 만약 말을 한다면 당신은 그 사람한테 무슨 말을 할까요? 배심원들을 시인들로 구성하면 어떨까 싶네요."

"신부님은 시인인 것처럼 말씀하시네요."

백쇼가 말했다.

"아니오. 신부는 시인보다 더 자비를 베풀어야 합니다. 시인은 나이아가라 폭포 아래서 그 거센 폭포를 맞으며 느끼는 그런 아픔과 사람들에 대한 환멸을 느끼며 사는 존재죠."

백쇼는 잠시 침묵하다가 입을 열었다.

"신부님이 시인의 특성에 대해 저보다 많이 알고 계시는 것 같은데, 결국 답은 간단합니다. 옴이 그 시간에 살인을 한 게 아니라 시를 쓰고 있었다는 건 그저 말에 불과한 거죠. 그렇게 주장을 하더라도 살인의 가능성을 부정할 수는 없습니다. 그가 아니면 다른 누가 살인할 수 있었을까요?"

"하인인 그린은 생각해보셨어요? 그 사람이 좀 이상한 얘기를 하더군요."

브라운 신부가 물었다.

"아, 신부님은 그린이 했다고 생각하시는군요?"

백쇼가 얼른 되물었다.

"그 사람은 아닌 게 확실해요. 난 그냥 그 사람이 한 얘기를 생각해보셨냐고 물어본 겁니다. 그가 뭔가를 사러 밖으로 나갈 때 이상하게도 정원 문으로 나가서는 담을 넘어 들어갔거든요. 그러니까, 그가 나갈 때 정원 문을 열어놓았는데 돌아왔을 때는 그 문이 닫혀있었어요. 왜 그랬을까요? 누군가가 정원 문으로 지나갔다는 소리죠."

"그럼 살인자가… 누구일까요?"

백쇼가 중얼거리듯 말했다.

"어떻게 생긴 사람인지 알고 있어요. 그 외엔 모릅니다. 그 사람이 정문으로 들어와서 복도 불빛 아래 서있는 게 어렴풋이 보이네요. 몸짓, 옷차림, 얼굴까지!"

브라운 신부가 나직이 말했다.

"아니, 무슨 말씀을 하시는 거죠?"

"그 사람은 험프리 그윈 경과 비슷하게 생긴 사람입니다."

"도대체 무슨 말을 하고 싶은 겁니까? 그윈 경은 연못에 머리를 처박고 죽었잖아요."

백쇼가 소리쳤다.

"아, 그렇죠."

신부는 말을 끊었다가 다시 이어갔다.

"당신의 주장대로 얘기해봅시다. 거기에 동의하지는 않지만 아주 훌륭한 주장이죠. 살인자가 정문으로 들어온 다음 복도에서 판사를 만나 격투를 벌이다가 거울을 깼다. 판사는 정원으로 도망을 갔는데, 거기서 총에 맞았다. 이 얘기는 어딘지 좀 억지스럽군요. 복도에 있었다고 했는데, 복도 끝에는 정원으로 나가는 문과 집안으로 들어가는 문, 이렇게 두 개가 있어요. 그윈은 분명 집안으로 들어가려고 했을 겁니다. 총이나 전화도 집안에 있고, 하인도 집에 있는 줄 알았으니까요. 가장 가까운 이웃도 그쪽 방향이고요. 그런데 왜 아무도 없는 정원 쪽으로 혼자 문을 열고 갔을까요?"

"어쨌든 그가 집 밖으로 나간 건 모두가 이미 알고 있는 일이잖아요?"

황당해하며 백쇼가 대답했다.

"정원에서 발견됐으니까 집 밖으로 나갔다고 하는 거죠. 하지만 그는 집 밖으로 나가지 않았습니다. 집 안으로 들어온 적이 없으니까요. 그날 밤에 말이죠. 그가 오두막에 있지 않았다면 정원에 조명이 켜지지 않았을 겁니다. 연못 옆에 있는 그를 살인자가 총으로 쐈을 때, 그는 집으로 향해 내달렸어요."

"그러면 화분이랑 깨진 거울은 뭣 때문이죠? 그걸 발견한 사람은 바로 신부님이세요. 복도에서 격투가 벌어졌다고 말한 사람도 신부님이고요."

"제가 그랬나요?"

신부는 다소 불편한 듯 눈을 깜박거렸다.

"저는 그렇게 말하지 않았어요. 그렇게 생각한 적도 없고요. 저는 복도에서 뭔가가 일어났었다고, 그렇게만 말했어요. 뭔가 있었지만 격투는 아니었어요."

신부가 중얼거렸다.

"어쨌든 그럼, 거울은 왜 깨진 거죠?"

백쇼가 다그치듯이 물었다.

"총알 때문이죠. 범인이 발사한 총알에 거울이 깨지고 그 파편이 튀면서 야자수 화분이 넘어진 겁니다."

브라운 신부가 진지하게 설명했다.

"그럼 그윈에게 총을 쏜 게 아니라 누구한테 쐈다는 겁니까?"

"그게 참 형이상학적 문제죠. 물론 그윈을 겨냥했을 수도 있지만, 그윈은 그곳에 없었어요. 그 복도엔 범인 혼자만 있었어요."

신부는 거의 꿈을 꾸는 표정이었다. 그리고 잠깐 말을 끊었다가 다시 이어갔다.

"복도 끝에 걸려있던 거울과 아치형으로 그 거울을 덮고 있는 큰 야자수를 한번 머릿속에 그려보세요. 희미한 불빛 속에서 단조로운 벽을 반사해 보이는 거울은 복도의 끝처럼 보였을 겁니다. 그리고 거울에 반사돼서 보이는 사람은 집안에서 나오는 사람처럼 보였을 거예요. 반사된 사람의 모습이 집주인과 조금만 닮아도 집주인처럼 보였겠죠."

"잠깐만요. 알 것 같습니다."

백쇼가 외쳤다.

"이제 이해하시겠어요? 왜 이 사건의 모든 혐의자들이 무죄인지 말이죠. 혐의자 중에서 그윈 판사로 보일 사람은 한 사람도 없습니다. 옴의 그 부자연스런 노란 머리가 대머리가 아닌 건 한눈에 알아볼 수 있어요. 플러드는 자신의 붉은 머리를 봤을 거고, 그린은 본인의 빨간 조끼를 봤을 겁니다. 게다가 그들 모두 작고 통통한 편이죠. 거울에 비친 자신의 모습이 외출복 차림에 크고 마른 노년의 신사처럼 보인다고 생각하는 사람은 아무도 없을 겁니다. 우리는 그원과 비슷하게 마르고 키 큰 사람을 찾아야 합니다. 그래서 아까 내가 살인자의 모습을 안다고 말했던 겁니다."

"그럼 어떤 주장을 하실 건가요?"

신부를 주의 깊게 보며 백쇼가 물었다.

신부는 평소의 부드러운 말투와 달리 날카롭고 냉정하게 웃어보였다.

"당신이 불가능하다고 말한 그 점을 주장해야겠죠."

"무슨 뜻이죠?"

"검사가 대머리라는 이유로 난 변호인을 지지할 겁니다."

"맙소사!"

백쇼는 조용히 중얼거리며 시선을 고정한 채 일어나버렸다.

브라운 신부는 혼자 독백을 하기 시작했다.

"경찰이 이번 사건에 관련된 사람들의 동선을 살펴보면서 특히 시인과 하인과 플러드의 동선을 집중적으로 조사를 했죠. 그런데 경찰이 완전히 잊고 있었던 사람이 바로 살해된 당사자 그윈 경입니다. 하인은 주인이 집에 돌아왔다는 것을 알고는 굉장히 놀라는 반응을 보였어요. 그윈이 법률가들의 식사 모임에 갔다가 갑자기 자리를 떠나 집으로 돌아왔으니까요. 주인이 별다른 요청을 하지 않은 것으로 볼 때 아픈 건 아니었던 것 같습니다. 하지만 그윈은 법률가 모임에서 누군가와 다툼을 했어요. 따라서 가장 우선적으로 법률가 중에 살인자를 생각해봐야 했습니다. 그윈은 집으로 돌아와 오두막에 처박혀 있었어요. 거기엔 그가 소장하고 있던 반역행위에 관한 모든 서류가 따로 보관돼 있었어요. 그 서류 속에 자신에 관한 것도 있다는 걸 알게 된 어떤 법률가가 그윈을 따라 집까지 왔습니다. 그 사람도 물론 외출복 차림이었는데, 호주머니에 총을 갖고 있었죠. 이것이 사건의 전말입니다. 만약 거울이 없었다면 이런 추리는 할 수 없었겠죠."

신부는 잠깐 말을 끊었다가 계속 이어갔다.

"거울은 참 신기한 물건이죠. 수천 가지 모습이 뚜렷이 나타났다가 그 모든 게 영원히 사라지니까요. 그런데 그 복도 끝 야자수 아래로 걸려있던 거울엔 아주 특별한 점이 있었어요. 마치 마술 거울처럼 다른 거울과는 다른 운명이 있었던 거죠. 그 거울에 비친 모습은 황혼 속에서 마치 유령처럼 공중에 매달려 보이기 때문에, 거울보다 더 오랫동안 그 모습이 남아있었던 것 같습니다. 아무튼 우리는 그 공간에서 그윈이 본 것을 그려낼 수 있어요. 참, 당신이 아서 경에 대해 말한 것 중에서 아주 그 럴듯한 게 하나 있었어요."

"감사합니다만, 그게 뭔데요?"

"아서 경이 옴을 처단하려는 이유가 있었다는 거죠."

1주일 후에 신부는 백쇼를 다시 만났는데, 경찰에서 수사를 새로 시작했지만 중대사건으로 분류돼 수사가 중단됐다는 것 을 알게 되었다.

"아서 트레버스 경은 어떻게 지내시나요?"

브라운 신부가 먼저 검사의 안부를 물었다.

"아서 경은 사망했습니다."

백쇼가 간단히 대답했다.

"아! 그 사람이…."

신부는 말을 잇지 못했다.

"네, 그가 같은 사람을 다시 쐈어요. 이번엔 거울에 비친 사 람이 아니었습니다."

브라운 신부의 스캔들

브라운 신부도 한때 심각한 스캔들에 휘말린 적이 있었다. 그에 대한 모험을 얘기하는 이 기록에서 그 사실을 빠트린다면 그건 정당한 일이 못될 것이다. 마을 사람들 중에는 브라운 신부가 자신의 이름에 오점을 남겼다며 떠들고 다니는 사람들이 여전히 남아 있다. 곧 얘기할 그 스캔들은 그림같이 아름다우면서도 다소 퇴폐적인 한 멕시코 여관에서 벌어졌던 사건이었다. 사람들마다 제각기 의견이 다르지만, 브라운 신부가 스스로 갖고 있는 낭만적 기질을 억누르지 못했기 때문이라고도 하고, 인간의 연약함을 동정하다 보니 무절제하고 비상식적인 행동을 하게 된 것이라고도 했다. 어쨌든 간에 사건 그 자체는 단순한 것이었다. 어쩌면 너무 단순해서 더 놀라운지도 모르겠다.

트로이 전쟁은 아름다운 여인 헬레네로부터 시작되었다. 브라운 신부의 영예롭지 못한 사건도 히파티아 포터의 아름다움 때문에 시작되었다. 유럽에서는 별로 통용되지 않지만 미국인들에겐 강력하게 통하는 힘이 한 가지 있는데, 그건 바로 아래에서부터 제도를 만들어간다는 점이다. 말하자면 대중이 주도적으로 제도를 만드는 것이다. 모든 선한 것들이 그렇지만 이런 제도에도 밝은 면이 있었다. 소설가 웰스(Herbert George Wells)나 다른 사람들도 언급했다시피, 공식적 제도를 거치지 않아도 인정을 받을 수 있다는 점이 그 중 하나였다. 예를 들어, 특별한 미모나 재능을 가진 여성은 왕관을 쓰지 않아도 여왕 같은 존재가 될 수 있는 것이다. 꼭 유명배우나 깁슨 걸(미국의 일러스트레이터 찰스 깁슨이 묘사한 이상적인 여인상) 같은 여자가 아니라고 해도 말이다.

이렇게 대중 앞에 아름다움이 드러나는 행운 또는 불운을 가진 사람들 속에 그 아름다운 여인 히파티아 하드가 있었다. 그녀는 이미 지역신문에서 큰 주목을 받고 있으며 이제는 유력 신문 기자에게 인터뷰를 받을 만한 준비가 되어있었다. 그녀는 매력적인 미소를 지으며 자신의 의견을 피력하곤 했는데, 전쟁과 평화에 대해, 애국심과 금지사항에 대해, 그리고 진화론과 성서에 대한 것들이었다. 그녀의 명성이 어떻게 생겨난 것인지 딱 부러지게 말하기는 쉽지 않다. 부유한 집안에서 미모로 태어난다는 게 미국에선 그리 드문 일이 아니었다. 하지만 그녀는 거기에 더해, 여기저기 취재거리를 찾아 헤매는 기자들에게 단번에 사로잡힐만한 특별한 무언가를 가지고 있었다. 그녀의 숭배자들은 대부분 그녀를 직접 만나본 적이 없었고, 그럴 꿈조차 꾸지 못했으며, 그녀의 아버지 재산에서 부스러기 한 푼도 얻어내지 못했다. 그들의 숭배는 그저 통속적인 로맨스에 지나지 않았다. 현대 사회에서 신화를 대체하는 그런 로맨스 말이다. 그 스토리는 나중에 그녀가 직접 등장하게 되는 드라마틱한 로맨스 이야기의 출발 신호가 되었다. 이 사건으로 인해 다른 사람들만이 아니라 브라운 신부 또한 평판이 땅에 떨어졌다는 소문이 퍼졌을 정도였다.

미국의 풍자 평론가들이 '울보 자매들'이라고 부르는 여성 기자들은 히파티아가 부유하고 성실한 사업가인 포터와 결혼했다는 사실을 때로는 로맨틱하게, 때로는 체념하듯 받아들였다. 그래서 한동안 그녀는 포터 부인으로 알려졌었다. 그녀의 남편이 오로지 그녀의 남편일 뿐이라는 우주적 이해에서 말이다.

하지만 얼마 안 돼서 누구도 상상하지 못했던 대단한 스캔들이 일어났다. 멕시코에 사는 어떤 작가와 그녀의 이름이 묘한 표현으로 거론된 것이다. 그 작가는 미국인이지만 상당히 스페인 기질을 갖고 있는 사람이었다. 그리고 그의 사악함과 그녀의 미덕은 불행히도 그 수준이 비슷했다. 루델 로메인이라는 그 시인은 말하자면 악명이 높기로 유명한데, 작품이 도서관에서 거부당하거나 또는 경찰에 기소당하는 그런 일들로 세계적인 뉴

스거리가 됐기 때문이었다. 아무튼 순수하고 평온한 별과 악명 높은 그 혜성이 만난 것이다. 위험하고 불같은 면에서 그는 혜성에 비유될 수 있는 부류였다. 우선 생김새가 그렇고, 그의 시들도 마찬가지였다. 게다가 또 매우 파괴적이었다. 혜성의 꼬리는 이혼의 조짐을 보였는데, 어떤 사람들을 그걸 보고 연인으로서의 성공을 말했고, 또 어떤 사람들은 남편으로서의 실패를 말하기도 했다.

히파티아에게는 그런 삶이 너무나 어려웠다. 마치 가게 진열장의 물건들처럼 사생활이 대중 앞에 드러나는 공인으로서의 삶은 불편한 점들이 한두 가지가 아니었기 때문이다. 기자들은 '궁극적 자기실현에 대한 사랑의 큰 법칙'에 대해 의심스러운 말들을 떠들어댔다. 반면 무신론자들은 박수를 쳤다. '울보 자매들'은 감상적인 애도의 글을 써대기 바빴다. 또 뻔뻔한 자들은 심지어 자신들의 말과 글의 효과를 높이기 위해 모드 뮐러의 시를 인용하며, 가장 슬픈 일은 '과거에 이렇게 했더라면' 하는 것이라고 말하기도 했다. 그리고 경건하면서 정의감에 가득 찬 아가 록은 그런 감상에 빠진 여성 기자들을 비아냥대면서 자신은 브렛 하트(Francis Brett Harte 1836~1902, 미국 소설가)가 그 시를 이렇게 바꾼 것에 동감한다고 말했다.

'더 슬픈 것은, 우리가 매일 보는 일들이 사실 있어서는 안 될 일이라는 것이다.'

아가 록은 매우 단호하게, 정말로 많은 일들이 일어나지 않았어야 한다고 확신하고 있었다. 그는 국가적 타락현상을 날카롭게 비판하는 〈미네아폴리스 메테오〉 잡지의 평론가이며, 대담하고 신뢰할만한 남자였다. 지나치게 신랄한 쪽으로 치우친 전문가가 아닌가 싶긴 하지만, 그래도 저널리즘과 가십이 독자들을 혼란스럽게 우롱하며 벌이는 너저분한 시도들에 맞서려는 의도였기 때문에 그로서는 충분히 이유 있는 태도였던 것이다. 그는 우선 총잡이와 깡패들을 둘러싼 사악한 로맨스의 후광에 대해 비판하는 의견을 내놓았다. 어쩌면 그는 신랄하고 성급하게 모든 깡패는 다고(Dago, 스페인 사람을 경멸할 때 쓰는 속어)들이고, 다고들은 모두 깡패라고 확신했는지 모르겠다. 하지만 그런 편견을 드러낼 때도 그의 경우는 오히려 신선하기조차 했다. 어떤 기자들은 그에 대해 '미소가 정말 매력적이었다.' 라거나 또는 '턱시도가 훌륭했다.' 등 떠들며 보도를 했는데, 그런 우상숭배 같은 분위기가 팽배해 있는 한, 청부살인업자도 패션리더로 만들어버리는 건 한순간이었다.

어쨌든 아가 록은 이 사건이 시작됐을 때 가뜩이나 다고의 땅에 있었으므로 그의 마음속에는 이런 편견들이 들끓을 수밖에 없었다. 그는 멕시코 식의 울타리로 둘러싸여 있는 호텔로 가기 위해 기세등등하며 언덕을 올라갔다. 옆으로 야자수가 늘어서있는 하얀색 외벽의 호텔에 포터 부부가 묵고 있었기 때문이다. 신비에 쌓인 히파티아가 그곳에 있었다는 얘기다. 아가 록은 외모로만 봐도 전형적인 청교도 인이었다. 하지만 20세기 식의 다소 온화하고 세련된 청교도 인이 아니라 17세기 식의 근본주의적 청교도 인에 가까웠다. 고풍스러운 검은색 모자와 습관이 된 찌푸린 표정, 그리고 고집스러워 보이는 그의 인상은 야자수와 포도나무가 어우러진 화창한 날씨에도 어두운 그림자를 드리우는 것 같으며, 그런 얘기를 해준다면 오히려 그는 만족할 것 같았다. 그는 도처에 숨어있는 먹잇감에 눈을 번뜩이며 두리번거렸다. 그리고는 곧 저쪽 언덕에 아열대 지방의 붉은 노을을 등지고 서있는 두 사람의 그림자를 보았다. 그들은 어떤 '결정적인' 포즈를 취하고 있었는데, 그건 아가 록보다 의심이 많지 않은 사람이라 할지라도 금방 눈치를 챌 만한 어떤 것이었다.

두 사람 중 한 명은 본능적으로 시선이 가는 인물이었다. 조각상 같은 자세에 공간 감각도 자연스레 지닌 듯, 계곡 위쪽의 길이 꺾어지는 모퉁이에 균형을 잡고 서있었다. 그는 커다란 검은색 망토를 바이런 식으로 휘감고 있는데, 가무잡잡하고 잘생긴 얼굴 또한 바이런과 꼭 닮아보였다. 뿐만 아니라 바이런과 같은 곱슬머리에 코가 약간 비틀어진 것도 닮았으며, 바이런처럼 세상에 대한 경멸과 분노를 퍼붓는 것처럼 보였다. 이 남자가 쥐고 있는 긴 지팡이는 등산용 스틱처럼 스파이크가 박혀 있어 얼핏 봤을 땐 창처럼 보였다. 그런데 더 이상한 사람은 그 옆에 있는 인물이었다. 그는 우산을 들고 있었고, 옆 사람과 대조적이어서 더 코믹해 보였다. 단정하게 접혀있는 그의 우산은 브라운 신부의 우산과는 완전히 다른 종류였다. 땅딸막하고 통통한 몸매에 턱수염을 기른 그 남자는 가벼운 휴가를 위해 온 직장인처럼 말쑥하게 차려입고 있었다. 그런데 갑자기 그 남자가 우산을 치켜들고는 휘둘러댔다. 그러자 옆의 키 큰 남자가 순간적으로 그를 뒤로 밀쳤다. 그 장면은 완전히 한 편의 코미디 같은 광경이 되고 말았다. 우산이 저절로 펼쳐져 키 작은 남자가 그 아래에 파묻히다시피 했고, 키 큰 남자는 넓은 방패를 향해 창을 들고 공격하는 모습이 되었던 것이다. 그러나 남자는 더 이상 공격하지 않고 지팡이를 확 내리더니 뭔가 초조한 듯 돌아서 성큼성큼 아래쪽으로 내려가 버렸다. 그러는 동안 키 작은 남자도 일어나서 조심스럽게 우산을 접고는 호텔 방향으로 향했다.

잠깐 동안이지만 두 남자가 황당해 보이는 싸움을 하기 직전에 무슨 대화를 했는지 아가 록은 전혀 듣지 못했다. 그래서 턱수염의 땅딸막한 남자 뒤를 좇아 길을 올라가며 그는 많은 생각을 떠올렸다. 한 남자는 로맨틱한 망토를 걸치고 오페라에 나올 법한 멋진 외모를 가졌으며, 또 한 남자는 자신의 고집이 강한 사람이라, 록이 생각해온 스토리 전체와 맞아 떨어지고 있었다. 그는 두 낯선 인물의 이름을 알 수 있을 것 같았다. 그건 바로 로메인과 포터라는 이름이었다.

기둥들로 장식된 로비에 들어서는 순간 록의 추측은 거의 사실로 굳어진 것 같았다. 그 땅딸막하니 턱수염을 기른 남자의 목소리가 크게 들렸는데, 싸우는 소리인지 지적하는 소리인지는 알 수 없었다. 분명한 건 호텔 지배인이나 직원에게 얘기하고 있다는 것이었다. 몇 마디를 들은 록은 그가 자기 주변을 미행하는 거칠고 위험한 자에 대해 주의를 당부하는 소리임을 알 수 있었다.

작달막한 남자는 뭐라고 중얼거리는 상대방의 얘기에 대답을 하고 있었다.

"그놈이 정말로 지금 호텔에 머물고 있더라도 들여보내지 않는 게 좋을 겁니다. 난 그 말밖에 할 수가 없어요. 그런 놈은 당연히 경찰이 손을 써야 하거든요. 어쨌든 그놈 때문에 숙녀가 곤란을 당하게 해선 안 돼요."

록은 음울한 분위기 속에서 점차 확신이 들며 가만히 엿듣다가 로비를 가로질러 안내 데스크 쪽으로 갔다. 그리고는 숙박 기록을 들춰보고 '그놈'이 이미 호텔에 투숙하고 있는 걸 확인했다. 크고 화려한 이국적 필체로 적힌 '루델 로메인'이라는 이름이 보였다. 그리고 그 바로 아래엔 전형적인 미국식 필체로 히파티아 포터와 엘리스 포터의 이름이 나란히 적혀 있었다.

아가 록은 침울한 기분으로 주위를 둘러보았다. 호텔은 경관뿐 아니라 인테리어 소품 하나까지도 그가 싫어하는 것들로 가득했다. 심지어 둥그런 작은 통에 오렌지나무가 심어져 있는 것도 눈에 거슬렸다. 그런 것까지 마음에 안 든다고 하는 건 좀 심하다고 할지 모르지만, 찢어진 커튼이나 오래된 벽지로 화분을 감싸둔 것은 정말로 꼴불견이었다. 게다가 은색 달과 붉은색, 금색의 달이 교대로 바뀌게 해놓은 장식은 그야말로 어처구니없는 짓이었다. 그는 자신의 기준에서 볼 때 개탄스러운 그 모든 유치한 취향을 보고는 그게 남부 지방의 따뜻하고 느긋한 기질과 관련이 있을 거라는 편협하고 모호한 단정을 지었다. 기타를 든 양치기가 보이는 와토의 어두운 그림이나, 돌고래를 타고 있는 큐피드가 그려진 흔한 디자인의 파란색 타일을 흘끗 보기만 해도 그는 기분이 나빠졌다. 보통 이런 물건들은 5번가 가게 진열장에서나 보이는 것인 줄 알았는데, 이런 장소에서의 그 물건들은 마치 지중해 이교도들이 웃음거리로 여기는 사이렌 소리처럼 느껴졌다. 그때 갑자기, 잔잔한 수면에 뭔가 스쳐 지나가며 번뜩 하고 출렁이는 것처럼 실내의 분위기가 일순간 달라졌다. 록은 어떤 매력적인 존재가 등장해 주위를 압도하고 있다는 걸 깨달았다. 그는 습관적인 저항심으로 마지못한 듯 돌아보았다. 바로 눈앞에 그 유명한 히파티아가 서있었다. 오랫동안 읽고 들어온 그 히파티아였던 것 것이다.

결혼 전의 성이 하드였던 히파티아 포터는 정말 말 그대로 '눈부시다'라는 표현이 정확하게 들어맞는 사람들 중 하나였다. 신문에서 그녀를 묘사할 때 쓰는 단어들은 바로 그녀 자신에게서 풍겨 나오는 그 자체였던 것이다. 스스로를 억눌렀다 하더라도 그녀는 여전히 아름다웠을 것이고, 어쩌면 그게 더 매력적이라고 말하는 사람들도 있을 것이다. 하지만 자기 억제는 오히려 이기적인 태도라고 그녀는 배워왔고 또 믿고 있었다. 그녀는 자신이 봉사정신을 잃어버렸다고 말하곤 했는데, 사실 봉사정신을 지지해왔다고 말하는 게 더 솔직한 입장인지도 모르겠다. 어쨌든 그녀는 봉사 정신에 대해 매우 훌륭한 신념을 가지고 있었다. 유독 반짝이는 별 같은 푸른 눈은 꿈꾸듯 했고, 마치 옛날이야기에 나오는 큐피드의 화살처럼 멀리서만 봐도 치명적으로 아름다웠다. 그저 보잘것없는 교태와는 비교할 수 없는, 그런 것을 초월하는, 추상적인 아름다움이라 할 수 있었다. 그녀의 풍성한 금발은 성자의 후광처럼 빛을 발산하는 것 같았다. 앞에 보이는 이방인이 〈미네아폴리스 메테오〉의 기자인 아가 록이라는 것을 알아차리자, 그녀의 눈빛은 미국 대륙의 수평선을 가로지르는 서치라이트처럼 변했다.

　그러나 이 점에서 그녀는 이따금 그랬듯이 실수를 저지르고 말았다. 왜냐하면 아가 록은 그 순간 〈미네아폴리스 메테오〉의 기자가 아니라 한 인간으로서의 아가 록이었기 때문이다. 그는 기자로서의 용기 그 이상의 어떤 거대하고 진지한 도덕적 충동 같은 것을 느꼈다. 공익을 위한 기사도 정신과, 도덕적 행동을 위한 갈망이 한데 섞여, 이 사건을 직접 알아봐야겠다는 의지가 밀려들었던 것이다. 아가 록은 그녀와 이름이 같은 고대 철학자 히파티아를 떠올렸다. 킹즐리의 소설 속에 젊은 수도사가 히파티아를 매춘과 우상숭배라는 죄목으로 탄압하는 내용이 나오는데, 어린 시절에 그걸 읽으며 오싹했던 기억이 났다. 그는 강철 같은 위엄을 갖추고 그녀 앞으로 다가가 말했다.

"부인, 혹시 괜찮으시다면 개인적으로 얘기를 좀 나눌 수 있을까요?"

그녀는 반짝이는 눈빛으로 주위를 둘러보며 말했다.

"글쎄요, 이곳을 개인적인 공간이라고 할 수 있는지 잘 모르겠군요."

록도 주위를 살펴보았다. 커다란 검은 버섯처럼 생긴 어떤 것 외에는 오렌지나무들보다 더 생명력이 느껴지는 것들은 보이지 않았다. 사실 버섯 모양의 그 형체는 가만 보니 어떤 신부의 모자였다. 원주민 같기도 한 그 신부는 지역 특산물인 검은 시가를 무심한 표정으로 피우고 있었는데, 그것만 아니면 다른 식물들과 다를 바 없이 활기라곤 보이지 않았다. 아가 록은 라틴계, 특히 남미 국가들에서 흔히 보이는 그 촌뜨기 신부의 동글동글하고 무표정한 얼굴을 바라보았다. 그러다가 빙긋이 웃으며 목소리를 낮춰 말했다.

"저 멕시코 신부는 우리말을 못 알아들을 것 같군요. 게으른 멍청이들은 자기네 말 외에 다른 언어는 배울 생각을 안 하거든요. 아, 저 신부가 멕시코 사람인지는 확실치 않습니다. 인디언 혼혈일 수도 있고, 흑인일 수도 있겠죠. 어쨌든 미국인은 아닙니다. 우리 성직자 중에는 저런 저급한 유형의 인물이 안 나오거든요."

그 저급한 유형의 인물이 검은 시가를 입에서 떼고 말했다.

"사실을 말하면, 난 영국인이고 이름은 브라운입니다. 개인적 공간이 필요하시다면 제가 나가드리죠."

"아, 영국인이시면 이 모든 코미디 같은 일에 저항하는 북방 민족의 본능을 상식적으로 가지고 계시겠군요. 그렇다면 여기 주변에 위험한 인물 하나가 배회하고 있다는 사실을 증언할 때가 된 것 같습니다. 옛날에 미치광이 시인들의 그림에서 보듯이, 망토를 걸친 키 큰 남자죠."

록이 정중하게 말했다.

"글쎄요. 그런 특징으로는 많은 것을 판단할 수 없죠. 이 동네 사람들은 그런 망토를 흔히 두르니까요. 저녁이면 갑자기 한기가 밀어닥치거든요."

신부가 느긋하게 말했다.

버섯처럼 생긴 모자와 어설픈 분위기에서 풍겼던 첫 인상과는 전혀 다른 그 남자에게 록은 알 수 없는 묘한 의혹이 일기 시작했다. 그래서 다소 어두운 시선으로 따지듯 말했다.

"지금 망토만 가지고 얘기하는 게 아니죠. 그 사람의 전체적인 분위기가 뭔가 연기를 하듯이 부자연스럽더라는 얘기를 하는 거잖아요. 재수 없게 얼굴도 배우처럼 잘 생겼더군요. 부인, 실례지만 조언 한 마디 해드려도 될까요? 혹시 그 사람이 다가와서 귀찮게 하더라도 전혀 신경 쓰지 마세요. 남편께서 이미 여기 직원들한테 그 남자를 호텔 안으로 들여보내지 말라고 얘기는 해두었으니까요."

그때 히파티아가 갑자기 벌떡 일어나더니 두 손으로 머리를 감싸고 이내 얼굴을 가리며 흐느껴 울기 시작했다. 그리고는 잠시 몸을 떠는 것 같더니 또 별안간 미친 사람처럼 웃음을 터뜨렸다.

"아, 모두들 너무 웃기네요."

그녀는 내뱉듯 말을 하고는 휙 몸을 돌려 출입문으로 직진해 나가버렸다.

"저렇게 웃는 건 좀 히스테릭한 상태인 거죠."

록은 당황해 그렇게 말하고는 좀 멋쩍어하며 자그마한 신부를 쳐다보았다.

"아무튼 영국인이시면 이 다고 놈들을 상대해야 하니까 저한테 힘을 보태셔야 합니다. 아니, 그렇다고 해서 제가 앵글로색슨 족에 대해 허튼소리를 하고 싶지는 않지만, 그래도 역사라는 게 있잖습니까? 미국은 영국에서 문명을 들여온 거라고, 영국인들은 늘 주장하겠죠."

"자존심 상하지만, 영국은 다고 놈들한테서 문명을 받았다는 사실을 인정해야겠죠."

브라운 신부가 말했다.

또 한 번 신부가 자신의 말을 교묘하게 받아넘겼다는 느낌에 록은 기분이 나빠졌다. 그것도 은근슬쩍 회피하는 방식으로, 초점을 잘못 맞추면서 말이다. 록은 무슨 말인지 이해가 안된다며 거친 투로 말했다.

그러자 브라운 신부가 대답했다.

"그 사람이 다고인지 웝(Wop, 이탈리아 사람을 낮춰 부르는 속어)인지는 모르겠는데, 줄리어스 시저라는 사람이 있었죠. 칼에 찔려 죽은 사람 말입니다. 아시다시피 스페인 사람들은 항상 칼을 쓰죠. 또 우리 같은 작은 섬에 기독교를 들여온 아우구스티누스라는 사람도 있었어요. 사실 이 두 사람이 없었으면 우리 문명도 없었을 겁니다."

"그런 건 고대사죠."

록은 짜증이 나서 쏘아붙이듯 말했다.

"나는 근대사에 관심이 있어요. 내가 아는 건, 이 건달들이 우리나라에 이교 사상을 들여와서 기독교를 파괴하고 있다는 겁니다. 상식도 파괴하고 있고요. 전통적인 관습이나 사회질서나, 또 우리 조상들이 농촌에서 살아가는 방식들이나, 이 모든 것들이 아주 변해버렸어요. 걸핏하면 이혼을 하는 연예인들의 음란하고 자극적인 얘기들이 판치고 있으니 말이죠. 게다가 어리석은 아가씨들은 결혼을 마치 이혼하기 위한 과정 따위로 생각하게 돼버렸어요."

"정말 그렇습니다. 그 말씀엔 당연히 동의를 하죠. 그런데 몇 가지는 이해를 해야 됩니다. 그 남쪽 친구들이 그런 식의 잘못을 하는 경향이 있긴 하지만, 북쪽 사람들은 또 다른 식으로 잘못하는 게 있다는 사실을 알아야 된다는 거죠. 어쩌면 이런 환경이 사람들에게 단순한 로맨스에 불과한 것을 가지고 지나치게 중요한 것처럼 생각하도록 조장하는지도 모르겠어요."

로맨스라는 단어에 아가 록의 마음속에서 평생 끊이지 않는 어떤 의문이 솟구쳐 올랐다.

"로맨스는 딱 질색이에요!"

그는 앞에 있는 탁자를 두드리며 말했다.

"난 신문사에서 사십 년 동안 일하면서 온갖 쓰레기들 때문에 지겹도록 싸웠어요. 건달이 술집 여자와 도망쳐도 사랑의 도피니 하고 떠들어댔죠. 그런데 이젠 품위 있는 가문의 딸 히파티아 하드가 타락한 로맨스 때문에 이혼사건에 말려들겠군요. 그리고는 그게 왕실 결혼식이나 되는 것처럼 온 동네에 나

팔을 불어대겠죠. 그 미치광이 시인 로메인은 그녀 주위를 맴돌고 있고, 세상 사람들은 그런 놈을 또 주목할 겁니다. 영화 속에서 세기의 연인으로 묘사하는 그런 타락한 다 같은 놈을 말이죠. 그자를 아까 봤어요. 아주 스포트라이트를 받을 만한 얼굴이더군요. 지금 나는 품위와 상식을 지지합니다. 피츠버그에서 온 평범하고 정직한 포터가 가엾군요. 그는 브로커로서 자신의 가정을 지킬 권리가 있으니까요. 그 사람은 권리만 있는 게 아니라 그걸 지키기 위해 지금 싸우고 있어요. 지배인한테 그놈을 못 들어오게 하라고 소리 지르면서 말하는 걸 들었거든요. 교묘하고 살살거리는 여기 직원들한테도 신의 두려움을 알라고 경고해뒀을 겁니다."

"여기 지배인하고 직원들에 대한 얘기는 맞습니다. 그래도 그들만을 가지고 모든 멕시코 사람들을 싸잡아 판단할 수는 없죠. 당신이 말한 그 신사는 역정만 낸 게 아니라 전 직원을 자기편으로 만들려고 돈도 어느 정도 뿌렸을 것 같군요. 직원들이 문을 잠그면서 속삭이는 소리를 내가 들었거든요. 당신의 그 평범하고 정직한 친구는 돈이 많은 모양입니다."

브라운 신부가 태연하게 말했다.

"네, 그 사람 사업은 아주 잘 돌아갈 겁니다. 굉장히 유능한 사업가니까요. 그런데 그게 무슨 뜻이죠?"

"어쩌면 그 점이 당신에게 또 다른 생각거리를 제공해주지 않을까 싶어서요."

브라운 신부는 진지하게 말하고는 정중한 예의를 갖추며 그 자리를 떠났다.

록은 그날 저녁에 식사를 하면서 포터 부부를 아주 유심히 지켜보았다. 그리고 새로운 인상을 받았는데, 그들 부부의 평화를 위협하는 그 어떠한 방해물도 느껴지지 않았다는 것이다. 포터 자신도 상당히 강건해 보이는 면이 있었다. 처음에 록이 그를 봤을 때는 평범하고 수수하게 느껴졌지만 사실 그에게선 비극의 영웅이나 희생양에게서 볼 수 있는 어떤 아우라가 감돌고 있었던 것이다. 록은 그 점을 발견하고는 오히려 만족스러웠다. 포터는 이따금 불안하고 초조해보이기는 했으나 매우 진지하고 품위가 있는 모습이었다. 또한 그에게선 병을 앓고 난 후 회복 단계에 있는 것 같은 인상도 풍겼다. 흰머리가 드문드문 섞인 부드러운 머리칼은 좀 긴 상태였는데, 최근에 거의 신경을 쓰지 않고 그냥 방치해둔 것처럼 보였다. 턱수염 역시도 제멋대로 자라 있었다. 그는 한두 번 정도 좀 단호하고 신경질적인 말투로 히파티아에게 약 먹는 방법을 두고 불평을 늘어놓기도 했다. 하지만 정작 그의 불안함은 외부에서 닥쳐올 위험상황이라는 게 너무나도 분명했다. 그의 아내는 인내와 순종의 상징인 그리셀다(Griselda)처럼 현명하게 자신을 낮춰 남편의 비위를 맞춰주었다. 그러는 와중에도 그녀의 눈길은 시종 출입문과 셔터 사이에서 배회하고 있었다. 누군가의 침입에 대해 그녀는 얼핏 불안해 보였지만, 그건 내키지 않는 감정인지도 몰랐다. 록은 그녀의 독특한 감정 폭발을 봤던 터라, 그녀의 걱정이 진심에서 우러난 것이 아닐 수도 있다는 생각이 들었다.

결국 그날 밤에 희한한 일이 벌어졌다. 록은 늦게까지 잠을 자러 가지 않고 남아 있었는데, 가만 보니 브라운 신부가 로비의 오렌지나무 아래서 눈에 안 띄게 틀어박혀 평온하게 책을 읽고 있었던 것이다. 깜짝 놀란 록이 신부에게 가서 밤 인사를 하자 그는 별다른 대꾸 없이 응답만 했다. 록이 로비를 떠나 층계에 막 오르려던 순간이었다. 갑자기 출입문의 손잡이가 덜커덕 움직이며 누군가 두드리는 충격에 문이 흔들흔들 거렸다. 그리고는 어떤 물건으로 난폭하게 문을 때리면서 들여보내달라고 크게 고함치는 소리가 울려왔다. 록은 그 난폭한 소리가 알펜슈토크처럼 끝이 쇠붙이로 된 지팡이로 두드리기 때문일 거라고 생각했다. 그는 어둑한 로비를 돌아보았다. 호텔 직원들이 미끄러지듯 바쁘게 움직이며 문단속을 확인하고 있었다. 그러나 아무도 출입문을 열어주지 않았다. 록은 천천히 방으로 올라가서 급히 기사를 쓰기 시작했다.

그는 호텔의 포위공격에 대한 내용을 썼다. 그리고 그 장소의 사악한 분위기와 천박한 인테리어 수준에 대해 묘사한 다음, 신부의 교활한 작전에 대해서도 썼다. 또한 호텔 주변을 어슬렁거리며 먹이 찾는 늑대처럼 외쳐대는 누군가의 끔찍한 소리에 대해서도 묘사를 했다. 그러다가 문득 또다시 고함소리가 들리자 자세를 고쳐 앉았다. 그 소리는 길게 이어지는 휘파람 비슷했는데, 공모자의 신호인지 아니면 새가 짖어대는 러브콜인지, 도무지 알 수가 없어 그는 진저리가 났다. 얼마 후 소리가 잠잠해지더니 한동안 조용했다. 그는 긴장한 채 앉아 있다가 돌연 자리에서 일어났다. 또 다른 소리가 울려왔던 것이다. 휙 하는 소리, 탁탁 치는 날카로운 소리, 그리고 이어서 덜커덕거리는 소리가 잇달아 들렸다. 누군가가 창문에 뭔가를 던진 게 틀림없었다. 그는 긴장한 채 방을 나가 층계를 내려갔다. 아래층은 컴컴하고 아무도 없이 텅 비어 있었다. 작달막한 신부는 여전히 오렌지나무 밑에 앉아 램프를 켜둔 채 책을 읽고 있었다.

"꽤 늦게까지 안 주무시고 계시네요."

록이 지나가는 말투로 하자, 브라운 신부는 환하게 웃으며 그를 쳐다보고 말했다.

"내가 좀 무절제한 편이거든요. 이 소란스러운 밤중에 〈고리대금 경제학〉을 읽고 있으니 말이죠."

"이 문은 잠겨있군요."

록의 말에 신부가 대답했다.

"거기는 완전히 잠겼어요. 당신의 그 턱수염 친구가 단속을 아주 철저히 해놓았나 보죠. 그런데 그 친구 좀 시끄럽더군요.

저녁식사 때 보니까 좀 화가 난 것 같던데요."

"이런 야만스런 장소에서 어떤 막된놈이 내 가정을 파괴하려 든다면 누구라도 그렇게 반응하지 않겠어요?"

록이 신경질적으로 대꾸하자 브라운 신부가 말했다.

"남자들이 밖으로부터 가정을 잘 지키면서 안에서도 멋지게 만들려고 노력한다면 더할 나위가 없을 텐데 말이죠."

"아, 또 궤변을 늘어놓으시네요. 그 사람이 아내한테 투덜거렸는지는 모르지만, 그렇다 해도 정의는 그의 편입니다. 내가 보기에 당신은 교활한 개와 같군요. 이 일에 대해 뭔가를 많이 알고 있어 보이거든요. 이 악마 같은 곳에서 대체 무슨 짓이 벌어지고 있는 거죠? 왜 밤새 여기 앉아서 그걸 지켜보고 있는 겁니까?"

"글쎄요. 내 방을 필요로 할 것 같아서요."

브라운 신부가 인내심을 가지고 대답했다.

"필요하다니, 누가요?"

"사실 포터 부인이 필요하다고 했어요. 그래서 그녀한테 내 방을 빌려줬죠. 그 방은 창문을 열 수 있게 돼있거든요. 원하시면 가서 보세요."

브라운 신부는 퉁명하지만 명쾌하게 설명했다.

"우선 다른 일부터 하고 보죠."

록이 내뱉듯이 말했다.

"당신은 이 스페인 원숭이 소굴 같은 데서 즐기고 있는지 모르겠지만, 난 아직 문명과 일을 하고 있어요."

록은 그렇게 말하고 전화 부스로 성큼성큼 가더니 신문사에 전화를 걸어, 사악한 시인을 도와주는 사악한 신부가 있다며 그 이야기를 냅다 쏟아냈다. 그리고는 신부와 함께 그의 방으로 올라갔다. 신부가 촛불을 켜자 활짝 열린 창문이 보였다.

록이 창가로 달려갔을 때는 허접한 밧줄 사다리가 막 창문에서 떨어져 내리고 저 아래 잔디밭에서 한 남자가 웃으며 그것을 감고 있는 중이었다. 그 남자는 훤칠하고 얼굴이 가무잡잡했으며, 그 옆에서 금발 여인이 함께 웃고 있었다. 그녀의 웃음은 기이하면서도 끔찍할 정도로 순수하게 들렸다. 그리고 그 웃음소리는 그들이 컴컴한 덤불 속으로 사라질 때까지 구불구불 길이 난 정원에 울려 퍼졌다.

록은 최후의 심판에서 판결이라도 내리는 것처럼 정의감에 불타 잔뜩 굳은 얼굴로 브라운 신부를 돌아보았다.

"이제 미국 전체가 이 스캔들을 알게 되겠네요. 당신은 그녀가 곱슬머리 시인과 도망치도록 도와준 겁니다."

"맞아요. 난 그녀가 곱슬머리 연인과 도망치도록 도와줬죠."

"스스로를 예수의 성직자라고 하면서 범죄를 자랑하는군요."

"나는 몇 번이나 범죄에 얽힌 적이 있어요. 그런데 다행히도 이번엔 범죄가 없는 사건이네요. 이건 그냥 단순한 난롯가의 동화 같은 얘기죠. 화목한 가정 얘기로 끝나는"

신부가 느긋하게 설명했다.

"게다가 교수대의 밧줄이 아니라 밧줄 사다리로 끝나는군요. 그녀는 결혼한 사람 아닌가요?"

"아, 맞습니다."

브라운 신부가 대답했다.

"그러면 남편과 함께 있어야 하는 거 아닙니까?"

록이 따지듯이 물었다.

"맞습니다. 그녀는 남편과 함께 있어요."

록은 분노가 치밀어 올랐다.

"거짓말 마세요. 그 불쌍한 작은 남자는 아직 침대에서 코를 골고 있겠죠."

"그 사람의 사생활에 대해 많이 아는 모양이죠. 턱수염 기른 남자의 삶에 대해 글을 써도 되겠군요. 근데 당신이 그에 대해 모르는 게 딱 하나 있어요. 바로 그의 이름이죠."

브라운 신부는 록이 가엾다는 듯이 말했다.

"그게 무슨 소리죠? 그 사람 이름이 객실 명부에 적혀 있는데요."

록이 소리치자, 신부는 차분하게 고개를 끄덕이며 대답했다.

"알고 있어요. 아주 큰 글자로, 루델 로메인이라고 적혀 있죠. 여기서 그 사람을 만난 히파티아 포터는 그와 사랑의 도피를 하면서 그 밑에다 대담하게도 자기 이름을 적어 넣었어요. 그리고 그녀의 남편이 여기까지 그들을 쫓아와서 자기 이름을 그 밑에다 적었어요. 보란 듯이 그녀 이름 밑에다 딱 붙여서 말이죠. 그러자 로메인이 호텔의 멍청이들을 매수해서 아예 문을 잠가버리게 한 겁니다. 그는 유명한데다가 아주 돈이 많은 사람이니까요. 사람들을 싫어하고 경멸하기까지 하죠. 그는 오히려 히파티아의 합법적인 남편을 쫓아내게 했어요. 그리고 나는 당신 말마따나 그가 들어오도록 도왔고요."

신부의 말대로라면 모든 것이 거꾸로 뒤집혀버렸다. 꼬리가 개를 흔들고, 물고기가 어부를 잡는다. 또 지구가 달 주위를 돈다. 록은 그 말이 사실이냐고 묻기까지 꽤 시간이 걸렸다. 그는 신부의 말이 진실과는 정반대되는 얘기라고 여전히 생각하고 싶었다. 록이 겨우 입을 열었다.

"그 작달막한 남자가 기사에 늘 나오는 그 바람둥이 루델이고, 저 곱슬머리 친구가 피츠버그의 포터 씨라는 얘기는 아니겠죠?"

"바로 그거에요. 나는 그 두 사람을 보자마자 알아챘거든요. 물론 확인은 나중에 했지만."

록은 골똘히 생각하다가 다시 물었다.

"신부님 말이 맞는 것 같군요. 근데 어떻게 얼굴만 보고 그렇게 눈치를 채셨죠?"

브라운 신부는 약간 멋쩍은 표정을 지었다. 그는 의자에 파묻힌 채 잠시 허공을 바라보다가, 그 동그랗고 엉뚱해 보이는 얼굴로 빙긋이 미소를 지어보였다.

"글쎄요, 보다시피 나는 로맨틱한 사람이 아니거든요."

"신부님이 어떤 분인지 전혀 모르겠는데요."

록이 여전히 퉁명스럽게 말하자 신부는 그를 다독이듯 설명했다.

"로맨틱한 사람은 당신이에요. 당신은 좀 시적인 외모를 가진 사람을 보면 그가 시인일 거라고 쉽게 믿어버리죠. 근데 시인들 대부분이 어떻게 생겼는지 아시나요? 19세기 초에 우연히도 아주 잘생긴 귀족 시인이 세 사람이나 있었어요. 그 때문에 이런 황당한 편견이 생겼던 겁니다. 바이런과 괴테와 셸리였죠! 보통 글 쓰는 사람들을 보면 전혀 잘 생기지 않았거든요. '아름다움이 내 입술에 포개져 격렬하게 타오르는 그녀의 입술에 있네.'라고 쓰든, 뭐라고 쓰든 말이죠. 게다가 세상에 널리 명성이 높은 작가들은 대체로 나이가 아주 많거든요. 와츠 던턴(Watts Dunton 1832-1914)은 스윈번(Swinburne, Algernon Charles 1837-1909)의 머리카락을 풍성하다고 썼지만, 사실 스윈번은 미국과 호주의 마지막 추종자들이 그의 히아신스 같은 머리타래에 대해 듣기 전에 이미 대머리가 되어 있었다고 하죠. 단눈치오도 마찬가지였어요. 로메인은 사실 가까이서 보면 알겠지만 아직 금발이에요. 무척 지적으로 보이죠. 하지만 다른 많은 지적인 사람들이 그렇듯이 그 또한 불행히도 어리석은 사람인 것 같군요. 그 사람은 이기적인 데다 늘 소화가 안 된다고 투덜거리면서 스스로 문제를 키웠어요. 그래서 대담하게도 그런 남자와 함께하려고 했던 미국 여인은 결국 하루 이틀로 충분하다는 걸 깨닫게 됐죠. 시인과 사랑의 도피를 하면 뮤즈와 함께 올림포스에 날아오를 줄 알았던 겁니다. 그러던 차에 남편이 뒤를 쫓아와서 사태가 커지니까 잘됐다고 생각한 거죠. 남편한테 돌아가는 게 말이죠."

"근데 그녀의 남편이 그렇게 하는 것에 대해 아직도 이해가 안 되는데요."

록이 물었다.

"아, 요즘 연애소설을 너무 많이 읽으셨군요."

브라운 신부는 그의 항의를 이해하겠다는 듯이 눈을 반쯤 감았다.

"어떤 야성적이고 아름다운 여자가 증권가의 늙은 바람둥이하고 결혼하는, 그런 소설이 많다는 건 나도 알고 있어요. 왜 그럴까요? 그건 정말 현대소설이라고 하기엔 시대를 역행하는 꼴이죠. 그런 일이 절대로 일어나지 않는 건 아니겠지만, 요즘은 확실히 거의 없는 것 같아요. 여자가 실수를 하지 않는 한 말이죠. 요즘 여자들은 연애결혼을 하거든요. 히파티아처럼 온실에서 자란 여자는 특히 그렇죠. 그럼 누구와 결혼을 할까요? 그렇게 아름답고 부유한 여자한텐 눈독 들이는 남자가 한 트럭은 있을 텐데, 그중에서 누굴 택하겠어요? 기회는 백 명 중 한 사람에게만 있는데, 댄스파티나 테니스 모임에서 만날 테고, 그중 젊고 가장 잘 생긴 청년에게 있겠죠. 사업가들은 미남들도 더러 있어요. 포터라는 젊은 신이 그녀 앞에 등장한 이상, 그가 브로커든 도둑이든 그녀는 상관하지 않았겠지만, 이 상황에서 당신에겐 그가 브로커라는 편이 좀 더 용납하기 쉽겠죠. 또 그 사람 이름이 포터라는 것 말인데요, 당신은 지나치게 로맨틱한 사람이라서 젊고 잘생긴 남자는 포터라는 이름을 가질 리가 없다는 선입견을 갖고 있고, 거기서 모든 것이 시작된 겁니다. 내 말을 믿으세요. 이름이라는 게 늘 그렇게 어울리는 건 아니니까 말이죠."

잠시 침묵이 흐르다 록이 말했다.

"그럼, 그 후엔 무슨 일이 일어난 겁니까?"

브라운 신부는 소파에 파묻혀 있다가 불쑥 일어났다. 촛불에 비친 그의 모습이 벽과 천장에 그림자를 만들어, 갑자기 방이 바뀐 것 같은 느낌을 주었다.

신부가 중얼거리듯 말했다.

"아, 그 부분은 사악해요. 정말 사악하죠. 정글에 사는 늙은 인디언 악마보다 훨씬 나빠요. 당신은 내가 이 라틴 아메리카 사람들의 느슨한 방식에 대해서 무턱대고 옹호한다고 생각했겠죠. 글쎄요, 당신은 참 묘한 점이…."

그는 안경 쓴 눈을 올빼미처럼 껌벅이면서 말을 이어갔다.

"정말 묘한 건, 당신이 어떤 면에선 옳다는 겁니다. 당신은 로맨스를 하찮게 여기는데, 나는 순수한 로맨스를 위해서라면 한 번 싸워보고 싶어요. 젊은 시절 한때가 지나가면 그런 기회는 정말로 거의 안 일어나니까 말이죠. 지적인 우정은 피하는 게 좋다고 말하고 싶군요. 플라토닉 러브를 멀리하고, 자기실현과 다른 것을 추구하기 위한 지나치게 높은 목표도 멀리하는 게 좋다고 말하고 싶어요. 그리고 그런 일에 따르기 마련인 위험을 감수할 줄 알아야죠. 자존심이나 자만심 또는 명성 때문에 사랑이 아닌 사랑을 선택하지 마세요. 우리가 싸워야 하는 건 사랑을 위해서죠. 그 사랑이 설사 육체적 탐닉의 사랑이라 할지라도 말입니다. 의사들이 아이가 홍역에 걸릴 걸 알듯이, 신부들은 젊은이가 열정에 빠져들 것을 알죠. 하지만 히파티아 포터는 곧 마흔이고, 그 자그마한 시인이 자신을 광고해줄 사람이 아니었다면 그에게 관심도 없었을 겁니다. 그게 포인트죠. 그는 그녀를 광고해준 사람이었을 뿐입니다. 그녀를 망친 건 되레 당신네 신문들이죠. 스포트라이트를 받고, 신문에 이름이 실리고, 그게 스캔들이라 할지라도 정신적 만족이 되고 우월감을 느낄 수만 있다면 그러고 싶었던 겁니다. 알프레드 뮈세와 얽힌 불멸의 조르주 상드가 되고 싶었던 거죠. 열렬한 로맨스는 젊은 시절에 끝났고, 이제 그녀를 유혹한 것은 중년의 타락이었어요. 지적인 야심이라는 타락이었죠. 그녀에게 지적인 면은 없지만, 명성을 얻기 위해 반드시 지적일 필요는 없으니까요."

"한 가지 면에서는 정말 머리가 좋은 여자군요."

록이 나름대로 평을 내렸다.

"네, 한 가지 면에서는 그렇죠."

브라운 신부가 대답했다.

"오직 한 가지 면에서만 그렇습니다, 바로 사업적인 면에서. 저 로비에서 노닥거리는 한심한 다고 놈들하고는 아무 상관도 없는 일이죠. 당신은 영화배우들을 싫어하고 로맨스는 지겹다고 말하는데, 다섯 번째 결혼을 하는 영화배우가 로맨스 때문에 잘못 판단한 거라고 생각하나요? 그런 사람들은 오히려 아주 현실적이죠, 당신보다 더욱 더. 당신은 단순하고 강인한 사업가를 본받고 싶다고 말했죠. 루델 로메인이 사업가가 아닌 것 같나요? 그녀와 마찬가지로 그 역시도 유명한 미인과 스캔들이 터지면 광고가 된다는 속셈을 계산하지 않았을까요? 게다가 그는 자신의 상황이 아주 위험하다는 것도 잘 알고 있었어요. 그래서 고함을 지르고 문을 잠그도록 돈을 뿌린 겁니다. 근데 사실 내가 말하고 싶은 건, 사람들이 타락을 두둔한다거나 또는 죄인 취급하지 않는다면 스캔들이 훨씬 덜 일어나지 않겠냐는 거예요. 이 가련한 멕시코 사람들이 때로는 짐승처럼 사는 것 같고 또 때로는 인간적인 죄를 저지르면서 사는 것처럼 보일지 몰라도, 이 사람들은 적어도 허세를 쫓지는 않습니다. 그 점은 내가 보증할 수 있어요."

그는 일어날 때와 마찬가지로 갑자기 다시 자리에 앉으며 미안하다는 듯이 웃었다.

"자, 기자양반, 내가 아는 건 이게 전부에요. 내가 어떻게 사랑의 도피를 도왔는지, 그 소설 같은 얘기의 전부라고요. 이제 원하는 대로 하세요."

록이 일어나면서 말했다.

"그럼, 일단 방으로 가서 기사를 좀 고쳐야겠습니다. 그리고 우선 신문사에 전화를 걸어 제가 그동안 거짓말만 한 보따리 늘어놓았다고 말해야겠어요."

록이 신문사에 전화를 걸어, 브라운 신부가 그 여성이 시인과 도망치도록 도와주었다고 말한 시점부터, 다시 전화를 걸어 사실은 신부가 시인이 그런 짓을 못하도록 막았다고 말하기까지는 30분도 지나지 않았다. 그런데 그 짧은 시간 동안 브라운 신부의 스캔들이 터지고 확대되고 바람에 실려 퍼져나갔다. 그러나 진실은 여전히 그 30분 사이에 있으며, 언제 어디서 그 진실이 드러나게 될지는 아무도 알 수 없었다. 신문기자들의 숙덕거림과 적들의 희망사항은 첫 번째 스토리가 인쇄되기도 전에 온 도시에 그 이야기를 퍼뜨렸다. 록이 곧바로 두 번째 기사를 쓰면서 진짜 스토리가 어떻게 끝났는지를 바로잡았지만, 첫 번째 스토리를 잠재우지는 못했다. 대부분의 사람들이 첫 번째 기사만 읽고 두 번째는 읽지 않은 것 같았다. 타고 남은 재에서 불티가 튀어 오르듯이 '브라운 신부의 스캔들' 또는 '신부가 포터 부부를 갈라놓다' 같은 기사들이 여기저기서 몇 번이나 쏟아져 나왔다. 신부들 모임에서는 그 사태를 지켜보고 확인해 반박하며 항의편지를 보내기도 했다. 그런 편지들은 때로 신문에 실렸고, 때로는 실리지 않았다. 그러나 여전히 수많은 사람들은 반쪽짜리 이야기만 알고 있었다. 이 멕시코 스캔들이 화약 음모사건 같은 역사적 사건인 줄로만 아는 순진한 사람들이 얼마나 많은지, 그 사람들로 건물 하나를 채울 수 있을 정도였다. 언젠가는 그들을 깨우쳐주는 사람이 나타나겠지만, 그렇다고 하더라도 절대 속아 넘어가지 않을 것 같은 몇몇 교육받은 사람들 사이에서도 그 반쪽짜리 이야기는 또다시 고개를 내밀 것이다.

그런 식으로 두 사람의 브라운 신부는 서로의 뒤를 쫓으며 언제까지나 세상을 돌아다니는 것이다. 첫 번째 인물은 정의를 배반하고 수치심도 없는 범죄자이며, 두 번째 인물은 명예회복의 후광을 쓰고 놀림과 비난에 상처 입은 순교자인 것이다. 하지만 그 어느 쪽도 진짜 브라운 신부와는 거리가 멀다. 상처라곤 입지 않고, 튼튼한 우산을 든 채 터벅터벅 자신의 길을 걸으며, 어디서든 마주치는 사람을 반가워하고, 세상을 친구로 여기지만 결코 재판관으로는 여기지 않는, 그 사람이 진짜 브라운 신부이다.

시저의 머리

브롬턴인가 켄싱턴인가, 아무튼 높은 집들이 끝없이 늘어선 곳이 있었다. 고급 주택이긴 하지만 비어있는 집들이 많아 마치 언덕배기에 묘비가 줄지어 서있는 것 같았다. 집집마다 음침한 현관으로 올라가는 계단이 피라미드 옆 면 만큼 가파르게 나있었다. 혹시 미라가 문을 열어주는 것 아닐까 두려울 정도로 노크하기도 망설여지는 그런 집들이었다.

그곳 잿빛 저택들을 보면 가슴이 답답할 지경이었다. 왜냐하면 거의 같은 집들이 끝도 없이 지루하게 계속 이어져 있기 때문이었다. 만일 그곳을 지나가는 행인이 있다면 그는 그렇게 영원히 가다가 끝나거나 아니면 절대로 모퉁이에 닿을 수 없을 거라고 생각할 것이다.

그러나 딱 한 곳 예외는 있었다. 아주 작은 곳인데, 행인이 자기도 모르게 환성을 지를 만한 변화가 있는 곳이다. 높은 두 저택 사이로 마구간 비슷한 곳이 있었는데, 그야말로 매우 좁은 샛길 같은 곳이었다. 그래도 작은 술집 하나가 들어설 수 있을 만큼의 공간은 되었다. 부자들이 자기네 마부들에게 이런 가게를 낼 수 있도록 허락하는 것이었다. 그 술집은 아주 작고 볼품없지만 의외로 즐거워 보이고, 또한 그다지 상대할 가치가 없는 곳이라서 그런지 뭔가 자유롭고 유쾌한 기분마저 느껴졌다. 그곳은 마치 거대하게 세워져 있는 돌로 만들어진 거인들의 발밑에서 등불을 켜고 있는 난쟁이들의 집처럼 보였다.

가을이 깊어가는 어느 저녁 시간에 그곳을 지나가본 사람이라면 그 작은 집 안에서 누군가가 반쯤 가려져 있던 붉은색 커튼을 살짝 열고 밖을 내다보는 장면을 보았을 것이다. 그 사람의 얼굴은 천진난만한 도깨비처럼 보였다. 그런데 어찌된 영문인지 그는 바로 이상할 것도 없는 브라운이라는 신부였다. 전에는 에식스의 콥홀에서 주교로 일했으나 지금은 런던에서 살고 있다. 그와 마주 앉아있는 사람은 친구이자 탐정인 플랑보라는 사람이었다. 그는 방금 조사한 주변 사건에 대해 기록을 하고 있었다.

두 사람 사이의 작은 테이블이 창문 가까이에 놓여있기 때문에 방금 신부가 커튼을 열고 밖을 내다보았던 것이다. 그는 어떤 사람이 창문 앞을 지나갈 때까지 기다렸다가 커튼을 다시 닫았다. 그리고는 유리창 저 위에 흰색으로 써진 글씨를 흘 끗 쳐다보고는 옆 테이블을 바라보았다. 그곳엔 맥주와 치즈를 앞에 놓은 노동자와 우유를 마시고 있는 빨강머리 젊은 여인이 앉아 있었다. 플랑보가 수첩을 덮자 브라운 신부는 소곤거리듯 조용히 말했다.

"십 분쯤 시간 있으면 저 가짜 코 남자를 좀 미행해주면 좋 겠군요."

플랑보가 놀라며 쳐다보았다. 빨강머리 여인도 놀라 쳐다보 았는데, 그저 단순히 놀란 것만은 아닌 묘한 태도를 보였다. 그 녀는 갈색 천으로 된 수수한 옷을 입고 있었다. 그리고 예의 있 는 숙녀처럼 행동했는데, 자세히 보면 상당히 오만한 숙녀인 것 같았다. 플랑보가 물었다.

"가짜 코 남자라고요! 뭐 하는 사람일까요?"

"나도 전혀 모르겠어요. 그러니까 당신이 좀 알아봐줘요. 그 남자는 지금 저쪽으로 갔어요."

브라운 신부는 어깨 너머로 손짓을 해보였다. 흔히 하는 아 주 조심스러운 동작이었다.

"아직 가로등 세 개는 안 지났을 거예요. 어느 방향으로 갔 는지 그것만 알면 돼요."

플랑보는 잠시 망설임과 의구심이 뒤섞인 묘한 표정으로 신 부를 쳐다보았다. 그리고는 결정을 했는지 자리에서 벌떡 일어나 술집의 작은 출입문으로 큰 몸집을 비집듯이 밖으로 나가 어둠 속으로 사라졌다.

브라운 신부는 주머니에서 수첩을 꺼내 들고 읽기 시작했다. 빨강머리 여인이 자신의 테이블 앞에 와있었지만 눈치 채지 못한 척 했다.

이윽고 그녀가 몸을 앞으로 기울이며 나지막이 힘주어 물었다.

"신부님은 어떻게 저 남자의 코가 가짜라는 걸 아셨어요?"

브라운 신부는 무거워 보이는 눈꺼풀을 치켜들었다. 그리고 난처하다는 듯 눈을 껌벅거리며 유리창에 써진 흰색 글씨를 슬쩍 바라보았다. 젊은 여인도 신부의 눈길을 쫓아 그 글씨를 쳐다보았지만 그게 뭔지 전혀 모르겠다는 태도였다.

신부가 그녀의 표정을 보고는 대답하듯 말했다.

"그런 뜻이 아니에요. 저건 'SELA'라고 읽는 게 아니에요. SELA는 성서의 시편에 나오는데, 나도 저걸 무심코 쳐다보면서 그렇게 읽었어요. 그런데 가만 보니까 저 글씨는 'ALES(맥주)'라고 씌어있는 거예요."

젊은 여인은 눈을 동그랗게 뜨며 물었다.

"네, 그렇군요. 그런데 저게 왜 그렇게 중요하죠?"

브라운 신부는 여기저기 훑어보더니 얇은 천으로 된 그녀의 옷소매를 유심히 들여다보았다. 거기엔 잘 디자인되어 실로 누벼진 부분이 있었는데, 그건 평범한 노동자의 옷이 아니라는 것을 나타내고 있었다. 그건 오히려 미술을 공부하는 숙녀의 작업복에 가까웠다. 신부는 그걸 보고 뭔가 생각할 거리를 발견한 것 같았다. 하지만 그는 느려터지다시피 더듬거리며 대답했다.

"네, 들어보세요, 아가씨. 이 술집은 겉으로 보기엔… 물론 부도덕한 곳은 절대 아닙니다. 그러나 당신 같은 숙녀들은 대부분 이런 곳에 드나들지 않죠. 아마도 스스로 올 일은 분명 없을 겁니다. 다만…"

"다만?"

그녀는 얼른 듣고 싶어 했다.

"다만 우유를 마시려고 온 게 아닌 몇몇 불행한 사람들의 경우는 예외지요."

"굉장히 이상한 분이시네요. 왜 그런 생각을 하시게 됐죠?"

브라운 신부가 조용히 말했다.

"당신을 불편하게 하려는 건 아니고 반대로 도움이 돼드리고자 사전 정보를 알려드린 겁니다. 물론 도움을 원하시지 않는다면 상관은 없습니다만."

"어째서 제가 남의 도움을 받아야 하나요?"

신부는 마치 행복에 젖은 듯 설명을 이어갔다.

"당신이 이 집에 들어온 이유는 평범한 사람들이나 제자를 만나기 위해서가 아닙니다. 그런 이유라면 호텔 로비로 가셨겠죠. 품위 있는 분이니까요. 우선, 당신은 전혀 나쁜 인상이 아닙니다. 그런데 기분은 좀 찝찝해 보이는군요. 여기 길은 끝없이 한길로만 이어져 있고 중간에 빠지는 길도 없는데다가 양쪽 집들은 전부 다 문이 닫혀있습니다. 근데 좀 전에 어떤 남자가 지나가는 것을 봤어요. 그래서 곰곰이 생각해봤더니, 당신은 누군가가 뒤쫓아 오니까 그 사람을 피하고 싶은데 딱히 숨을 만한 곳도 없고 해서 이곳으로 갑자기 뛰어 들어왔던 겁니다. 그렇게밖엔 생각이 안 들더군요.

당신이 들어오고 나서 이 앞으로 지나간 사람은 그 남자밖에 없었어요. 그래서 내가 그 사람을 쳐다본 건 별로 이상할 것도 없었죠. 근데 그 남자가 어딘지 모르게 좀 떳떳해 보이지 않더군요. 당신은 무척 착해 보이는데 말이죠. 그래서 만일 그가 당신을 해치기라도 한다면 도와드리려고 생각했던 겁니다. 다른 건 없어요. 좀 전에 나간 내 친구는 곧 돌아오겠죠. 이런 동네에서는 아무리 돌아다녀봐야 못 찾아낼 테니까요. 틀림없습니다."

"그런데 왜 그분더러 나가서 찾아보라고 하셨죠?"

그녀는 몸을 앞으로 내밀었다. 무척 흥미가 끌리는 모양이었다. 그러나 성급하고 오만한 태도였다. 그녀의 불그스름한 얼굴과 오똑한 콧날과는 그래도 잘 어울려 보였다. 그리고 보니 마리 앙투아네트를 닮은 모습이었다.

브라운 신부는 이제야 빨강머리 여인의 얼굴을 제대로 쳐다보며 말했다.

"당신이 나한테 말을 건네도록 하기 위해서였죠."

그녀는 얼굴이 불그레해지며 신부를 쳐다보았다. 언짢은 감정이 깃들어 있었던 것이다. 게다가 불안한 마음도 어느 정도 엿보였다. 하지만 눈과 입 꼬리를 살짝 올리며 장난스럽게 대답했다.

"저한테 그렇게 말을 시키고 싶었다면 제 질문에 대답해주시겠군요?"

그녀는 말을 잠시 멈추고 나서 한숨을 내쉬었다.

"아무튼 그 사람의 코가 가짜라는 걸 어떻게 아셨어요?"

브라운 신부는 자신 있게 대답했다.

"밀랍은 이런 날씨엔 아주 반짝거려 보이거든요. 아까 봤듯이 말이죠."

"그렇지만 굉장히 꼬부라진 코였는데요."

빨강머리 여인의 말에 신부가 빙긋이 웃었다.

"그러니까 그게 미남으로 보이려고 붙인 코가 아닌 거죠. 분명히 남들한테 보여주려고 붙였을 겁니다. 자기의 진짜 코가 아주 잘생겼기 때문이겠죠."

"그럴 필요가 있을까요?"

"글쎄요…. 이런 노래가 있어요."

브라운 신부는 아주 행복한 표정을 지으며 말했다.

"마음이 비뚤어진 한 남자가 있었다네, 그가 걸어간 길도 비뚤어져 있었다네. 이런 노래 말이죠. 아까 그 남자도 어딘지 모르게 옳지 않은 길을 걷고 있는 것 같더군요. 아마도 꼬부라진 코 방향으로 가다보니 그만 비뚤어진 길로 들어선 게 아닌가 싶습니다."

여인은 몸을 부르르 떨었다.

"그럼, 그 남자가 무슨 짓을 저질렀다는 얘긴가요?"

신부가 조용히 대답했다.

"자백을 강요할 생각은 없지만, 그 사람에 대해서는 아무래도 나보다 당신이 여러모로 많이 알고 있겠죠."

그녀는 화들짝 놀라 일어서더니 신부 앞에 버티고 섰다. 두 주먹을 불끈 쥐고 있어서 그대로 뛰어나갈 것만 같았다. 그러나 잠시 후 주먹이 느슨해지며 다시 자리에 앉았다. 그리고는 단념한 듯 나지막이 말했다.

"신부님처럼 이상한 사람은 정말 처음 봤어요. 그런데 이상하면서도 뭔가 신념이 있는 것 같거든요."

"가장 무서운 건 신념 없이 헤매는 것입니다. 그러니까 무신론자는 밤마다 악몽에 시달리는 거죠."

결심한 듯 빨강머리 여인이 털어놓았다.

"전부 다 설명할게요. 그런데 왜 이런 결심을 하게 됐는지는 말씀드릴 수 없어요. 저도 알 수 없으니까요."

그녀는 여기저기 꿰매진 테이블보를 탁탁 치면서 말하기 시작했다.

"신부님은 속된 것과 속되지 않은 것을 구별하실 수 있는 능력이 있겠죠. 그러니까 우리 집안이 좀 전통 있는 가문이라고 말씀드려도 이게 그냥 이야기에 필요한 전제이기 때문이라는 걸 이해해주실 것으로 알겠습니다. 지금 저한테 닥친 이 위험의 근본 원인은 사실 제 오빠가 자존심을 부리면서 냉정한 생각을 갖고 있기 때문에 생긴 거예요. '높은 신분에는 그만큼 의무가 따른다.'는 대대로 내려오는 말이 있잖아요.

제 이름은 크리스타벨 카스테어즈이고, 아버지는 신부님도 들어보셨는지 모르겠지만 로마화폐 수집으로 유명한 카스테어즈 컬렉션을 만든 카스테어즈 대령입니다. 아버지에 대해서는 어떻게 설명해야 할지 모르겠어요. 그냥 로마화폐와 비슷한 사람이었다고 할까요. 잘 생긴 얼굴에 순수하고 귀하고, 금속처럼 좀 차가운 분위기도 있고, 그야말로 로마화폐랑 아주 비슷했어요. 그러니까 시대에 뒤떨어진 점까지 똑같았죠. 아버지는 심지어 가문보다도 자신의 수집품을 더 자랑스러워했어요.

아버지의 특이한 성격은 그의 유언장에서 가장 잘 드러났어요. 자식은 아들 둘에 딸 하나였는데, 큰아들인 제 오빠 자일즈와 한바탕 싸우고는 그에게 재산을 약간 줘서 오스트레일리아로 쫓아버렸어요. 그리고는 둘째 아들 아서한테 첫째 아들보다 조금 적은 연금과 카스테어즈 컬렉션 모두를 물려주겠다는 유언장을 만들었습니다. 아서가 효자에다 정직하고 케임브리지에서 수학과 경제학을 공부해 우수한 성적으로 졸업한 것에 대해 보상을 해준 거죠. 그리고 저한테는 모든 재산을 남겨주었습니다. 아마도 저를 애처롭게 여기셨나 봐요.

아서가 아버지의 유언장에 불만을 가졌다고 해도 이상할 건 없었어요. 어쨌든 아서는 아버지와 굉장히 닮았어요. 어릴 때는 별로 닮은 데가 없었는데, 컬렉션을 물려받고 나서는 마치 이교도 사제가 신전에 일생을 바치듯이 완전히 거기에 빠지더군요. 아버지가 옛날에 그랬듯이 무슨 우상숭배라도 하는 것처럼 아무 가치도 없는 로마 동전하고 카스테어즈 가문의 명예를 혼동하는 겁니다. 로마화폐를 잘 간수하려면 로마인의 모든 덕을 갖춰야만 한다고 믿을 정도였죠.

아버지는 정말로 아무 취미도 없이 가진 돈을 전부 다 컬렉션에 쏟아 붓고 오로지 로마화폐를 위해 살았습니다. 식사 자리에 옷도 갈아입지 않고 오는 경우도 종종 있었어요. 후줄근한 갈색 가운을 걸치고 누르스름한 종이뭉치들 사이로 어슬렁거리며 돌아다니는 거죠. 그 종이뭉치들은 아무도 손댈 수 없었어요. 아서도 실내복에 두꺼운 끈을 묶고, 게다가 하얀 피부에 늘씬하고 품위가 있어서 마치 옛날의 금욕적인 수도사처럼 보이기도 했습니다. 그러다가 가끔은 완벽한 신사 차림으로 나타나기도 했는데, 그건 카스테어즈 컬렉션 때문에 물건을 사러 런던에 갈 때뿐이었어요.

신부님이 젊은 사람들의 마음을 이해하신다면 제가 이런 집의 환경 속에서 미쳐버릴 것 같았다고 해도 별로 놀라시지 않을 겁니다. 물론 고대 로마인들이 나쁘다는 얘기는 아닙니다. 하지만 저는 아서 오빠와는 다릅니다. 즐기면서 살지 않고는 못 견디는 성격이죠. 저의 이 빨강머리는 어머니한테서 물려받은 것이고, 또 로맨틱하고 덜렁거리는 기질도 물려받았어요. 자일즈 오빠도 비슷했어요. 그도 늘 화폐에 둘러싸인 그런 분위기를 못 견뎌했죠. 그러다가 한번은 나쁜 짓을 저질러서 감옥에 갈 뻔도 했어요. 저도 마찬가지로 나쁜 일을 저지른 적이 있었는데, 그건 곧 말씀드리겠습니다.

우선 너무나 어이없는 이야기부터 시작해볼게요. 신부님은 워낙 지적인 분이시니까 저처럼 이런 집안에서 제멋대로 자란 열일곱 살 애가 거기서 벗어나려고 어떤 짓을 했을지 대충 짐작하실 수 있을 겁니다. 그런데 저는 지금 그때보다 더 혼란스러운 상황에 빠져있고, 그러다 보니 제 자신이 어떤 감정 상태에 있는지 알 수가 없습니다. 제가 그때 장난연애로 생각하고 너무 가볍게 여겼던 건지, 아니면 실연을 참고 견뎠던 건지, 지금 생각해봐도 전혀 모르겠어요. 그 당시에 저희는 웨일스 남부의 해수욕장 근처에서 살고 있었어요. 그리고 이웃에 퇴역한 해군대령 집이 있었는데, 그 집 아들이 저보다 다섯 살 위였습니다. 자일즈가 아직 오스트레일리아로 떠나기 전에 그 집 아들과 친구로 지냈거든요.

이름은 굳이 말 안 해도 되겠죠. 하지만 뭐, 숨기지 않고 다 말하겠다고 약속했으니까 얘기할게요. 그 사람 이름은 필립 호커에요. 우리는 늘 함께 새우를 잡으러 나가곤 했어요. 서로 사랑한다고 직접 말하기도 했고, 또 마음속으로도 그렇게 생각하고 있었어요. 적어도 그는 말로 표현했고, 저는 마음속으로 생각하는 편이었죠. 그 사람의 머리카락은 구릿빛에 풍성했고, 얼굴은 바닷바람에 그을려서 그런지 좀 사납게 보였어요. 왜 이런 얘기를 하냐면, 아무래도 이 부분을 빠트릴 수 없기 때문입니다.

그때도 여름 오후였는데, 저는 필립이랑 같이 바닷가로 새우 잡이를 가기로 약속하고 좀 초조한 마음으로 거실에 서서 기다리고 있었어요. 그리고는 아서가 시내에서 막 사온 화폐 꾸러미를 풀어 그 중 몇 개씩 들고 뒤쪽 어두운 보관실로 옮겨가는 것을 바라보고 있었습니다. 그게 다 끝나고 아서가 무거운 문을 쾅 닫고 서재로 들어가자, 저도 얼른 새우 잡이 그물하고 커다란 검은 모자를 들고 몰래 빠져나오려고 했어요. 그때 문득

창 옆 의자 위에서 반짝거리고 있던 화폐 하나가 눈에 띄었는데, 그건 아서가 잊어버리고 거기다 놔둔 거였어요. 그게 청동화폐였는데, 거기에 새겨진 시저 머리의 로마 코 곡선이나 늘씬한 목이나 그리고 색깔이나 모든 게 다 필립 호커와 비슷했습니다. 그때 생각이 났는데, 자일즈가 언젠가 한번 그런 얘기를 해준 적이 있었어요. 필립과 꼭 닮은 얼굴이 새겨진 화폐가 있다고 말이죠. 필립도 그 얘기를 듣고는 무척 갖고 싶어 했죠. 그래서 제가 바로 눈앞에서 그걸 보고는 얼마나 놀랐는지, 그리고 머릿속으로 어떤 어리석은 생각이 마구 요동쳤는지, 신부님은 아마 상상하실 수 있을 거예요.

그건 마치 천사가 내려준 선물 같았어요. 순간 머릿속에 엉뚱한 생각이 떠오르더군요. 그것을 가지고 필립한테 가서, 약혼 선물이라고 하면 좀 뭐하지만 아무튼 선물로 주면 그게 우리 둘 사이에 영원한 끈이 될 거라는 생각 말이죠. 그런데 문득, 내가 지금 무슨 생각을 하고 있지, 하고 정신을 차려보니까 발밑에 커다란 구멍이 뻥 뚫려있는 것 같더라고요. 그리고 만일 아서한테 들키기라도 하면 어떻게 될까 생각해보니까 이건 마치 뜨거운 쇠를 만지는 것처럼 도저히 견딜 수가 없었어요. 카스테어즈 집안에서 도둑이 나온다는 게, 그리고 훔친 물건이 이 집안의 보물이라는 게 말이죠. 만일 제가 그런 엄청난 일을 저지른다면 아서는 분명히 저를 화형에 처할 마녀 취급해도 눈 하나 깜박 안할 것 같았습니다. 아서의 그런 광신적인 냉혹함을 생각할 때마다 그에 대한 반발심만 커졌어요. 허접한 옛날 물건에 그렇게 집착하고 유난 떠는 것을 저는 처음부터 좋아하지 않았으니까요. 그리고 바다를 볼 때마다 저는 청춘과 자유에 대한 동경도 점점 강해졌어요.

그날은 햇빛이 아주 밝고 바람도 불고 있었어요. 정원에 핀 노란 금작화가 창밖으로 보이자 가득 생명을 머금은 그 황금색 식물이 온 세상의 들판에서 저를 부르는 것 같았어요. 아서가 그리도 애지중지하는 금이나 청동이나 놋쇠 같은 것들은 점점 더 빛을 잃고 먼지 속에 파묻혀 버릴 거라고 생각됐었죠. 그러니 자연의 거스를 수 없는 힘과 카스테어즈 집안의 컬렉션이 마침내 힘겨루기를 시작한 겁니다. 물론 자연이 이 집안의 컬렉션보다 오래된 것이지만요. 저는 로마 화폐를 움켜쥐고 바닷가를 향해 달려갔습니다. 카스테어즈 가문만이 아니라 로마제국 전체가 제 어깨를 무겁게 내리누르는 것만 같았어요.

우리 가문의 문장에 새겨진 사자가 으르렁거리고, 제왕의 상징인 독수리가 요란한 비명소리를 내며 저를 뒤쫓아 달려드는 느낌도 들었습니다. 그러면서도 마음 한편은 아이들의 연처럼 둥둥 떠올라, 어느새 보니까 제가 모래 언덕을 지나서 바닷가 모래밭에 도착해 있는 거예요. 필립은 벌써 바다 속으로 몇 백 미터쯤 들어가서 반짝이는 물속에 발목을 담그고 서있더군요.

저녁 무렵이라 붉은 저녁놀이 끝없이 펼쳐져 있었어요. 거기 바다는 800미터 앞까지도 발목 정도가 잠기는 야트막한 곳이라서 마치 루비 색깔처럼 불타오르는 호수 같았어요. 저는 신발과 양말도 다 벗고 꽤 멀리 떨어진 곳에 있는 필립을 향해 물속으로 철벅철벅 걸어갔습니다. 가다가 뒤돌아보니까 그 넓은 바닷가엔 우리 두 사람밖에 보이지 않았어요. 저는 거기서 필립에게 시저의 머리를 건넸죠.

근데 왠지 모르지만 그때 제가 소름이 쫙 끼쳤어요. 저쪽 모래 언덕 위에서 어떤 남자가 우리 쪽을 쳐다보는 것 같은 느낌이 들었거든요. 저는 그냥 괜한 착각이라고 생각하려 했죠. 사실 그건 굉장히 멀리서 하나의 검은 점으로밖에 안 보였으니까요. 그런데도 그 남자가 계속 고개를 갸우뚱한 채 뭔가를 바라보고 있는 것 같더군요. 저를 바라보고 있었다는 증거는 전혀 없었어요. 선박이나 저녁놀이나 갈매기나 아니면 여기저기 산책하는 누군가를 바라보고 있었는지도 모르죠.

하지만 제가 처음에 느낀 그 오싹한 감정은 그냥 우연이었을지 모르지만 그 다음에 올 나쁜 일의 전조였던 건 분명했습니다. 결국 그 남자가 우리를 향해 모래밭을 열심히 걸어오기 시작했으니까요. 가까이 왔기에 보니까 얼굴이 가무잡잡하고 턱수염을 길렀는데 검은 안경 속의 눈빛이 굉장히 매섭게 느껴졌어요. 검정색 실크 모자를 쓰고 투박한 검은 구두를 신고 있어서인지 옷차림은 아주 초라하면서도 그냥 단정해 보이더군요. 그 남자는 옷에 전혀 신경 쓰지 않고 망설임도 없이 바다 속으로 들어와서는 재빨리 우리 쪽으로 다가왔어요.

그 남자가 조용히 바다 속에서 다가오는 모습이 저는 너무나 무서웠습니다. 마치 절벽 끝으로 서슴없이 걸어가다가 갑자기 공중으로 날아오르는 것 같았어요. 또 땅에 붙어있던 집이 붕 떠오르거나 사람 머리가 굴러 떨어지는 것 같은 기분이었어요. 그 남자는 그냥 구두를 신은 채 물속으로 들어온 것뿐이었는데, 저한테는 자연의 법칙을 무시한 악마처럼 보였던 거죠. 그 사람이 잠시라도 좀 머뭇거렸다면 이상할 것도 없었겠지만, 그는 마치 저밖엔 안 보인다는 듯 줄곧 저만을 바라보았습니다. 필립은 몇 미터 떨어진 곳에서 그물을 펼친 채 내려다보고 있었고요. 이 낯선 남자는 이제 2미터 앞까지 다가와 멈춰 섰습니다. 종아리까지 바닷물이 찰랑거리는 곳이었죠. 그러더니 목소리를 가다듬으면서 차분히 말하더군요. '죄송한데요, 조금 특이한 새김이 들어있는 화폐를 어딘가 다른 곳에 기증해주실 수 있을까요?'

한 가지만 빼면 그 남자에게 특별히 이상한 점은 없었어요. 검게 보인 안경도 가까이서 보니까 너무 진한 검은색이 아니고 그냥 파란색이었어요. 눈도 두리번거리지 않고 저를 가만히 쳐다보더군요. 턱수염도 그리 길지 않고 덥수룩하지도 않았고요.

다만 볼 옆까지 나있어서 굉장히 많아 보였던 거죠. 얼굴색도 가무잡잡하지 않고 오히려 밝고 탱탱하니 윤기도 났어요. 그런데 가만 보니까 분홍색과 흰색 밀랍으로 만들어서 붙인 것 같더라고요. 순간 저는 온몸의 털이 곤두서는 것 같은 공포에 휩싸였습니다.

그런데 그 남자에게 희한한 특징이 하나 있었어요. 코의 끝부분이 구부러져 있었던 겁니다. 밀랍이 아직 덜 굳어있을 때 작은 망치로 옆에서 때린 것 같았어요. 그렇게 기형이라고 할 것까진 없었지만 그래도 저는 너무나 공포감이 들었어요. 마치 저녁노을에 붉게 물든 피바다 속에서 나타난 어떤 괴물이 처절하게 울부짖으면서 서있는 것처럼 보였던 겁니다. 그런데 그 비틀어진 코가 왜 그렇게 제 상상력을 자극했는지 지금도 알 수가 없습니다. 코를 마치 손가락처럼 쉽게 움직일 수 있지 않을까 하는 생각이 들었던 거죠. 실제로 코가 정말 움직이는 것 같았어요. 그 남자가 또 거만한 투로 이렇게 말하더군요. '조금만 협조해주시면 가족에게 알리지 않겠습니다.' 그 순간 문득, 내가 청동 화폐를 훔친 것을 이 남자가 알고 그걸 미끼로 지금 나를 협박하고 있다는 걸 알게 됐죠. 그리고 동시에 그때까지 들었던 단순한 미신 같은 공포와 의혹은 사라지고, 대신 어떤 커다란 의문이 들기 시작했습니다. 이 남자가 어떻게 그걸 알았을까 하는 의문이었죠.

왜냐하면 제가 그 화폐를 훔쳤을 때 주위엔 아무도 없었고 또 재빨리 가지고 나왔거든요. 밖으로 나온 후에 아무도 뒤따라온 사람도 없었고요. 만일 누가 있었다 해도 제 손에 들어있는 작은 화폐를 보려면 엑스레이나 찍어야 보이겠죠. 더구나 그 멀리 모래 언덕에 서있던 사람이 내가 필립에게 준 물건을 알아본다는 건 파리의 한쪽 눈을 맞히는 것보다 더 어려운 일 아닐까요?

저는 어떻게 해야 할지 몰라서 필립에게 물었어요. '이 분이 뭘 원하는지 좀 물어봐주세요.' 필립은 그물을 거두고 있었는데, 기분이 안 좋았는지 아니면 좀 민망했는지 얼굴빛이 불그레하더군요. 하지만 그건 단지 허리를 오래 굽히고 일했기 때문이거나 저녁노을 때문이라고 생각되기도 했습니다. 필립은 한 마디밖에 안 하더군요. '괜한 참견'이라고 말이죠. 그리고는 그 남자를 거들떠보지도 않고 저한테 따라오라는 손짓을 하고는 강기슭 쪽으로 걸어갔어요. 거기서 돌로 쌓은 방파제로 올라가 빠른 길을 선택하려는 거였죠. 방파제 길이 워낙 울퉁불퉁한데다 풀들이 있어서 미끈거리니까 그 악마 같은 남자가 젊고 빠른 우리보다 더 걷기 힘들 거라고 아마도 필립은 생각했던 것 같습니다.

하지만 글쎄 그 남자는 끈질기게 재빠른 걸음으로 너무나 쉽게 우리를 따라오는 거였어요! 그리고 계속 지껄이더라고요.

목소리도 유난히 가라앉아서 듣기 싫었는데, 제 뒤를 따라오면서 끈질기게 똑같은 요구를 하는 거였어요. 우리가 모래언덕을 다 올라갔을 무렵에 필립이 결국 참을 수가 없었는지 화를 내더군요. 사실 그는 별로 인내심은 없었어요. 필립이 '자, 그만 돌아가시지. 당신과 얘기할 시간은 없어.' 하고 말하자마자 상대가 대답도 하기 전에 그의 입을 한 대 후려쳤어요. 남자는 모래 언덕 꼭대기에서 아래로 굴러 떨어지고 말았죠. 내려다보니까 모래에 파묻혀 있더군요.

그러고 나서 저는 마음이 좀 가라앉았어요. 하지만 사실 그 일 때문에 지금 이런 위험한 상황에 처하게 됐는지도 모르지만, 아무튼 그때는 마음이 한층 가벼워졌어요. 그런데 필립은 보통 때와 달리 그 뒤로도 계속 기분이 안 좋아 보였어요. 전처럼 다정하긴 했지만 좀 시무룩해 있었어요. 왜냐고 물을 새도 없이 우리는 그의 집 앞에 도착했고, 그리고는 곧바로 헤어졌습니다. 그런데 헤어질 때 그가 이상한 말을 두 가지 했어요. 이런 말을 하더군요. '여러 모로 생각해보니까 그 화폐는 아서한테 다시 돌려주는 게 좋겠어. 그래도 당분간은 내가 갖고 있을게.' 그리고는 갑자기 엉뚱한 말을 하더군요. '자일즈가 오스트레일리아에서 돌아왔어.' 하고요."

그때 술집 문이 열리면서 플랑보 탐정의 거구 그림자가 테이블 위로 비쳐들었다. 브라운 신부는 언제나 그렇듯 유쾌하면서도 사람을 설득하는 힘 있는 말투로 플랑보를 그녀에게 소개하고, 그의 활약과 수완 등을 얘기해주었다.

플랑보는 인사를 마친 후 곧 자리에 앉으며 브라운 신부에게 메모 하나를 건넸다. 신부는 조금 뜻밖이라는 표정을 지었다. 메모엔 '자동차로 패트니 매킹 거리 379번지 와가와가로 가고 있음.'이라고 씌어있었다.

그녀는 이야기를 계속했다.

"제 머릿속엔 회오리바람이 몰아치는 것 같더군요. 그런 기분으로 비탈길을 걸어서 집으로 돌아왔죠. 그런데 바로 문 앞 계단에 우유 통 하나와 그 남자가 서있지 뭡니까? 우유 통이 있는 건 하인들이 모두 외출중이라는 뜻이거든요. 아서는 보나마나 갈색 실내복 차림으로 우중충한 서재에 틀어박혀 있을 테니까 벨소리를 들어도 나오지 않을 게 뻔했습니다.

그렇다면 집안에는 저를 도와줄 사람이 아무도 없는 셈이었어요. 만일 아서한테 도움을 구했다가 그가 모든 걸 알게 되면 큰일이었거든요. 뭐 생각하고 말고 할 겨를이 없더라고요. 그래서 기분은 나쁘지만 그 남자한테 2실링을 건네면서, 생각해볼 테니까 2,3일 뒤에 다시 오라고 말했습니다. 남자는 아주 못마땅해 하면서도 그냥 가더군요. 그가 순순히 말을 들었던 건 아마도 언덕에서 굴러 떨어져 조금은 충격을 먹었기 때문이 아닐까 생각됐어요. 돌아가면서도 그 남자는 기어코 복수를 하고 말겠다는 듯이 기분 나쁜 미소를 짓더군요. 등 뒤에 보니까 모래가 여기저기 붙어서 반짝거리고 있더라고요. 그는 여섯 개 집을 지나서 나오는 모퉁이로 사라졌어요.

저는 집안으로 들어간 다음에 차를 한 잔 만들어가지고 정원이 내다보이는 거실 창가에 앉아서 가만히 생각해봤어요. 아직 저녁 햇살이 남아있어서 밖은 잘 보였지만, 마음이 뒤숭숭하다 보니까 정원의 잔디나 화분이나 꽃들도 차분히 눈에 들어오지가 않더라고요. 한참동안 그러고 있다가 어느 순간 의식이 들면서, 그제야 보이더군요. 그래서 더 충격적이었어요.

돌아간 줄 알았던 그 남자가, 아니 괴물이 정원 한가운데에 떡 하니 버티고 서있었으니 말이죠! 어둠 속에서 나타난 창백한 유령 이야기 같은 건 많이 들었지만, 그 괴물은 유령 따위와는 비교도 할 수 없을 정도로 무서운 모습이었어요. 그 남자의 긴 그림자가 땅에 떨어져 있더군요. 아직 따뜻한 햇살이 비치고 있었으니까요. 그런데 얼굴도 창백하지 않고 이발소의 밀랍인형처럼 번쩍거리고 있었어요. 그런 얼굴로 제 쪽을 쳐다보면서 꿈쩍도 않고 서있는 남자를… 상상해보세요. 꽃들이 가득한 정원 한가운데에 그런 남자가 서있다는 게 얼마나 무섭게 보였겠어요. 정말 말로 설명할 수가 없습니다. 정원에 조각상이 아니라 밀랍인형이 서있는 것 같았죠.

제가 움직이려고 하니까 그 남자는 잽싸게 뒷문으로 도망을 첫습니다. 그 문이 열려 있어서 그곳으로 들어왔던 모양이에요. 바다로 돌진해왔을 때는 그렇게 뻔뻔스럽더니 이번엔 전혀 그렇지 않고 오히려 겁을 먹은 것 같아서 그나마 저는 마음이 놓였습니다. 그런데 왠지 모르지만 그 남자가 아서와 마주치는 걸 피하는 것 같았어요. 아무튼 저는 마음이 좀 가라앉고 해서 혼자 조용히 저녁식사를 했습니다. 아서가 컬렉션 정리를 할 때는 가만히 내버려두는 게 좋으니까요.

마음속의 긴장도 좀 풀리고 나니까 다시 필립 생각이 나더군요. 저는 행복한 기분으로 커튼이 열려있는 창문을 무심코 쳐다봤어요. 근데 유리창 바깥쪽에 달팽이 같은 게 들러붙어있는 것 같더라고요. 자세히 보니까 달팽이가 아니라 누군가가 엄지손가락을 대고 있는 것 같았어요. 공포감에 휩싸였지만 저는 용기를 내서 창가로 다가갔습니다. 그러다가 곧바로 비명을 지르면서 뒤로 물러났죠.

그건 달팽이도 아니고 엄지손가락도 아니었어요. 구부러진 코끝이 유리창에 달라붙어 있었던 겁니다. 꾹 누르고 있어서 그게 하얗게 보였던 거예요. 처음엔 눈과 얼굴이 잘 안 보였었는데, 차츰 제 쪽을 노려보고 있는 눈과 얼굴이 유령처럼 희미하게 나타나더군요. 저는 간신히 덧문을 닫고 제 방으로 뛰어올라가 문을 잠가버렸어요. 뛰면서 얼핏 봤는데, 그 창문의 옆 창문에도 달팽이 같은 코가 분명히 붙어있었어요.

그래서 저는 이런 생각을 해봤어요. '아무래도 아서한테로 가는 게 좋지 않을까. 저런 괴물이 고양이처럼 제멋대로 드나드는 걸 보면 그냥 협박 정도가 아니라 더 악랄한 무슨 목적이 있는지도 몰라. 아서한테 이 얘기를 하면 나를 내쫓고 저주의 욕을 퍼 붇겠지. 하지만 그래도 신사적으로 우선은 닥쳐올 위험에서 나를 구해줄 거야.' 이 생각을 한 십 분쯤 하고 나서 저는 층계를 내려가 아서 방으로 들어갔어요. 그리고 거기서 저는 말할 수 없이 무서운 최후의 광경을 보게 됐습니다.

아서가 앉곤 하는 안락의자는 비어 있었어요. 외출했나보다 생각했죠. 그런데 바로 그때, 아서의 책상 앞에 앉아있는 그 남자가 보이지 뭡니까? 모자도 벗지 않은 채 램프를 켜놓고 아서의 책을 읽으면서 태연하게 앉아있는 겁니다. 너무나 멀쩡한 사람처럼 보였어요. 그래도 그 구부러진 코는 사람의 얼굴에서 가장 움직이기 쉬운 부분인 듯이, 마치 코끼리 코처럼 방향을 이리저리 바꾸는 것 같았죠. 저를 쫓아다니고 감시할 때는 굉장히 질 나쁜 사람으로 보였는데, 그때는 제가 방에 들어간 것도 모르고 앉아있는 그 남자의 모습이 오히려 너무나 무섭게 느껴지더라고요.

순간 제가 큰소리로 비명을 질렀던 것 같아요. 하지만 그건 아무래도 좋아요. 그보다 더 중요한 일은 그 다음에 일어났으니까요. 저는 가지고 있던 돈을 몽땅 그 남자한테 줘버렸어요.

그 속엔 지폐도 꽤 많이 들어있었는데, 그게 분명 제 돈이긴 했지만 제가 마음대로 쓸 수 있는 건 아니었습니다. 남자는 무슨 묘한 말을 한참 늘어놓더니 유감스럽지만 지금은 일단 참겠다고 하고는 떠나더라고요. 저는 모든 걸 다 잃은 심정으로 앉아 있었어요.

그런데 그날 밤에 정말 우연한 일이 저를 구해줬어요. 아서는 갑자기 골동품 경매에 참가하겠다면서 그날 밤에 런던으로 갔다가 아주 늦게 돌아왔어요. 그런 경우는 자주 있었죠. 그리고는 굉장히 만족한 얼굴로 그런 말을 하더군요. 카스테어즈 컬렉션을 한층 빛나게 해줄 최고품이 곧 손에 들어올 것 같다고 말이죠. 아서가 너무 기분이 좋아보여서 저는 그것보다 훨씬 보잘것없는 로마 화폐를 몰래 빼돌린 것에 대해 자백을 하려고 했어요. 그런데 그가 자기 계획을 얘기하느라 정신이 팔린 바람에 그만 다른 화제는 전부 다 묻혀버렸어요. 그 물건의 매매가 아직 확정되지 않았으니까 그 골동품 가게 근처의 플럼 하숙집으로 같이 가자는 거였습니다. 그러면서 당장 짐을 싸라는 거였어요.

결국 그렇게 해서 저는 그 괴물 같은 남자가 쫓아오지 않는 곳으로 피신을 간 셈이었죠. 그리고 동시에 필립한테서도 도망쳤고요. 아서는 가끔 사우스 켄싱턴 박물관에 갔는데, 저도 그냥 시간을 보낼 수가 없어서 미술학교에 등록했습니다. 아까 막

학교에서 돌아오는 길이었어요. 근데 글쎄 이 앞길에서 그 소름 끼치는 기분 나쁜 남자가 걸어오고 있는 거예요! 그 다음 이야기는 신부님이 아까 말씀하셨죠.

그리고 한 가지 더 말씀드릴 게 있어요. 저는 도움 받을 자격이 없는 사람입니다. 벌 받아도 당연하다고 생각해요. 아니, 기꺼이 받겠습니다. 저에게 닥친 일은 당연한 보복이에요. 머리가 아프지만, 그래도 하나만 묻고 싶어요. 도대체 어떻게 그런 일이 일어났을까요? 초자연적인 힘에 의해 제가 지금 벌을 받고 있는 걸까요? 제가 그때 동전 화폐를 필립한테 건네준 사실은 저와 그밖엔 모르는데, 어떻게 그 남자가 알게 됐을까요?"

"음, 아주 예사롭지 않은 일이군요."

플랑보가 사건의 복잡함을 인정했다. 브라운 신부도 심상치 않다는 표정으로 말했다.

"이건 말보다 훨씬 더 예사롭지 않은 것 같습니다. 카스테어즈 양, 지금부터 한 시간 반 뒤에 플럼의 댁으로 찾아갈 테니까 집에 가있어 주시겠어요?"

그녀는 신부를 쳐다보며 일어나 장갑을 꼈다.

"네, 그럴게요."

그리고는 술집 밖으로 나갔다.

그날 밤 신부와 탐정은 그 괴이한 사건에 대해 이야기를 나누며 플럼의 카스테어즈 남매 집으로 향했다. 그곳은 남매가 임시로 머무는 하숙집이긴 하지만 매우 초라했다.

플랑보가 말했다.

"단순하게 생각하는 사람이라면, 최근에 갑자기 오스트레일리아에서 돌아왔다는 자일즈가 그 남자라고 볼 수도 있겠죠. 그는 전에도 사고를 친 적이 있으니까 수상한 패거리가 따라다닌다고 해도 이상할 것도 없으니까요. 그런데 그 사람이 이 사건에 관계된다는 건 아무래도 무리가 있겠죠. 다만…"

신부가 그에게 재촉했다.

"다만 어떻다는 거죠?"

플랑보는 목소리를 낮췄다.

"다만 이 아가씨의 애인 되는 사람도 같은 일당이라고 하면 납득은 됩니다. 만일 그렇다면 그 호커라는 자식은 완전히 나쁜 놈이죠. 오스트레일리아에서 돌아온 녀석은 호커가 그 화폐를 갖고 싶어 한다는 걸 분명히 알고 있었습니다. 그런데 호커가 그걸 획득했다는 사실을 자일즈가 알기 위해서는 호커가 바닷가에서 모래밭 쪽에 있는 자일즈에게나 아니면 다른 누군가에게 신호를 보내야 했겠죠."

브라운 신부는 감탄한 듯이 대답했다.

"물론 그렇겠죠."

그러자 플랑보는 더 열심히 설명을 이어갔다.

"또 한 가지 그럴듯한 점이 있지 않았습니까? 호커는 자기 여자 친구가 모욕을 당하는데도 가만히 있다가 그 모래언덕까지 올라간 다음에야 상대를 한 방 먹이지 않았나요? 사실 거기서는 거짓 싸움을 해서 상대를 때려눕힐 수도 있었겠죠. 부드러운 모래 바닥이니까 말이죠. 그런데 만일 바위도 울퉁불퉁한 바닷가에서 했다면 같은 일당끼리 부상을 입을 수도 있지 않았겠어요."

브라운 신부는 고개를 끄덕였다.

"그것도 맞는 말입니다."

플랑보가 계속 말했다.

"자, 그러면 처음부터 생각해봅시다. 이 사건은 몇 명이 등장합니다. 그러니까 최소한 세 사람을 둘러싸고 일어났어요. 자살은 한 명, 살인이라면 두 명이면 되겠죠. 그런데 협박이라면 적어도 세 명이 필요합니다."

그때 브라운 신부가 조용히 물었다.

"왜요?"

플랑보가 갑자기 목소리를 높였다.

"당연하지 않나요? 비밀을 들키는 사람과 폭로하겠다고 위협하는 사람과 비밀을 듣고 깜짝 놀라는 사람이죠."

브라운 신부는 한동안 아무 말도 안 하고 있다가 입을 열었다.

"논리적으로 볼 때, 당신은 한 가지를 빼먹었어요. 이론으로는 물론 세 명이 필요한데, 실제로는 두 명이면 충분하거든요."

"어떻게요?"

신부는 차분히 대답했다.

"협박을 하는 사람이 변장을 한 채 실제로는 자기 자신에게 밀고하는 식으로 피해자를 위협하는 경우도 있죠. 예를 들면, 어떤 남자가 금주 선언을 하고는 계속 술집에 드나드니까 그의 부인이 변장을 한 채로 다른 사람의 필적처럼 쓴 협박장을 들고 남편한테 내밀면서 그의 아내에게 일러바치겠다고 하는 식이죠. 또 예를 들면, 아버지가 아들의 도박을 막으려고 교묘하게 변장을 하고는 그 뒤를 밟고 따라가서, 그의 아버지에게 일러바치겠다고 협박하는 겁니다. 문제는 바로 그거에요, 플랑보."

플랑보는 자기도 모르게 소리를 질렀다.

"아니, 당신은…"

어떤 사람이 힘차게 그 집 층계에서 내려오고 있었다. 노란색 가로등 아래서 보이는 그 사람의 모습은 로마 동전과 비슷한 남자의 얼굴이었다. 그는 인사도 생략하고 다짜고짜 말했다.

"카스테어즈 양은 당신이 올 때까지 안으로 들어가고 싶지 않다고 합니다."

그러자 브라운 신부가 말했다.

"그럼 아가씨는 밖에서 기다리시죠. 당신이 옆에서 지켜줄 수 있으니까요. 호커 씨, 당신은 이미 이 사건의 진상을 알고 계시죠?"

그 젊은 남자가 차분하게 대답했다.

"네, 모래밭에서 어렴풋이 짐작은 했습니다. 물론 지금은 확실해졌어요. 제가 그를 살짝 친 것도 그 때문이었습니다."

플랑보는 카스테어즈 양에게서 열쇠를 받고, 호커에게서는 그 동전을 받아든 다음 신부와 함께 텅 빈 집안으로 조용히 들어가 바깥쪽 거실로 나갔다. 그곳에 한 남자가 있었다. 브라운 신부가 본 술집 앞으로 지나갔던 바로 그 남자가 아주 불안한 표정으로 서있었다. 검정 코트를 벗고 갈색 가운으로 갈아입은 것 말고는 다른 점이 없었다.

브라운 신부가 정중하게 말했다.

"이 동전을 주인에게 돌려주려고 이렇게 찾아왔습니다."

그러면서 신부는 그 가짜 코 남자한테 동전을 내밀었다.

플랑보가 놀라며 물었다.

"이 사람도 동전 수집가입니까?"

신부가 자신 있게 대답했다.

"이분이 아서 카스테어즈, 그분입니다. 좀 특이한 화폐 수집가죠."

갑자기 그 남자의 얼굴빛이 무섭게 달라졌다. 그리고 구부러진 코가 마구 뒤틀려 쳐다보기도 민망할 정도가 되었다. 하지만 남자는 침착한 태도로 말했다.

"어차피 이렇게 된 마당에, 그렇다면 우리 카스테어즈 집안에 내려오고 있는 훌륭한 소질을 아직 잃지 않았다는 걸 보여주지!"

그러더니 남자는 갑자기 뒤돌아서 거실로 달려가 문을 닫아버렸다.

"그를 붙잡아요!"

신부가 소리치며 그를 뒤쫓았다. 그는 달려가다가 의자에 부딪쳐 넘어질 뻔했다. 플랑보도 뛰어가 문손잡이를 비틀어 방문을 열었다. 그러나 이미 늦어버렸다. 플랑보는 방으로 들어가 의사와 경찰에게 전화를 했다.

방바닥에 약병이 뒹굴고 있었다. 그리고 테이블 위엔 갈색 가운을 걸친 남자가 쓰러져 누워 있었고, 옆에는 찢어진 갈색 봉투가 몇 개 놓여 있었다. 봉투 안엔 로마 옛날 화폐가 아닌 현재 영국에서 쓰이고 있는 동전이 가득 들어있었다.

브라운 신부는 시저의 머리가 새겨진 청동화폐를 집어 들며 말했다.

"카스테어즈 집안의 컬렉션으로 남아있는 건 이것밖에 없어요."

잠시 조용했다. 이윽고 신부가 상냥한 어투로 말을 이어갔다.

"이 사람의 아버지가 심통을 부리면서 만든 유언장은 참 냉정했어요. 이 사람은 당연히 그 유언장을 마음에 들어 하지 않

436

았죠. 솔직히 자신에게 남겨준 로마 화폐 따위엔 관심이 없었고, 요즘 쓰는 화폐를 더 좋아했어요. 그래서 수집품을 조금씩 팔았던 겁니다. 그것까지는 좋았는데, 결국 돈을 벌기 위한 수단으로 가장 비열한 방법까지 손을 댔어요. 바로 변장을 하고 가족을 협박하는 그런 식으로 타락해버린 거죠.

이 사람은 잊은 지 오래된 하찮은 범죄를 미끼로 이용해서 오스트레일리아에서 돌아온 형을 협박했어요. 푸트니의 와가와 가로 마차를 몰고 갔던 것도 그 일 때문이었어요.

그리고 또 이 사람만 아는 일인데, 여동생이 로마 동전을 훔친 걸 가지고 폭로하겠다면서 그녀를 협박했죠. 멀리 모래 언덕에서 어떻게 그런 초자연적인 추측을 할 수 있었겠어요. 그 괴상한 남자가 바로 그녀의 오빠였기 때문이죠. 사람은 멀리서 보면 그 전체적인 몸매나 걸음걸이로 그 사람이 누군지를 짐작할 수가 있는데, 가까이서 가면을 쓴 얼굴은 알아보기가 쉽지 않아요."

다시 한동안 침묵이 흘렀다. 이윽고 플랑보가 큰소리로 외쳤다.

"그렇다면 이 대단한 고대 화폐 수집가가 그저 단순한 짠돌이에 지나지 않았다는 말씀인가요?"

브라운 신부가 그의 마음을 가라앉히듯이 말했다.

"사실 큰 차이는 없어요. 짠돌이의 나쁜 점은 광적인 수집가의 나쁜 점과 일치하니까요. 게다가 절대로 옳지 않은 점도 한 가지 있어요. '너희는 나를 위해 우상을 만들지 말라. 너희는 그 것을 예배하거나 섬기지 말라.' 그런데 저 젊은 커플이 뭘 하고 있는지 가서 봐야겠군."

플랑보가 곧바로 말했다.

"일이 좀 꼬이긴 했지만, 저 두 사람은 틀림없이 잘 살아갈 겁니다."